華文小說
創作百變天后
凌淑芬

烽火再起

廢境之戰

輯二

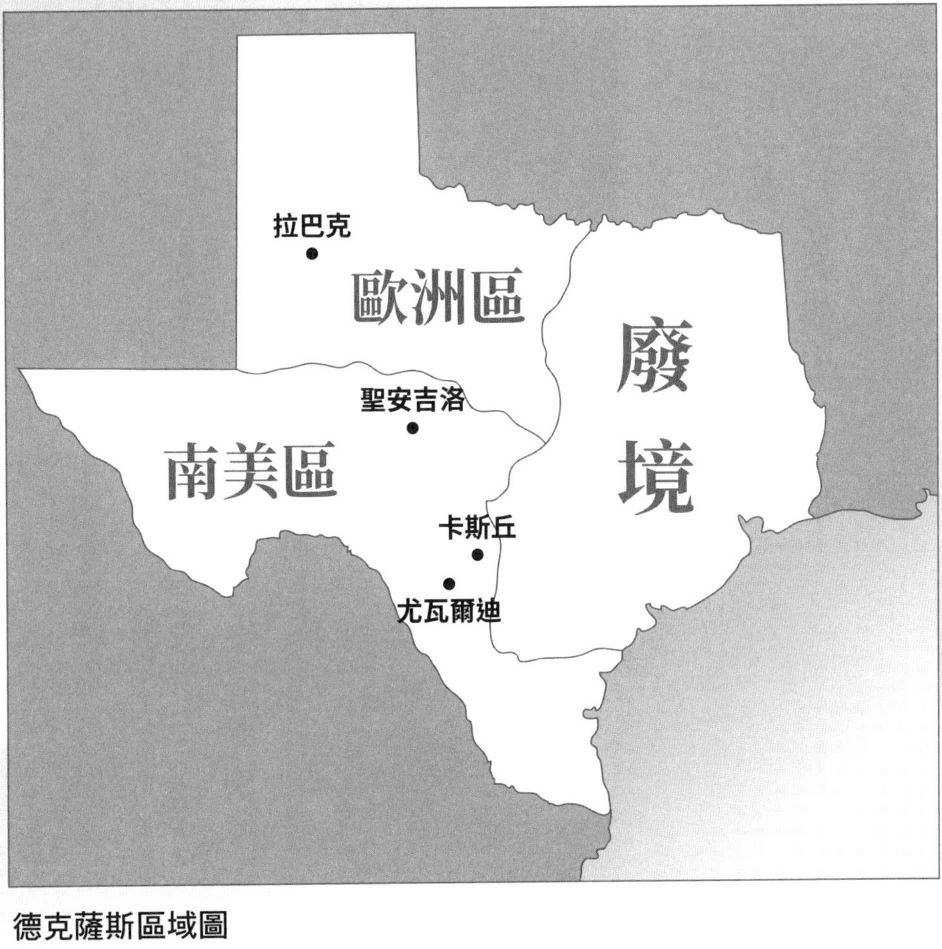
拉巴克
歐洲區
廢境
聖安吉洛
南美區
卡斯丘
尤瓦爾迪

德克薩斯區域圖

序幕

所有人都累了。

被嚴密追捕了七個多月，每個人都來到精神和體能的極限。

如果不說，很難相信這間廢棄的防空洞擠了一百多人，每個人幾乎一碰到地面立刻入睡。防空洞已經多年無人使用，地面早已斑駁破裂，然而骯髒潮濕並不重要，野草橫生也不重要。過去七個月，他們睡過更糟糕的地方，起碼這裡四面和頭頂都有東西覆蓋。

防空洞內安靜異常，除了因疲倦而無人說話，也因爲他們已經習慣保持安靜，一百多人即使在行進間也如鬼魅一般。

黑暗變成一種長度，一吋一吋地延長，直到侵入最細微的角落，即使把手伸到鼻端前也看不清楚。

空氣的味道很糟，散發著死水與動物排泄物的氣味，一百多人沒洗澡的體味只是讓這大雜燴再增添一味。

自懷孕之後，秦甄對氣味就特別敏感，不過非常時期，她自己的味道也好不到哪裡去，沒得抱怨。她把鼻尖埋進面前的胸膛，堅硬的胸肌依舊，不過包裹胸膛的襯衫明顯寬鬆了一些。

飲食不定是逃亡中的人必須面對的另一項現實。所有她對健康食物的堅持都蕩然無存。說眞的，能吃飽就是件難得的事。

過去七個月，他們吃過混雜金屬味的過期罐頭、即將發霉的土司、軟潮的餅乾和發芽的馬鈴薯。

不過也不是都這麼差，有時候他們化整為零，變裝躲入廉價汽車旅館，就能吃到比較正常的食物，不過這種機會很少。

她一直不覺得自己的生活養尊處優，直到開始逃亡之後才發現，以前中產階級的小日子眞是美。

「還好嗎？」奎恩的熱息呼進她耳間。

「很好，別為我擔心。」兩人的嗓音都因過度疲累而沙啞。

他還是不放心，大掌在她身上滑了一圈，圓滾滾的肚皮卡在兩人之間。距預產期還有兩天，表示任何時候都有可能臨盆。

挺著一顆大肚子逃亡無疑是辛苦的，但她從不在他面前抱怨。

奎恩吻她的額頭、臉頰，最後落在櫻唇上，她嚐出了濃濃的憐惜之意。

如果一切按照計畫，他們已經在船上，但逃犯很少有「一切按照計畫」的奢侈。

過去幾個月，紀律公署幾乎是傾盡全力在追捕叛逃的奎恩總衛官。田中洛曾經很好奇，他們將如何處理奎恩叛逃的新聞？

事實證明，他們不必處理。

官方將這個消息完全壓了下來，只做一些不引人注目的更動，例如公署的形象廣告悄悄換人，原本就為數極少的記者會換成了岡納出席。公署的行事風格本來就神祕低調，一時倒無人察覺。

儘管如此，依然有些政治評論家發現不太對勁，兩個月前開始有人在電視上討論「奎恩總衛官已經殉職」的可能性。

說眞的，以前更天馬行空的猜疑都有，例如那「腦前額葉切除術」和「超級士兵祕藥」。但紀律公署向來對所有猜測不予回應，這次卻罕見地發表聲明，駁斥「一切不實謠言」，宣稱所有反恐部門皆「肩負機密要務」，人民必須給予信任和支持。

不說還好，這一說反而讓各界紛紛議論奎恩總衛官去了哪裡、執行什麼任務、是不是被調派海外，接著就是軍政界的派系問題，奧瑪家族和奎恩家族的恩怨，奎恩是否失勢等等。奎恩聽了只是哂然一笑，丟了句：「這群白癡。」就不再理會。

秦甄覺得她老公說的「白癡」是指紀律公署，不是那些名嘴。

無論如何，浮世塵囂也有沈寂之時，新的新聞出來，這個話題就這樣從版面消失了。

但他們沒有一個人就此被唬過，事實上，所有人反而提高了百分之兩百的警戒。

道理很簡單：紀律公署越不想讓人民發現奎恩叛逃，就越會不計一切維護這個祕密，包括殺了每個知情的人。

過去幾個月，他們之所以能從嚴酷的追捕中逃開，全仰賴奎恩。他大概是全世界最瞭解紀律公署的人，哪些區域適合走水路、哪些適合走陸路、該分部的優點缺點何在、何時該化整爲零等等。次數多了之後，連一直堅持投不信任票的瑪卡——田中洛最信任的人之一，安竹萊斯利的姑姑——也看在他的表現和他討人喜歡的妻子份上，稍微降低心防。

稍微而已。

秦甄懷疑瑪卡永遠不會相信任何在軍方待過的人，想到這位脾氣火烈卻又古道熱腸的大嬸，她不禁微笑。

「啊！」小傢伙突然用力一踢。

「怎麼？」奎恩的反應敏銳。

「沒事，你女兒很喜歡做運動。」她深呼吸幾下，盡量紓緩不適感。

「再幾個小時就安全了。」

但他們都知道，在船沒有出現之前，任何變化都有可能。

紀律公署——或者說，岡納——深知他們最有可能往德克薩斯而去，而最有可能幫他們偷渡的人是蛇王孟羅，於是往德克薩斯和紐約的關卡都佈滿重兵。

最後奎恩選擇反其道而行，往北橫跨蘇必略湖之後轉東，一路走向渥太華，繼續前進至波士頓，再從波士頓出海。

蛇王孟羅的僞走私船會載他們繞過整片東岸海域，彎進南邊墨西哥灣，從水路在德克薩斯登岸。

在地圖上，這是一圈巨大的半圓，全程超過三千五百哩。好處是，其中兩千五百哩都是在海上，這部分交給蛇王孟羅去操心。總之他想拿到錢，他就得想辦法把他們送到目的地，而根據奎恩和田中洛的說法，這人該死的有很多辦法。

壞處是，他們有其中的一千哩必須靠自己。

這一路不只是從地下碉堡撤出來的人，還多了許多沿路救援回來的難民。

田中洛一直以來都在援救墨族平民，所有脫逃的門路他都熟悉，然而，武裝和防衛的工作全放在奎恩肩上。

這兩個對抗多年的男人，應該從未想過有一天他們會並肩作戰。

途中他們不斷分散再重聚，由萊斯利、荷黑、瑪卡等人各自帶領一路，聽從奎恩的指示，該走哪條路線，該如何避過崗哨，一路走向田中洛安排的落腳點。

能對抗公署的人，除了他們最頂尖的總衛官，還能有誰？

她知道奎恩是疲憊的。持續處在高壓狀態，肩負百來口人的生死，身邊還跟著一個臨盆在即的妻子，再鋼鐵的男人也不能不累，即使他外表從未顯現出來。

她輕撫肚子。小傢伙，再等幾個小時就好。

再幾個小時，孟羅的船就會抵達，他們就會在海上，或許還有醫療人員在，她可以安心生產。

「我要過去，你們不要攔著我！」一陣小小的騷動在斜對角爆發。

「噓！」

「華仔，安靜一點，大家在睡覺。」疲憊的噓聲從各個角落響起。

奎恩在她耳畔長嘆一聲，她不禁好笑。

沒有人知道華仔的來歷，他的年齡可能在三十末、四十初，是田中洛從街上撿回來的，已經跟著他們四年多了。

田中洛會撿到他純屬意外。有一次他們帶著十來個墨族平民從「巢穴」離開，穿越約兩百呎的路面，然後下到污水道，等他們停下來喘口氣時，隊伍最後面就跟了華仔。

據說他當時衣衫襤褸，又髒又臭，明顯在街上流浪了許久，而且一看就很混不開，嚴重地營養不良。田中洛厲聲盤問他幾句，他講話顛三倒四的，神智不像個正常人，然而他們不能冒險回到路面，只好先帶著他。

一段路變成全程，華仔最後就跟著他們了。

他展現出來大概只有十歲兒童的智力，某一次有人聽他在咕噥一些外國語言，好像是中文，加上他的外貌又長得像東方人，於是「華仔」這名字就跟定他了。

華仔對人沒有攻擊性，甚至很怕生，只肯跟著他認定的那幾個人，不過他很喜歡跟小孩子玩，被小朋友欺負了也不在乎。

一開始所有人都認爲他有智能障礙，可是在極罕見的情況下，他會突然說出一串很複雜的技術語句，可能是幾天前某個技術人員在一旁講話被他聽見；或突然引經據典，背出一串很長的論文內容，可是他自己一轉眼馬上忘了，別人再追問他也都傻傻的。最後醫生只能判斷，他應該是高智商的自閉症患者。

最後，大家一致同意，把他丟回路面太危險，他若是突然在警察面前說出祕密基地的事就糟了。於是這四年來，華仔一直生活在地下碉堡之中。

奎恩剛來之時，華仔嚇個半死。奎恩就像一把鋒利的刀切進一群羊群中，可是他身旁又有溫柔嬌美的秦老師，平時會幫孩子們上課，說故事給孩子們。華仔喜歡學寫字、聽故事，所以他的折衷方式就是只要奎恩離開她身旁，他就黏過來；奎恩一回來，他就跑掉。

一個月前，他們形跡暴露，必須緊急從地下碉堡撤離。秦甄的肚子已經大到行動不便，華仔一反常態地黏在她身邊，無論奎恩是否近在咫尺。

偶爾在休息的空檔，他會盤腿坐在她對面，神情嚴肅地盯著她的肚子，露出少見的成熟表情。

「裡面有小寶寶。」華仔眼中帶著虔誠。

「是啊，一個小女生。」

偶爾他會伸出手，輕貼在她小腹上，好像想保護這個小生命。

「甄！」果然，那很吵的傢伙踩著一卡車的人跑了過來。

奎恩揮出一掌擋住他，以免他踩在妻子身上；華仔尖叫一聲，另一側的莎洛美只好將他拉到自己身邊。

「好了好了，你待在這裡快睡覺。」

「甄肚子裡有小寶寶。」華仔小小聲說。

「我知道，快睡覺吧。」莎洛美哄他。

防空洞終於又安靜下來。

五分鐘後，滴。滴。滴。

極微弱的三聲，整個防空洞瞬間動了起來。

無數次親身體驗，他們都明白這個滴滴聲代表什麼。

「萊斯利，荷黑！」奎恩一躍而起。

秦甄掙扎著爬起來，他伸臂將她抱直。

「你去，別擔心我。」她立刻說。

黑暗中，他們都看不清彼此的神情，但那雙冰藍的眸彷彿切穿重重黑幕，望進她的靈魂深處。

「莎洛美！」

「我在。」

「好好照顧秦老師。」

「我會的。」莎洛美展現出超齡的成熟。

高大的身影終於轉身而去。

「荷黑、萊斯利，南邊；瑪卡、派特，開始行動；田中洛，跟我來。」一連串命令丟出來。

兩分鐘內，百來個人迅速歸入事先分好的小組。平民分成七組，每組一名領導人。武裝作戰的十七個人歸爲三個小組，一切安靜而有效率，迅速潛入各自該走的甬道。

「甄，我們走。」

「啊——」撕裂般的疼痛奪去她的呼吸。

「甄！」

莎洛美感覺腳上濕濕的，劃亮一只打火機。秦甄的羊水破了，其中混著一點血。

肚子不太對勁，秦甄感覺得出來，另一陣強烈的撕痛令她尖叫。

「啊——」

「甄，妳一定要撐住。」莎洛美驚慌起來。

「莎洛美、甄，我們該走了！」瑪卡持著來福槍衝過來。

「老師好像要生了。」莎洛美無助地站在原地

瑪卡鑽進她的左臂之下，將她撐起來。「甄，我知道妳很痛，但妳必須再堅持一下。我們不能留在這裡，軍隊隨時可能衝進來，奎恩和洛正在替我們爭取撤退的時間，來！」

「好，我可以……啊！」強烈的痛楚讓她整個人蜷曲起來。

「妳們走開！妳們會害死寶寶，妳們走開！」華仔突然衝過來。

「華仔，讓開！」瑪卡沒時間理會他。

好幾盞微弱的手電筒亮了起來，瑪卡帶領的小組圍在他們四周。幾個人想拉開華仔，但身高五呎六吋、體重頂多一百二十磅的華仔突然一身神力，用力把所有人推開。

「你們會殺了她的。」華仔的神情無比正經。「如果現在不救她，北鼻會死掉，老師也會死掉。」

所有人呆了一呆。

「啊！」秦甄緊緊揪住他的手臂大叫，華仔讓她像剛剛那樣坐了下來，兩腿分開。

「這個會很痛，但是北鼻會活下來，好嗎？」華仔不再理會其他人。

「我、我不怕痛。」呼、呼、呼、呼！

「華仔，你在幹什麼？」瑪卡又驚又怒。

華仔不理會別人，只是把兩手貼上她的腹部。「準備好了嗎？」

「你想做什……啊！」

華仔用力扭絞她的小腹。

✷

陰暗的甬道中，唯一的光源是每人手中的筆型手電筒。來到交叉口，奎恩對田中洛比了比左邊通道。田中洛點點頭，帶著三個人消失在墨黑之中。

這座廢棄的防空洞與舊水道交錯，往東一哩有一條地下河道直接出海，河水雖然極深，上方已被路面封住，高度不足以讓一艘貨船進來。若是以小船將百餘人接引到外海，也需要至少十趟，而他們至今未見到任何接應的小船。

對於奎恩的質疑，田中洛只說了句：「要有信心。」奎恩忍住給他一個F開頭的字，他不是老婆即將臨盆的男人，他當然很有信心。

奎恩強迫自己把對妻子的擔憂推出腦外，現在他必須專注處理手邊的任務。

他們在防空洞兩端的一百碼處安裝了行動偵測器，方才的滴滴聲就是行動偵測器被觸發了。

他領著剩下的三人快速在暗影之中前進。這一區的舊地道極爲複雜，新水道卻是直直一條，因此他們多了戰略上的優勢，可以出奇不意地攻入新水道。

噠噠噠噠——

駁火的回音一路震盪到他們這條甬道，第一波人馬交鋒了。

第一波通常是普通軍隊，由一個公署的精英衛士指揮。

他身後的三個人，巴樂頓是個四十二歲的墨族男人，中等身高，長相平凡；琪亞是巴樂頓的妻子，他們兩人在街上和任何人錯身都不會引起注意，平時奎恩有需要派人去上頭探路時，他們夫妻倆是最適合的對象。

他們兩人對武器都不陌生，比較讓奎恩不放心的是團隊第三名成員。

「怕嗎？」他看傑登一眼。

「鬼才害怕！」十六歲的少年閃過一絲不馴之色。

這年紀其實還是個孩子，但墨族的少年沒有當孩子的權利，十六歲已經是個被迫戰鬥的年紀。

如果給與充足的食物，傑登有機會長成一個高大的男人，但現在的他太瘦了，就像一尊手腳過長的木偶，行動中帶著青少年常見的彆扭和笨拙。

奎恩懷疑自己十六歲時是否也是如此青澀，不過他離十六歲已經太久遠了。

「你應該怕的，害怕會讓你保持警覺。」他對巴樂頓夫婦一點頭，夫妻倆消失在前方的黑暗裡。

奎恩戴上夜視裝置，幾組熱源出現在他的視線內。砰、砰、砰、砰！他一槍一個，精準地放倒。

槍聲從四面八方響起，回音讓來源顯得難以分辨，最近的聲源來自巴樂頓夫妻。

他們的槍火和人力有限，這一批只是對方的前鋒，更多人馬隨時會趕到。那艘該死的船到底在哪裡？

「啊——」劇痛模糊了她的視線，莎洛美不斷替她擦汗，但她眼前焦距已經無法聚集。

不行，她不能在這個時候昏過去，羊水破了，她若昏過去，寶寶會死在她腹中……

「瑪卡……答應我……若不行……割開肚子……把寶寶救出來……」

「不！求求妳，甄，一定要撐下去，妳和寶寶會平安無事的！」莎洛美抱緊她。奎恩離開前將老師交給她，她不能讓他回來時發現老師已經死了。

瑪卡要自己這組人先走，有兩個人自願留下來幫忙，不過他們也做不了什麼。

華仔神色緊繃，繼續推壓她的小腹，秦甄已經痛到雙眼翻白，叫不出來。

「你到底行不行啊你！」瑪卡怒吼。

華仔突然停下來，森然盯住她，瑪卡竟然被他震懾住了。

「我知道自己在做什麼。」他冷靜地看著秦甄。「最後一次，這次一定要轉過來，不然小北鼻會死掉。」

「動手。」秦甄咬了咬牙。「如果不行，把我的肚子割開，把孩子救出來！」

華仔的兩手按上她的腹側。

「啊——」

砰、砰、砰、砰！

嗟嗟嗟——

磅、磅、磅！

各種武器交火聲互相震盪，以少擊多是奎恩的長項，然而以前他帶領的是訓練精良的衛士，現在卻是一群烏合之眾。這群雜牌軍即使進行基本的城市巷戰，都需要八個月以上的訓練，更別說打贏。

不過他們的目的也不在打贏，而是爲撤退的人爭取更多時間。

他的戰術主要以聲東擊西爲主，這眾多的武器聲響裡，其實眞正駁火的不多，大多是將對方軍力引開和分散的策略。

煙硝味取代了濃郁的下水道臭味，軍隊知道奎恩手中可能有EMP模擬器，因此所有武器都是傳統槍枝，沒有任何電子武器。

「蹲下！」奎恩突然將少年拉低，一枚鎮定劑標槍從少年頭頂削過去。

「我自己會躲。」傑登用力把手抽回來。

更多熱源出現，奎恩舉槍一一放倒，拉著少年閃進舊水道裡。

傑登盯著走在前方的身影，高大的身形彷彿撐得起天與地。哼，那又怎樣？現在他不也和他們一樣困在下水道，過著如同老鼠般藏藏躲躲的生活？

奎恩總衛官再厲害也只是血肉之軀，擋不了子彈。

少年緩緩舉起手中的槍。

砰！前方的男人甚至沒有回頭，直接一記後肘擊撞開他的槍口，他的槍枝擊發。

「牆裡有人！」

「他們有密道！在這裡！」一道水泥壁之隔，他們的行蹤暴露了。

傑登臉色慘白。為什麼？他的後腦長眼睛嗎？為什麼他知道？

奎恩冰藍的眼眸直直射在他臉上。死定了，少年腦中只有這個想法。他沒能殺死奎恩，現在只有他們兩個人，奎恩會殺了他。

「你殺了我媽媽！」即使要死，他也要讓奎恩知道原因。

轟！

一個直徑三呎的圓洞突然炸開，奎恩一肘子再將他撂倒，各種武器的巨響突然在他耳邊大響。

砰砰砰砰——

頭幾個想擠進來的人被擊斃，傑登頭昏眼花，奎恩揪住他的衣領邊退邊開槍，彷彿他的重量不足一隻小雞。

砰砰砰砰！

第二陣槍聲從另一個方位加入，傑登眼前除了閃亮的槍火，什麼都看不見。

他跌跌撞撞跟著奎恩繞了好幾個拐角，槍聲離他們越來越遠。忽地，另一雙帶著怒意的手臂將他扯過來。

「傑登，你在幹什麼？」

萊斯利。

傑登紅了眼眶，鼓盈的憤怒讓他情緒無法平靜。

「他殺了我媽媽，她是我唯一的親人！」

萊斯利頓了一頓。「現在不是說這個的時候。」

一隻鐵掌硬生生掐著他的脖子將他舉起。

「咯……咯……」空氣突然從呼吸道被截斷，他的兩手不斷掙扎。

「奎恩！」萊斯利低吼著衝過來。

那雙冰眸盯入他的靈魂深處，讓他今生永難遺忘。他在睡夢中都恨得咬牙切齒的惡魔完全具象化，塡滿了他的視線，這個污穢的下水道瞬間成爲地獄。

「我不在乎你母親是誰，但你若再拿所有人的生命冒險，我會殺了你。」

冰藍惡魔嫌惡地丟開他，轉身往深處而去。

防空洞裡已不再有尖叫，秦甄飄浮在昏迷與清醒之間，靈魂隨時可能離體而去。

「甄！甄！」瑪卡拍著她的臉頰。

華仔的手從她腿間收回來，一波血水跟著湧出。

「我們必須叫奎恩回來！」莎洛美淚流滿面。

「不……」這個名字將最後一絲力量逼回她體內。「別叫他……大家……需要他……」

華仔摸了摸她的小腹，忽然露出天眞如稚童的笑顏。

「可以了。」

一陣痙攣攫住她的下腹。

「啊——」

「跟我來！」萊斯利將少年拖過來。

忽地，一具屍體凌空朝他們撞過來，形成最巨大的暗器。他們飛快撲倒躲過，傑登一抬起頭，望進一管黑洞洞的槍口。

死定了。今天第二次生起這個念頭。

砰！

傑登的身體被甩到空中，與子彈射擊聲同時發生，奎恩一甩開他，自己被強大的子彈衝力撞飛到壁面，深色暗澤迅速在他左肩泛開。

但最意外的不是萊斯利，不是傑登，而是開槍的人。

「你、你是、總衛官？」費德立克震驚地面對他的長官。

總衛官爲何會出現在這裡？他不是被派去執行機密任務？

「我搞砸了總衛官的臥底」是他腦中第一個形成的念頭，但，不可能！沒有任何墨族人認不出里昂．奎恩的臉孔。

那，爲何總衛官在這裡？

他陷入混亂的思緒裡，萊斯利趁機舉槍——

奎恩撞開萊斯利的槍，未中彈的手臂直攻費德立克右側。

「啊！」費德立克劇痛如絞，緊緊捧著體側倒在地上。總衛官……總衛官爲什麼攻擊他？

在他眼中，奎恩就是他這一生的英雄，他進入公署就是希望有一天能加入奎恩的麾下。

如今總衛官卻在這裡，身旁站著墨族人，攻擊他。

全國人民的英雄成了叛徒？

「繼續加強右側防禦。」奎恩冷冷丟下一句，幾名叛軍頃刻間消失在黑暗深處。

費德立克呆立在原地，努力對抗震驚和失落感。

奎恩往下跳入另一條支道，揪住萊斯利的衣領。「船到底在哪裡？」

壁面突然震動起來，不多久，隱約的隆隆聲加入這個陣容，彷彿地底某隻巨獸被驚醒了。

「這裡。」萊斯利往前跑。

水的氣味越來越明顯，最後幾十呎處甚至聽見了水流聲，萊斯利扳開地上的一道拉門，往下一跳；輪到奎恩時，田中洛清俊的面孔赫然在下方迎接。

「你們遲到了。」田中洛對他露齒一笑。

所有人跳下去，奎恩是最後一個。寬闊的地下河道在他們眼前流動，空氣中瀰漫著河水特有的腥味。他們腳下所立之處只有兩呎寬，出海口的河水輕輕拍打在每個人的腳上。

潛水艇。

一艘黑色的中型潛艇浮出來，所有墨族人已進入艇中，他們是最後一批。

「我說過，要有點信心。」

✷

秦甄睜開眼，就看見一幕最好看的景象：她的丈夫直直朝她走過來。

他黑髮被汗沾濕，寬闊的肩膀彷彿能將襯衫縫線撐開。藍眸一瞬不瞬集中在她臉上，一隻長腿大步吞噬他們之間的距離。無疑地，任何人若停留在這個航道上，都會被不容情地輾過去。

她好愛看他，即使走路這麼簡單的動作，他全身肌肉關節自在流轉，優雅得如同舞步。

四周的一切消失了，擁擠的走道，席地坐躺的墨族人，四處傳散的食物，走動檢視傷患的船醫。世界只剩下他和她，她腦中一處模糊的角落想：他換過衣服了，黑襯衫，黑長褲，黑色靴子。黑色永遠是最適合他的顏色。

「嗨。」他在她的睡袋旁盤腿而坐，一雙利眸檢視她的全身，確定她一切安好。

「嗨。」她讓蓋在胸前的薄毯滑落，一個小小襁褓露了出來。

奎恩的呼吸停止。

棕色大掌小心翼翼伸出來，彷彿小粉紅會碎掉似的。她將包裹輕輕放進丈夫懷中，他帶著近乎虔誠的神情接了下來。

小傢伙換了一個懷抱，依然沈睡著。

一二三四五六七八九十。十隻小手指。

一二三四五六七八九十。十隻小腳趾。

「很正常，我數過了。」她臉色依然略微蒼白，卻幸福。「三次。」

奎恩注視著女兒，緊縮的喉頭發不出聲音。她有一頭和父母一樣的黑髮，眼睛想來跟她母親一樣是漂亮的黑眸。兩隻粉團似的小手捏成拳，在羊水裡泡了九個月的小臉蛋依然泡泡的，但將來一定跟媽咪一樣是個美人。

如此脆弱的小生命，卻在烽火連天之際來到人間。

他的藍眸移至她的臉龐，深濃的情意令人屏息。

「辛苦嗎？」

「不辛苦。」

她在這裡，他在這裡，他們的女兒在他懷裡，一切紛擾都是雲淡風輕。

奎恩將女兒放回她懷中，然後將他生命中最重要的兩個女人一起擁進懷裡。

她滿足地埋進他頸窩，他的身體微微一動。

「你受傷了？」她馬上發現不對勁。

「沒事。」他搖搖頭。

難怪她一直聞到血腥味！本來還以爲是自己身上的味道，不過瑪卡幫她擦過澡了，而且他換了衣服，他剛才離開她時不是穿這件襯衫。

里昂知道孩子出生了，絕對不會先著裝換衣才來見她們，他是怕被她看見衣服上的血跡吧？

「在哪裡？是槍傷還是刀傷？」她急急忙忙摸索他的軀幹。

「我沒事。」他抓住她的柔荑安撫。

「給船上的醫生看過了嗎？」這人眞是的！

「看過了，子彈直接穿過去，不是大傷。」

子彈穿過去！她的心跳差點停止。

冷靜、冷靜，他還好端端坐在她面前，這才是最重要的。雖然這個世界上還有敗血症、傷口感染……停！不要再亂想了！

「我愛你。」因爲不知道要說什麼，只好說出心中的第一個念頭。

這英俊的男人對她微笑，俯首吻住她。

「你都沒有對我說過你愛我。」她戳戳他的胸肌。

「有。」

「沒有。」

「我贏了『三步挑戰』的那天。」

「那天也是我說的。」她很肯定地搖頭。

他又是一陣低笑。「好，只要答應我一件事，不管妳想聽幾次我都說……」

「不！」他根本不必講完，她已經知道他要說什麼。「我和寶寶哪裡也不去，我們要跟你在一起。除非哪天情況危急到我們若不離開會拖累你，我才會帶寶寶去歐洲找你母親。可是把寶寶託給她之後，我會回到你身邊。我們生在一起，死也在一起！」

他怎會以爲自己說服得了她？奎恩長嘆一聲，擁緊這全世界最對他重要的女人。旁邊的瑪卡發現自己和莎洛美一樣笑得傻兮兮的，連忙推了少女一把。

「去拿個鋪蓋來。」

「噢。」莎洛美趕快去張羅。

「你想給寶寶取什麼名字？」這一路奔亂，他們竟然還沒想好孩子的名字。

奎恩沈思片刻。「我母親一直渴望有個以花朵爲名的女兒。」

「紫菀（Aster）？」這是她最喜歡的花。淡紫色的小花，靜靜在秋末綻開，不與任何名花爭豔，卻細緻美好。

「紫菀是個很美的名字。」他們的小紫花。

「你很累了吧？陪我們睡一下。」她微微挪動一下身子。

這是一艘中型潛艇，約莫可容納一百五十人。孟羅只接他們的走私，不負責舒適度，艙房當然是留給他的工作人員和貨物，所有墨族人都擠在走道和交誼大廳。

莎洛美極細心，替她張羅了一個角落的位子，其他人知道她剛生產不久，也盡量不擠到她。奎恩艱難地舒展長腿，喬一個不會碰到傷口的角度，在妻女身旁躺下。

她輕撫他粗糙的下巴。他向來一絲不苟，逃亡中許多規矩必須放下，他的黑髮變長了，後面已經碰到衣領，兩頰更見瘦削，雖然精瘦只是讓他看起來更加犀利危險。

如果以前的他是軍人的最佳典範，現在的他就像落拓瀟灑的俠客。

「現在還痛嗎？」他多希望她生產時，他能陪在身邊。

「不會，有你在就好了。」

她身上殘留了一點血腥氣，他也是，他們果眞是天造地設的一對。

「是華仔幫我接生的喔！你女兒欠他一命。」

奎恩一怔，藍眸回頭搜尋那個最近黏很緊的影子。

「……」咚。

「華仔，你倒在這裡做什麼？要睡到旁邊去睡啊！」捧著鋪蓋回來的莎洛美差點踢到他。足尖頂一頂，華仔沒反應。

呃，他不會是……莎洛美錯愕地看向他們。「華仔爲什麼昏倒了？」

奎恩忍下翻白眼的衝動——他從不做這種不莊重的舉動——枕回妻子身畔。

長時間的疲勞終於襲來，過去七個月以來，他首度能放下警戒，臂彎擁著他最深愛的人，一家三口沈沈入睡。

1

殺人償命！

釋放鮑比．韋伯森！

起訴違法衛士！

打倒特權！重整紀律公署！

「這裡是B××在首都連線報導。如您所見，現場民眾的情緒十分激昂，事件是發生在上個星期，密蘇里州聖路易斯市的一樁悲劇。紀律公署在圍捕武裝叛軍時炸毀一棟民房，導致隔壁的八十歲老婦人伊莉莎白受到波及。伊莉莎白的孫子鮑比，在現場與衛士發生激烈的爭執，並且抗拒被捕；過程中，伊莉莎白不幸被衛士擊斃，而鮑比最後以『叛軍共犯』及『防礙執法』的罪名被逮捕。

「這件事引起全州的憤怒，民眾開始在紀律公署聖路易斯分部外聚集，但公署拒絕釋放鮑比．韋伯森。

「事件隨即在全國引發效應。長年以來，紀律公署的特權形象一直有所爭議，人民莫名其妙被捕的案例也時有所聞，累積已久的民憤終於爆發，全國各地開始出現大規模示威遊行。

「這裡是首都國會山莊與總統府外面的現場，所有刺馬都圍了出來，紀律公署及軍警都嚴加佈署，慎防進一步的暴動……」

從總統辦公室的窗戶並看不見示威人潮，拒馬將人潮擋在五條街之外，但歐倫多總統從新聞轉播便能感受到現場的激動情緒。

他拿起遙控器將新聞轉爲靜音，走回辦公桌後坐下。

「這個世界還能瘋狂到什麼程度？」

他面前的人——奧瑪署長、貝神父與反恐作戰部最新領導人卡爾・岡納衛官——都沒有回答。

「顯然我的世界還不夠瘋狂，你們必須添加更多的瘋狂元素進來。」總統嘲諷道。

依然無人應聲。

六十五歲的男人能坐上總統之位並不算老，尤其這總統之位是從各方勢力的手中搶下來，更讓人明瞭歐倫多絕對不是個好相與的角色。他也很清楚自己演不成和藹可親的老爺爺，鷹勾鼻與過白的膚色讓他看起來更像童話故事中的陰森巫師，於是他將「嚴肅冷厲的總統」發揮得淋漓盡致。

「告訴我奎恩總衛官是何時叛逃的？」

這個問題終於有人回答了。

「七個月前。」岡納說。

在場都是在各自領域舉足輕重的人，也都不是太瘦小的人，然而和卡爾・岡納一比，他們個個都像發育不良。

六呎四吋的岡納不只是魁梧，當他實際出現在你的視線裡，你心中只會浮現一個想法：巨人。

他全身每一吋都是肌肉，鼓漲硬實，肩寬可以擋住兩個成年男人，握手成拳比嬰兒的腦袋更大，即使是公署的黑袍制服，都掩不住他樹幹般的臂肌、腿肌。

岡納衛官絕對不是個溫和的巨人，他的每一絲線條都散發出兇狠獰惡的氣息。歐倫多總統毫不懷疑，這男人可以在五秒鐘之內將他和奧瑪署長的脖子扭斷。對付貝神父或許會多花點時間，不過貝年紀漸長而岡納正值盛年，誰會最後勝出似乎毫無懸念。

「奎恩總衛官已叛逃七個月，你們才決定告訴我？還有什麼我應該知道的嗎？例如他已取得國家的核彈發射密碼？」歐倫多譏刺。

「不，最近一次試圖將他追捕回來的行動失敗了，奎恩目前下落不明。他有可能在世界的任何一個角落。」雖然岡納很清楚他若不是到了德克薩斯，就是躲在孟羅的藏身處。

歐倫多捏了捏鼻梁。

砰！怒氣終於爆發了。「你們是在跟我開玩笑？我們說的不是隨便一個政要，而是里昂．奎恩！奎恩家族是『愛國』和『英雄』的代名詞，他父親道格．奎恩的墓碑直到現在都還是軍人節的憑弔之處！最近紀律公署又被推到浪尖上，如果我們有任何時期需要奎恩站出來相挺，現在就是最佳時機！你們卻告訴我，我必須讓全國人民知道連奎恩總衛官都選擇離開？接下來呢？奎恩工業要提供第三世界武力了？」

「他個人的行為不代表奎恩家族。」奧瑪開口。

「奧瑪，你該不會這麼天真吧？難道瑟琳娜會棄自己的兒子於不顧？」歐倫多譏刺道。

里昂．奎恩的叛逃必然會在家族內引發一陣波瀾，但在他們關起門來理清一切之前，不會對外表態。如果里昂．奎恩能說服母親事出有因，奎恩家族甚至會成為他的後盾。

「還有，瑟琳娜和羅蘭家的長公主一起長大，情同姊妹，兩家人還差點聯姻，羅蘭家族會怎麼做？」五大家族就有兩個可能成為里昂．奎恩的靠山，歐倫多光想到就覺得頭痛。

「約瑟夫．羅蘭對政治圈向來置身事外，我會再找他談談，他應該不會插手。」奧瑪提議。

歐倫多的眼神不禁投向貝神父。

「不用看我，我是我們家的黑羊，貝氏對插手政局也不感興趣。」貝神父舉起手。

「還有瑪莉安・奎恩呢？」

「瑪莉安・奎恩又如何？」奧瑪皺眉。

「她是道格的妹妹，奎恩總衛官的姑姑，現任交通部長的妻子，更別說她本身是高階軍官退役，在軍界影響力甚鉅，目前擔任數個現役及退役軍人組織的顧問。讓奎恩家族的人繼續待在核心權力的圈子裡是好事嗎？」

「總統先生，如果你現在開始追殺每個一個奎恩，等於公然和奎恩家族宣戰，你確定這是我們現在需要的？」岡納冷漠地提醒。

歐倫多懊惱地揮開桌上的筆。

「這就是我認爲五大家族應該退出軍政界的原因。」他咕噥。

「家族勢力不是我們現在的主要問題。」這些大人物的腦子到底都在想什麼？岡納覺得很煩。

「我們必須和瑟琳娜・奎恩談談，先告訴我到底發生了什麼事？」歐倫多終於說。

瑟琳娜・艾德森。岡納忍住糾正他的衝動。

有什麼差別？無論瑟琳娜的現任丈夫是誰，里昂都是她唯一的兒子，奎恩工業的CEO是她，沒有任何母親會背棄自己的兒子。

「奎恩懷孕的妻子具有墨族血統。」岡納一言以蔽之。

「一個女人？就爲了一個女人？」歐倫多難以置信。

「不只。」貝神父緩緩開口。

所有人都望向這清癯寬厚的神職者，但貝神父的眼光只盯著新聞螢幕。

「貝？」奧瑪輕促。

「你們看不出來我們正在傷害這個國家嗎？這麼多對立，這麼多殺戮……」貝神父的眼光緩緩轉回來。

「奎恩跟你說過什麼？」歐倫多催問。

「我們做錯了，爲什麼從來沒有人停下來想一想？」貝神父的語氣無比沈重。「我們在幾百年前闖進這片大陸，奪走它的所有權，迫害原本生活在這塊土地上的人民。這些人之中許多是平民婦孺，我們卻用軍隊去殘害他們。軍人的職務是對抗軍人，我們卻用『愛國』、『忠誠』的旗幟驅策這些年輕人做出違反人性的事。許多人選擇不去想，因爲藏在一個『愛國』的口號下安全多了，但不是每個人都如此。

「奎恩在離開那天告訴我：『不只爲了她。』他愛他的妻子，固然是爲了救她，但也是爲了救許多跟她一樣的平民。他跳脫出這個框架，開始思考了。你們必須明白，奎恩不會是唯一一個；總有一天，會有越來越多的年輕人和他一樣。」

貝神父往無聲的新聞畫面一指。「這群示威群眾不是第一群，也不會是最後一群，越來越多人會站出來，到時候呢？我們該怎麼做？把每個人抓起來通通處死？」

「貝……」奧瑪開口。

「我們做錯了，情況必須改變，我們不能再無意義地清除一個種族。德克薩斯變成一塊有毒荒土，我們甚至無法將墨族人的家園還給他們，但起碼不該繼續殺戮。」

「神父，別無不敬之意，但發動恐怖攻擊的是墨族叛軍，被攻擊的是我們的平民，他們也是無辜的。」岡納指出。

「總有一方必須先停手，否則這循環永遠不會停止。」他沈重望著這個國家地位最高的人。「反恐清除法必須廢止，趁現在我們還有機會，不要逼更多的『奎恩』站出來。」

「貝神父，我尊重你的想法，但事情沒有這麼簡單。先不說廢除奉行了五十年的國家政策非一朝一夕之事，如果我們赦免所有墨族人，接下來他們就會要求歸還他們的土地。」歐倫多指出。

「那就還給他們，德克薩斯現在不過是一片廢土，於我們沒有任何利用價值，就算還給墨族人又如何？」

「因爲這只是開始！接下來他們會要求將德克薩斯恢復原狀，你知道清除全州的輻射污染要花多少錢嗎？他們會爲他們的土地求償、爲他們的人民求償、爲他們多年來的痛苦求償……政府將面臨一段無止盡的法律訴訟，最後只會讓這個國家付出沈重的財政代價，甚至陷入赤字或破產，沒有哪個執政者能承擔這種後果！」歐倫多又搥了桌子一拳。

「所以，說到底，一切是爲了錢？」

「拜託，貝，這世界上的一切都是爲了錢，人類經歷了一場又一場的戰爭，哪一次不是爲了錢和資源？你曾經是個上尉，不會那麼天眞吧？」歐倫多厭煩地嘆了口氣。

反恐清除法施行的時間越長，造成的損害就越大，事後被追究的金額也越高，於是沒有哪一任執政者停得了手，只能蠻幹下去。

貝神父陷入沈默。

「無論如何，眼前的問題必須解決，紀律公署對於逮捕叛逃的奎恩總衛官有何做法？」歐倫多望向奧瑪。

「這件事必須絕對保密，不只是影響民心的問題。一旦奎恩叛逃的事曝光，所有他經手的案子都必須重新檢驗，牢裡的重刑犯會被釋放，我們將面臨數不盡的官司和收不完的爛攤子。」奧瑪嚴苛地說。

「作戰部會盡力將他緝捕歸案。」岡納只是簡單地說。

「那你爲什麼還在這裡？」歐倫多綠眸微瞇。

岡納神情保持平靜，不看向身旁的署長。

「奎恩在整個公署終究有其威信，尤其作戰部都是他的老手下，爲了利益迴避原則，追捕奎恩的事，我打算交給反恐清除部，但他們可以協調作戰部的衛士一起出任務。」奧瑪代爲回答。

「所以清除部的人也知道奎恩叛逃？」歐倫多差點忍不住脾氣。

「只有新上任的部門主管知情，一般衛士只知道他們在搜捕疑似變節的人，在行動規劃的部分，岡納衛官依然有極大比例的參與，畢竟他是最瞭解奎恩的人。」

「署長的意思是，奎恩是我的前任搭檔，我可以擔任追捕行動的策劃顧問，但實際追捕的任務宜由我以外的人負責，以避免不必要的嫌疑。」既然要黑就黑到底了。

一直以來，作戰部和清除部的職責非常分明，前者負責追捕武裝叛軍，後者負責搜捕墨族平民。理論上奎恩叛逃之後，應該被視爲叛軍的一員，但岡納很清楚奧瑪對他的猜疑。

奧瑪從來不是以器量寬宏見長，被奎恩挾持一事讓他對奎恩恨之入骨，強森等一干心腹又死於奎恩手中，他不可能再信任反恐作戰部的人。

官方說法，強森等八人是死於叛軍手中，即使總統都不知情。清除部新上任的庫柏一旦得知自己必須追捕奎恩，不會不把這些事聯想在一起。

「奧瑪，你懷疑岡納衛官的忠誠？」貝神父難以置信。

他大概不曉得這句話刺在奧瑪的心頭多有深。七個月前，也有一個男人在奧瑪面前說出「我的忠誠不容質疑」，事後證明，他們兩人對於「忠誠」的解讀十分不同。

桌上的分機突然響起來。

「總統先生，我們已接通瑟琳娜・艾德森女士。」總統祕書說。

「轉進來！」歐倫多立刻將電視螢幕切換到視訊畫面。

畫面切進來，四個男人俱是一怔，出現的並非瑟琳娜，而是一名三十出頭的年輕男士，一身手工西裝和高級領帶，英俊的臉龐掛著一副金絲框的眼鏡，充滿白領精英的架勢。

「你是誰？」歐倫多粗率地問。

「總統先生，我的名字叫楊・艾德森，『艾德森兄弟法律事務所』的資深合夥人，謹代表我的當事人瑟琳娜・艾德森女士與諸位會談。」楊以專業化的口吻回覆。

「瑟琳娜推出律師來搪塞我們？」歐倫多難以置信地看其他人一眼，貝神父是在場唯一露出笑容的人。

「總統先生，艾德森女士授權我處理今天的會議，她本人也會在事後查閱通話紀錄，若有任何欲補充之事，她會做出最適切的判斷。」

「我們討論的主題關乎一個世界強權的重大機密，遠超乎你的層級，讓瑟琳娜聽電話！」

楊聞言，鏡片後的目光轉爲犀利。「相信我，總統先生，沒有人比我更瞭解法律和政治的微妙分野，我同時是英倫邦聯幾位政府官員的私人律師。艾德森女士已經將她的意向充份告知我，我完全有能力傳達她的意見。如果各位沒有問題想提出，先讓我以艾德森女士的疑問開始。」他拿起桌面上的一張紙卡，唸道：「歐倫多，奧瑪，你們想要什麼？」

「我想要這個對話沒有外人在場。」歐倫多劈里啪啦說回去。

楊拿起第二張紙卡：「楊不是外人，他是我的律師，我丈夫的兒子，我的繼子，我兒子的繼兄弟，我對他的信任多過你們，你們要什麼？」

瑟琳娜完全預測了他們的回應。岡納抑回一絲笑意，他爲什麼不意外呢？不愧是奎恩的母親。他決定接過主導權。

「艾德森夫人是否知曉奎恩總衛官的下落？」

「容我在紀錄上指出，我建議夫人不必回答這個問題。」楊挑了下眉，拿出下一張紙卡：「我不必回答，不過我願意回答——不，我不知道我兒子在哪裡。」

「過去七個月他有沒有和夫人聯繫？」岡納接續。

「恕我請教，您是？」楊對他雙眉一挑。

「卡爾．岡納，三階衛官。」他冷冷自介。

「啊，奎恩總衛官的前任搭檔。」楊拿出下一張紙卡：「我猜，你人在首都，而不是追在里昂身後，應該也被禁足了？」

這話著實刺耳，瑟琳娜對每個可能出席的人和問題都抓得精準無比，署長和總統爲之氣結。貝神父的笑容加深。啊！眞懷念往日時光，他自己不是沒被瑟琳娜釘過。

「瑟琳娜是不是……」歐倫多漲紅臉。

楊舉起一隻手指，繼續唸下一張卡片：

「不必太難過，傑克的性格是寧可我負人，不可人負我。倘若換成了道格，傑克只怕也會將他禁足起來。」

犀利到一針見血，岡納決定他喜歡這個女人。

「瑟琳娜明不明白她兒子犯了什麼罪？他爲了一個女人背叛我們國家。」奧瑪的臉色難看到極點。

「你是說，夫人是否知曉，紀律公署逼迫她兒子親手處決他妻子和她未來的孫女，於是決定帶著她們逃亡？是的，她知情。」楊精確地回答。

「他自願參與處決，目的是爲了劫獄！」奧瑪反擊。

如果讓這些人繼續扯下去，今天的會永遠開不完，岡納決定再度接過主導權。

「奎恩逃亡的這段期間，夫人是否資助過他？」

「這個問題，艾德森夫人並沒有回答的義務。」楊平靜地微笑。

岡納盯住螢幕上的白領精英。「你可以轉告夫人，我願意提供交換條件：只要她和奎恩工業置身事外，不再涉入奎恩的不法活動，我就答應活捉他，給他家人完全的豁免權，並且將他們安全送到她身邊。」

楊笑了出來，拿起下一張紙卡。「告訴我，岡納衛官，如果奎恩不打算讓你活捉呢？」

岡納下顎一硬。「我向來遵守諾言，無論情勢如何險惡，我會確保他能活命，希望夫人就此慎重考慮。」

「聽著，我們能理解奎恩總衛官只是想救他的妻小，這件事並不是沒有轉圜的餘地。如果瑟琳娜不放心，我們可以簽署正式合約。里昂是我國苦心栽培的棟樑，我們依然希望他能重回崗位，跟這個國家一起奮戰。」歐倫多終於插口。

「如果奎恩總衛官決定和我們聯絡，我們會轉告他的。」楊禮貌地點頭。「很高興與各位面談，以上就是夫人完整的立場。」

鏡頭關閉，通訊中斷。

「奎恩和他母親聯繫過了。」岡納立刻說，三名大人物立刻看向他。「她知道他妻子懷的是女兒。」

「所以瑟琳娜一直在資助奎恩逃亡？『奎恩工業』是我國的主要武器供應商，等於我們一直在資助奎恩的叛逃行動。」歐倫多的火氣又上來。

即使政府立刻切斷和奎恩工業的合作關係——而這幾乎不可能——奎恩工業在全球擁有數百種武器專利，幾乎各家的軍火商都必須付給他們專利金。美加無論和哪一家合作，直接間接都還是奎恩工業獲利。更別說政府和奎恩工業合作的高階武器研發專案，有許多敵對國家只怕巴不得他們越快拆夥越好。

「他不需要他母親的錢。」起碼目前還不需要。

「爲什麼？」歐倫多質問。

「我們將奎恩的帳戶凍結之時，裡面的餘額是六萬四千美加幣，甚至不足他一個月的薪水。」岡納冷冷看著他們。

「感謝你讓我知道總統的身價連一名總衛官都不如。」歐倫多澀澀地說。

岡納對總統薪資不感興趣。「他送走秦甄之後曾經回來三個星期，這段時間足夠他將所有資金移轉。反恐作戰部的工作就是追查叛軍，包含他們的金錢流向，如果有任何人懂得如何操弄資金，那就是我們。」

「真讓人印象深刻，紀律公署果然擁有全球最頂尖的訓練。」貝神父是現場唯一笑得出來的人。

奎恩將所有學到的技巧運用在他自己的逃亡之上。

「儘管如此，奎恩現在轉入地下，領取資金並不是那麼容易，他不可能直接走進銀行領錢，最有可能是透過黑道的管道洗錢。」岡納直直望進署長眼中。「我是最瞭解奎恩的人，我最清楚他遇到問題會如何即席應變，關鍵字是『即席』！我無法坐在辦公室裡只憑遙控就找到他。」

「奎恩突然從檯面上消失，反恐作戰部需要一張熟悉的面孔坐鎮。你並不是被禁足，對抗墨族叛軍依然是你們的職責。現階段，讓清除部去追索奎恩，我需要你待在總部穩定人心。」

這一刻，岡納突然瞭解他老搭檔以前說的：他們的最大阻力不是叛軍，而是官僚體制。

「你們說，最近一次追捕他的嘗試失敗了，有多少衛士喪命？」貝神父問。

「零。」

「你們連奎恩的人都沒見到？」歐倫多微微一驚。

「有一個人和他正面交鋒，他讓費德立克衛士安全離開。」他面無表情地說。

「這代表什麼？奎恩對手下依然留有情分？」歐倫多問。

「不，只代表他不做非必要的殺戮。」

這是叛軍一貫的風格，殺一個警察會引來更多警察，殺一個衛士會引來更多衛士，所以非到必要，叛軍不會和衛士硬幹。很諷刺的是，奎恩的思路竟迅速地切換爲叛軍模式。

「所以，他依然有可能殺死反恐作戰部的人？」歐倫多再確定一下。

「如果情況威脅到他的人，他不會遲疑。」岡納銳利地看向署長和總統。「我不希望你們誤以爲他會念在以往的情分對我們手下留情，這是不可能的事。」

「那對你呢？」歐倫多不客氣地問。

岡納連想都不用想。「他會殺了我，因爲我是最能威脅他安全的人。」

✷

這個世界上，有些人天生就不適合幹粗活，例如她。

「噢，該死。」她心疼地檢查手指甲。昨天才剛做好的指甲斷掉一根，花了她好多錢的。以前花幾百塊做指甲的小錢，她向來不放在心上，可今非昔比，現在她可是個刻苦耐勞的藍領階級。

「嘿！妳那箱礦泉水已經搬了十五分鐘了，到現在還沒弄好？」倉庫經理——蘇珊大嬸的臉色很不好看。

「什麼？」若絲琳抬起頭。

「礦、泉、水！」經理不爽。

「噢，謝謝，我不渴。」

「我是叫妳搬！」經理差點抓狂。

「搬它幹嘛？這裡是倉庫，它已經在倉庫裡了。」若絲琳莫名其妙地看她一眼。

蘇珊深呼吸。冷靜，冷靜！

很大程度是因爲若絲琳天生就不是那種受女人歡迎的人——通常越受男人歡迎的女人都不太受同性待見，也不知是哪來的道理——而「好買家」的倉庫經理蘇珊大嬸又是那種肩能挑、手能提，背上還能順便揹個五十斤的女漢子。相較之下，像若絲琳這種嬌滴滴、水噹噹，搧搧睫毛就有一堆男同事搶著獻媚的不肖員工，看在她眼中簡直刺目。

但，沒辦法呀！「好買家」的倉庫制服是一件灰色針織衫，無型無款，任何人套上都一秒變布袋人，偏偏套在她身上，前胸和後臀就立刻挺翹出來，教人不盯著看都不行。

蘇珊大嬸一開始以爲是制服不合身——或太合身——幫她換了大一號的，效果一樣。還因爲尺寸太大，領口變得更寬，只要她彎腰拿東西，附近的男員工眼睛簡直都發直了，那乳白的波光多麼讓人口乾舌燥啊！

後來若絲琳嫌寬版的腰身礙事，隨手拿了條腰帶纏起來，這下不只前凸後翹，又加了小蠻腰，當場癱瘓了以雄性員工爲主的倉儲部。

她充滿異國風情的相貌，貓眼靈動，櫻唇未語先笑，烏檀木般的長髮垂在軟膨的酥胸上，說有多妖嬈就有多妖嬈。

蘇珊憑一介女流之身，力拚群雄成爲倉儲部的經理，對於這位只知賣弄美色的手下眞正是恨鐵不成鋼。

若絲琳．韓來到好買家這四個月，沒有一天認眞在做事。如果不是坐在貨架上、蹺著修長的玉腿看男同事幫她理貨，就是拿著指甲刀在旁邊磨磨修修，讓男同事盯著她的玲瓏身段差點撞牆。還有一次，蘇珊逮到她剛擦完指甲油，旁邊圍了一堆色慾薰心的曠男，陪她討論這顏色好不好看。

她的存在沒有任何實用價值，頂多只能當吉祥物，放在旁邊激勵男員工——這樣一想，最近倉儲部的單身男員工請假率都變低了，好像也算有點貢獻？

「沒關係，礦泉水我來搬就好了。」殷勤的史提夫趕來救駕。

「謝謝你，史提夫，你眞是救命恩人。」若絲琳拋給他一個飛吻。

史提夫的雙眼頓時變成心形。

「韓小姐，好買家是對客人認眞負責的賣場，每天必須負擔龐大的進出貨量。」蘇珊受夠了。

「叫我若絲琳就行了，我也很榮幸成爲這間公司的一份子。」並不。

「我不管妳是哪個單位安插進來的，只要妳待在我的倉庫裡，就得和其他人一樣認眞做事！」

「蘇珊，眞是抱歉，我知道我是個糟透了的員工，可是我這輩子沒提超過十磅重的東西。」若絲琳的長睫瞬間淚光隱隱，一干倉儲曠男登時心碎。

「沒關係啦！」

「我們可以幫忙。」

「不然將若絲琳調去做收銀……」

「不用不用，我們倉庫也是好單位。」提爛點子的人被巴頭了。

「閉嘴！」蘇珊經理抓狂大喊。「上帝啊，爲什麼？」

笑吟吟的禍首完全不擔心自己被開除。

「別這樣，蘇珊，總有一天妳會發現，其實我沒那麼討厭的。」

這女人實在自我感覺良好！

其實，她雖然花瓶了點，平時做人倒是挺可愛的……不行，這時一定要拿出主管的權威！

蘇珊瞇起眼。「妳今天要搬完這堆礦泉水才能走。」

若絲琳來不及回應，一道魁梧的身影從門口走進來。

「啊，救兵到了。」

現場所有人皆鴉雀無聲。

他們紀律公署的人好像天生自帶電風扇，即使在悶熱無風的天氣，走動時依然黑袍飄飄，一副英風颯爽的樣子。若絲琳懊惱地想。

比起奎恩總衛官的修長優雅，卡爾・岡納更像一部推土機，這既形容他的體格，也指他惡棍般的態度。他的胸肌厚實如牆，肩膀彷彿走進窄一些的小巷就會卡住；他的四肢纏繞肌肉，尤其是那雙強壯的腿，讓人擔心他的膝關節能否撐得起這份重量。再窮兇極惡的人都不想在暗巷遇到這個男人。

他的髮色和眼睛是最常見的棕髮棕眸，但放在他身上沒有一點平凡之處。紀律公署註冊商標的冷酷，讓人不會將他與「平凡」聯想在一起，六呎四吋的高度也絕對不是平凡可以形容的。

應該有人立法規定，身高到了一定程度就不准再長上去。若絲琳撇了撇嘴。

整體而言，卡爾・岡納不是個英俊的男人，卻百分之百是個眞男人。

「公務需要，我要提前帶她離開。」

大哥，你用這種毫無轉圜的語氣說話，還敢拒絕你？

「當然、當然，岡納衛官。」果然蘇珊大嬸被嚇住了。

若絲琳長嘆一聲。「被你們猜對了，我就是岡納衛官的祕密情人。爲了保衛國家安全，拯救世界和平，他必須把我放在一個最重要、最機密、對人類產生最偉大貢獻的地方：好買家的倉儲部。抱歉，史蒂夫，這就是我不能跟你出去的原因……噢！」

鐵掌毫不憐香惜玉地把她扯走。

「幹嘛啦！我下班之後還要去重做指甲，你沒看這一隻斷了嗎？」她手舉到他眼前，結果被他硬塞進前座。

滑進駕駛座的男人發動引擎開走。

車程並不順利，他們直接開進一個示威遊行的現場，一堆激動的人在車窗外叫囂，示威標幟四處揮舞，完全掩住前方路況。

她被限定居住在離首都一個半小時車程以外的地區，沒想到這裡也在示威遊行。

「釋放鮑比、釋放鮑比！」幾名示威者撲向他們的擋風玻璃。

「嘿，他穿的是黑色制服！」

「紀律公署的人在這裡！」「釋放鮑比、釋放鮑比！嚴懲違法衛士！」一群人包圍過來，有些人掏出手機開始錄影。

岡納直接長按喇叭。嗶——許多人退縮了一下。

他的腳同時踩住油門和煞車，引擎吼出威嚇的隆隆聲。示威群眾從他臉上看出，自己再不退開，他眞的會直接輾過去，所有人終於放他的車離開。

嘖，這傢伙一臉不爽的樣子，不曉得在哪裡受氣了。若絲琳毫不同情地想。

「你確定常常跑來找我是好事嗎？那些想聯絡我的暗哨說不定被你嚇跑了。」她摳摳指甲，放在唇邊吹一吹。

「我親眼見過妳搬一株半人高的鐵樹，起碼超過五十磅。」

「所以呢？」

「所以沒有『沒搬過十磅以上重物』這種事。」

「噓，小聲一點，別告訴我的經理，不然她可能會開除我……噢，我忘了，她不敢開除我，因爲我背後有一座強壯的靠山頂著。」

「我已經說過，妳的言行舉止必須像個普通人，盡量低調，怠忽職守只會讓妳變成團體中的異類。」岡納的語氣涼颼颼。

「那是你說的，我可沒同意。我本來日子過得好好的，經營自己的花店，擁有豐厚的存款和交友圈，是誰害我拋下一切，被丟到一間髒兮兮的倉庫當搬運工？」

「倉庫或三千度高溫，妳只有這兩種選擇。」岡納無情地瞄她一眼。

「唷，說得好像你眞捨得殺了我，不然把我丟回懲治中心啊！我好害怕，嗚嗚。」她擦擦眼淚。

岡納飆來一記凌厲的視線。

「看你這酸樣！奎恩選擇了他的女人而不是你這個搭檔，是不是讓你很難過？」沒心沒肝的女人笑道。

「抱歉讓妳失望了。」

「唉，多年的同袍情誼VS一個才剛認識的女人，你輸了，心好累。」戳、戳、戳、戳。

岡納不再跟她說話，這女人嘴巴說不出好聽話。

她的公寓離工作地點不遠，開車十五分鐘就到了。

他們進入她的廉價小公寓，裡面睡眠區、客廳、廚房全部連在一起，唯一有隔間的是廁所，也小到只能淋浴而沒有浴缸，連她之前公寓的更衣室都比這裡大。岡納毫不客氣地將她推進去，鎖上門。

「噢！」她跌進兩人座的小沙發。

號稱「客廳」的區域只放得下這張沙發，體型魁梧的他再擠進來，整間公寓就滿了。

岡納掏出她的手機，快速檢查通聯紀錄。

外賣、外賣、外賣、外賣——這女人不煮飯，完全能理解。

蘇珊的簡訊問她今天到底來不來上班——可見又遲到了。

史提夫的簡訊約她周末出去看電影——那傢伙眞不死心。他隨機撥了幾通電話，確定眞的是外賣商店。手機隨便往沙發一扔，檢查室內電話的來電和撥出紀錄，然後檢查整間公寓的監視系統是否正常，她有沒有使用干擾器，是否試圖聯絡他們不允許她聯絡的人，包含她舊生活圈的朋友等等。

若絲琳懶懶脫掉醜斃了的灰制服，撩起床尾的T恤套上，然後把空調開到最大。

八月的天氣眞是熱死人，這台爛冷氣吹出來的風不比電風扇涼多少，或許她應該藉機敲他一頓，紀律公署不會裝不起一台新冷氣吧？

「拜託，你眞的要假裝這時間把我拖回來，就是爲了檢查我的通聯紀錄？」她雙手一盤，豐滿的乳房挺翹而出。

岡納的棕眸微微變深。

其實她的胸部雖然大，在大胸脯之中只能算中間等級，眞正讓她溢出女人味的是她這人本身。若絲琳．韓完全明白自己外貌的優勢，並充份將這些優勢發揮到極致。

這女人最大的問題就是她那張嘴——當然，那張嘴也有不錯的用處——從他一放她出來開始，她無所不用其極地挑釁，臉上永遠掛著膩死人的甜笑。

他必須說，各種人他見多了，但像她這樣甜蜜蜜地氣死一個人的女人眞的很少。

她以爲紀律公署需要她誘出那些潛在暗處等著營救的人，對她就有所顧忌。她不知道的是，他並不在乎她是死是活。

如果若絲琳以爲他動不了她，她就錯了。她是墨族血源者，即使殺了她都不會有人眨一下眼睛。

最後，岡納在她的遊戲裡打敗她——他上了她。

這不是強暴，他或許讓她出其不意，但給了她充足的時間拒絕，然而若絲琳雙眼一瞇，迅速抓回遊戲中的主權。

第一次快速而強烈，他們兩人都不是生手，各自都禁慾許久，這件事開始了他們之間純粹的肉體關係。

他明確地讓她知道，他對她沒有任何道德約束。若絲琳・韓不是一個狐狸精，無論治豔的外表多符合；她是一匹母狼，精明、犀利、狡詐，只要給她機會，岡納毫不懷疑她會直撲他的喉管。

然而，狼群裡只能有一個老大，他必須讓她明白誰才是。

後來他們做了無數次，每一次都是單純的性交，她的情況不容許她和任何人交往，他則忙著抓她好友的丈夫，某方面他們就是彼此最好的選擇。

慾火一觸即發，每一次都得到激烈的高潮。這間公寓的每個角落都被利用過了，她的床，她的沙發，她的地板，她那小得可憐的流理台。

他確保她定期服用避孕藥，以免發生任何令人不悅的意外。

這次也和之前的每一次一樣，強烈而火爆，結束之後兩人都滿身大汗地躺在她的床上。

「哇，有人今天心情很不好喔！」他做愛的粗魯程度和他那天心情有關，通常他要是過得不太順利，就不會花太多時間搞前戲。

他跳起來把長褲套上。

「一次就走了？好難得。」她把床單往胸口一圍，坐起來。

「明天妳會準時上班，認真工作，準時下班，未獲同意之前不能任意離開這間屋子。妳禁止和授權以外的人聯繫，禁止讓授權以外的人知道妳的下落，如果違反規定，我會在第一時間將妳丟回懲治中心。」襯衫扣好，黑袍套上，完畢。

當男人就是這麼簡單。

「說眞的，你以爲田中洛、奎恩或甄會傻到和我聯絡？」

「妳就這麼想回懲治中心？」他回頭看她。

「這是實際値和理想値的問題。」她攤了攤手。「他們逃走之後，我立刻被放出來，任何有腦筋的人都知道你們一定不會沒事放一個人出來。」

「重點不是會不會，而是何時。」

奎恩對她不感興趣，但秦甄一定在乎，更別說和她關係曖昧的田中洛。看著若絲琳的人不是只有紀律公署，還有各方人馬，每個人都在等著對方疏忽的那一天。

「哇，你讓我覺得自己好重要。」談及好友和她老公，若絲琳突然想起一件事。「喂！你今年幾歲？」

「關妳什麼事？」他無意和她分享私人資訊。

「當然關我的事，你也快三十了吧？除非奎恩這一走，紀律公署取消三十歲結婚的規定，不然你也將面對相同的命運，我可不想到時候被一個哭哭啼啼的大老婆追殺。」她是不介意睡已婚男人啦！不過任何女人傻到會嫁給他，都値得多一份同情。

「這件事已經處理好，不需要妳過問。」他漠然地套上靴子。

已經處理好？他是說，他已經結婚了？

「你睡了我這麼久，竟然瞞著我結婚，我的一顆小芳心受傷了。能不能知道那個幸運女人是誰？她不會眞的找人來追殺我吧？」笑吟吟的臉孔完全看不出擔心之色。

「她死了。」

她愣了一下，心中竟然略過一絲歉意。她連他結婚了都不知道，他老婆竟然死了。「我很遺憾。」

「爲什麼？」他反問。

「……因爲你老婆死了。」

「她是癌症末期病患，本來就活不久，拖兩個月已經比預期中活得更長。」岡納漠然地檢查手機簡訊。

慢著？不是吧？若絲琳張口結舌。

她是眞眞正正的張口結舌！卡爾・岡納三階衛官終於有一次讓她徹底說不出話來。

「你……故意找一個快要死的女人結婚？」

「不然我娶她做什麼？」公署既然有規定，他就會遵守規定。這女人是他的一個線民，即使沒患上癌症，巨大的藥癮遲早也會了結她。既然如此，何不趁勢幫他一把？

若絲琳嘆爲觀止。「先是奎恩，再是你，紀律公署知道衛士們都用這些手段規避責任嗎？」

這話很刺耳！

「那女人無法負擔龐大的醫藥費，才會拖到藥石罔效，我和她簽了契約，在她死後給她父母四百萬安家費，另外幫她保了鉅額保險，受益人是她父母，紀律公署的喪葬撫恤金也全歸給她家。她的生不值一文，但她的死可以爲家人換來七百萬的保障，相信我，我盡了所有該盡的責任。」

床上的女人繼續嘴巴開開，發不出聲音。

可惡！她只圍一條床單的模樣該死地性感誘人，岡納馬上聯想到那張嘴可以在他身上做多少事。

不！他已經在這裡浪費太多時間。

「鰥夫先生，你確定不需要我安慰你的喪妻之痛？說不定明天我就『咻——』消失了。」她拉開床單，露出滑膩如雪的嬌軀，他留在她身上的性愛痕跡依然鮮明。

他連回答都不屑回答，直接往外走。

「喂！我都讓你給睡了，好歹來一台新冷氣吧？你也享用得到喔！」她衝著他的背影叫。

被她睡了的魁梧男人把門帶上。

2

奎恩頎長的身軀趴在丘陵頂端，軍用望遠鏡在他的大掌中猶如一只玩具，田中洛和荷黑分據在他的兩側。

下方的森林佔地驚人，傾圮的大樓及建築物隱隱從叢林上方鑽出來。

他們的所在地距離聖安東尼奧約二十五哩，應該是卡斯特維爾市一帶，不過本地人都管這裡叫卡斯丘。正常的情況下，他看著的應該是繁華的都會區，不過現在已經被蔓生的植物大軍侵略。

德克薩斯在戰前是舊美國第二大州，僅次於阿拉斯加。如果以國家來比較，德州的面積僅次於智利，約可排名全球第四十名。

若將德克薩斯從北到南切開，由北邊延伸到東南的這一半氣候乾燥，越往南方的墨西哥灣越見濕暖。在舊美國時期，以達拉斯、休士頓和聖安東尼奧組合而成的「德州三角地帶」便是位於這半邊，全州百分之七十的人口都居於此處。這一區也是文明大戰受創最深之處，髒彈讓繁華的三角地帶形同廢土。

現在的德克薩斯只有西北邊和南邊能住人，以前的兩千萬人口只剩下約三百萬人，西北部是歐洲罪犯的地盤，南部則由墨西哥和南美罪犯掌管。兩方人馬爲了搶奪地盤打過幾次架，最後他們發現哪裡都討不了好，平白讓監看的官方很樂而已，於是他們取得共識，井水不犯河水。

兩方唯一會聯手的機會只有對抗外侮——在這裡指紀律公署、軍隊或警察。

做賊的通常不會和做官兵的硬幹，但若他們只剩下一個地方可去，官兵還要苦苦相逼，結果就是不幹也得幹。以前紀律公署試過幾次，後來就學到了窮寇莫追的道理。

他們從南邊上岸之後，繼續往上走，來到廢境與文明的交際處，算是最靠近廢境而有人煙之處。

奎恩原以爲紐約的情形已經夠糟了，德克薩斯卻比他想像得更糟糕。紐約起碼有蛇王孟羅將它經營成「廢墟主題樂園」，有著賭場、旅館、酒廳和脫衣舞吧；德克薩斯卻什麼都沒有，只有樹、草原，乾旱，和抓不完的罪犯。

每個城市都是自己的小王國，擁有自己的生存定律。

卡斯丘是個小鎮，鎮上的居民不只墨族人，不過田中洛在此地是熟面孔，這點無庸置疑。墨族人佔據了卡斯丘一半的人口，約有兩千多人，鎮上都管他們住的希塞街爲「希塞營區」。

他們依然維持一定程度的警戒，跟鎮上的人保持無形的距離。

「前面是什麼地方？」他把望遠鏡放下。

「陰森林。」田中洛回答。

奎恩瞄他一眼，田中洛聳聳肩。「戰後所有廢地長出來的森林通通叫『陰森林』，誰有那個心思一一去命名？」

「你明白即使在這個距離，我們仍有可能暴露在污染之內吧？」

田中洛和荷黑都沒有回答。奎恩翻身坐起來，將望遠鏡交還給荷黑。

「你們想讓我看什麼？」今天一早，田中洛說有樣東西想讓他看看，截至目前爲止，除了叢林和殘破的城市，他什麼都沒看見。

田中洛只是盤腿坐在地上，和他一起望著壯闊的平原。

「奎恩，你爲什麼在這裡？」

來了，也該是時候了。

逃亡的七個多月他們必須互相依賴，所有人的安危都掌握在他手中；來到卡斯丘之後，暫時安定下來，沒有人再要求他做什麼，他也從不主動找事做。

這個月應該是他人生最悠閒的時光，連甄都忙於籌劃小朋友上學的事，他唯一的任務只有抱女兒、陪女兒、餵女兒、跟女兒玩。

蜜月期過去，田中洛的人必須決定該拿他怎麼辦。

「我有十億美加幣的身家。」他悠悠開口。

田中洛和荷黑同時抽了口氣。

「這只是我的個人資產，不包括『奎恩工業』相關的股份。」他對兩人挑了下眉。「大部分繼承至我的父親，我父親則繼承至他的父親，其他部分是我這些年來工作的積累。奎恩家的男人都不愛花錢，所以我的錢都是母親在替我打理，她很懂得如何以錢滾錢，最近一次統計，我的個人資產持續上升中。」

「有錢眞好。」荷黑低沈的嗓音極戲劇性，近似打雷前雲端裡的隱隱響動。

「我母親在歐洲買了許多房地產，其中一處是法國鄉郊的城堡，擁有兩百五十年歷史。」奎恩微笑。

「你們去過法國的鄉下嗎？美得像天堂，藍天白雲，一出門就是明信片般的風景，甄和紫菀一定會喜歡。更好的是，法國在文明大戰期間跟美加交惡，是歐德邦聯裡唯一與我們沒有引渡條約的國家。」

「那你爲什麼不帶你老婆和女兒一起去？」田中洛刺他。

奎恩的笑容消失。

「因為她們永遠不會安全。」沈靜的視線移回前方。「只要反恐清除法存在的一天，紀律公署永遠能以她們的生命要脅我，而我會成為他們最精良的殺人武器，因為他們很清楚我會為了甄和孩子付出一切。」

「我該擔心嗎？」如果有一天，奎恩不再只是針對叛軍，而是針對所有墨族人，他們無疑面對末日。田中洛明白自己若是聰明的話，現在就應該殺了他，無論這個過程將付出多慘烈的代價。

「不，我在這裡，不只為了她們。」奎恩的藍眸移回他身上。

「那你為什麼在這裡？」田中洛率直地問。

「我曾是這個國家機器的一部分，我想改變它。」奎恩靜靜回答。

田中洛沈默半晌。「許多人問我為什麼。我姓田中，外表長得像東方人，在日本有家有業，為什麼要放棄一切，回來這片不見容於我們的土地？別人或許無處可去，我卻沒有這個煩惱。

「其實，我也質問過我母親相同的問題。有一天，我父親說她要離開我們，我憤怒地跑去問她：『妳在日本很安全，沒有人會殺妳，為什麼妳要丟下我們？』我母親並未解釋，只是說等我長大就會明白，可是我長大之後依然不明白。

「你們記得二十年前，中、韓、日三國差點引爆戰爭嗎？」田中洛看向他們。

奎恩和荷黑都點點頭。

「那一次被視為第二次文明大戰的前奏曲，世界各國嚴陣以待。」田中洛唇角一挑：「那一次中、韓站在同一邊，日本孤立無援，許多有錢人紛紛逃出國，我失蹤已久的母親卻悄悄回到我們身邊。後來三國坐下來談判，局勢和平解決，我母親又準備離開，我不讓她走，她問我：『洛，如果真的發生戰爭，你會挺身為國家而戰嗎？』十七歲的我滿腔熱血說：『當然會！』我母親又問：『如果最後日本戰敗，你們流亡到海外，從此再也沒有日本這國家，你還會記得這片土地嗎？』我說：『這裡是我的家，無論流亡到哪裡我都不可能忘記！』

「我母親說：『現在你明白了，這就是墨族人的心情。』瞧，當你站在全然不同的觀點，就會有全然不同的領悟。」田中洛淺淺一笑。「於是我開始關注墨族人的處境，他們被有系統地滅絕，全世界卻沒有人站出來說話。一邊是世界強權，一邊是只剩下幾十萬的少數民族，該選哪邊站很明顯，連國際人權組織也只是象徵性地喊幾聲，我就明白這是我該站出來的時候。畢竟，我不只是個日本人，也是墨族人。」

「傑登的母親是誰？」奎恩忽然問。

「某一批被破獲的基地成員。我已經跟傑登談過，這種事以後不會再發生。」田中洛看他一眼。奎恩並不是很在乎是否會發生，只要那小子對甄和孩子不構成威脅。

「你們帶我來這裡看什麼？」

「前面森林裡有一道反光。」田中洛往前一指。

奎恩點點頭，他看到了。

「那是一台戰時被打下來的戰鬥機，只要太陽的角度對，機翼會反射陽光。」田中洛解釋。「我們在那裡發現一具屍體。」

反光起碼在五哩之外。

「你們深入廢境？」他微感訝異。

「是的。」

「爲什麼？」奎恩皺眉。

田中洛和荷黑互望一眼。

「印證一個理論。」田中洛終於說。

「你們印證了什麼？」

「什麼都沒有，我們只是很好奇為何那裡會出現屍體，而且死者我們從來沒見過。」

卡斯丘是最靠近廢境的小鎮，如果有人不要命想繼續往東，一定會停在卡斯丘補給。這個五千人的小鎮，墨族佔了兩千人，雖然他們不見得每個人都見過，田中洛若說他沒見過這個人，那就是沒有。若說奎恩對田中洛有任何瞭解，那就是他們兩人在維安問題上同樣龜毛。

「屍體還在嗎？」他濃眉一皺。

「去年的事，早埋了，不過這不是我們第一次發現不明屍體。」荷黑開口。

「你們到底深入廢境多遠？」奎恩深深看他們一眼。

「夠遠了。」荷黑的嗓音隆隆震動。

「如果你們需要我的意見，遮遮掩掩並不會讓事情更容易。」他耐心地指出。

田中洛和荷黑又互看一眼。

「我們懷疑廢境沒有傳聞中那麼廢，有不明人士在其中活動，輻射污染就是他們最好的掩護。」

田中洛終於說。

「何出此言？」奎恩外表不動聲色，內心卻暗暗一震。

「想想看，核污染指數是誰公佈的？官方。沒有任何學術研究機構到過這裡，環保署每隔兩年以無人機採樣一次，每次公佈的輻射數值都嚇死人，於是更沒有人敢過來。髒彈爆炸是七十五年的事，這也是官方報告，如果事實上並非如此呢？」

「政府爲什麼要捏造數據，將一整個州丟開？」這個推論不合理之至。

「好問題。」田中洛點點頭。

「投擲髒彈的是墨西哥，我們曾經接觸過一名墨西哥人，當年家族裡有不少參與製造髒彈的科學家。據他們家族內流傳幾十年的祕密，從頭到尾只有兩顆髒彈被投擲，而且僅是普通等級。

「但美加公佈大規模傷亡數字，開始撤離，全世界都懷疑是不是墨西哥政府偷偷換成原子彈，或投擲的數目遠不只兩顆。墨西哥面對世界各國的強烈譴責，堅決強調那不是原子彈，他們真的只投了兩顆。這件事就在各說各話的情況下不了了之，德克薩斯從此變成一片廢境。」荷黑的黑臉陰沈沈的。

髒彈和核彈不同，核彈的殺傷力高出百萬倍，爆炸雲籠罩的範圍廣及數百哩。髒彈則是將放射性物質與一般炸藥混和之後引爆，受影響的範圍通常在幾哩以內，污染程度則視放射性物質而定。七十五年前，製造髒彈的技術沒有現在這樣精良，多佐以放射性醫療廢棄物，以造成小範圍污染和殺傷力爲主。

德克薩斯被投擲髒彈之後，官方科學家分析，極有可能是墨西哥政府當初放太多放射物質，使用的也不是常規炸藥——言下之意就是暗示這是核爆而不是髒彈。

之後每兩年一次的檢驗也持續驗出高輻射污染，至今七十五年過去，德克薩斯的三分之二完全無法住人。

如果墨西哥政府所言爲眞，爲什麼美加政府要讓人以爲德克薩斯不能住人？

「你在紀律公署有沒有接觸過跟德克薩斯有關的情報？」荷黑問。

奎恩瞬時瞭然。這就是他們需要他的地方，以他的位階，極有可能知曉一些別人不知道的祕辛。

「沒有，我們必須到廢境一探。」

「是。」這就是田中洛今天的目的。

「你們有輻射偵測裝置嗎？」

「只是一般民間使用的探測器，不夠精準，如果要更精確的同位素識別分析儀，需要走私進來。」

同位素分析儀不只能分析輻射強度，也能辨識放射性核種，他們需要這一型的。

「孟羅的收費會讓我們斷手斷腳。」荷黑咕噥。

「幸好我們剛找到一個身家十億的金主，這不是太好了嗎？」田中洛十分愉快。

「抱歉潑兩位冷水，但我在這附近沒看見銀行。」奎恩冷冷指出。

「領錢的事交給我，你只要確定銀行帳戶裡有錢就好。」田中洛笑得白牙閃亮亮。

「最新型的同位素分析儀輕巧便攜，市價約在兩萬美加幣，孟羅應該會收我們雙倍的錢。」荷黑警告。

「那也沒法子，需要就是需要。」田中洛皺眉。

「……」他們是被剝削慣了，已經受虐成性嗎？「你們就任孟羅對你們予取予求？」

「你說得容易，你又不是連出門買個花生醬三明治都得遮遮掩掩的人。」慢著，現在他出門買個花生醬三明治也得遮遮掩掩了，果然不是不報，時候未到啊！

「打電話給孟羅，我要和他談談。」奎恩嘆了口氣。

「他依然是德克薩斯最有門路的走私者，你說話小心一點！」田中洛怕他硬邦邦的個性眞把關係打壞了。

「讓我和他談，否則你們一毛錢都拿不到。」他丟下最後通牒。

可惡！「好吧。」

奎恩起身往回走。

「等一下，」荷黑站起來。「你願意訓練我們嗎？」

「你今天非常健談。」奎恩似笑非笑地看他一眼。

「荷黑是我的安全首腦——起碼在你來之前——因此這方面的需要我完全信任他。」田中洛抬了抬手。

「我們需要正式的訓練。如果政府在這裡有什麼陰謀，我們必須做好準備。」荷黑的神情嚴肅。這顯然是今天的第二個目的。

「讓我先說清楚，等我接手之後我就是老大，一切我說的算。如果你們無法信任我，趁早先說。」奎恩和他面對面，身高差異無法掩蓋兩人同樣堅決的意志。

軍隊最重要的是紀律，如果有人受不了殘酷的訓練就去找田中洛哭訴，然後田中洛又來找他理論，這支軍隊永遠成不了氣候。

「同意。」田中洛罕見地換上嚴肅的表情。

「同意。」荷黑也點頭。「不過我們大部分都是平民，或許及不上你習慣的水準。」

「所有軍人也都是平民變成的，只要有手有腳就能訓練。」他們沒有那個餘裕等著更厲害的人來拯救，他們必須學會救自己。

「好，我會找個時間向大家宣佈。」田中洛點頭。

「不，由我負責宣佈，你只要把人集合起來。」他丟出第一個指令。「全營從十八到四十五歲的人皆必須接受訓練，男女不拘，除非本身另有要職；第一階段先以提升體能爲主，你們太弱了，體能和意志力都是。」

「我們確實不是最善戰的一支。」荷黑嘆息。

叛軍成氣候的有四支，愛斯達拉和布魯茲兩支才是以武裝作戰爲主，列提勉強算是，但以打游擊居多，卡佐圖根本是來搞破壞的。

田中洛的目標則一直放在人道救援路線。

「……爲什麼我有種感覺，我們只是請你做你本來就打算做的事？」田中洛雙眼一瞇。

「就跟某人請我來，就是爲了讓我說出探勘廢境的話是一樣的道理。」他的語氣著實風涼。

田中洛翻個白眼。好吧！這傢伙是紀律公署的武技總教官，他訓練得出一批精英衛士，就訓練得出一批精英平民。

「這些人裡不乏和傑登類似的背景。」荷黑先說在前頭。

「歡迎。」奎恩微笑。那是一個男人對自己全然自信的笑容，他從不怕挑戰。

田中洛遲疑片刻，終於開口：

「還有一件事或許我該告訴你，愛斯達拉明天會到。」

✷

耶！終於可以放風了，秦甄心情大好。

他們來到卡斯丘不久她就病倒了，接著不小心讓她家男人發現，原來她在防空洞裡差點死於難產，他那張冰臉之死黑的，華仔被他嚇昏了好幾次。最後她被禁足在家休養，沒好之前不准出門。

其實她心裡一直很著急。他們抵達時已經十月中，距離正常的開學日早就過了，她在家休養的期間都是其他人在幫孩子們上課。

這一拖，眼看即將十一月，如果是在首都，早已是漫天白雪。

德克薩斯位處南方，地廣人稀，冷輻射效應大，冬季雖然不至於下雪，可是也會降到十度低溫——起碼對她來說是低溫，對奎恩頂多算涼爽的天氣，這男人真是非人哉！——總算她克服了感冒病毒，趁她家男人出門去忙，趕快把心裡懸著的事辦一辦。

「你確定鎮上的影印店可以印這麼多本書？」秦甄包得密密實實的，跳下吉普車。

「當然，他們又沒有什麼大生意會忙不過來。」萊斯利從駕駛座那側下車。

她突然停住。

「怎麼了？」萊斯利趕緊四處張望。

秦甄的神情如夢似幻，這裡真的是小鎮耶！她沒想到惡名昭彰的德克薩斯竟會如此……尋常。

這裡就像任何一個中西部小鎮，主街以兩層樓的磚造建築為主，一樓都是店面。不知是否今天特殊或平時就是如此，街道兩旁擺了許多攤販出來，猶如任何小鎮的農夫市集。

差別只在於，一般小鎮大多賣些衣服家具，在這裡則以刀械武器等「實用」的日用品居多，甚至有人賣馬匹和騾子。

藥房，軍火店，鐵匠鋪，小餐館，甚至有一間診所！

她對德克薩斯的認知來自一些紀錄片，本來以為這裡就是一塊荒涼的廢土，即使有人住，八成也是茹毛飲血、帳篷睡袋。

她和奎恩住的兩層樓木造小屋已經讓她很驚訝了，沒想到整個小鎮真的就是這樣。

「沒事，我只是沒想到卡斯丘是這個樣子。」

「呃，這街景跟我們住的地方不是差不多嗎？」

「沒錯啊，可是……」好難解釋。

「大驚小怪的。」傑登從她身後走過去時咕噥。

「嘿，對甄老師尊敬一點！」萊斯利一腦袋巴過去。

「甄老師」（Miss Jane）一開始是她教的孩子們這麼叫，到最後大家都這麼叫了。秦甄不贊成體罰，不過尊師重道這點她倒是同意的。

「別理他，青春期屁孩就這副死德性。」萊斯利說。

秦甄嫣然一笑，清麗俏雅的笑容讓兩個男生看得一呆，傑登咕噥兩聲轉開頭。

他們的營區離鎮上不遠，走路十分鐘就到了，不過她身體剛好，萊斯利放心不下，於是開車載她出來。

一行三人沿著主街往下去，這是她第一次進鎮，什麼都新鮮，如果不是拖了兩個男生，真想每個攤位都停下來看看。

照相館在街尾，保留了上世紀初老相館的風貌。一進店不是冷冰冰的機台，而是一個傳統櫃檯，實木溫潤，老闆坐在櫃檯後修飾照片。牆上展示著風景照和畫作，左手邊是個讓人拍照的小攝影棚。她好喜歡這種老式風格。這裡應該是鎮上唯一跟藝術有關的店，所以身兼了相館、影印和藝廊的功能。

萊斯利沒告訴她，這裡同時是黑市藝術品的交易處，店主人更是證件偽照專家。

「嗨！」她走向櫃檯。

深髮褐膚的老闆長得像南美人，五十來歲，盯著他們的眼神帶了點警戒，或許這裡的人隨時都提防著進來的人是搶匪吧！

「你們想要什麼？」

「我有一些檔案想麻煩你印成書。」她立刻把包包裡的平板取出來。

萊斯利不愧是電腦鬼才，在他們逃亡期間把中小學的教科書電子檔都抓了下來，她一直用這些內容替小孩上課。

若說美加的教育政策有何值得誇耀之處，那就是中小學的教科書完全由國家補助。只要教師不擅自變更內容，不挪作私人營利之用，各級學校機關可免費下載及印刷，所以秦甄用得心安理得，就當國家欠他們這些墨族人的一點小補償吧！

營區目前有二十四個學齡期的孩子，十三個是中學生，十一個是小學生，她領有正式的教師執照，即使身分非法，既有的證照並不會因此失效。

她國小六個年級都能教，中學的部分由布魯納幫忙。布魯納是和他們一起從懲治中心逃出來的犯人之一，母親是墨族人，父親是美加人。他一輩子住在巴西，以前是個是中學老師，後來他偷偷回美加探望癌末的父親，才被抓到。

在動盪時期，越是普通的日常，越能提供安全感，於是她堅持一定要替孩子們繼續上課。

「全彩印刷嗎？」老闆把眼鏡戴上，接過平板檢視。

「不用，黑白就好。這裡是一年級到十二年級的教科書，我想每個年級都印十份，請問要多少錢？」

老闆算了算。「每個年級大約五本，印十份，十二個年級總共六百本……看在是教科書的份上打個對折，算你們三萬吧！」

三萬……這還是打對折？她一口氣差點緩不上來。

「走吧！」她當機立斷往外走。

「不印了嗎？」萊斯利忙問。

「不印了。」她堅忍不拔地說。「我們想辦法弄來十台平板，每個年級都能共用，或許還用不到三萬。」

她本來是希望孩子們能把課本帶回家溫習，若換成平板就得每個學生共用了，不過這個價位實在太驚人。

「喂，拉德，你太不夠意思了吧？印一本書才幾張紙？」萊斯利不爽了。

「折算下來一本才收你們五十，夠客氣了，你出去問問看，這種教科書一本隨便都要一百，不然你們有辦法自己去買啊！」

「走吧！」秦甄拉他。

「好吧好吧，不然我們論張數計價，印一張紙算你們五毛錢。」拉德想想還是不要跟錢過不去。

教科書不是整本都用得到，有些資優班的內容可以先略過，先印她擬好課綱的部分，這樣應該可以縮減到三分之一左右。

「一張一毛錢，雙面列印，只印我勾選的章節就好。」她深吸了口氣，討價還價。

「嘖，這位嬌滴滴的小姐原來是吸血蛭。」拉德的眼睛瞇了起來。「一張兩毛五，雙面列印。」

這樣一本在二十元上下，全部印下來還是要一萬二。

她把萊斯利拉到旁邊咬耳朵：「我們有多少預算可以用？」

「洛說給我們三千，多的叫妳老公負責。」

呃啊！她老公是有錢人，不過那是以前的事，現在……老實說她還真不曉得他的錢還在不在，應該全部被充公了吧？

「好吧！老闆，我們回去商量一下錢的問題再回來。」她嘆口氣，人必須向現實低頭。

「你們要不要先印一半試試？」拉德怕他們真跑去買平板，那他就虧大了，先賺到手的先贏。三千元連一半都印不了。「不然先印國小的部分，一口價三千元，愛要不要。」

拉德想想有點肉痛，不過三千元也算大單了。「好吧好吧！看在你們有教學的熱誠，我願意鼎力相助。」

我還鼎力相助咧！萊斯利青他一眼。

她鬆了口氣。「好，裡面有我的課程提綱，我勾章節給你。今天可以先印六年級的課本給我嗎？」

拉德嘟嘟囔囔的，她花點時間勾選一下小學課本的章節。

「甄？」

「莎洛美？」

莎洛美忽然走進來，懷裡抱著一個包得厚厚的襁褓。傑登本來一臉無聊地靠在櫃檯上，看見少女差點跌倒。

「出了什麼事嗎？」她連忙迎上去。

「抱歉，營區突然停電，寶寶該吃奶了，我沒辦法溫奶瓶，又不知道你們何時回來，只好抱她出來找你們。」莎洛美從頭到尾沒注意旁邊那個耍帥擺姿勢的破少年。

「沒關係，我來。」她溫柔地接過女兒。「老闆，你後面的辦公室可不可以借用一下？」

「這間破店哪有什麼辦公室？拍大頭照的攝影棚有個簾子，妳可以拉上。」因爲你後面都堆滿贓畫，不敢讓人進去吧？萊斯利暗暗吐槽。

「謝謝你。」她抱著女兒走到簾子後。

隔著簾子都能聽見傑登在那裡不安地挪來動去。嗳，年輕眞好。

「莎洛美，街上有一間藥局，妳可不可以問問他們有沒有高蛋白粉？我現在在餵母奶，營養不太夠，需要補充一點蛋白質。」

「噢，好。」莎洛美轉身欲走。

「傑登，你可以陪莎洛美一起去嗎？」她揚聲道。

「咳、嗯、好，咳……可以啊！」少年彆扭地交換重心。

「不用了，我自己去就行了。」莎洛美的視線終於落在他身上。

「鎮上龍蛇雜處，妳別一個人亂走，讓傑登陪妳去。」她叮嚀。

大驚小怪的！莎洛美長嘆一聲，不過沒再拒絕了。

店門的風鈴輕響，少年少女一起走出去。

「嘿嘿，妳不是眞的想買高蛋白粉吧？」萊斯利在簾子另一邊壞笑。

「多事。」她笑罵。

莎洛美多數時間都待在她和奎恩身邊，她看得出田中洛的挫敗感，他們父女是愛彼此的，只是長時間的疏離，對於突然的近距離接觸都有些尷尬。

奎恩和她猶如莎洛美的另一對父母，他們帶給她安全感，但秦甄希望她能多和同儕相處。過往的陰影讓莎洛美對人難以信任，可是生命就是一段嘗試的過程，傑登不像個壞小孩，起碼莎洛美跟他交朋友是安全的。

「果然是個老師。」他以前的老師也都這麼善體人意就好了。

「萊斯利？」她忽然喚。

「嗯？」

「你知道傑登不喜歡我的原因嗎？」

簾後安靜半晌。

「不用理他，他自己鬧彆扭，不是妳的緣故。」

這不是她在問的答案，但她隱約理解了。

「謝謝你，萊斯利，你一直對我非常好。」她輕撫著女兒的臉蛋。紫菀雙眼緊閉，努力吸吮乳汁，未來和希望都在這孩子的身上。

「哎，別這麼說，妳也是我們的一份子，看著小紅帽被大野狼吃掉我於心不忍。」奇怪，怎麼奎恩那種冰塊交得到甄老師這麼「正常」的女人，他自己到現在卻還曠男一枚？

她輕笑起來。

紫菀啾啾的吸吮聲參雜在影印機的運轉聲中，萊斯利本來還有點尷尬，但想想，這六周大的小生命得以在動盪中存活，是何等美好的事？他也出了力幫忙的，心中逐漸被溫馨平和取代。

紫菀吃飽了，一雙黑眸睏睏地閉上。媽咪把前襟拉好，替女兒拍好嗝，掀開簾子走出來。

「咦，你也來了？」她笑了出來。

她才在想，萊斯利怎麼突然這麼安靜，原來是剋星來了，門上掛的風鈴響都沒響。

大冷天的，她一身厚實棉襖，奎恩卻穿一件黑色長袖襯衫，袖子捲到手肘，露出一截棕色的強壯手臂，根本不把這種天氣當回事。

原本就不大的店面，他一進來就塡得滿滿。以前他和岡納在一起，岡納的塊頭太魁梧，相形之下給人他很清瘦的錯覺，但是每當他走進一間屋子，強烈的氣場瞬間改變了空氣的質地。凝蓄的力量如一隻溫馴的獸蜷伏他體內，隨時可能張牙舞爪。

「怎麼自己跑出來？」奎恩接過女兒。

她好喜歡看他和女兒在一起，粉紅的小嬰兒如此脆弱，彷彿他的一個捏撚都會將她壓碎，那雙手卻展現無比溫柔。一邊是極度稚弱，一邊是極度強壯，這個小女嬰枕著全世界最安全的臂彎，只要她父親在，沒有人動得了她。

「這學期都快結束了，不能再拖，我想早點把課本印好，可是一次印下來費用好貴。」她咬了咬下唇。

「多貴？」

「我只印小學的部分就花了三千元。」

藍眸飄向櫃檯後突然變得非常安靜的老闆，拉德的眼睛一和他對上，趕快低下頭。

「桑托斯。」奎恩嗓音拖得長長的。「不，現在是拉德是吧？沒有想到會在這裡見到你。」

「你們認識？」秦甄吃了一驚。

「拉德是個……藝術品專家，我們有一段過往。對吧，拉德？」她家男人那口森森白牙，很多人可能會想把它畫下來貼在門上嚇強盜。

「這裡是德克薩斯的卡斯丘，我可不怕你！」拉德防備地說。

也不想想是誰害的？如果不是某人搞糊了他的生意，害他被這麼多國家通緝，現在他還在巴黎吃香喝辣銷贓呢！

「真有趣，之前也有個叫喬爾的人也對我說過類似的話，讓我想想他現在在哪裡。」他深思道。

「我收的價錢很合理，不然你們自己去比價啊！」拉德的臉孔漲紅。

「那台機器多少錢？」她老公直接問。

「我們沒有錢。」她趕快拉拉他。

「我是開相館的，又不是賣機器的，你怎麼不去問……一台連本帶料加運費和抽成送到卡斯丘是三萬。」拉德還是敗在那雙輕瞇的藍眸上。

慢、著！

「你是說，你一開始報價給我的數字根本可以買一台影印機？」甄老師倒抽了口氣。

「……妳問我印課本多少錢，又沒問我機器多少錢。」

「拉德先生！」秦甄雙手一盤，腳底板開始打拍子。「我們在說的可是孩子的教育，我並未要求你無條件付出，但一點點慈悲心對你並無傷害，結果你非但沒有給我們折扣，還想藉機斂財？」

「我沒有斂……」

「不用說了！你已經得罪我，該有人教教你，得罪一個小學老師是不會有好下場的。如果你的表現夠誠意，今天差點被誆的事我可以就此作罷，否則的話，哼哼……」她搖搖食指。「我旁邊這位你是認得的，我會叫他把你狠狠教訓一頓。」

旁邊那位打手安然地拍拍懷中的女兒。

「妳、妳、妳用奎恩總衛官威脅我？他現在已經不是總衛官了，他動不了我！」拉德的臉孔漲得更紅。

萊斯利相信自己應該掉進了平行時空，他眼中開朗美麗、聰明善良的甄老師不可能化身成逼良為娼……呃不是，狐假虎威的女土匪，一切都是幻覺。

「拉德，無論是不是總衛官，我都有很多方法可以動你。」奎恩告訴他。

拉德臉色如土。

「事情只有一個解決方法。」秦甄雙眸一瞇，拉德只覺她眼中充滿陰險之意。「我們營區有一個小學老師和一個中學老師，少了一個美術老師。小學還好應付，但布魯納教的是中學理科，藝術課程他一竅不通——我們需要一個藝術老師，替中學部的孩子教授跟藝術有關的課程。如果你同意每星期來上兩堂課，我可以大方地原諒你，既往不咎。」

「什麼？」萊斯利和拉德同時叫出來。

「妳要我替一群小鬼頭上課？」拉德的臉再漲紅下去應該就中風了。

兩個剛回來的孩子正好目睹最精彩的時刻。

果然不要忽略甄老師堅決把學校辦起來的決心啊！

「拉德不過是個臭老頭，他能教什麼課？」萊斯利覺得不可思議。

「拜託，你們是想告訴我牆上那幅林布蘭是假畫嗎？」她翻個白眼。「這裡是間相館，有個拍證件照的攝影棚，開在鳥不生蛋的德克薩斯中央，牆上掛了好幾幅名畫，你的客戶難道是來拍大頭照辦簽證出國觀光的？還是希望將來通緝單上的照片好看一點？」

「……」

「……」

奎恩完全不意外他老婆大敗敵軍，他早就學會絕對不要低估任何小學老師。

「如何?拉德，我有種預感，你應該是個藝術界的專家吧?」秦甄森然地睇起杏眸。

拉德還眞有巴黎大學藝術博士的學位，不過在這種時候被稱爲專家，他該感到惱怒或榮幸才好?

「這是你能眞正做出一些貢獻的時刻。想想看，將來這些孩子若有任何成就，你都出了一份力，更別說你可能從中找到傳人呢!」秦甄諄諄教誨。

這倒是眞的，拉德輕咳一聲。

「好吧，教就教，不過一個星期兩堂得排在同一天，我沒那麼多工夫往你們那裡跑。」拉德扯了扯衣領。

「成交。」秦甄露出燦爛的笑容。

自此萊斯利再也無法用相同的心情看待她。秦甄根本就是個趁火打劫、坐地起價、打蛇隨棍上的高人啊!只要事關教育，她根本無所不用其極。拉德說錯了，她不是吸血蛭，她是鯊魚。

「好了好了，都給我走!東西印好了會送到你們營區。」拉德粗魯地揮大棒趕人。

一群人走出影印店門外，她立刻歡呼。

「耶，我們找到藝術課程的老師了!我回去一定要和布魯納說，現在師資都具備，只缺教材和再找幾個助教，希塞營區就能從『家教班』正式升格爲中小學。」

旁邊兩個青春期的小鬼呻吟。

「別唉，我會請布魯納先替每個人做測驗，確定大家都趕上應有的程度。」秦甄對兩個小鬼皺眉頭。

這廂呻吟得更大聲。

「抱歉，你們剛才說，中小學?你們要辦學校?」旁邊突然傳來遲疑的打岔。

所有人回頭，一名極爲端麗的白人女子站在首飾攤前。

淡金色秀髮如絲披散，肌膚雪白，淺棕色的眸子近乎金色，她的髮膚如此之淡，若不是眼珠有顏色，第一眼會讓人誤以爲是白化症。她站在陽光下彷彿在發光，三十來歲，纖細空靈得不若凡人。

哇……若說芳娜．羅蘭是童話公主的化身，那這位女士就是童話仙女的眞人版。

所有人都面露震撼之色，唯有奎恩不爲所動。

「是的。」她驚豔地回答。

「太好了，是正式的學校、有合格的師資嗎？」仙女急急走過來。

「說不上正不正式，我是合格的小學老師，營區還有另外一位合格的中學老師，所以也算是一間學校吧！」

「太好了，蒂莎、蒂莎！」仙女連忙向對街呼喚。「卡斯丘有合格的老師了，他們要辦學校！」

「什麼？」對街的攤位主人跑過來。

這人和纖細空靈的老闆娘呈天平的兩個極端，五呎十吋高的黑人女子，身材圓潤壯碩，一頭爆炸的黑色鬈髮。

她的攤位專賣改造手槍，和一些秦甄看不懂的部件，想來通通跟武器相關，生意明顯比仙女的首飾攤好很多。

也對，在德克薩斯，買槍比打扮漂亮重要多了。

「抱歉，我們並不是要辦學校，只是在營區找間屋子替孩子上課。」糟糕，好像引起誤會了。

「你們只教自己的孩子嗎？鎮上其他小孩不能一起上學嗎？」大嗓門的蒂莎立刻嚷嚷。

秦甄當然覺得每個小孩都該受教育，可是這樣會不會把一堆莫名其妙的人都引到社區？她得先回去和田中洛討論過才行。

「抱歉，讓我先問問其他人的意見，我們應該能做出某些安排。」她求救地望向老公。

「卡斯丘一直沒有合格的老師，好不容易你們出現了，鎮上的孩子真的非常需要上學。」仙女情急之下握住她的手腕。

奎恩閃電般箍住她，仙女嚇得抽了口氣。

「抱歉，反射動作。」奎恩慢慢地鬆開手。

紫菀穩穩枕在父親懷中安睡，完全不管外界發生了什麼騷動。

「是我該道歉。」仙女定了定神。「我叫凱倫，一直以來，卡斯丘的居民都是自己的孩子自己教，但墨西哥規定，合格教師上的課才能算學分，若是在家自學也得依照官方課程，不然不能參與同等學歷的考試。」

「啊。」她懂了。

卡斯丘的孩子若想取得同等學歷證明，最近的管道就是送到墨西哥考同等學歷考。他們邦聯內的國家都認可「國際邦聯組織」會員國的合格師資，可是學生若非經由正式師資或課程傳授，去墨西哥考試就會遇到問題。

雖然她和布魯納是非法血源者，但他們的教師資格依然存在，所以教出來的學生符合墨西哥的規定。

「抱歉，事出突然，我得先弄清楚卡斯丘究竟有多少學童，我們會找出方法的。」她更堅定地望向她丈夫：「我們會找出方法的！」

奎恩甚至不必爭論。他妻子體內藏了一座名為「教育」的火山，任何人敢阻擋，只能等著被岩漿吞沒。

「我會看看該怎麼做。」他點點頭。

太好了，有她老公的背書，事情就成了一半。

「不過我們現在面臨教科書短缺的問題，沒辦法立刻上課。我有課本的電子檔，但拉德的收費太貴了，我們還在想該如何解決。」她愁惱地說。

「這一點我們或許可以幫得上忙。」

凱倫和蒂莎互望一眼，在旁邊快速討論起來。

「我認識那個誰誰……」

「上次誰誰誰……」

「我們家的誰誰誰……」

中間牽涉到許多誰認識誰，誰又能找誰，誰會在何時去何地做何事，結論是——

「我朋友四天後會來卡斯丘，蒂莎會先請她姪子將一台影印機先送到他那裡，請他幫忙載過來，金額的問題我再和其他人商量。」凱倫的神色十分堅定。

「妳朋友是誰？」奎恩冷冷地問。

凱倫頓了一下。「聽著，這裡的每個人都有過去，我無意給你們帶來麻煩，只想讓我兒子上學，我朋友的身分不會對這件事造成威脅。」

「ＯＫ。」秦甄搶在她老公之前攔截問題。「凱倫、蒂莎，你們的孩子今年幾歲？」

「我外甥女安娜是我一手帶大的，她是全卡斯丘……不，全德州最活潑可愛的十歲女孩。」蒂莎得意地張開雙手。

「我兒子加爾多今年十二歲，我們四年前搬來卡斯丘，他父親並不和我們住在一起。」凱倫突然顯得有點疲倦。「這四年來，我努力讓他跟上同年齡的進度，但事倍功半，我們需要更正式的教學資源。」

這話觸動了莎洛美，她和加爾多的背景有點相似。

「我在古巴有案底，因爲老娘是超級厲害的武器改造專家，不過這跟孩子們無關，誰要是敢阻擋安娜上學，我第一個先轟了他們！」蒂莎豐滿的胸膛一挺，豪氣四射。

紫菀輕嚶一聲，開始在她爸爸懷中掙動。

「我們得走了，上課的事等我規劃好一定會通知妳們，對了，我要如何和妳們聯絡？」秦甄問。

「我們會聯絡妳，你們是希塞街的人。」凱倫對他們身後的萊斯利點點頭。「影印機一有著落，我會打電話過去，說不定還能幫忙出一點錢。我不富有，但爲了加爾多，什麼都願意做。有一天他一定會離開這裡，到墨西哥上大學！」

這是一個母親堅定的心情，她完全能體會。

在門後偷聽的拉德眼看沒戲唱了，咕噥兩聲退回店裡。

「嗳，拉德，那你不要印了，我們等自己的機器送到。」她趕快說。

「已經印好的部分照樣要收錢。」拉德怪眼一翻。

「拉德，身爲一個老師，我們應該在意的是學生的福利，你剛剛也成爲師資的一員了，如果我們無法提供……」

「好好好，煩死了，印好的你們自己拿回去！」拉德趕快遁入店面，免得又被她疲勞轟炸。

萊斯利和傑登抱了幾大疊影印紙出來，因爲某位老闆拒絕幫忙裝訂。

「太好了，一切搞定！萊斯利，這些印好的不要浪費，我們回營區裝訂起來。」秦甄開開心心地挽著老公的手走向吉普車。

他們一家三口坐上奎恩開來的車，莎洛美坐上萊斯利和傑登的車。萊斯利若有所思地望著他們遠去的車影。

「你們有沒有想過，像甄老師這樣溫柔美麗的女人，爲什麼會被那座冰山娶走？這其中必然有隱情，說不定是被酒後亂性、逼姦成孕。」太不公平了！

莎洛美翻個白眼，不予置評。

✷

「洛，你在想什麼？」愛斯達拉瞪著他的多年同志。「有人說你和奎恩合作，我說洛不會是這種人，結果奎恩眞的在這裡！你不只和他合作而已，還把他帶來卡斯丘，你瘋了嗎？」

「奎恩是我們能安全抵達卡斯丘的理由。」田中洛穩穩注視著坐在對面的朋友。

「這就是他的陰謀，先取得我們的信任，然後將每個人一網打盡。」愛斯達拉的副手培里斯說。

「愛斯達拉，我們兩人認識多久了？」田中洛耐心地問。

「這兩件事一點都不相關……」

「我們認識超過二十年。」田中洛打斷他的話。「從我最初投入之時，第一個認識的墨族首腦就是你。過去二十年，我們培養出堅定的友誼，互相信任。現在我只要求你相信我的判斷：奎恩已經脫離紀律公署，他是我們的一份子了。」

「你憑什麼如此肯定？」愛斯達拉氣惱道。

「憑他的妻子和女兒都有墨族血統，唯一能讓她們安全的方法只有改變現況，你們和我都有第一手經驗：當里昂・奎恩決心完成一件事，沒有人擋得住他，他一定會做到底。」

愛斯達拉曾在法國外籍兵團待了十幾年，取得法國籍之後回到美加，展開墨族反抗行動。他算是所有叛軍裡最具有軍隊經驗的，以前紀律公署試圖剿過幾次德克薩斯，都是愛斯達拉帶兵抵抗，佐以列提或幾支不願被滅的地方勢力。

但，地方勢力不總是能夠信任，愛斯達拉和列提私交其實不好，他們需要一個眞正有經驗、能整合所有力量的人。

「嘿，你不能進去！」萊斯利根本擋不住走進來的男人。

奎恩傲岸的身形出現在門框中間，愛斯達拉的人反應完全依循直覺——跳起、掏槍、瞄準。

田中洛的辦公室除了他的辦公桌，只擺得一下一張八人座的長桌，桌邊一面坐著愛斯達拉，和他兩名忠心耿耿的副手培里斯和伍德；對面坐著田中洛、荷黑與瑪亞。

奎恩對他們的動作視若無睹，直接在長桌前端坐了下來。

「有一個叫傑登的男孩想殺我。」毫無情緒的藍眸滑向愛斯達拉。「他說我殺了他母親，這讓我不禁想起，我父親也死在叛軍手中，所以我們若從這個出發點開始，彼此永遠找不到共識。但我們確實有共通點，就是我們都想終止政府對墨族人的種族清除。

「反恐清除法已經不再是法律，而是一個牢不可破的制度。只要反恐清除法緊緊和『國家安全』綁在一起，就沒有人能挑戰它，唯一的方法是革命。

「你們之中有很多人和傑登類似，我傷害過你們愛的人，你們傷害過我愛的人。我不後悔以前的事，軍人的天職就是上戰場，在戰場上任何事都有可能發生，沒有誰佔誰便宜。所以不要以爲我是來贖罪或祈求原諒的，我不是。

「不過，現在我人在這裡，和墨族站在一起。你們可以不接受，但那不會改變我的決定。」

「洛說你想幫助我們，爲什麼我們該相信你？」愛斯達拉粗率開口。他是個五十五歲的粗壯男人，黑髮褐膚，外表和荷黑有點像，都是正統的墨族相貌，只除了他比荷黑高了幾吋。

「好問題，就好像我也問自己，爲什麼我應該相信你們？我想我們彼此都沒有答案，只能讓時間證明一切。」

「這個答案不夠好。」培里斯的長相和聲音都有點像老鼠，尖尖細細的，不過別被他的外表唬了，他是世界級的射擊高手，從外籍兵團時期就和愛斯達拉並肩作戰。

「讓我說得更清楚一些，我站到墨族這邊純屬自願，不表示你們是我的老闆、我對你們有任何義務，這只是讓我們從敵對轉變成不再對立；然而，有一件事是不變的——」他的冷眸凝凍在每張臉孔之上。「卡佐圖依然在我的狩獵名單上！我會抓住他，然後殺了他。我不容許任何形式的恐怖攻擊和殺戮，無論是針對墨族平民或美加平民！所有違反這個原則的人，我會將之視爲共犯，一併清除。」

田中洛揉揉鼻梁，長嘆了一聲，這傢伙眞不懂什麼叫外交辭令。

培里斯對他悖然變色，但愛斯達拉將他位住。

在現場七個人之中，愛斯達拉可能是外表和奎恩最沒有共通點的人，但他們的內在卻最一致：他們都相信軍隊的第一目標應該是保護，殺戮只是過程中必須發生的事。

墨族叛軍一直有個默契，槍口對外不對內，他們自己人不是沒有打過架，但都事出有因；卡佐圖卻奸巧得很，從不和任何人直面衝上，因此沒有人能動他。

愛斯達拉懷疑自己終有一天也會受不了，對卡佐圖動手，或許摻個外人進來並不是壞事。

「洛相信你，所以我暫時相信你。」愛斯達拉終於說：「但只要你一個動作不對，我們就會立刻殺了你。」

「這條原則雙方都適用。」奎恩冰冷地走出去。

✷

奎恩兩手撐在磁磚上，讓熱水拍打他肌肉虯結的背。營區的能源供應不穩，鍋爐何時會停擺難以預料，最好趁現在還有熱水，趕快洗澡。

一雙柔軟的手從背後圈住他瘦勁的腰，他妻子帶著嬌媚的笑加入他，而且，全裸。

「嗯……」他轉過來，用寬闊的背替她擋住水花，大掌圈住她的腰上下滑動。

她幾乎回復到以前的身材，但曲線變得更圓潤，乳房豐盈飽滿，這是餵母乳的成果，他可不打算抱怨。

大掌滑到她的翹臀，有點粗魯地捏弄，她輕吟一聲，變深的藍眸盯住她雙腿間的陰影，更用力將她扯進懷裡。她柔軟的乳房撞在他的胸膛，她一聲輕呼，不久前餵完女兒的乳尖傳來一陣刺激感。

在她小腹處，他迅速醒覺的硬挺抵著她，她全身竄過一陣興奮的顫慄。

「奎恩先生。」她嬌嬌糯糯地啃著他下巴。

「奎恩太太。」

粗濃的男性嗓音再度在她體內引起一陣電流，她以酥胸揉壓他肌肉堅實的胸口，看他眸中的慾望讓她生出強烈的成就感——所有女人都希望自己對丈夫依然有吸引力。

「現在可以了嗎？」他不敢太放縱。

「早就可以了，是你自己太小心。」

他們眞的很久沒做了，逃難時缺乏隱私，她又有孕在身。後來他得知她幾乎死於難產，只想讓她身體獲得充份的休息，更不敢造次。她有預感，倘若自己不主動，她老公會一輩子兢兢業業捧著她。

再強的男人遇到活色生香抱滿懷，也當不了聖人，她的允可移除了他所有顧慮。

大掌滑到她臀下迅速將她抬起，她的雙腿順勢圈住他剛勁的腰，剛才抵在她小腹的硬物滑向它該進入之處。

「啊！」太久沒做了，強烈的壓力讓她不由自主一縮，他甚至還沒進去，只是在門外戳探。

這時，任何力量都阻止不了奎恩。他抱著她抵在牆上，用自己的身體擋去噴濺的水花，她睜不開眼睛，感官知覺反而發揮到極致。

在她腿間的強大壓力開始往內擠，從他喉間發出的滿足低咆幾乎不像人類。

「輕一點，太大了，好難……」這般的嬌羞告饒只是讓男人更瘋狂。

他利用龐大的體型將她固定在牆面，騰出一隻手往下幫助她準備好接納他。

最艱難的前端終於進去，她妖嬈地低吟，螓首不由得仰抵著牆面，這姿勢讓她的酥胸更加貼合。男性的侵略慾掌管了一切，他奮不顧身進入她體內，兩人都發出滿足地呻吟。

他不是個重慾的男人，直到有了她之後，他才明白爲何有些男人離開不了女人。但他不要任何女人，他只要她一個。

秦甄無助地攀在他肩上，承受他瘋狂的節奏。

熱水，男人，被穿透，性愛，狂猛的浪潮沖刷她久曠的身體，她的呻吟混和著他的粗喘溢滿淋浴間。嬌吟一聲，強烈的高潮襲來，她的身體開始激烈收縮。

久違的第一次對兩人都是巨大刺激，她的收縮讓他喘息一聲，幾乎動不了，最後用力一挺，他將自己釋放在她體內。

高潮的力道太強悍，兩人只能軟軟靠在彼此身上，他幾乎抱不住她。

額貼著額，氣息交融，她想念歡愛過後的親膩感。

熱水已開始變涼。他胡亂拉過浴巾把兩人的身體擦乾，戰場轉移至床上。

第二次，他們有更多時間重新探索彼此的身體。兩人一一愛撫過對方的敏感帶，彷彿想找出未知的領域。

初為人父母的夫妻也首次體會到，屋裡有小孩子對性生活的影響。

這種戰後蓋的房子隔音並不好，紫菀睡在隔壁，他們得盡量小聲才不會吵醒她。有好幾次他們必須停下來，確定嬰兒監聽器裡的動靜不會演變成全面號哭，其中一次她正伏在他腰間幫他……

經此一役，奎恩深深認為，今生至此才算真正瞭解什麼叫「堅忍不拔」。

她從他腰間坐起來，跨在他的腰際，兩人的私密處緊切摩擦，她清麗的臉上滿是調皮的笑。

「現在明白很多人能生第二胎有多不容易了吧？爸爸。」

「如果妳以為這樣擋得了我。」他的大掌懶洋洋滑在她的小腹。

「我是不是胖了？」她對自己產後的狀態其實還是有點沒自信。

「剛剛好。」他微微一個動作，俐落地滑進她。

她一如以往，總是沒有辦法立刻接受他的全部。有了第一次留下的濕潤，這次順利了一些。

他微微挺動腰部，讓她慢慢適應，禁慾過久的男人是很難抑止獸性的，他挺動的幅度開始加大。

「等、等一下，你不要再變大了。」她被他弄得喘不過氣。

「這不是我能控制的。」

見這女人實在不中用，他翻身將她壓進床墊裡，藍眸中的邪氣讓她感覺待會兒會被弄得很慘。

「奎恩……嗯……」她只能抓過床單咬住，身上的男人再沒任何顧忌，壓著她使勁逞歡。

她的身體比以前更敏感，早已受不了地投降了好幾次，他依然不依不饒。這男人根本是怪物！

最後一波高潮猛烈得幾欲弄暈她，他用力一擊，終於低吼著在她體內傾洩。

兩人滿身大汗地癱軟在床上，極度疲憊，也極度滿足。

「我動不了了……」

「那就不要動。」冬眠的熊醒來，吃到久違的第一頓大餐，應該也是發出像他這樣沈渾的咕噥聲。

兩人在黑暗中靜躺，享受這甜美的餘韻。在他胸膛游移的纖手觸到一個圓圓的印記，她知道在他肩後相對位置有另一個同樣的傷疤。

這不是他身上唯一的槍傷，她難以想像是什麼樣的人生可以對槍傷視如平常。

「該死。」他盯著黑暗的天花板。

「這句事後話眞是太浪漫了，老公。」她輕聲笑了出來。

「我沒做防護措施。」她的上一次生產實在驚險，他不想讓她太快受孕。

她沈默片刻。「順其自然吧！」

其實她也不是很確定是否還能順利受孕，當初在地下碉堡的醫療小組並未跟著一起撤退，而是繼續留在外面支援，所以她才會面臨難產的窘境。來到卡斯丘，營區有些人有醫務兵的經驗，鎮上也有一間貴死人的診所，可是她一直沒有去做詳細的檢查，某方面或許是駝鳥心態。如果第一次的生產眞的對她的生育系統造成危害，她實在不急著知道。

總之，現在一切安好就好。

「接下來我得忙了。」他忽然說。

「我也沒期待你能清閒太久。」她微笑而嘆。「布魯納和我大概也差不多，凱倫今天打電話來，她弟弟答應後天把影印機和耗材送到，我們加緊印一印，這學期後半段起碼趕得上進度。」

「嗯。」凱倫的背景依然在他的警戒系統記著一筆，但現在階段這些人不是當務之急。

「今天是幾月幾號？」

「十一月一日。」

她微微一僵，他立刻感受到。

「怎麼了？」

她微弱地笑一下。「沒事，今天是若絲琳的生日，以往我都會烤蛋糕爲她慶生。」

奎恩沈默片刻。

「你想她還活著嗎？」她一直不敢去想若絲琳是否已被清除。

「當然。她幾個月前被放出來。」他盯著天花板。

「眞的？」她火速坐起來。「你怎麼知道？」

「田中洛在懲治中心有眼線，當初萊斯利被抓進去，就是那個眼線一直在通風報信。」到了某個程度，他和田中洛必須開誠佈公。

他能理解他們尚無法全然信任他，然而事關安全問題，將他瞞在鼓裡只是增加每個人的風險。

「是眞的？你很確定？」她緊緊盯著他。

「嗯。」

「不對啊！紀律公署為什麼放若絲琳出來？照理說他們應該把她關在黑牢，照三餐刑求逼供。」

他老婆到底以為他以前在紀律公署都在幹些什麼事？奎恩哭笑不得。

「刑求確實能達到一定效果，但有些囚犯本身遠比他們說出來的情報價值更高。」

「他們想放長線釣大魚。」她瞬間領悟。

「嗯。」這事一聽就是岡納的手筆。

「他們想趁我們聯絡她時，掌握我們的行蹤。」她喃喃說。「那我們更不能聯絡她了，可是，如果都沒有人聯絡她，他們會不會覺得放若絲琳出來不划算，又把她關進去？」

「不會。」這女人的腦內小劇場為什麼總是這麼忙？

「為什麼不會？」她有些不服氣。

「因為我說不會。」她老公四平八穩地說。

岡納明白若絲琳對他妻子有多重要，也因此他不會置若絲琳於不顧，這方面岡納倒是猜對了。和外界的聯繫一直在進行，田中洛用什麼方法他不曉得，他自己也有他的管道，不過目前風聲正緊，各方都盡量按兵不動，只能交換一些最基本的訊息。

「她是田中洛的妹妹，他不會放著她不理的。」他再加一句讓他老婆安心。

她軟軟倒回他身邊。「沒關係，這樣就夠了，只要知道她平安就好。田中洛感覺是個不錯的人，只是莎洛美在他旁邊還是有些彆扭。」

「信任是需要時間的，莎洛美並不是從小跟著這個父親長大。」

這個原則也適用在他和愛斯達拉這些人。他不是非得站出來當發號施令的人不可，只要他們沒做讓他覺得不妥之事，他可以暫時接受目前的情況，但所有人都必須盡快接受一個事實：遲早紀律公署會得知希塞社區的存在，起碼他自己把錢押在前任夥伴身上。

岡納就算現在還不知情，很快也會知道。戰爭勢必一觸及發，他必須在那天來臨之前將所有人準備好。

還有廢境出現屍體一事也十分詭異，近如後院的地區可能有不明勢力存在，於他如坐針氈，他必須調查清楚。

他歷盡奇難將甄和寶貝女兒送來卡斯丘，不是爲了讓她們陳屍此處。

該做的事情太多，他不確定他們還有多少時間。

3

讓一群背景、經歷和年齡層各不相同的人，變成一支共進退、共生死的驃悍軍隊，第一步就是讓他們受苦。

唯有受苦到了極致，彼此明白沒有其他人的幫助自己絕對撐不下去，革命情感才會建立。自恃年輕的人會發現他們缺少年長者的歷練，自恃老成的人會發現他們不如年輕人的靈活。

要達到這一步，大概需要一年的時間，奎恩打算壓縮在七個月完成。

接著他得教他們團體作戰的技巧，部隊之間的協調，巷道戰、叢林戰與壕溝戰的要點，心理戰的運用，戰略的擬定，以寡擊眾、逆轉劣勢的方法等等。基本上他只有一年半、最多兩年的時間，把畢生的軍事經驗塞進他們腦子裡，他們最好有心理準備。

卡斯丘總共有五千六百四十二人，墨族人的「希塞營區」佔了兩千一百四十七人，這其中十八到四十五歲的人數是一千八百二十一人，扣掉另有職務在身——教學、醫療、營區守衛、體弱病殘——大約剩一千五百個人。

一千五百個不算少，這個青壯比例太高了，他合理懷疑卡斯丘不是真正的墨族人大本營，毋寧更像一個前哨站或訓練營。

現在，這個訓練營來了一個讓全國爲之威懾的總教頭。

也好，表示這些人對於即將發生的事心中都有些底。其中一百多個是比較好搞定的，他們當初跟他一起從首都逃過來，沿路見識過他的能耐，已對他心服口服。

訓練第一天，他將所有人集合，十一月的天氣，一千五百個穿著夾克的人塞成一團擁擠的畫面。他還沒來得及開場，一名虯髯男子主動舉起手。

「請問你是要訓練我們嗎？荷黑已經告訴大家了，我們願意學，請教我們所有你知道的一切。」

「對對對！」一堆人點頭。

「你們確定嗎？這個過程會很辛苦，有些人會受傷，甚至死亡——機率不高，但我不敢打包票。」他反倒不急著承諾了。

「我們不怕苦。」

「我們要戰鬥！」

「軍隊隨時會來，我們不要不戰而降。」

「對對對。」人群間的呼喊泛濫開來。

「你是奎恩總衛官，如果有任何人明白作戰是什麼，那一定是你。」蛇髯男子說。

奎恩記得他的名字叫米克，以前當過建築技師，他的身材確實很像做建築業的。

「現在你們不怕苦，一個星期之後就不一樣了。我不希望訓練一堆遇到困難就去找田中洛哭訴的媽寶。」他在最前方緩緩踱步。

「我們不是小孩子！」許多人露出受辱之色。

人群中有人開始遲疑。「奎恩，你來這裡就是爲了幫我們的吧？」爲什麼現在好像不情不願？

「誰說的？」他轉身看著擠滿小廣場的群眾。

呃？

不只群眾，旁邊的田中洛都聳高了眉心。

「他是啦！奎恩保護我們來到卡斯丘，如果不是他，我們早就不知道死幾百次了。」和他一起來卡斯丘的人出聲。

「但是他以前是抓我們的……」有人小聲說。

「甄和紫菀都有墨族血統，奎恩就是爲了她們才離開紀律公署。」

「如果有一天他反悔，又跑回去怎麼辦？」

人群裡開始出現激辯。

他也不急躁，只是負著手，悠閒地站在前方。

最後，米克舉手要大家安靜：「我不在乎以前的事，重點是現在。我們不能再一直挨打了，愛斯達拉有一整隊軍人，但洛帶領的都是平民。」米克看一眼他周圍的人。「唯有我們自己夠強了，愛斯達拉、列提才不會把我們視爲負擔，大家才能一起團結對抗政府軍。」

不錯，這些話由他們自己人說出來，比由他來說有用了。奎恩看見田中洛對米克微微一笑，看來他們自己安排好了運作的人手。

必須承認，有他和田中洛的一文一武搭配，效果快多了。

人群間的爭論安靜下來，輪到他開口的時機。

「米克說得對，我是來幫你們的。」他沈雄的嗓音貫穿整片廣場。「不只幫你們，也幫助我自己完成心中的信念。以前我對抗的是軍人和恐怖份子，以後依然如此，我不信任一個殺戮平民的政權。唯有打敗紀律公署和歐倫多總統、廢除反恐清除法，這長達五十年的殺戮才有可能停止。」

「是！」眾人聽得熱血沸騰。

他穿透人心的藍眸環視全場。「這個過程會很辛苦，或許不是在場的每個人都能活下來，但只要你們加入我，我們會一起戰鬥，不達目的絕不罷休。我會跟你們站在一起，也會跟你們倒在一起，你們願意嗎？」

「願意！」一千五百道嗓音同聲響起。

「軍事訓練不比體育課，你們必須經歷極端嚴苛的考驗，先將體能提升到巔峰，並學習使用各種武器。這個過程中有人會支持不下去，甚至想放棄，但我不會輕易收手，你們確定明白自己選擇的是什麼樣的路？」

「是！」

「我先事前說清楚：一旦訓練開始之後，放棄不是一個選項！我不管你多累多慘，我會一直逼迫你，直到你以爲自己已經達到極限，我會繼續逼迫，逼出你自己都不知道的潛能。」他穩穩注視在他面前的一千五百人。「今天的你們只是一群烏合之眾，結訓之後你們會是一支最堅強的勁旅。沒有這種決心的人，現在就退出。」

「我們有！」嘹亮的響應貫徹雲霄。

最前方那人傲岸頎長，如冰雙眸透出不屈的意志力，從他身上散發的自信是如此具有感染力。這一刻所有人都相信，若有人能帶領他們打敗紀律公署，非這男人莫屬。

或許，這次終於要成眞了。

或許，延續了數百年的苦難，眞的能在他們手中消失。

那道頂天立地的身影將這份認知敲進他們心裡。

✸

秦甄終於放心地走離窗戶邊，布魯納在身後對她微笑。

「妳丈夫是個眞男人。」

「我知道。」她嘆息。

華仔惴惴地窩在牆角，今天所有人突然聚集在一起，他不曉得發生了什麼事，變得很緊張，於是整天緊緊跟在她身邊。

紫菀睡在旁邊的嬰兒床，華仔在嬰兒床附近寸步不離，確保不會有任何隱形的敵人搶走她。

「來吧！我們來瞧瞧凱倫爲我們找來的影印機能不能發揮功用，華仔，你要不要幫忙？」她問。

華仔其實躍躍欲試，不過看著立志保護的小女嬰，他遲疑了片刻最終搖搖頭。秦甄也不勉強，紫菀和他在一起她是放心的。

凱倫的朋友另外送來幾大箱紙，她和布魯納將已經整理好的檔案上傳到影印機，開始印刷。

「妳的存在讓他的工作輕鬆多了，正常人很難理解，一個敵對的人會沒有任何原因地就投誠到自己這方。」布魯納盯著影印機的雷射光束不斷移動。

「你懂。」秦甄有點驚訝。

其實她心裡一直替奎恩叫屈，許多人認爲他會這麼做只是因爲妻子和女兒，但奎恩的決定並不只是出於私心。即使她不存在，孑然一身的他依然會選擇忠於自己的信念，頂多是時間點不同。

「無所謂的，重點是過程和終點，起因並不重要。」布魯納彷彿看出她的心情。

秦甄沈默片刻。「如果我們最後沒成功，他在歷史上永遠會是一名叛國者。」

一個軍人的忠誠是保衛國家，無條件地服從軍令。如果每個軍人都說「我不喜歡這個命令，所以我不服從了」，那整個軍紀蕩然無存，國家安全將陷入危機。

可是，如果你手中持著步槍，站在國家的城牆上，一群手無寸鐵的移民向你湧來，而上面的命令是：守住前線，不准讓任何非法移民進入，不惜任何手段。

你很清楚，這些大多是無辜的平民，他們只是在戰亂或暴力充斥的地方活不下去，於是徒步走了幾千哩，只為了前來尋求庇護。

你該不該開槍？

你會不會開槍？

你該忠於軍令或忠於自己的良知？

忠誠，一個看似清楚的概念，卻充滿了許多為難。

「是的，」布魯納點點頭。「當德國大規模清洗猶太人時，許多軍官執行了屠殺令。這些人平時並不是青面獠牙的惡魔，回到家裡，他們也只是平凡的丈夫、爸爸和兒子。戰後這些人接受審判，通通堅持自己無罪，原因是：他們只是服從軍令。服從是軍人的天職，真正的責任在於下軍令的人。」

布魯納抬眼望她。「其實想想很可怕，如果戰爭的結果不同，德國贏了，那麼猶太人的死亡就會被認為是正當的，這些軍官通通都變成國家英雄，不會面對後來坐牢或處決的命運。」

「歷史總是勝者寫成的。」

「即使如此，依然有許多人用自己的方式幫助猶太人，有人謊稱他們的工廠需要猶太囚犯，不然無法供應前線軍需；有人試圖刺殺政要，以中止這些暴行，其中包含許多高階軍官。這些人都是少數人，即使最後付出生命為代價，依然盡己所能去試圖改變不公義的局面。」布魯納對她微笑。「我只是想，倘若奎恩總衛官生在那個時期，他應該也會做出和現在相同的選擇。」

忠誠依然是忠誠，但他們選擇對所有人民忠誠。

所有人民，包括少數民族和弱勢群體。人權不只針對多數人，而是針對每個人。人人生而平等。

「謝謝你。」秦甄仰起頭，把淚水眨回去。

布魯納輕拍她的肩膀，回頭繼續印課本。

✸

奎恩不是在開玩笑的，訓練第一天就有很多人吐了，第三天有人掛傷號，隔天依然得拖傷上陣；前兩個星期過去，許多人都懷疑自己能不能活下去。

第一個月結束，傷病的情況變少，全員狀態逐漸進入軌道，某一天他突然宣佈放所有人一天假，階段訓練完成。

全員當場歡聲雷動，結果換來他的冷冷一句：「這只是第一階段，第二階段後天開始，強度增加。」

所有人放假的那天臉色青筍筍。

訓練營裡，只有一個人不在十八到四十五歲的範圍，就是傑登。

奎恩說他「資質不差」，欽點他「破例接受特訓」，並指定他作爲傳令兵。

後來傑登才知道，所謂「傳令兵」就是跑腿小廝的意思，只要長官有需要，哪怕是幫忙洗內褲都得做。

奎恩沒讓他洗內褲，不過能丟給他的雜活都丟了。並不是說當傳令兵就能免除操練，別人做的他通通得照做。就這樣，他開始了生不如死的生活。

這傢伙根本不是人！他們在進行體能訓練時，奎恩不是站在旁邊看就好，他跳下來跟大家一起進行。每次他完成了，其他人還沒趕上，他就會折回來大吼大叫，然後跟他們一起做完剩餘的部分，他一個人等於做了兩倍的操練。

每天一早傑登踏上校場，奎恩只有一句話：「跟上。」不是跟上別人喔！是跟上他！表示傑登跟他一樣，所有訓練都比別人多做一倍。

若是他落後太多，奎恩回頭似笑非笑地看他一眼，那眼神在說：受不了就求饒吧！

媽的，他才不會向這傢伙求饒。奎恩可以把他操練至死，但一輩子別想從他口中聽見示弱的話。

不只操練而已，若是校場必須和營區聯繫，傑登當然是負責跑腿那個。他們的校場距離營區兩哩，無論那時是不是休息時間或剛爬完十五呎高的牆，總之命令一來他就得跑回去。

每天傍晚結束，所有人癱坐在地上，他還得撐著疲累的身體回去上課，因爲布魯納固定替幾個白天無法上學的學生補課。有時候荷黑看了不忍心，想開口求點情，奎恩還沒說話，他自己就不讓幫了。

別人替他求情跟他自己示軟也沒兩樣，他才不需要！

他要讓那傢伙看見，他能憑實力、體力、耐力打敗一個三十二歲的「中年人」！

但心裡不得不承認，這中年人還眞的滿厲害的。

所有人都有同感，他們和奎恩的差距太遙遠。

有人無意間聽見荷黑和奎恩說話，原來奎恩在他們每天收操之後，自己仍舊持續特訓，荷黑問他爲什麼，他只是淡淡說這個訓練強度對他不夠，聽到的人當場跪倒。

第一階段結束，這團散沙開始有了點樣子。大腹便便的人腰圍縮小，體重過重的人出現肌肉。從一天跑一哩就會有人趴下來吐，到最後每天跑五哩當做起手式。

彼此的互動方式也有些改變。一開始大家只像個鄰居般打招呼，到最後大家像兄弟般打招呼。

因爲只有他們明白彼此吃過哪些苦，那是一種惺惺相惜、同病相憐的感慨。

他們對奎恩的稱呼也改變了，平時都叫「老大」（Boss），正式一點叫「長官」（Sir）。他並沒有特別要求，每個人不知不覺間都這麼叫，因爲在校場上，他就是他們的老大。

里昂．奎恩不需要命令別人尊敬他，他以實際的行動替自己贏得尊敬。

然後第二階段開始了。

最先做的事是分組，所有人才知道原來他一直在觀察他們。

他依據不同特性，將一千五百人分成十五團，每團再分成五十人的兩隊，再拆解爲十人一個班，最後是五個人爲一小組。

這五個人從現在開始就是生死之交、命運共同體，無論發生任何事，永遠同進同出，不丟下任何一人。

每個小組之間漸漸凝聚力量，不同組別會有一些友善的競爭，只要沒出大事，奎恩基本上不管。

第二階段除了以小組爲單位接受特訓，還要做十人的組訓，五十人的隊訓，百人的團訓……

直到進入第二階段之後每個人才明白，原來第一階段根本叫做「度假」！

然後第二階段結束，開始進入第三階段。訓練強度一次比一次增加，很早就沒有跑五哩這種事了，基本長度都是從十二哩起跳；每個團體也依照不同的特長開始做專長訓練，如攻擊、防守、前鋒、斷後、突襲等等。

然後是第四階段、第五階段、第六階段……

他們的嚴訓從冬天進入春天，逐漸往六月初夏邁進。

這陣子的主訓是壕溝戰，他們的訓練場地都是自己挖的，這也是訓練項目之一。每個人在泥漿水裡泡了半天，爬出來時都又髒又餓又累。

「放飯。」中午十二點，那沒血沒淚沒人性的牢頭丟出一句，校場頓時密密麻麻癱了一地。

「修羅地獄」——這是校場的最新名稱，隨時會依訓練內容和情境而改變——位於營區以東兩哩遠，那裡有一片超級寬闊的礫地、一小片森林和丘陵地，符合他們各種訓練的地形需求。每天早上一千五百人從營區跑步過去集合，中午跑步回來吃飯，吃完跑步回去，當天收操再集體跑步回營區，一天下來最基本就是跑八哩。

營區主廚形容得很生動：「每天看一千五百頭猛獸雙眼放著綠光朝你衝過來，放飯動作要是慢一點就暴動了。」

營廚設在營區裡，以方便煮食，放飯時間他們會排出十張長桌在每天通往校場的起跑點，每張長桌由一組人手負責。

一開始營廚的人沒經驗，弄得手忙腳亂，而某個沒人性的老大中午只休四十分鐘，來回跑步時間算在內，等於吃飯時間只剩下幾分鐘，沒吃完的人就自己餓著肚子乖乖爬回去繼續訓練吧！

幾個月過去，營廚早已熟能生巧：鐵餐盤，兩種肉食，兩份蔬菜，一大碗主食澱粉，湯或飲品，從右傳到左迅速出餐。每位受訓者平均排隊一分半鐘就能領到所有餐點，席地而坐進食。

「嗨！」秦甄開心地對荷黑揮揮手。

「甄老師，今天怎麼是妳？」矮壯的荷黑走過來，嗓音依然如雷鳴之前的低隆。

「我今天中午有點空檔，聽說營廚需要人手幫忙，就跑過來了。」

荷黑每天都會見到她帶著一班學生在教室前的小操場玩耍。她不是那種不敢曬太陽的嬌嬌女，德克薩斯毒辣的陽光並未對她帶來太大影響，她的肌膚依然晶潤如玉，笑起來貝齒微露，俏麗清雅，一見就令人舒心。

她的眼光投向荷黑身後，奎恩停在校場邊緣，和田中洛不知在說什麼。

她好喜歡看他的站姿，姿態挺拔，一副扛天撐地的模樣。不過她對他的表情太瞭解了，那副濃眉微蹙在其他人眼中叫做「認眞聆聽」，在她眼中叫做「脾氣升溫」。

喔哦！不曉得出了什麼事。

「來，這是你的。」她快手快腳從旁邊接過一個鐵餐盤，盛了一碗玉米濃湯推給荷黑。

荷黑端了餐盤站開幾步，邊吃邊和她閒聊。

後方的營區內，一群小朋友在遊樂場玩，另一群年紀較大的青少年在籃球場打球。莎洛美抱著小粉團走過來，沒靠太近，以免影響他們工作。現在只要是下課時間，看到莎洛美就一定會看到紫菀，大小兩個女生感情好得不得了。

「呵呵，噗嚕噗嚕，嘰咕噗嚕。」紫菀指著媽媽笑。

「她長得好快，多大了？」荷黑微笑。

「再兩個星期就滿七個月。」秦甄開心一笑。

這小傢伙天生的笑面娃娃，一點都不怕生，目前為止還沒她收服不了的大人。

「嗨，傑登。」秦甄將下一盤餐點推出去。

十六歲的少年縮回隊伍裡，慢慢跟著前面的人移動。雖然他是奎恩的傳令兵，私底下沒必要和奎恩的家人來往吧？

幾個月的操演為他帶來驚人的改變，他已不再是那個蒼白而略顯清瘦的少年，陽光將他的皮膚烤成健康的紅銅色，身體長出明顯的肌肉，肩膀又闊實了一些。假以時日，傑登會是個高大結實的年輕人。

「來，這是你的，還有玉米濃湯。」秦甄親切地將餐盤推給他。

他含糊說了句「不用湯」，把餐盤端走。今天的湯是玉米濃湯，他對玉米輕微過敏，不算大礙，只是吃了會皮膚發癢。逃亡時有一陣子只能吃玉米，那是他最痛苦的一段時期。不過他的話含在嘴巴裡，秦甄忙著舀馬鈴薯泥，沒聽見。

「傑登，你忘了拿湯。」秦甄轉頭回來，看見一碗濃湯留在桌上。

「不用湯啦！」傑登已經走開兩步，隨手一推。

他發誓他不是故意的！

眼角餘光感覺秦甄離他約一臂遠，所以他揮出去的角度加大，沒想到秦甄正好也往前遞，這一揮不偏不倚打中她的手腕；她嚇了一跳，手直覺往回收，整碗剛從熱鍋裡舀出來的濃湯全灑在她胸前。

「啊！」激烈的刺痛讓她丟掉湯碗，胸前的布料拼命往前拉。

六月的卡斯丘已十分炎熱，她身上穿的薄T根本無防護能力。

「哎呀，怎麼這麼不小心？」旁邊負責炸雞的潔依連忙抓起一瓶冷水，趕快往她胸前潑。

過熱是種刺激，過冷也是，胸口突然被一熱一冷連續衝擊，她心臟快停了，旁邊幾個人迅速抓了毛巾過來幫忙。

「你在做什麼？」荷黑一腦袋巴下去！

「你這人是怎麼搞的？」莎洛美大怒，拎了條冷毛巾幫忙擦拭。

紫菀眨著亮晶晶的黑眸，嘴巴含著手指頭，完全不懂大人在騷亂什麼。

闖禍了！可是他眞的不是故意的。傑登手足無措地站在原地。

「沒關係，現在好一點了。」秦甄接過浸了冷水的毛巾塞進衣服裡，把燙紅的粉膚與熱湯隔開。「傑登！」

一聲怒喝讓少年頭皮發麻。

奎恩大步殺過來，冰冷犀利的雙眸讓旁邊的人連忙退開。

「過來！」

傑登臉色蒼白地走到奎恩身前。

昔時雙眸毫無人類情緒的冰冷總衛官，重現在眾人面前。

「讓我把話說清楚：你不必喜歡每個人，但只要你在我的手下一天，代表的就不是你自己，而是其他一千五百名弟兄的榮辱。你幹得好，你榮耀了一千五百人；你搞砸了，你丟了一千五百張臉。你在我麾下受訓，不只是學習如何成為一名士兵，更是學習如何當一個男人。

「一個眞正的男人不是只懂殺敵，任何人手中有槍都做得了這件事。一個眞正的男人懂得讓他身旁的人安全——你對婦孺溫和有禮，你對長輩謙恭尊敬，你對長官絕對服從；你挺身護佑弱小，不恃強凌弱。

「我該死的不打算教出一群只知殺伐的莽夫，當你們回歸正常社會，每個人都給我好好當個正直的人。如果你的腦汁有限到無法理解這一點，立刻打包你的東西滾出我的校場！」

傑登神色一凜，所有恐懼驚惶全都消失。他舉手行禮，大喊：「抱歉，老大，是我的錯，我無意對甄老師無禮，只是一時判斷失準，請原諒我！」

現場靜得落針可聞。

「現在，向奎恩夫人道歉。」奎恩冷冷命令。

「奎恩夫人，請接受我的歉意！」傑登轉向她，雙腿一併行禮。

「向營廚員工道歉，爲了你浪費的食物。」

「謝謝各位準備午餐，很抱歉我浪費食物！」他頓了頓，用稍微小的音量說：「我不是故意挑食，只是對玉米過敏。」

「好的，幸好你說了。」秦甄雯時瞭解。

奎恩冷冷環視安靜的廣場。「我剛才的話適用於每個人，你們要和同伴打架吵嘴，不關我的事，但只要行爲失格，被我抓到一律從重懲處。」

「是，長官！」

一千五百道回答響徹雲霄。

✸

「我沒事，眞的沒事。」

晚上一進家門，奎恩不由分說將她拉過來，撥開她的浴袍。

其實冰敷了一下午，紅印本來退了，不過她剛剛洗完熱水澡，微血管擴張，紅印子又浮出來。

果然她老公一張冰臉又黑了。

「不痛啦，眞的。」她再三保證。

他知道自己手勁大，平時抱她碰她都不敢太施力，那臭小子竟然整碗熱湯往她身上潑。

「我要把他操到死。」奎恩陰沈地說。

「你已經把他整得很慘了。」她不由好笑。

傑登的懲罰是今天收工之後，回營區跟他一起繼續「奎恩式訓練」。她見過他非人類的體能訓練，當他終於結束，傑登趴在地上呈半殘狀態，他拎著汗巾若無其事地回家。

他還沒沖澡，身上依然有汗味，可是她一點都不介意。

奎恩把她拉進腿間，粗糙的手掌貼著那片燙痕，又怕繭會磨傷她，最後選擇在她腹間輕輕印下一吻。

這個男人根本不需要甜言蜜語，他一個簡單的動作就代表了千言萬語。她抱住他黑色的頭顱，在他頭頂印下雙唇。

「我愛妳。」他抬頭迎視，藍眸深如海。

他突然就這樣說出來，不是在什麼特殊的場合、浪漫時刻，他們的女兒睡在隔壁，只有她和他。

這是他第一次眞正說出這句話。

「我也愛你。」她捧起他的臉，印下她最深的愛意。

他翻身將她壓進床墊，他身上的汗全抹在她身上，她完全不介意。這次的做愛緩慢而溫存，兩人都細細品味這份完全擁有對方、也完全被對方擁有的愛。

當他終於從她身上翻開，他一手蓋住眼睛呻吟。

「我還沒去鎭上買保險套。」再這樣下去，他會害她永遠在懷孕。

「其實……我不是很確定有沒有辦法再次受孕。」她輕聲說。

他的手放下來，深深看她一眼。「女人，要二到四個小孩的人是妳，我從頭到尾只是想結婚。」

她笑了，心頭的陰影消逝無蹤。

「或許該叫孟羅送我幾盒保險套，他門路多，我的生意讓他賺走那麼多錢，沒理由不送點贈品。」奎恩深思道。

她突然笑起來，越笑越厲害，笑到最後嬌軀都在發抖。

「笑什麼？」奎恩對她皺眉。

「孟羅一定會很樂意送你一大盒保險套，然後在包裝印上『尺寸：S』。」她樂不可支。

……確實是這傢伙會做的事沒錯。

「不然叫田中洛想辦法，他負責解決營區的疑難雜症，有義務替軍事指揮官解決問題。」他陰險地說。

她又格格笑了起來。

「好難得你不是老大了，會不會很不習慣？」

「我從來就不喜歡行政職務。」

那倒是，他寧可上街出勤，也好過坐在辦公室處理那堆文件。她輕嘆一聲，滿足地枕進他肩窩。

「今天中午你和田中洛講話的表情好嚴肅，發生了什麼事？」

「我們的營區沒有保護。」奎恩眼中的放鬆消失無蹤。

「什麼意思？」

「我們的軍火庫是空的。」

「怎麼可能？瑪卡的人整天揹著槍在營區巡邏。」她詫異。

以前營區保全是荷黑和瑪卡負責，但荷黑成為奎恩的副手，瑪卡就擔下了保全頭子的職務。

「那些就是我們全部的軍火。」他的神色嚴峻。

「啊?」那頂多十幾把槍而已吧?也就是說，現在任何人向他們挑釁宣戰的話，他們完全無力防備自己。

「子彈也只剩下兩輪的用量。」若非他叫田中洛準備實彈讓他們練習，田中洛才「想到」要告訴他，不然至今他都被瞞在鼓裡。

他明白在這鬼地方軍火取得不易，所以他盡可能將武器訓練留到最後階段，先以冷兵器和搏擊爲主。空包彈只能訓練拿槍的手感，對準度完全無益，他們必須開始進行實彈演練。

中午他很火大地吼了田中洛一頓：「武器關乎整個營區安危，你就沒想過告訴我一聲?」

田中洛嘆息。「最近一堆事同時發生，你老婆辦學校、你辦軍事營、鎮民送孩子來上學的安全問題、所有人食量大增等等，各種需求都很迫切。」

「我要我的武器，校場必須有足夠的實彈和爆裂物，我必須教他們如何製作炸彈和拆除，營區軍火庫必須隨時保持充足，現在就要!」

「好吧，我答應你會盡快處理武器的問題。」田中洛只能說。

盡快?奎恩差點把他的腦袋擰下來看看裡面的成分。武器不是一個「盡快處理」的問題，而是「第一優先」處理的問題!

說他不挫敗是假的，誠然，以前不是沒待過更險惡的環境，資源也不永遠都是那麼充足，然而他和他的人都明白，只要能撐到總部送來資源，困境就解除了。

現在他們自己就是「總部」，沒有人會送來資源，眞正是一顆子彈逼死英雄好漢!

「可是買槍很貴耶!我們有錢嗎?」秦甄嬌秀的臉皺起來。

有點不好意思地承認，之前田中洛坦承他有一度無路可走，被迫向若絲琳求助，她多少有些埋怨的，瞧瞧若絲琳現在的處境！直到看見他爲了救這許多人，每天必須面臨多沈重的壓力，她對自己的小心眼頓時十分慚愧。

「錢不是問題，在我回去幫妳拿中和劑的期間，已經將帳戶的錢都轉移到海外。」他的大手無意識地在她嫩背滑動，享受那柔膩的質感。

咦？「等一下，所以我們有錢？我們有多少錢？」

「我的個人資產嗎？把分散到各洲離岸銀行的錢加一加大概五十億，如果把名下的房地產賣一賣，大概能湊到七十億。」對，他沒跟田中洛他們說實話。

七十……七十億！那後面是幾個零？

「如果加上『奎恩工業』的股利呢？」她已經不敢聽了。

「大概兩、三百億吧。」他心算一下，自己也不是很清楚。

兩、三百億？噢，她胃痛了。她這輩子想都沒想過這種數字。

「那時候岡納已經在盯著你了，你突然把資金大量轉移，他怎麼會沒發現？」她越想越離奇。

「因爲妳丈夫是個洗錢高手，親愛的。」他露出一個有點得意的笑容。

他事先將所有轉帳設定好，發動直升機前的最後一件事，是按下手機的「執行」鍵，然後他就走了。匯款在他脫身的那一刻，同時流向全球十二個離岸銀行，岡納根本防不勝防。

他孩子氣的表情實在太稀罕了，她忍不住大笑。

「可憐的岡納！」

「可憐？他想抓我！」她丈夫十分不滿，狠狠壓住她洩憤一頓。

她和她老公玩鬧得不可開交，最後全化成性感的呻吟。

不曉得他自己有沒有發現，離開紀律公署之後他的表現越來越像一個「人類」了，情緒不再是他那麼忌諱展現的東西。

她愛這樣的他。

噢，她騙誰啊？她根本愛他的各種模樣。

✷

「你這人到底有什麼毛病？」

莎洛美用力把傑登拉到無人的角落。

「我不是故意的，我已經道歉也被罵了，妳要怎樣？」傑登漲紅了臉爲自己辯護。

「被罵一罵就沒事了？那我現在砍你兩刀，再被你罵一罵，你要不要？」她用力推他一把。

「我警告妳不要再推我哦！」傑登倒退一步。

「不然呢？你想打我嗎？來啊！動手啊！」她繼續推他。「我推你很多下了，怎麼不動手？反正你就是個會對女人動粗的傢伙。」

「我才不是！」傑登被她逼得連連敗退。

「你不就拿了碗熱騰騰的湯往女人身上潑？」

「我又不是故意的！」他臉孔漲得更紅。

其實他眞正想說的是，他很抱歉，燙傷甄老師的時候他也嚇到了，可是望著莎洛美亮麗的臉蛋，他就是說不出示軟的話。

「你從第一天就對他們夫妻很不友善，奎恩一直在保護我們，甄也一直在為營區的小孩付出，他們哪裡對不起你了？」她質問。

「他殺了我媽媽！」傑登衝口而出。

莎洛美一頓。

「我媽媽是個基地成員，奎恩害她被抓進懲治中心，難道我不該恨他？」

「我們也殺了一堆他愛的人！」

「那不關我的事，那些人不是我殺的，可是我媽媽卻因他而死。」

「所以我們的人死了就是大事，他們的人死了就沒事？」

「妳是個墨族人，為什麼替他們那邊的人辯解？」傑登的眼中現出敵意。

莎洛美深呼吸一下，收去憤怒的神情。

「我並不是替他們辯解，這就是戰爭！它的本質是無差別殺戮，沒有誰比誰更正義。」所以她才想要一切盡快結束。「有一件事我從來沒跟任何人說，連我爸都不知道，只有奎恩和甄知道。他救了我，當時我陷入一個無法掙脫的處境，心裡充滿絕望，就在我以為唯有自殺才能解脫之時，奎恩出現了。如果不是他，我不敢想像現在自己會變成什麼樣子。」她定定注視他。

傑登倔強地把臉轉開。

「我理解你的心裡很憤怒，但奎恩不是壞人。」她輕聲說。「我們多數人在困厄之中，都選擇鄉愿地忍受命運，奎恩卻是一看見錯誤會立刻站出來改變的男人。他現在和我們站一起，試著改變這個世界，你不能不給他機會。」

「難道我就該忘記我母親死在他們手中？」他不讓她看見自己發紅的眼眶。

「不，你不該忘記！你應該深深記住你母親是怎麼死的，同時明白一件事：她的死不是一個人造成，而是一個錯誤的制度。所以殺死一個人不能改變什麼，唯有殺死這個制度，才能讓更多像你母親這樣的人不再犧牲。」

傑登只是瞪著前方。

她拍拍他的肩膀，讓他自己去想，自己悄然走開。

✷

他們夫妻依然各忙各的，他每天早晨上校場，她就去學校教書。

他們的「學校」越來越有樣子了，一開始只是中學生一間教室，小學生一間教室，由於凱倫和蒂莎之故，鎮上的人也聽說希塞營區「辦了一間學校」，家裡有孩子的人紛紛過來詢問。

田中洛一開始是不願意的，這些來來去去的人只會增加安全疑慮，天知道他手邊已經有一堆事待處理。出乎意料，卻是瑪卡力挺，秦甄早就注意到她是個軟心腸的人，尤其對孩子。

奎恩也淡淡加了句：營區戍守的部分，他每天會撥出兩個十人班輪值，以支援人力。

有他們兩個擔保，田中洛只得同意了。

最樂的其實是奎恩的手下，在營區輪值等於涼差，那天可以不做訓練，所以人人都希望自己的班趕快輪到。

不過學生人數遠比她和布魯納預期更多，全部加下來大概有兩百個左右，其中五十個是小學生，其他都是中學以上。以她和布魯納的能力，絕對不可能應付得了兩百個學生，即使她可以支援中學的文科，依然十分辛苦。

最後他們動了點腦動，找來一堆「助教」。既然黑市藝術掮客都能擔任他們的藝術老師了，還有什麼小巷不能走的？

重要的只是最後的成績必須由她和布魯納簽名核可，但中間的教學部分他們決定彎點小路。

卡斯丘龍蛇雜處，什麼狠角色都有，鎮上高學歷的人還眞是不少。例如拉德就曾是葡萄牙某間知名大學的藝術史教授，後來因為他兼賣贗品畫被抓到，才一路沈淪至此。

最後，她和布魯納網羅了六名高學歷份子，以及四個有幼教經驗的人，一起成立教學團。他們的做法是把中學以上的孩子分成四個班級，小學生兩個班級，班導師理所當然是布魯納和秦甄。

她和布魯納教授主課，幾位老師支援其他科目，但成績單最後的簽名者都是她和布魯納。將來官方資料出去，這些學生依然是她和布魯納的學生，擁有正式教師的授課學分。

如此緊密的班表，備課時間也長，所以她的日子眞的不比她老公輕鬆。一個勞心一個勞力，很多個傍晚夫妻倆吃完晚飯，坐在客廳就開始打瞌睡了。

唯一的好處是幼兒園就在她的教室旁，她隨時走過去就能看見紫菀。

紫菀是全營區年紀最小的人，每個人對這個動亂中出生的生命充滿珍惜。

「嗨，華仔。」秦甄趁午休時間想去瞧瞧女兒，坐在門口的華仔馬上跳起來。

「給妳的。」華仔伸出一隻握緊的拳頭。

「不是什麼恐怖的東西吧？」

華仔的心智年齡只有十歲小孩，也一如許多十歲的小男孩，他對昆蟲有特殊愛好，上次他興匆匆送她一隻「好大好漂亮好可愛」的高腳蜘蛛，把她嚇得口吐白沫，差點昏死；正好奎恩在附近，結果換成華仔被嚇得口吐白沫，比她更成功地示範一秒昏死的絕技。

「不是，是好大好漂亮好可愛的東西。」

這話聽起來好耳熟啊，嗚！可是秦甄實在不忍拒絕滿臉熱情的他

「好吧！」只好伸出手。

華仔將掌中的物事放在她手中。

這是一顆紋路十分奇特的鵝卵石，約莫雞蛋的大小，表面光滑，三分之一是普通的石頭，三分之二帶著透明的玉質感。

「謝謝你，好漂亮，這是什麼石頭？」她對石頭不熟，但真的很漂亮。

「石頭的石頭。」華仔高興地說。

她笑了。「謝謝你送一顆我石頭的石頭。」

華仔喜得抓耳撓腮，好像剛做了什麼了不得的大事。

「咳，甄老師。」旁邊一道彆扭的清喉聲。

「嗨，傑登！」她轉過去，立刻漾起陽光燦爛的笑。

自從上次被奎恩訓了一頓，他的態度明顯改變了，彷彿終於領悟到自己屬於一個更重要、驕傲的群體，從中找到了自我價值。

「咳，我只是想問問，妳的傷還好吧？」傑登兩腳交換一下重心。

「哎呀都好幾天了，本來就不嚴重。」她擺擺手。「你呢？最近好不好？午餐吃飽了嗎？」

「我吃過了。」他還是不太自在，青少年必備的彆扭感讓她不禁微笑。

「田中洛！」

一陣低吼自餐區而來。

噢哦，情況不妙。她一抬眸，只見她丈夫聲勢洶洶，大步殺來，荷黑繃緊著臉跟在後面。走在他行徑路線上的人紛紛躲避，生怕被那身逼人的冰箭刺到。

「不是蜘蛛！不是蜘蛛！」華仔大叫一聲，拔腿就逃。

秦甄又好氣又好笑，沒工夫理他。傑登立刻衝向指揮官，田中洛從辦公室走出來，瑪卡一看情況不對，從瞭望塔下來加入他的行列。

「我的武器和子彈呢？」奎恩的怒焰如一尾盤繞的龍隨時會暴起。

田中洛和他在路中央碰面，臉色不比他好看。

「我們得談談。」四周的人太多，田中洛往自己辦公室一指，率先走過去。

秦甄不放心，小跑步跟在他們後面。所有人進了小小的辦公室，她和傑登待在門口處，不確定該不該進去；田中洛把門開著，這已經足夠提供他們需要的隱私。

「已經一個星期過去了，我的武器呢？」奎恩冷冷再問一次。

「這裡。」

田中洛指了指地上的兩個木條箱子。

奎恩走上前打開箱蓋，第一箱是步槍和彈匣，第二箱是手槍和子彈，雖然兩個箱子都裝滿，比起他訂的數量根本只是零頭。

「就這樣？」他將箱蓋隨便扔回去。「這些都是傳統武器，我要的雷射步槍、震撼槍、能量槍和其他武器呢？」

「這兩箱不是貨物，而是禮物。」田中洛的臉色非常難看。「孟羅說，經過他的確認，兩方的付出『無法對等地滿足彼此的需要』，所以他無法提供我們任何武器，但爲了表示歉意，他特別送我們這兩箱禮物。」

「什麼？」奎恩的怒焰收起，冰冷的一面接管。

所有人都越來越瞭解他，當奎恩變回冰冷無情的老樣子，表示事情大條了，荷黑和瑪卡默默在心底祝福孟羅將來有命花錢。

「他要求以後的手續費比照當批貨物的價格，我們付的錢不夠，所以他不出貨。」田中洛難得出現這種想罵髒話的表情。

「這是漲了一倍。」他冷冷地說。

「顯然他摸清了你的身價，也明白我們現在主要靠你的財力在運轉，所以他要求以後我們花多少錢買什麼，就花多少錢請他送貨。」照這樣下去，他們有再多的錢也不夠燒。

「除了孟羅，還有誰能在德克薩斯通行？」奎恩冷靜的表情已看不出一絲怒意。

「是有幾個走私集團，但他們管道不如孟羅多，甚至有些路段也是找孟羅幫忙。黑吃黑是他們的常態，我不信任他們。」

孟羅的好處是，只要不欠他錢，他會把客戶照顧得很好，因爲有客戶才有生意。他自認是個盜亦有道的人，即使這次漫天開價，他也是先說在前頭，願者上鉤。

「打電話給他，我要和他談談。」

「他不會和你談的。」田中洛太瞭解他的前妻舅了。

「打給他。」奎恩命令。

田中洛嘆了口氣，拿起話筒叫萊斯利過來。不多久，萊斯利抱著一箱東西從對面的屋子走出來，進屋前不忘興高采烈地跟她打聲招呼。

「嗨，甄。」

「我們需要加密線路。」田中洛站了起來。

「沒問題。」萊斯利在田中洛讓出的位子坐下，先拿出自己的筆電和一個煙盒大的灰盒子，再用一條電話線把筆電和灰盒子接上，最後將電話插在那灰盒子上。

他叮叮咚咚敲下一串按鍵，把螢幕轉過來。「行了，這盒子是我新發明的加密器，軟體是我自己寫的，透過它傳輸的各種訊息都不怕被監聽或追蹤。以後只要帶著這盒子，到哪裡都可以打加密電話，等我弄到轉接頭之後，連手機都能用。」

萊斯利把筆電抽掉，然後讓出位子。田中洛撥下一串號碼，等了片刻，那頭接通了。

「奎恩要和蛇王說話。」只聽了一句，田中洛把話筒掛上。「孟羅不接電話。」

「再撥一次。」

田中洛耐心再撥一次，等對方接通。

「奎恩堅持和蛇王說話。」同樣只聽了一句就掛斷。「孟羅堅持不接電話。」

意料中的事，瑪卡撇撇嘴。「他知道你找他絕對不會有好事，只要不接電話就不算打壞情面。」

這招很無賴，但蛇王孟羅本來就是個無賴。

「孟羅現在在哪裡？」奎恩慢慢盤起雙臂，堅硬的二頭肌在襯衫下鼓起。

「他在西北邊，但你不會想去的。」田中洛警告他。

西北邊指的是歐洲罪犯的領土，一個南邊人踏進去就會有殺身之禍的地域。

「孟羅一直想打進羅瑞・艾森的地盤，取代艾森慣用的走私販子。最近他拚命在那頭下工夫，原本預定賣給我們的武器應該是半賣半送給艾森做公關了。」荷黑語音隆隆地補充。

「艾森一直想要能量來福槍，比起他，我們只是一群需要食物和日用品多過武器的墨族人，麵粉和衛生紙不像來福槍那麼賺錢。」田中洛指出殘酷的現實。

「你們知道嗎？我一直認爲孟羅到現在還沒把我們踢掉，只是因爲他不希望有一天莎若美回來之後，上個大號都得用手擦屁股。」萊斯利深思道。

奎恩聽夠了，冰冷的臉龐拉開一抹令人毛骨悚然的笑。

「既然孟羅先生這麼害羞，我們就親自去找他吧。」

4

德克薩斯的南邊和西北邊由不同罪犯稱王是有其原因的。

南美洲過來的人佔了地理之便，直接蹲踞南方；另一個大宗是墨族人，他們必須規避DNA檢測，於是墨西哥灣成了偷渡進來的最佳選擇，歐洲人就沒這個顧忌了。

德克薩斯西北與新墨西哥州、奧克拉荷馬州相鄰，他們只要持假護照從國際機場入境，有些人甚至連假護照都不必，即可從鄰州很方便地進入德克薩斯。

多數美加人從新聞和紀錄片中以爲德州荒廢落後、沒水沒電，不是什麼人住的地方，基本上大部分是正確的，只除了水電網路等基本民生設施一應俱全，起碼有人居住的地區是如此。

由於戰後大約五十萬名老德州人拒絕離開家園，他們名義上依然是美加公民，因此政府有義務維持基本民生運作。這些家庭被疏散到污染較低的區域，西北邊便由鄰州的水電網路延伸建置；至於更內陸之處，電廠、水廠和電信公司採無人中央控管，只有少數幾個大城聘用德克薩斯當地的專業人才，因此只要一遇到機件故障，總要等上好一段時間，總公司才會派人過來維修。

即使如此，一塊沒有法治卻有基礎民生建設的土地，在罪犯眼中直如亮起超大箭頭：「來我這裡！」政府即使心知非法人口比合法公民多，依然不能任意斷水斷電。

羅瑞・艾森可以說是奎恩和卡佐圖的中間值，艾森家族和奎恩一樣是軍事家庭，在文明大戰時期效忠當時的北愛爾蘭政府，但戰後北愛爾蘭被併入聯合王國，許多北愛爾蘭人並不樂見此事，於是開始了反抗行動。

反抗延續了七十五年，羅瑞是其中一支反抗軍，他的專長是打帶跑的城市巷戰，作風驃悍兇殘，殺敵毫不手軟，但恐怖攻擊並不在他菜單上，他還沒瘋到卡佐圖那個程度。

十年前，北愛爾蘭人民公投，確定中止所有抗爭，無條件接受聯合王國統治，於是像羅瑞這樣的人，突然間從英雄變成最不受歡迎人物。

最後羅瑞．艾森帶著他的軍團流亡到德克薩斯，將當地罪犯打得落花流水，就這樣佔下一席之地。這些年來，他的營生之道就跟所有德克薩斯的頭目差不多，搶地盤、搶資源，不過他也接受聘僱。有些富豪的小孩被綁架到世界各地，就會聘請像他這樣的武裝傭兵去救人。

奎恩對德克薩斯幾個叫得出名號的老大都做過研究，羅瑞．艾森是其中之一，但見過面的不多，這些人不是反恐作戰部的主要目標。

羅瑞的大本營在西北方的拉巴克，距離卡斯丘約四百哩，車程六個小時，他們預定一早出發，在當地停留一夜，隔天回返。

拉巴克在戰前只是一個不起眼的小城鎮，然而聖安東尼奧等大城的毀滅，象徵了這些小城的興起。如今拉巴克已是西北邊的重要大城，地盤的爭奪亦是最慘烈的。

奎恩挑了兩個團長派特和巴樂頓，以及荷黑和傑登同行。

帶多少人是一種心理戰術，帶的人太多顯得他膽怯，帶的人太少是拿自己生命開玩笑。

「傑登年紀太輕了，我讓萊斯利陪你一起去吧！」出發那個早上，田中洛怎麼看都不放心。

「傑登，你覺得自己年紀太輕嗎？」奎恩投去似笑非笑的一眼。

「一點都不會！」少年心性根本躍躍欲試。

「我還是覺得萊斯利應該跟你一起去。」田中洛皺眉。

「為什麼？」

田中洛嘆了口氣，問旁邊的萊斯利：「如果奎恩走進一間屋子找人，屋裡的人擺明了不友善，他會怎麼做？」

萊斯利連想都不用想。「他會抓一個最近的人來問，如果那人耍嘴皮子，他會開槍打穿那人的膝蓋，確定所有人都看見之後，再抓第二個，直到問出來為止。」

田中洛攤了攤手，抱著女兒的秦甄發出一聲可疑的嗆咳。

「你認為我是一個只知使用暴力的莽夫？」奎恩挑眉。

「不，你是一個講求效率的男人，所以你會尋求最有效率的手段，但那不必然等於最適合的手段。」

「所以我們都同意，開槍打穿一個人的膝蓋是最有效率的手段。」他指出。秦甄又發出可疑的咳嗽聲。

「決定了，萊斯利跟你們一起去。」定案。

奎恩不和他爭辯，反正多一個人也沒差。他直接走向站在幼兒園門口的妻女。

包裹在軍裝夾克之下的他是如此雄壯陽剛，彷彿一個人能擋住一整連的攻擊，但秦甄說不憂慮是假的。

自他們離開以前的生活之後，這是第一次分離。好奇怪，以前他出差三、五天她都很放心，現在只是分離兩天，感覺就像永恆。

「呵呵，噗嚕咕嚕噗嚕。」紫菀的小屁股在爸爸強壯的手臂就定位，立馬表演吹口水泡泡的絕技給爸爸看。

「ＯＫ。」他親吻女兒的嫩臉頰。

「噗嚕噗嚕，呵呵呵，咕嘰咯咯噗嚕。」再附送一番諄諄叮囑。

「好，我知道了。」眞是個小話癆子。

和女兒在一起是少數他會露出笑容的時刻，向來令她融化，今天卻沒有同樣的效果。

「請務必小心。」

「我只離開兩天，最多三天。」他把女兒交回妻子懷中。

「倘若情況許可，到達之後打個電話回來。」她努力不讓自己的憂色露出來。

另一邊廂，莎洛美斜睨那冒冒失失的臭男生。

「你別給其他人惹麻煩啊！」

「少來，我知道妳是關心我又不好意思說，放心，我都懂。妳想要什麼禮物？我替妳帶回來。」

傑登露齒一笑。

莎洛美翻個白眼，臉頰卻悄悄嫣紅。

這小子眞當著他的面在把他女兒？田中洛眸色變陰。

「唷，你們要出遠門？」蒂莎的大嗓門突然從大門處一路響過來。「看陣仗不小嘛！你們要去哪裡？」

凱倫跟著她身後，手中端著一個派盤，神色略帶遲疑。

「早安，妳們怎麼來了？今天是周六，不用上課。」無論秦甄見過凱倫幾次，每次都還是會先驚豔一下。

「法拉太太送了我一箱蘋果，我烤了幾個蘋果派，給妳送一個過來。」凱倫說。

「蘋果派！」萊斯利歡呼一聲，把整盤派端過去。

瑪卡敲他腦袋一記，他不護腦袋，先護蘋果派。「我們路上需要食物。」

罷了！瑪卡隨他去。

「你們要去哪裡？」凱倫神色關切。

學校已上完一個學期，下學期都過去一個多月了，學生家長和教職員逐漸熟悉起來。凱倫是那種不多話的人，秦甄貌似活潑開朗，其實本性很低調，兩個人竟然十分投契。

「呵呵，姨姨。」紫菀馬上給媽咪的好朋友一個大甜笑。

「他們要去拉巴克。」秦甄拍拍女兒的背心。

「什麼？那裡很危險，南邊的人不到西邊去，西邊的人不來南邊，這是兩方的默契，況且歐洲幫最近打得不可開交，你們向當地人知會過了嗎？」凱倫憂色更甚。

她的話只是讓秦甄更擔心，蒂莎見狀趕快偷偷頂她一下。

「好吧，既然有伴，你們等我幾分鐘，我回家拿點東西，馬上過來。」蒂莎的豐胸圓臀往前一挺，荷黑趕快轉開眼。

「做什麼？」奎恩皺眉。

「我得送貨給里維連的一個客戶，那裡離拉巴克只有三十哩，借我搭一下便車吧！」

「蒂莎，妳不讓克萊德的人幫妳送？」凱倫的眉心鎖得更緊。

「妳知道克萊德那吸血蛭收我多少錢嗎？運費得由我自己吸收。既然有奎恩總衛官當保鏢，我當然要趁機佔便宜。」

奎恩對她一揚眉。

「拜託，我是牙買加人，不表示我就沒聽過奎恩總衛官的大名好嗎？」蒂莎翻個白眼，油光水滑的深膚在金陽下閃耀著光澤。

「我以爲妳是古巴人？」奎恩的笑容很陰森。

「錯，我說我在古巴有案底，沒說我是古巴人。」蒂莎得意地笑回去。「等我十分鐘，馬上回來，你們不准自己走人。」

圓壯的身形立刻轉向大門。

「我們是去辦正事的，不適合帶太多平民吧？」荷黑在旁邊咕噥。

秦甄突然發現，只要荷黑和蒂莎一起出現，她就特別喜歡找荷黑抬槓，而荷黑總是特別迴避她。

「別擔心，蒂莎不會爲我們增添麻煩。」奎恩慷慨地拍拍他肩膀。「因爲我打算把她交給你負責。」

秦甄沒心沒肺地大笑，荷黑頓時臉色如土。

十分鐘後，車子準時出發，蒂莎揹了一個巨大的帆布背包，她不提，別人也沒問她背包裡有什麼。

德克薩斯的原始粗獷，在脫離城鎮的領域後瞬間令人體會。

柏油路在前幾十哩還勉強有人維護，到了後面便各安天命。他們開得越遠，路面龜裂得越厲害，一個小時之後，柏油路面有如罩上一張巨大的蛛網，寸寸裂紋，有幾個路段甚至形成坑洞，有人直接搬大石塊塡滿。

願意特地停下來做這件事的人，已足以獲頒好人好事代表。

他們總共開了兩輛車出來，奎恩、荷黑、傑登和蒂莎一輛，萊斯利、派特和巴樂頓一輛。

奎恩坐在後座閉目養神，傑登很識相地一起鑽進後座，前座很自然便由蒂莎佔據；負責開車的荷黑對這個座位安排十分有意見，但沒有人聽取他的意見。

「哎呀在那些坑坑洞洞的地方打一檔，到了平坦的地方就可以換檔了嘛！你是不是不會開手排車？」蒂莎挑毛病。

荷黑咕噥兩聲。

又過了一會兒，她從腳邊的背包撈出一包肉乾。

「老柏德賣的鹿肉乾，挺好吃的，你吃吃看。」

荷黑又咕噥兩聲。

「啊？你說什麼？」

「我在開車！」他粗聲說。

「開車就不能吃東西，騙人沒開過車？」

他只得接過來，放進嘴裡。

「不錯吧？」

「嗯。」

「你們要不要來一塊？」蒂莎愉快地回頭問。

「不用了，妳當我們不存在就好。」傑登清清喉嚨。

什麼叫當你們不存在？荷黑的眼神從未如此銳利過。

「好。」蒂莎笑瞇瞇地轉回來。

什麼好？

傑登身旁的男人繼續閉目養神，來個老僧不見不聞。

「那是什麼？」荷黑遠遠見到前方路邊停了兩輛車子，幾個人下車爭執，還有一個跑到路中央，好像發生車禍。

「開過去。」奎恩睜眼，藍眸清澈犀利。

距離越來越近，其中一人跑到路中央用力揮手，滿臉情急之色，荷黑踩在油門的腳微微猶豫。

「開過去！」語氣更見強硬。

荷黑踩下油門衝過去。

路中間的人連忙跳開，車子飆速而過，萊斯利那輛跟進。背後一長串咒罵聲，原本在車禍現場吵架的四個人，連同路中央那人，皆拿出步槍，開始對他們射擊。

奎恩冷靜地從腳邊的帆布袋抽出孟羅送他們的禮物——攻擊步槍。

搖下車窗，頭探出去。

砰！砰！砰！砰！砰！

砰！砰！

縮回來，步槍往帆布袋一丟，雙臂盤胸，繼續養神。

車內的每個人都很安靜。

前五槍是射中那五人的肩膀，後兩槍是射穿那兩台車的擋風玻璃。

那兩輛車停得一前一後，有點角度，所以最後一槍必須先射中前車的擋風玻璃、穿過座位中間、穿過後擋風玻璃、擊中後車窗框、子彈彈開再擊中前擋玻璃。

這幾槍的間隔正常人連瞄準都來不及。

叭叭！萊斯利按喇叭致意。

「……你以後會教我們這樣開槍嗎？」他身旁的少年問。

「如果你只做得到這樣，你的麻煩就大了。」藍眸看他一眼，又閉上。

少年努力藏住眼底的欣喜。

半晌，蒂莎終於開口了：

「我就說找對保鏢很重要對吧？」

✷

剩下來的路段沒有再發生任何事。

他們幾度必須繞離正路，因為路況實在太差了；或者在幾個地點，奎恩評估容易被埋伏，於是改道。

早上九點出發，等他們終於抵達拉巴克，已經是晚上七點，這就是一段「正常六小時車程」實際開下來的時間。

現在的地圖和戰前完全不同，黃金三角變成死域，拉巴克這種不起眼的小城市變成大城，而卡斯丘或里維連這種幾千人的小鎮並不多，即使有，也只是鄰近大城的附庸。數量是生存之道，人口盡量聚集在大城市，這也讓城市成了兵家必爭之地。

他們駛入拉巴克，一組崗哨在城口攔路檢查。七個哨衛荷槍實彈，臂上綁著綠色臂章，中間印著白色星形和一隻紅色手掌。這是羅瑞・艾森的標誌。如果在兩年前，這個崗哨就會是紅色布條、一把死神鐮刀的徽章，看來艾森這兩年的發展不錯，拉巴克起碼有一半以上是他的了。

萊斯利那輛開在前方，由他們先接受盤問。

「你們從哪裡來的?到拉巴克做什麼?」盤查的是一名三十出頭的精瘦白人。

「我們到拉巴克找人，只待一個晚上。」萊斯利漾開他最人畜無害的笑容。

「我問你們從哪裡來的!」哨衛沒忽略他少回答的部分。

「噢，卡斯丘。」

哨衛立刻退開一步。「約拿，這裡有個從南方來的傢伙!」

另外三名荷槍哨衛馬上圍過來。最前頭的約拿是個中等身高但體格健碩的黑人，臉上的疤痕多得嚇人，最顯眼的是一道從左耳垂劃到喉嚨中心的疤。這傷當初應該差點讓他去找閻王報到。

「下車。」約拿毫不廢話。

「嘿!嘿!冷靜一點，我們只是來找人談生意，沒有任何不軌之意。」萊斯利舉高雙手下車。

「全部下車，你們還有多少同黨?事前有沒有跟我們的人報備?」所有槍枝全對準他們這車下來的人。

蒂莎從後頭的車探出頭。

「唷!肯尼、約拿。那傢伙叫萊斯利，和我是一起的。」

奎恩看她一眼。

「蒂莎?」那精瘦白人的槍放低一點。「妳來拉巴克做什麼?這些人是誰?」

「我和漢尼拔約了交貨，正好卡斯丘有人要過來，我就搭他們的便車，省一趟運費。」她一口白牙的笑容在夜裡份外閃亮。

「先下車再說。」約拿的槍未放低，神色卻緩和了一些。

顯然蒂莎在這些人面前頗說得上話。奎恩收在心中，不動聲色。

「安娜還好嗎？」肯尼問候。

「好得很，她開始上學了！」蒂莎興高采烈地說。

「上學？」約拿眉一皺。

「對啊，我們鎮上最近開了一間學校，還有兩名眞正的老師，就是這些人辦的。」

所以這些人不只認識蒂莎，甚至相熟到知道她有一個女兒。

蒂莎下車走向他們，傑登和其他人慢慢跟進，奎恩是最後一個下車的。

那頎長的身影一站出來，所有哨衛全都愣住了。

「是奎恩！」

所有人全轉過來，武器刷刷刷對準他。

他的模樣和他們印象中非常不同，敝舊的軍綠夾克取代了黑色長袍，修剪整齊的烏髮也變長一些，然而那雙穿透人心的藍眸，註冊商標的冷峻凝酷，登時將每個人凍在原地。

奎恩總衛官來這裡做什麼？

「哎呀哎，看你們黑壓壓一堆槍，多嚇人哪！大家放下放下，有話好話。蒂莎說得對，我們不是壞人，辦學校的人怎麼會是壞人呢？」萊斯利親熱地擠到中間。

奎恩看他一眼。這是什麼歪理？他就認識很多辦學校的壞人。

「你們是誰？爲什麼和奎恩總衛官在一起？」其中一支槍對準萊斯利。

「奎恩不做總衛官已經很久了，現在他跟我們一起住在希塞營區。對了，我叫萊斯利。」沒人理他伸出來的手。

「希塞營區是墨族人的社區，你們兩邊怎麼會混在一起？」約拿黝黑的臉孔寫滿戒備。

「一定是他養的奸細！」某人補上一句。

奎恩冷冷站在槍口下，不爲所動。

「不要這講得這麼難聽嘛，人家早就棄暗投明了。」萊斯利連忙說。

奎恩無言。在正常人眼中，這應該叫棄明投暗吧？

約拿還是比較信任蒂莎。「蒂莎，這些都是什麼人？」

「我知道奎恩和墨族混在一起很奇怪，不過事實確實是他說的這樣沒錯，他們是我朋友。對了，這一個叫荷黑。」蒂莎用力拍荷黑一記。

妳幹嘛只介紹我一個？荷黑頭皮發麻。

「他們爲什麼來拉巴克？」

「他們有事找一個叫蛇王孟羅的人，你們不會正好認識他吧？」蒂莎好奇地問。

奎恩終於首次開口。「告訴羅瑞．艾森，我們來找孟羅，不會製造麻煩，除非你們擋在我和孟羅之間，那就另當別論。」

唉，老兄，你可不可以不要每句話都跟吃了鐵釘一樣？你這樣我很難做公關。萊斯利唉聲嘆氣。

「你們找孟羅幹什麼？」約拿和肯尼對視一眼。

「不關你的事，你只是個嘍囉，把話傳回去。」

所有做公關的盤算胎死腹中！

萊斯利開始看天看地看街景，假裝自己跟這座冰山沒關係。如果裝得夠努力，他們說不定會信。

約拿看著奎恩那張死硬的臉，也有些忌憚，到旁邊掏出手機講了起來。

不到五分鐘，他走回來。「上頭讓他們過去。」

肯尼點點頭。「你們都跟我來，不許亂跑。」

所有人回到車上，跟在肯尼的吉普車後進城，另外兩輛軍用吉普車加入行列，把他們夾在中間。

拉巴克讓奎恩聯想到東亞，即使街景平凡無奇，也凝聚著暗潮洶湧之勢。

傍晚的車潮，繁忙的街道，往來的路人。若不說，很難想像這裡是德克薩斯，最大的差別大概是路上荷槍實彈的人比較多，即使沒亮出武器的人，身上某處也必然藏了。

肯尼將他們帶至城內的豪華旅館，拉巴克旅店。這裡原本是市政中心，戰時幾乎燒成灰燼。由於位於市中心，地理位置良好，中間幾度被不同幫派佔領，重建了再燒，燒了再重建，最後大家都覺得重建它不划算，一度被棄置如鬼屋。

大約十五年前一個後台夠硬的商人將它重建爲旅館，各方勢力看了看，覺得城內有這棟旅館倒也是一隻金雞母，因此沒有人再去動它。後來即使再有勢力更迭，頂多是收保護費的人換了。

所謂「豪華」的定義，是指有熱水、有電、有食物，有適當的保全讓你半夜腦袋不會被割掉，至於服務熱誠請到其他州去找。

「孟羅在閣樓套房。」肯尼只丟下一句話。

三輛軍用吉普車的人全下了車，每人步槍在手，綠色徽章在臂，沒有陪他們進去，也沒有要離開的意思。

或許他該感到恭維，羅瑞・艾森顯然聽過「奎恩總衛官」的名頭。如果他們在旅館內興風作浪，沒有人能活著離開這間旅館。

奎恩對派特和巴樂頓微微點頭，他們兩人負責留守在車輛旁，其他人跟他一起進去。

蒂莎也來了，她約定的時間還沒到，所以也跟著一起過來，奎恩沒有反對。

他負著雙手走到旅館門口，停了下來。跟在他後面的傑登一起停下來。他們在等什麼？

奎恩淡淡瞟他一眼。噢！他趕快幫忙開門。

等一下，爲什麼他變成開門引路的小廝？

奎恩走進去，隨便往大廳一站。

沈默並不是突然發生，而是像一陣傳染病，先從最靠近的人開始感染，然後慢慢往外擴散，直到整個廳內的人都安靜下來。

每個人瞪著他如瞪著一頭響尾蛇，即使認不得他的人，也被這突然的肅殺而震懾。

好吧！小廝只好再度認命地走到櫃檯。

「我們來見蛇王孟羅。」

「他知道你們要來嗎？」職員警戒的視線從他背後的男人收回來。

「你不會自己問他？」傑登沒好氣。

職員不悅地瞪他一眼，拿起分機。不到一分鐘，他掛上話筒。

「你們可以上去了，孟羅先生在閣樓套房等你們，左邊的電梯。」

傑登這次不等人給他冷眼，直接跑向電梯，但才剛衝過奎恩身旁，一隻鐵掌立刻扣住他肩頭。

靠！這三十二歲中年阿伯的手勁眞不小。

奎恩淡淡瞄他一眼，負手走向電梯。傑登神情儼然，心裡卻譙遍了他的架子。

到了電梯前，傑登默默從他身後鑽出來，按下電梯按鈕。

是的，奎恩確實在故意作態，但不是爲了好看——雖然藉機修理一下這小鬼也不錯——他只是很清楚艾森的思路是如何運作的。

從他們的身分一暴露開始，暗地裡就有無數雙眼睛在盯著看。

「奎恩在德克薩斯」這件事可以解讀為淪落，也可以解讀為自立門戶。若說他和艾森有何共通點，就是他們都瞭解軍隊階級，高階長官一定有隨從、有傳令兵。

他清清楚楚地讓艾森及所有看的人明白：無論里昂・奎恩是不是總衛官，他依然是領頭狗。若艾森以為自己可以趁機打落水狗，最好再多想一想。

「嗯哼。」萊斯利故意用和他一模一樣的姿勢走進去，傑登直磨牙。

「如果妳現在想到里維運，我可以安排巴樂頓載妳去。」荷黑突然停下來。

蒂莎一愣，隨即明白了。

他在擔心她，這一上去，有可能風雨交加，也有可能風平浪靜，一切實所難料，他在找機會讓她脫身。

可惡，這傢伙平時躲她躲得跟什麼一樣，心裡根本是關心她的嘛！

「沒關係，我出門前和漢尼拔約好了直接在城裡的酒吧見，時間還沒到，我跟你們一起上去看看。」她用力一拍荷黑。

荷黑被她拍得差點內傷，只好走進電梯。

孟羅的套房只有他一個人，這是指不算外面那一堆保鏢的話。

他虎視眈眈的小隊長雷諾極難讓人忽略，荷黑顯然覺得自己有義務把他瞪下去，於是兩個男人大眼瞪小眼，一起站在玄關。基本上荷黑就是奎恩的「雷諾小隊長」，蒂莎覺得他們兩人還真有趣。

她自己不喧賓奪主，直接在玄關附近的單人椅坐下。

客廳中央是一組大型皮沙發，主燈未開，僅壁爐附近的壁燈亮著，爐內的橘紅火光將室內烘成溫暖的春天。

孟羅帶著性感的笑容坐在單人沙發，一手搭著椅背，襯衫鈕扣完全不扣，只有下襬攏進牛仔褲腰，露出強壯的胸肌，英俊古銅的臉龐在忽明忽暗中更顯風流瀟灑。若任何女人一生中曾嚮往遇見一位性感浪子、爲他心碎一次，孟羅就是最好的範本。

「奎恩，稀客稀客！我們每次見面，總是在令人意想不到的情況下。」去年在他臉上的病容已全然消失，孟羅晃晃手中的威士忌酒杯，穿著長靴的腳往桌面一擺。

奎恩直接坐在他對面，荷黑、萊斯利和傑登在長條三人座坐下。

天下再沒有比他們兩個對比更強烈的男人，一個浪蕩散漫、放縱自己，一個冰冷犀利、律己甚嚴，然而兩人又迸射出近乎一致的危險感。

「你要更多錢？」奎恩冰冷開口。

「嘖嘖，還是這副死硬脾氣，連聲招呼都不打。」孟羅懶懶啜了口酒。「你得明白，幫助你等於正面衝上整個紀律公署，我的風險程度增加，費用自然跟著提高。倘若你一窮二白也就算了，但身爲奎恩家族的族長——是的，我調查過，奎恩家族尚未將你除名——我合理認爲你握有豐沛的財力，既然如此，我爲自己的風險收取適當費用，很合理吧？」

「你以前不是那麼介意與紀律公署爲敵。」

「這你就錯了，以前我和紀律公署頂多互相看不順眼，但我從未直接衝上他們。倘若我幫助你，情況就不一樣了。我的生意向來以風險計價，而你，」孟羅往他一指。「屬於高風險商品。」

「ＮＰ27。」奎恩面無表情地開口。

荷黑和萊斯利對視一眼。ＮＰ２７是什麼東西？

「ＮＰ２７如何？」孟羅顯然沒有理解的困擾，眸色立時一陰。

「我打幾通電話就能讓ＮＰ２７的計畫胎死腹中。」

孟羅精明地瞇起眼。「你說謊，中止這項計畫損失最大的是奎恩工業。據我所知，奎恩工業已經投入幾億的資金在上面，你認爲你的電話能讓他們對股東交代？」

「我並不『認爲』，我很確定。奎恩工業經得起這個損失，問題是，你經得起嗎？」奎恩冷靜到近乎殘酷。「我甚至不必動到ＮＰ２７，只要讓奎恩工業中止與幾間軍火大廠的專利合作，你想要哪一間？歐德羅斯兄弟企業？雷神？波音？」

孟羅瞇了瞇眼。

「是的，蛇王，你正在和一個全世界最瞭解你的人交手。」他無情地繼續：「我知道你所有的朋友，也知道你所有的敵人。我知道你的貨源是誰，愛喝什麼紅酒，上一個從你床上離開的女人是誰。或許切掉幾條線不能扳倒你，但我向你保證，你會非常、非常不方便。」

孟羅研究他片刻，忽地笑了起來。

「厲害，非常有說服力。」他甚至拍拍手。「如果不是我早知道你和奎恩工業已經斷絕聯繫，說不定會上當。」

旁邊的三個人忍不住一震。

「你們三個看起來很意外的樣子，里昂・奎恩當然不是個一出事就回去找媽媽哭訴的男人！」孟羅愉快地說。「事實上，正好相反，我的內線消息告訴我，瑟琳娜一直想聯絡你，你卻切斷一切與她聯繫的管道。你是爲了保護奎恩工業不被你的叛逃連累，或是怕你的下落走漏風聲？

「無所謂，不干我的事。我只知道，無論你帳面上多富有，欲憑一己之力打贏一場聖戰是不可能的事，我最好趁你現在還付得起錢，多拿一點。嘿！畢竟我是個商人，你能怪我嗎？」他過白的牙齒令人拳頭發癢。

奎恩慢慢靠回椅背，藍眸轉爲深思。

「讓我猜猜看，我母親和奎恩家族不可能透露消息給外人，所以你唯一的管道只可能是艾德森家族。」他拉開一絲微笑。「我必須承認，這些年來艾德森的兩個兒子確實比我更像她兒子，他們協助我母親經營『奎恩工業』，功不可沒。但，你若認爲我母親是個凡事都向枕邊人透露的女人，你就錯了。」

孟羅的笑意調降了一階。

「不過有件事你說得對，我不是個一有事就回去找媽媽的兒子，許多事寧可握在自己手中。這就是爲什麼我將我父親的遺產——百分之三十七的股份——解除信託，轉回我的名下。我母親或許是『奎恩工業』的執行長，我卻是最大的股東。」奎恩的笑容令人不寒而慄：「孟羅，你可能不明白，你正在跟你的衣食父母對話。」

孟羅的笑完全消失。

身爲最大的股東，不表示奎恩能隨便換掉執行長，但他能在股東會製造一些麻煩，讓情況變得很複雜。

不過他甚至不必走到這步，瑟琳娜絕不可能對兒子撒手不管，尤其她的孫女已經出生，她會不惜一切以求孫女平安。任何人夾在他們母子之間只會變成豬頭，蛇王孟羅這輩子幹過許多蠢事，獨獨不當豬頭。

「如果情況眞如你所說，那麼我要求收兩倍的價錢就不會是問題了，不是嗎？」孟羅指出他的語病，蛇王的狡猾可不是憑空得來。

幸好奎恩也不遑多讓。「我有錢不表示我喜歡被人剝削。道有道義，行有行規，從現在開始，一口價：你可以額外收三成的費用，最多就是如此。」

「三成？三成連塞牙縫都不夠，一般黑市的公定價是四成起跳！」孟羅差點嗆到。

「既然過去十年你已經從墨族人身上撈到不少油水，我相信三成是一個合理的價位，我們都得爲以前的行爲付出代價。」輪到他涼薄的語氣讓孟羅的拳頭發癢。

「如果我不同意呢？」

「我保證會盡一切力量讓你的路非常難走。別忘了我不只有奎恩工業，這個世界上的三教九流認識得不比你少，有太多人巴不得和奎恩家族攀交情。你或許是手段最厲害的掮客，卻不是不可取代的。」他點了點下巴。「讓我想想看，扶植一個像你這樣的人需要花多少錢？一億？兩億？布拉納集團會感興趣嗎？或是坎貝爾？他們說不定會讓我抽成。」

蛇王馬上給他一個骯髒邪惡陰險低級的目光，這兩個集團都是孟羅的競爭對手，坎貝爾就是他想踢走的艾森供應商。

「在我看來，情況很明白：我可以成爲你最好的朋友，也可以成爲你最壞的敵人，做決定吧！」奎恩微微一笑。

萊斯利簡直淚流滿面。他錯了，他怎麼會以爲這死冰塊不會說話呢？這傢伙根本是談判高手、高手、高高手啊！

「你打算走到哪裡？」孟羅忽然問，罕見地正經嚴肅，讓他幾乎看起來像個正常人。

奎恩揚了下眉。

「這個問題，我在不同時期都問過田中洛、愛斯達拉和其他墨族領袖。」孟羅說。「田中洛想救人，那些武裝派的想對抗政府，卡佐圖想幹一些瘋狂的鳥事，不過他們的共通訴求都是『復興墨族』。有時候我問得再細一點，他們會說：廢除反恐清除法啊、還墨族人清白啊、政府公開道歉和賠償等等。賠償就是個可實質可抽象的概念了，我問他們想訴求哪方面的賠償？以人命計價？以年份計價？或是把地還給你們？部分的墨族領地在新墨西哥州和奧克拉荷馬州，政府不可能把這些地割給你們，你們打算怎麼辦？

「最後答案通常導向某個人咒罵一聲『政府就是一堆騙子』，然後不了了之，救人的繼續救人，打仗的繼續打仗。所以我很大程度懷疑，他們並不眞正明白自己想要什麼。」

「我們當然知道！」傑登嗆他。

「我們要政府收回對墨族人的追殺，視我們如平等。」荷黑沈聲說。

「如果只是這一點，很簡單，反恐清除法廢止一切就結束了。」孟羅往奎恩一指。「你們現在已經找到一個金主，花幾億僱個專業的國會遊說公司和公關公司，聯絡國際人權團體，營造幾年形象，即使會花點時間，這不是做不到的事。所以廢除反恐清除法就好了嗎？」

三人面面相覷。

「但他們殺了我們這麼多人……」萊斯利直覺開口。

「所以你們要的顯然不只是廢除反恐清除法，你們要更多。問題是，是什麼？」孟羅頗爲玩味地望著奎恩。「你們前面的這個男人知道答案不是那麼簡單，所以他一直沒回答我。」

三個人不由自主地望向他，神色都有些迷惘。

「我要德克薩斯。」他沈聲開口，三人俱是一震。

「所以你腦中確實有個計畫。」孟羅的眼中掠過一絲玩味。「獨立或合併？」

「那不重要，端賴一切結束時雙方處於何種關係，但我不介意讓德克薩斯變成類似紐約的存在，完全交由墨族人自理。」

他可以接受其他兩州的土地依然屬於兩州，但德克薩斯現在沒人要，理應交還給墨族人。後面三人露出震懾之色。他們從來沒有想過這件事，以前只覺得打倒那些該打倒的人，他們就可以自由過生活，可是從來沒有人想過自由之後要到哪裡過生活。

把德克薩斯變成永遠的家、完全由他們自理的一個州……好難想像，但，如果他們眞能做到呢？如果，如果奎恩眞的能帶領他們做到呢？

「德克薩斯名義上是美加國土，實際上的擁有者卻是歐洲和南美幫派，這裡對他們已經是家了，你如何讓他們吐出經營了幾十年的地盤？」孟羅偏了偏頭。

「你何不把這個問題交給我煩惱？」

這兩個男人彷彿在討論一塊房地產，但他們在談的是一個州啊！即使它已經被搞成廢境，依然是一個州！三人都有種墜入兔子洞的不眞實感。

孟羅啜著威士忌，神情陷入思索。

「從現在開始，無論你們向我買什麼，扣除必要成本，仲介費我只收兩成。」他忽然說。

「條件是？」

「沒有但書，這是投資。」孟羅的神情嚴肅到極點。「我和田中洛他們是做生意，但我願意投資你，里昂・奎恩。兩成，以及事成之後紐約和德克薩斯簽署協議，永爲同盟，永不侵犯；所有你爲德克薩斯爭取到的，紐約都比照辦理。」

奎恩也思索片刻。

旁邊三人心跳如此之快，連他們都不知道自己爲何這麼緊張。歷史般的時刻在他們眼前發生，日後說不定會載入史書裡，而他們三人就是見證人。

今天出門之時，無人能預料到會如此發展。

「同意。」奎恩的嗓音漫進德克薩斯的夜裡。「我要我的武器，立刻就要。」

「好吧，給我幾個小時，讓我和羅瑞·艾森談談。」

✷

「吶喊」有個現代感十足的名字，卻是一間道地的牛仔酒吧。

他們一推開門，啤酒、薯條和爆米花的油香味立刻衝入鼻端，每個人不由自主地深呼吸。木頭牆上掛著驛馬車的木輪、各式馬鞭及牛隻的烙鐵；一座樸拙厚實的原木吧檯後，酒保穿著法蘭絨格子衫和牛仔褲，頭上戴著牛仔帽正在忙碌。點歌機播放著鄉村音樂，整間酒吧充滿上個世紀的西部鄉村風情。

店內大概八成滿，其中一個角落放了兩張撞球檯，幾組人馬正在比球，幾乎每個人手中都有一只粗獷的大號啤酒杯，有些客人很應景地戴了牛仔帽。

「我餓了。」萊斯利光聞到香味就軟腳。

「我和漢尼拔約在這裡交貨，反正你們也沒地方可去，乾脆一起來。」蒂莎爽朗的大嗓門蓋過音樂。「別看這裡是酒吧，他們的漢堡美味到會讓你們把舌頭吞下去。我敢打包票，方圓數十哩沒有哪間酒吧小吃比『吶喊』讚。」

派特和巴樂頓相中兩張空桌，立刻走過去，七個人將圓桌併在一起，各自拉了椅子，一名頭戴牛仔帽的女侍立刻走過來。

「熟客，還是第一次來？」

熟門熟路的蒂莎立馬打點好每個人的餐點：漢堡外加三籃薯條和蝴蝶餅，每個人一杯啤酒，傑登只能喝可樂。

難得他沒抗議，從離開旅館之後他就一直十分安靜。

閣樓裡的對話萊斯利已轉述給派特和巴樂頓，兩人看起來異常興奮。奎恩這一趟指定他們兩個，因爲這兩個團將會成爲他的前鋒營，打前鋒的人最忌諱心浮氣躁，他得再練練這些人的定性。

女侍迅速送來飲料和薯條，順便附送兩盤花生，每個人拿起杯子暢飲一口，心滿意足地吁了口氣。

「史上最棒的薯條！」萊斯利將一根薯條丟進口中，差點哭了。

「只要是薯條，對你都是最棒的。」派特糗他。

「是眞的嗎？我們眞的能擁有屬於自己的州？」傑登突然小小聲說。

「計畫是如此。」奎恩丟幾顆花生進口中。

「你爲什麼要幫助我們？」他依然小小聲的。「我是說，我知道甄老師和紫菀的關係，不過……你是奎恩總衛官，一定有辦法讓她們安全地回歸社會，政府一定希望你回去的吧？」

「我不想讓她們只是安全地回去，我要她們自由。」

「你可以帶她們去歐洲。」傑登說。

「你呢？你為什麼不搬到歐洲？」他反問。

「因為我沒有錢！」

「好吧，我有錢。我給你兩百萬，你願意離開德克薩斯，搬到歐洲嗎？」

「這裡是我的家，我的親人朋友都在這裡……」其實他已經沒有家了，田中洛、萊斯利和瑪卡就是他的親人，他不能在他們需要人手時離開。

「那就對了。」奎恩拿起啤酒杯喝了一口。「我要我的妻女免於被追殺的恐懼、自由表達意見、任意遷徙、自由選擇結婚對象和信仰宗教，我要她們擁有所有憲法賦與的基本人權。」

傑登沈默下來。

「很多時候，一個人要的就是這麼簡單，只是人心把它想得複雜了。」荷黑感慨道。

「除非她們做了犯法的事，不得不逃亡，那又另當別論。」奎恩瞄旁邊的蒂莎一眼。

「噢，中槍！」蒂莎捧著胸口，巧克力色的臉龐卻盈滿笑意。

「我很抱歉之前想殺你。」傑登又小小聲說。

「什麼？」荷黑不曉得這件事。

「沒事沒事，我已經教訓過他了。」萊斯利趕快插口。

「這不是你的錯，你的母親確實死在我手中。」奎恩平淡地繼續嗑花生。

「不是你，是紀律公署。」

「都是一樣的。」

所以他想讓情況變得不一樣，讓這些事可以不必再發生。

他們的漢堡送上來，每個人坐了一天的車，中間只吃了點乾糧，現在也真的餓了。奎恩嚼了兩口，這漢堡眞的不錯，肉有點韌，但主廚調味得剛剛好，讓那份韌度成爲加分的嚼感，甄一定會讚許，但他不太想知道這是什麼肉。

「對吧，全西北最棒的田鼠肉漢堡！」蒂莎拍拍肚子。

唉！

「還要嗎？」荷黑看了看他見底的啤酒，他蓋住杯口搖搖頭。

女侍送來第二輪飲料，所有人放懷暢飲，大快朵頤，人生有時還眞不錯。

幾桌之外的客人突然放大嗓門：「我心想，是誰講話這麼衝？回頭一看，靠，原來是那個奎恩總衛官！」

「等一下，你遇到奎恩了？」

「他不是死了嗎？」

「只是被派駐海外吧？」

「聽說是死了，派駐海外只是掩飾。」

「呸，一堆人說他臥底去了，結果他根本龜在墨西哥，老子才不怕他。」那大漢嚷嚷。「我跟他痛痛也快快打了一架，奎恩也沒有傳言中那麼厲害嘛！後來有人上來勸架，才把我們拉開！」

同桌的人紛紛開始詢問他何時見到奎恩，以及更多打鬥的細節。無論在世界何處，八卦永遠最吸引人。

「……」

「……」

他們這桌人非常無言，奎恩轉回來繼續喝他的啤酒。

「說真的，你們有沒有想過，我們有一天會和奎恩總衛官坐在酒吧裡喝啤酒？」萊斯利深思道。

幾個人不禁爆笑。怎麼可能？

不過現在居然發生了。

「你們紀律公署的人也跟平常人一樣，下班之後會出來喝酒嗎？」蒂莎對那神祕組織很好奇。

「我是已婚男士，不泡酒吧的。」奎恩道貌岸然地回答。

「切，老是愛炫耀自己有女人！」萊斯利不齒。可是，現場真的只有他有女人，可惡。

「有女人本來就該炫耀啊，對不對？」蒂莎拋給身旁的男人一記媚眼，荷黑連眼睛都不敢抬。

「喂，我問你們，如果我約凱倫到鎮上吃飯，你們想她會同意嗎？」萊斯利興致勃勃。

「噗嗤！你想約凱倫？趁早死心吧！凱倫對男人不感興趣。」蒂莎噴笑出來。

「呃，難道她喜歡的是……？」萊斯利悚然一驚。

「放屁，她兒子的爹還在呢！你想把她，等下輩子再說。」蒂莎笑罵。

「凱倫不是寡婦嗎？」萊斯利連忙問。

「誰跟你說她是寡婦的？」

「那她丈夫是誰？離婚了嗎？」萊斯利萬分關切。

「這是她的私事，你自己去問她。」蒂莎雖然外表爽朗，其實口風十分緊。

「別這樣，事關我的終生幸福，透露一點吧！」萊斯利央求。

蒂莎不理他。

「奎恩，雖然你一副死冰塊的樣子，好歹也曾經當過最有價值的單身漢，女人的經驗應該比我多，有沒有什麼祕訣傳授？」萊斯利換個人纏。

「沒有。」

「難道你這輩子沒交過女朋友？」他不死心。

「有。」

「那有沒有被女人拒絕過？」

「沒有。」

「哈，你說謊，甄就拒絕過你的求婚。」被他抓到小辮子了吧？

「她現在是我老婆。」奎恩把最後一口啤酒喝乾。

啊，幹！

「就繼續炫耀你是冷酷多金帥哥好了，你們這種人哪懂我們科技宅的悲哀。」萊斯利拒絕再和他進行心靈交流。

奎恩盯著啤酒杯深思。他眞的坐在酒吧裡，陪一個很吵的傢伙聊把妹？八成是男性社會化必經的過程，誰教他前半生漏了這一塊，現在只好補學分。

「凱倫對你來說是不是年紀太大了？」傑登提出來。萊斯利才二十七，凱倫應該大他七、八歲吧。

「你這臭小子懂什麼？眞愛是不分年齡的！」萊斯利充滿尊嚴地挺直腰桿。

「噗！」蒂莎被一口啤酒嗆到，拚命拍桌子大笑。

「她丈夫對我們會是個問題嗎？」荷黑忽然問。

奎恩給他讚許的一眼。正常女人絕對不會帶著一個兒子孤身住在卡斯丘，若不是凱倫自己的問題，就是孩子的父親有問題。奎恩不去打探，是因爲他們這些人問了可能也不會有結果，甄和她相熟，或許由甄來問會比較好，不過荷黑之於蒂莎又不太一般。

「我不知道，」蒂莎不想呼攏他們。「我只能說，德克薩斯的生存守則就是『你少惹事，事情就少來惹你』，任何人被逼急了都是危險的，她丈夫也不過是另一個在這塊破地上努力求生的人，只要大家相安無事就行了。」

所有人都點點頭。

時間差不多了，蒂莎把自己的包包拿到桌上。她的背包是專業的登山大背包，鼓鼓的一整袋，份量著實不輕。

「妳要交什麼貨給人家？」傑登好奇問。

「這個。」蒂莎把背包裡的東西一樣樣取出，放了滿滿一張桌子。說眞的，他們都看不出這堆東西是什麼，只知道每樣都是金屬製，若不是某種機器的部分零件，就是能組合成某種機器，但光從外觀實在猜不出來。

奎恩把其中兩個半圓形拿起來研究，藍眸漸漸轉為不可思議之色。

「哈！識貨的人。」蒂莎見狀，滿意地點點頭。

「這是什麼？」傑登也撿起另外兩個圓鐵片，除了它們擺在一起可以湊成一個大圈圈，實在看不出能幹嘛。

「看著。」蒂莎給他們一個世外高人的眼神，然後以驚人的速度將桌面的部件組合在一起。

五分鐘後，蒂莎將組起來的成品往桌上一放。「噹啷。」

搞什麼？荷黑、巴樂頓等人張口結舌。

槍榴彈！

這竟然是一把槍榴彈！

幸好這裡是德克薩斯，即使槍榴彈不是常見的武器，還不至於引起騷動。

眞是天才之作！她將整把槍榴彈拆解成攜帶型部件，隨時可以化整爲零，再重新組合。

「早說了我是武器改造專家。」蒂莎聳了聳肩。

「妳應該爲我工作。」奎恩將那支槍榴彈拿起來研究。

「不了，多謝，我是個體戶，不爲任何人工作，但隨時歡迎新客人上門，你們知道我的地址。」

「蒂莎，妳怎麼會做這個？」傑登不可思議地碰了碰筒身，原來剛才那些圓鐵片就是這裡。

「跟我那無緣的男人學的，結果我青出於藍更甚於藍，最後客人寧可找我，那傢伙惱羞成怒，把我給踢了。」她的肩膀頂頂荷黑。「怎樣，有這樣的女朋友厲害吧？」

幹嘛問我？荷黑的臉立刻埋進他的啤酒杯裡。

「彈藥呢？」萊斯利一副躍躍欲試的樣子。

「漢尼拔只叫我幫他改裝發射器，可不負責提供彈藥。」蒂莎翻個白眼。

奎恩全副心思在研究蒂莎的作品，但依然保留一部分警戒觀察他所在的環境，因此，當那道熟悉的人影踏進酒吧第一步時，他人已經離開椅面。

眾人眼前一花，剛才還坐在身前的男人一晃眼已立在酒吧中央，步槍在手，槍機上膛，快到甚至沒有人看見他動作。

一行人不暇細想，火速掏出各自武器，蒂莎也迅速從背包抽出手槍，轉向奎恩瞄準的方向。

一截菸屁股從卡佐圖張開的嘴巴掉下來。

奎恩？媽的，他爲什麼在這裡？

卡佐圖的求生意志和奎恩殺他的意志同樣堅定，幾乎是憑直覺行動：他往後退兩步，手往兩邊一推，立刻把自己包夾在追隨者中間。被他推出來的兩個人還搞不懂發生什麼事。

「放下！放下武器！」卡佐圖的黨羽紛紛抽出槍。

這其實是很屈辱的事！奎恩腦中一個模糊的角落想著。卡佐圖的手下並不是沒有能人，但有機會簇擁著他、眾星拱月的手下，通常是跳樑小丑，例如眼前這一批。

卡佐圖的虛榮心必須被滿足，那些能幹的手下跟他一樣都是反社會人格者，跟他耗在一起只是爲了滿足殺戮的慾望，並沒有興趣將他像明星一樣拱起來。

這群小丑或許裝扮得一副浪漫反抗軍的模樣，髮帶、鬍髭、汗濕的襯衫，但從他們毛毛躁躁的動作已顯露，這些人不過是門外漢。

無論這些人是跳樑小丑或社會邊緣人，現在他們擋在他和卡佐圖之間。

「卡佐圖，你在這裡做什麼？」荷黑驚訝道。

Shit！他們該不該開槍？萊斯利心中微微焦慮。卡佐圖雖然是瘋子，有點理智的人都不想靠近他，包括叛軍自己，但他終究是墨族人，而且目前爲止並未對田中洛動過手。

叛軍並非總是和睦相處，例如同爲武裝首腦，愛斯達拉和列提的關係就很不好，但大家都有個共通默契，除非事出有因，否則自己人盡量不殺自己人。

倒不是說卡佐圖有多尊重這條默契，只是田中洛的人緣比他好得多，他很清楚如果他平白動了田中洛的手下，最後灰溜溜討不了好的人會是他自己。目前追捕他的人已經夠多了，不必再讓自己人也干戈相向。

整間酒吧迅速反應，多數客人抽出自己的武器退到牆邊，有人把桌子搬開，有人退到球檯後，卻沒有太大驚動，顯然這樣的場面在德克薩斯的酒吧是很尋常的事。

卡佐圖和一年前變化不大，依然保持清新大學生的樣貌，這形象似乎成爲他的心頭好。

「嘖嘖嘖，奎恩總衛官，眞沒想到竟然會在這裡看見你。」

奎恩？剛才正大聊自己如何痛揍奎恩的漢子，表情瞬間變成發綠變餿的三明治。

「讓開。」冰寒徹骨的藍眸不曾一瞬。

卡佐圖身前的兩個人互望一眼。

「我會開槍，無論中間有沒有你們。三！」扳機上的手指慢慢施壓。

兩個人臉色變白。

「媽的，轟掉他！」後面某個嘍囉大吼。

荷黑一行人立馬舉槍，傑登緊張地在不同人之間比來比去。

「嘿，奎恩，我聽說你已經投效墨族了，這樣算來我們也是同一邊的，應該互相關照才對。」卡佐圖依然藏在黨羽中間，笑意不減。

「我和你永遠不可能同一邊。二！」

卡佐圖的笑容微微不穩。

「把槍放下！」

傑登的太陽穴突然多了一把槍，某個還算有點機智的黨羽悄悄從側門摸進來，傑登的位置站得靠近側門，那槍一碰到他皮膚，少年渾身一僵。

「所有人通通把槍放下，不然我轟掉他的腦袋。」拿槍的人是個二十出頭的年輕人，頂多大傑登幾歲，看起來比被脅持的人更緊張。奎恩不怕他眞的開槍，倒是擔心他不小心手指扣下去。

「嘖嘖嘖，奎恩，你的這個小隨從不太靠譜，要不要我分一個手下給你？」卡佐圖這下膽子大了，稍微擠到前面兩個人之間。

奎恩和傑登互視一眼。

少年瞇起雙眸，突然，他蹲下、右腿往後一踢，持槍嘍囉小腹中了一記。他繼續旋身，再一記迴旋踢，嘍囉以完美的弧度飛出去，暈死，傑登將槍撿起來，插回自己口袋。

不錯，沒白教他。

奎恩的手指扣下扳機。

砰！一隻強硬的臂膀在槍響那一刻撞開他的槍管。

通常奎恩不會如此輕易被人靠近，但那人完全無意掩飾自己的來勢，反而讓奎恩分神注意他，這一槍立時被撞歪。

「通通給我住手！」

喝聲來自這名彪形大漢。

一群武裝民兵從所有門口湧入，迅速佔據整間酒吧的有利位置，起碼三十把槍對準酒吧內的人。無論是奎恩的人、卡佐圖的人或其他客人，無一人出聲。

肯尼和約拿從前門攻入，踢開擋路的人，一半槍口對準奎恩，另一半對準卡佐圖。

彪形大漢走到對峙中央。

羅瑞．艾森。

沙金色頭髮，淡棕色眼睛的他外表和奎恩沒有一絲相像，但他們兩人一站出來，任何人都不會忽略他們身上近似的氣息，那是多年軍旅生涯累積下來的剛硬自信。

年近四十的他並不符合傳統的英俊，卻別有一股粗獷的男性魅力，戰鬥、殺戮和征服將他雕刻得稜角盡現。

「你到我的地盤殺人？即使你是奎恩總衛官，也未免托大了。」羅瑞棕色的眼眸掠過狠意。

「我要殺他，而且一定會殺他，擋在我和他之間的人，也會一起倒下去。」寒冰藍眸從未動搖過一分。

傑登立刻把槍轉向羅瑞，荷黑微跨半步擋在蒂莎前面，她的身材比他高出甚多，依然露出大半顆腦袋。

「嘿！來來來，大家有話好說，有話好說。」打圓場的人再度上場。

萊斯利拍拍荷黑的槍口，挪挪約拿的槍管；荷黑的放低了些，約拿的完全不動。

「聽我說，奎恩和我們只是來找人，人已經找到，話也說完了，我們完全尊重主人；這一幕屬於墨族自己的事，跟您的人一點關係都沒有。」

「他眞的是奎恩？」那個「勇退奎恩總衛官」的漢子還不死心。

「不然你要簽名照嗎？」蒂莎給他一個大白眼。

那漢子咕噥兩聲，躲回人群裡。

「奎恩不是墨族人。」羅瑞眼眸一瞇。

「他老婆是，所以我們正式認養他了。」萊斯利忙說，巴樂頓翻個大白眼。

奎恩對這些鬼扯淡不敢興趣。

「艾森，你提供卡佐圖庇護嗎？」

所有人從那雙藍眸清楚看出，只要羅瑞說錯一個字，整間酒吧會立刻變成血腥地獄。

「我不提供任何人庇護，但拉巴克是我的地盤，我死了才會讓你在這裡撒野。」羅瑞強硬的程度不亞於他。

奎恩微微看周圍一眼。

倘若他們硬要動手，羅瑞爲了穩住自己的地位，勢必會殺了他們，這無關乎個人意願，想在拉巴克這塊土地立足，他必須展現足夠的意志力。

幫派是豺狼，牠們不在獵物的顚峰期輕舉妄動，但只要獵物露出一絲弱點，牠們會群起而上將之吞併。

卡佐圖也想通了這點。

「各位紳士，很高興與你們認識，不過我美容覺的時間已經到了，下次有緣再見。」他迅速在一群黨羽的包圍下衝出門外。

奎恩微微踏上前一步，艾森的人也逼近一步，來福槍、手槍、攻擊步槍立時對準他。

最佳時機已經失去，奎恩緩緩收回槍，扔給旁邊的少年。

「我只原諒這一次，下次再擋在我和他之間，你就變成我的目標。」

羅瑞棕眸一瞇。「想現場較量看看嗎？」

所有人的心又提起來。

「嗨，羅瑞。」蒂莎爽朗的嗓門打破緊繃的氣氛。

「妳爲什麼跟這些人在一起？」羅瑞的餘光瞥她一記。

「你找得到比他更厲害的保鏢嗎？」蒂莎愉快地往奎恩一指。

確實。

「妳認識羅瑞．艾森？」奎恩冷冷問。

「拜託，做我們這行的，靠的就是口碑和人脈好嗎？」她瞄了眼手錶。「啊，該死！交貨時間過去了。」

漢尼拔一定是被陣仗嚇跑了。

「妳和誰約了交貨？」羅瑞濃眉微蹙。

「里維連的漢尼拔，你該不會正好認識他吧？」蒂莎滿懷期待地問。

羅瑞對肯尼一點頭。

「貨給我，我會交給他，妳錢收了吧？」肯尼槍口放低走過來。

「我是那種不收錢、先做事的蠢材嗎？」蒂莎迅速把那把槍榴彈拆解完畢，收回背包裡交給肯尼。「就是這一袋，麻煩你了，多謝啊！」

她不只和艾森的人都熟，甚至好到艾森願意替她送貨，而她也放心交給他的人。這絕對不是普通交情而已，蒂莎小姐的背景顯然很值得研究。奎恩把一切記在心上。

羅瑞將那袋零件接過來，把玩了幾個部件，動作和奎恩幾乎一模一樣。

又是個識貨人。

「妳應該留在拉巴克替我工作。」連說的話都一樣。

「你們兩人是怎樣，雙胞胎嗎？我是個體戶，只接案不給包養！」蒂莎給雙方老大一個大白眼。

荷黑在旁邊咕噥一聲，蒂莎看了看他，加一句：「包養也得看人。」

荷黑趕快閃回他們家老大身後

「孟羅跟我說了你們今晚的會面，」羅瑞的利眸對準奎恩。「我們必須談談。」

5

「奎恩什麼時候回來？」凱倫把她們中午用完的餐盤洗一洗，秦甄接過來擦乾。

「本來今天一早出發，這時間差不多該到了，不過他昨晚打電話回來，說『會晚一點』，也沒說晚一點是晚幾點。」她猜不是今晚就是明天吧。

「唉，年輕眞好，一日不見就度日如年。」凱倫看她害相思病的樣子，不禁好笑。

「拜託，妳也沒比我老多少。」

爐子上響起嗶嗶啵啵的聲音，爆米花好了。秦甄趕緊將鐵鍋拿開，兩個女人倒了咖啡和茶，捧了一大盆爆米花，雀躍地走向客廳。

星期天中午，加爾多和安娜吵著找同學打球，她讓他們去了，乾脆過來找秦甄一起吃飯。

孩子們的友誼向來結交得比大人更快，成人的互相防備，在小孩眼中只有同學之誼。

希塞營區是有圍牆的，爲了因應非營區的孩子進來唸書，他們將最靠近大門的兩棟房子闢爲小學和中學教室，門口的空地變成小操場。孩子們混熟之後，放學時間照樣玩在一起，而大人偶爾會送些派或蔬果過來，以示謝意。

這座冷漠疏離的德州小鎭，漸漸凝聚起其他地方沒有的緊密感。對立的人依然對立，但只要提到學校，所有家長立刻連聲一氣，任何人敢傷害學校和教職員，就是這些家長的共通敵人。

卡斯丘第一次出現「受尊敬」的族群，竟然是墨族人，這是田中洛始料未及的。

莎洛美中午也在這裡吃，吃完抱著紫菀出門找死黨。她都快變成紫菀的小媽媽，眞沒見過哪對年紀差十六歲的小姊妹像她們這麼黏的。

秦甄先把她的寶貝小綠移到有陽光的地方，讓它曬曬太陽。

「妳喜歡仙人掌？」凱倫常看到她帶著小綠四處走，上課也常常一起去。

「它叫小綠，是我和奎恩的第一個寵物。」秦甄寵愛地摸摸它。「奎恩知道我掛念它，逃出來時把它也一起帶出來。」

那仙人掌圓圓的身體另外長了兩顆小球，皮色晶翠飽滿，一望而知被照顧得很好。凱倫想像這數千哩的動盪，那男人在危機四伏之中都沒把妻子的仙人掌擱下，這其中蘊含了多少深情？

「他真的對妳用了心。」凱倫感慨。

「是啊。」他不需要掛在嘴上說，她明白的。「好，今天要看什麼電影？」

每次凱倫的弟弟來看她，會順便帶一大堆電影過來，從浪漫愛情到恐怖驚悚無一不包，秦甄後來才知道她家是個小型電影博物館。她的主業是買賣首飾，副業是影片出租，目前副業的收入比主業好很多。

「是一部長達二十年的電影系列，跟萬聖節有關，已經拍到第十集了。一開始是一個小男孩殺了他家人，後來每一集結尾都是他被抓到，下一集開頭永遠是他逃出來，繼續殺人。他一直在追殺一個從小送養的妹妹，那個妹妹從第一集的青春少女，演到現在已經變成中年阿姨了，還在被追殺。」凱倫興致勃勃。

哇，人不可貌相，看不出她一身靈氣的仙女姊姊，竟然喜歡看這麼重口味的。

凱倫好像看出她的心思，翻了下眼珠。

「這是限制級影片，平常我不能在家裡看，不然加爾多也會看到，但我又不敢自己一個人看，只好大中午找妳一起看。」

好吧！那就來看吧！

兩人才看了半段，凱倫就一直想笑。她的「影友」意見實在很多耶！

「妳看妳看，又來了，眞是莫名其妙！明明聽到後門有人撬開的聲音，妳人在客廳，大門就在幾步遠的地方，但這些人永遠選擇跑向更遠的樓梯，然後跑上二樓把自己關在一個小小的衣櫃裡，等著被活宰。」秦甄抓了一把爆米花進嘴裡。

還有——

「不是啊，這些警察開車耶！麥可走路耶！爲什麼開車的人永遠追不上走路的人？」

還有——

「這個女人總算有點腦子，知道不能只是蹲下來尖叫。可是槍就在隔壁房間，妳爲什麼寧可跑下樓，到廚房拿那個很不利的水果刀？」丟一口爆米花。「看吧！被宰了。」

「嗤嗤嗤嗤——」

旁邊的噴笑讓秦甄轉頭。

「抱歉，奎恩也說我看電影意見好多。」她感到不好意思。

「沒事，我覺得看妳比看電影有趣。」凱倫拚命笑。

「這句話他也說過，不過腦子裡存的不是正當念頭就是了。」秦甄起勁地說。「妳看電影時會不會把自己代入主角的情境？我問過他耶，如果有一天我像女主角一樣被人追殺，身邊的人一個一個死掉，最後殺人狂入侵我的房子，我該怎麼做？」

「他怎麼回答的？」奎恩總衛官的建議應該很實用。

「當時岡納衛官也在旁邊，他給我了一個官方正式版的指導守則。」秦甄清清喉嚨，模仿岡納低沈的嗓音。「第一，盡可能保持冷靜，評估情勢，倘若情況容許妳逃離這間屋子，務求以最迅速、安靜的方式離開，然後向最近的鄰居求助。第二，倘若情況不允許妳逃出去，平時在家裡準備一間緊急避難室，可以是任何一個容易逃進去的空間。在裡面放水、食物、簡易醫療箱和一支定時充電的手機，逃進去之後把房門鎖上，用家具擋住，然後拿出手機向警方求助，警方會在幾分鐘內趕到。第三，倘若歹試著闖進避難室，直到這時再出聲喊：『我們已經報警了，警察隨時會趕到！』以複數主詞讓對方以爲裡面不只一人，但別太早出聲以免洩露自己的行蹤。他們考量過情勢，大多會選擇離開。」

「就岡納衛官？奎恩沒說什麼？」凱倫好奇地問。

「噢，他有。他只很酷地說了一句：『找個地方躲好，我會殺光他們。』」

「哈哈哈——」果然很奎恩式的回答。

「恐怖的是，我一點都不懷疑他的話。」她乾乾地說。

「妳老公對妳和紫菀有強烈的保護慾，我同情敢動妳們歪腦筋的人。」

螢幕上，帶著白色萬聖節面具的瘋子再度解決掉一名受害者。說眞的，那動作實在稱不上多俐落，實在是主角威能讓他的受害者很弱，倘若站在他對面的是奎恩……

「麥可應該感謝他追殺的是他妹妹，不是妳。」凱倫又想笑了。

「妳呢？妳家男人會怎麼做？」她順口問。

「他應該差不多……」凱倫突兀地停住。

客廳霎時陷入一段尷尬的沈默，唯有影片音效和尖叫聲充斥空間。

「對不起，我不該亂問的。」她有絲懊惱。

「沒事，是奎恩讓妳問的嗎？」凱倫微弱地笑笑。

「當然不是，」秦甄很驚訝她會這麼想。「奎恩從不要求我替他刺探情報，我只是好奇。看看妳，多麼美好溫柔的一個女人，卻帶著一個兒子住在卡斯丘。根據經驗，一個女人會住在這鬼地方，若非她本身是罪犯，就是親近的人是罪犯，我可不相信妳是罪犯。」

她的信任讓凱倫無可奈何地笑了。

「聽著，凱倫，倘若妳不想談，不必談沒關係，我根本不該問的。」秦甄認眞地說。

凱倫搖了搖頭。「那是一個很平凡無奇的故事：一個年輕天眞的女人，遇見一個男人，他高大、黝黑、英俊、危險，有如浪漫小說裡冒險犯難的男主角。女人永遠以爲自己可以改變男人，直到她發現他的生活模式並非她要的，他們也都不願意爲彼此改變，浪漫小說就變成了驚悚片。」

她淺棕的眸飄向螢幕。「有一次，他的敵人差點綁走加爾多，那一刻我終於明白，我不再是個年輕無知的女人，而是一個母親；我願意爲孩子犧牲一切，只求他平安長大。」

「所以妳離開他，來到卡斯丘？」秦甄輕聲道。

她點點頭。「他的仇家太多了，我們沒有其他地方可以去，卡斯丘反而是個相對安全的地區。」

「不知爲何，我瞭解妳的話。」秦甄若有所思地點點頭，兩個女人一起笑了出來。

這裡的人平時不會主動尋釁，除非雙方以前結過樑子，非必要時也盡量不往來。也就是說，你的車子若在卡斯丘抛錨，不會有人過來幫你，但也不會有人持槍打劫，光這一點，在虎狼之境的德克薩斯就很難得。

唯一的例外是跟孩子有關的事，這一點讓她們兩人都很意外。鎭上的人十分看重孩子，從平時一毛不拔的拉德願意替孩子上課，及全鎮都十分保護老師便可得知。別以爲這是人類天性，她們很早就對人類天性不期不待。

「嘿，」莎洛美抱著紫菀跑回來。「麥姬約我到鎮上逛逛，妳要我帶紫菀一起去嗎？」

「不，她該午睡了。」秦甄起身接過女兒。

「好，那我們傍晚回來，拜拜。」

「拜拜。」凱倫揮手。

「小心一點，不要在小巷子亂逛。」秦甄叮嚀。

莎洛美揮別兩人，開心地加入等在外面的閨密。

凱倫將紫菀接過來，笑面娃娃馬上嘰哩咕嚕地講了一個只有她自己懂的笑話，然後笑到眼睛都不見了。

「哎呀，怎麼會有這麼可愛的小傢伙。」越看越喜歡，眞想偷抱回家。

「萊斯利說，看不出是奎恩的女兒。」

更精切的字句是：不對啊！冰箱只結得出冰塊，怎麼會結出一個笑娃娃？雖然我信得過甄老師的爲人，不過奎恩你要不要去驗一下DNA？

奎恩馬上讓這傢伙明瞭質疑他寶貝女兒的下場。

紫菀唸叨夠了，伸手要回媽媽懷裡，秦甄接過來，她馬上爲凱倫阿姨示範一秒斷電的神技，秒睡！

「我要是也有個女兒多好。」凱倫嘆息。

「其實想想，奎恩和妳差不多，他也爲了我犧牲掉一切。」秦甄臉貼在女兒臉頰，吸嗅女兒特有的奶香。

「奎恩這樣的男人，沒有人能叫他犧牲什麼，除非他自己願意。」

她沈默半晌。「他總是說，不是爲了我，其實歸根究柢還是因爲我。」

如果不是她，他對體制的不滿還有許多方法可以改變，例如離開紀律公署重返軍隊，或甚至參政，根本不必走最辛苦的這條路。

或許最終他依然會站到墨族人的陣線上，但不會是在如此匆促的情況下。

「如果情況反過來，是奎恩被驗出具有墨族血統，必須逃亡，妳會跟隨他嗎？」凱倫問。

「當然。他是我丈夫，不管他到哪裡，我都跟著他。」她立刻回答。

「這就是了，他對妳和小紫菀也是同樣的心情。」凱倫輕拍她的手。

秦甄和她互相輕握。

「唉，我看今天電影是看不完了，我們改天再繼續好了。」凱倫按下停止鍵，走到窗邊。「加爾多，我要回家了，你要一起來嗎？」

「媽，妳先回去，我打完這一場再走。」球場上的男孩跑到場邊。

凱倫搖搖頭，叫回安娜，今天的影片之日宣告結束。

秦甄抱著女兒回嬰兒房，本來只想陪她躺一下，結果母女倆一起睡了兩個小時的午覺，這是近期她第一次有補足睡眠之感。

她老公還在幾百哩外奮戰呢！她醒來後看一眼時鐘，嘆了口氣。

母女倆移到嬰兒房的軟墊地板。小紫菀最近會小肚皮貼著地板，出現類似爬行的動作，看她雙手雙腳在原地拚命打水的樣子實在很可愛；再過一陣子，等她手腳長得更硬實，應該就會眞正開爬了。

秦甄把下個星期的教材拿出來，攤在地板上，一邊陪女兒玩，一邊整理教學重點。她是被屋外的騷亂驚動的。

「瑪卡，發生了什麼事？」她打開窗戶。

「鎮上出了點事，待在屋子裡！」瑪卡匆匆跑過去。

鎮上？

莎洛美在鎮上，她回來了嗎？

布魯納也在鎮上，周末是鎮上的成人英語班，卡斯丘有一些不諳英語的中南美洲人，因此布魯納周末會替他們開設補校。

她聽見營區鐵門拉上的聲音，他們的鐵門只在晚上才關閉，隔天一早打開，白天幾乎不關的。廣場打球的青少年停了下來，看著一班大人跑來跑去，緊張的氣氛感染了他們。

「加爾多！」她緊急把男孩叫進來。「請你跟紫菀待在屋子裡，我出去瞧瞧發生什麼事，我會叫伊絲小姐過來陪你們。」

「我想回家找我媽，大門守衛叫我先留在營區。」加爾多露出驚慌之色。

「我去鎮內找你媽咪，把她一起帶過來，請你跟紫菀待在一起，絕對不准亂跑。你的責任就是保護紫菀，知道嗎？」她鄭重交予男孩一個任務，免得他偷偷跑走。

「好。」加爾多點頭。

秦甄先跑去找幼教班的伊絲，要她把營區裡回不了家的孩子通通集中到他們家，然後自己跑向營區大門。

田中洛從辦公室大步而出，她趕緊跟上去。

「洛，發生了什麼事？」

「馬洛斯。」

馬洛斯是誰？

田中洛的神色緊繃。「馬洛斯是這一區的老大，平時待在尤瓦爾迪，這附近都是他們的地盤。」

秦甄不清楚尤瓦爾迪在哪裡，想來是另一個戰後興起的城市。

「聽著！」田中洛突然嚴肅地盯著她。「馬洛斯就是電影裡那種最糟糕的毒梟，他在南美許多國家被通緝，對付敵人的手段殘酷異常。他不會只是殺一個人，他會當著這個人的面讓手下輪姦其妻女，然後把所有找得到的親人全都殺死，最後將他們被肢解的屍塊扔到大街上示眾。他是毒梟裡面的卡佐圖，沒有任何道德良知。幾年前，他反叛的副手將他拉下馬，才不得不躲到德克薩斯，即使如此，他的集團依然是南邊最兇殘一支。

「馬洛斯集團和其他毒梟一直在爭地盤，以前卡斯丘人口不旺，距離廢境又太近，他們的人不太來這裡。我不確定他爲什麼今天會突然跑來，妳回去和孩子們一起待著，無論如何不要離開營區。」

希塞營區並不是碉堡，所謂的圍牆也只是架高的木板牆，任何人硬要攻，都不難攻進來。

他們即使操練了半年又如何？缺乏武器也只能束手待斃，馬洛斯的幾管機槍就能將大半人口掃平，田中洛深深懊悔沒有將奎恩交代的事先處理好。

「或許他們只是來收保護費而已。」這是例行公事，不是嗎？

「不，我們的線報說他起碼帶了一百個人，全副武裝，開了兩輛坦克車過來。」

坦克車是打仗用的，不是爲了收保護費。秦甄悚然一驚。

「田中，讓我們幫忙。」兩個團的團長走過來。

一個是吉姆，一個是強納生，他們是負責防守的，四個小組已快速將街上的人趕回屋子裡。

他們的主帥在外，即使他們操練至今已大非昔比，許多人依然只在操練場動過手，一半以上缺乏實戰經驗；但所有人都明白，他們是營區的唯一防禦。

「我們沒有武器。」田中洛神色緊繃。

「孟羅送來的兩箱武器不夠武裝每個人，但我們能做重點防衛。」吉姆說。

營區鐵門外突然有人用力敲打。

「嘿！田中先生，我是朵拉的爸爸，讓她進去好嗎？」

有更多車輛從鎮上開過來，一堆學生家長開始在門口聚集，有男有女，每人身上都帶著武器，車內坐著自家的孩子。

「甄老師，安妮在這裡！」

「還有諾亞，我們不進去沒關係，讓他進去！」

她不能不管這些孩子。

「請讓孩子和家長進來！」這道圍牆或許薄，但有一千五百個受過訓練的人願意捍衛它。

「開門！」田中洛手一揚。

鐵門滑開一道縫，一堆孩子從小娃娃到十八歲的青少年都有，許多人捨不得父母，硬巴在父母身上不放手，小娃娃已經嚇得號啕大哭。

「請讓他們的父母也進來。」她央求道，這些孩子需要他們的爸爸媽媽。

人手越多，幫手越多。田中洛點點頭，一群大人緊跟著孩子們湧進來。

「甄，回去陪紫菀。」

「莎洛美在鎮上。」她不得不丟出一個壞消息。

「什麼？」田中洛的眼瞬間失去冷靜。「瑪卡！瑪卡！莎洛美在鎮上，我去鎮上找她！」

「不，讓我去找她，你不能一個人做所有的事。」她抓住田中洛。

「我得自己去！」

「聽著，莎洛美不只是你女兒，在我心中也如同女兒一般。她和幾個女孩子一起逛街，我比你更清楚她們可能去哪裡。」

「不行！我得……」田中洛閉了閉眼。

甄是對的，奎恩目前不在，鎮上一半的人躲在營區，他必須留在營區穩住陣腳，甄比他更清楚女孩子喜歡逛的地方。

「請妳務必找到她，若情況有不對，請找個安全的地方躲起來，不要急著回來。」他萬分艱難地開口。

「我會。」秦甄點點頭。「伊絲把回不了家的孩子都先帶到我那裡，家和紫菀就交給你了。」

田中洛點點頭。

吉姆在旁邊對兩名團員做個手勢，二十來歲的尼克和諾亞立刻跑過來，秦甄和他們兩人開一輛吉普車迅速進鎮。

鎮上的兵荒馬亂有增無減，秦甄從街邊跑過去的人潮中看見一張熟面孔。

「拉德！」她探頭叫喊。

「這種時候妳還跑進鎮做什麼？快點回去躲好！」拉德粗聲粗氣地嚷。

「我來找莎洛美，你知道發生了什麼事嗎？」

「馬洛斯昨天襲擊了另一個鎮，強徵了全鎮的年輕壯丁，不服從的人當場格殺，據說等他們離開之後，整個鎮只剩下三分之一的人。」拉德瞪著她。「那小妞跑哪兒去了？」

拉德是典型「嘴巴說不要、身體卻很誠實」的老好人，這些青少年都上過他的藝術課，都是他的學生。

「她們去逛街，我想無論如何一定會去凱倫的攤位，我正要過去問問，上來！」她打開車門。

拉德不多費唇舌，立刻上車。凱倫是賣首飾的，那幾個年輕女孩一定會去逛逛。

等他們開到凱倫的攤位，攤子早已收起來了。但女孩們知道她住在哪裡，有時會直接去她家挑飾品，秦甄決定過去試試。

「尼克，布魯納在鎮上的成人英語班，你能過去看看嗎？凱倫的家只有兩條街，拉德陪我過去就行了。」

尼克和諾亞對看一眼。「好，我去找布魯納，諾亞陪你們一起去。」

一行人兵分兩路，秦甄在兩個男人包夾之下，迅速奔向凱倫的屋子，一路上一直有學生長家認出她。

「甄老師，妳怎麼待在外面？快進來！」鎮民極是關切。

「我們在找莎洛美，你們有見到她嗎？」她一路問過去。

大部分的人都沒見到，秦甄按捺下心中的焦急，無論如何她答應加爾多會把他媽媽帶回去，還是先到凱倫住處再說。

「凱倫！凱倫！我是秦甄，請開門。」她用力敲門。

門打開的那一刻，她的腳差點軟掉。

「甄！」莎洛美衝出來和她擁抱。

「莎洛美，我們一直在找妳。」她緊緊抱住女孩。

「我們正在逛凱倫的攤位，突然有人開車進來一路狂叫：『馬洛斯來了！馬洛斯來了！』然後天下大亂。我們本來想回家，凱倫看情況不對，先讓我跟她一起回屋裡躲著。」

「妳的朋友呢？」她忙問。

「她們是鎮上的人，已經先回家了。」

「凱倫？」秦甄往門裡面叫。

凱倫匆匆跑出來，腳邊跟著安娜。「甄，加爾多還好嗎？」

「很安全，他和紫菀在一起。走吧！我們先回營區。」

太遲了，一陣驚人的隆隆聲伴隨喇叭、引擎聲、對空鳴槍聲直衝而來，他們腳下甚至能感受到坦克輾壓在馬路的震動感。

「先進去！」諾亞迅速將每個人推進屋子裡。

街上來不及跑進建築物的人全部僵掉，軍用卡車高速開進鎮裡，每輛車載滿穿著迷彩服的民兵，總共有五輛，馬洛斯起碼帶了一百個民兵出來，秦甄心頭一驚。

但更大的驚嚇是看到那兩輛坦克車，天哪！倘若那些坦克輾進人群……

車隊經過鎮中心並未停下，繼續往前駛，引擎、鳴槍、喇叭一路揚長過去。

不對，他們的目標是希塞營區，秦甄悚然一驚。

「我們必須趕回去幫忙。」諾亞也意識到了。

「加爾多在營區裡。」凱倫緊緊握住她的手。

她的紫菀也是。

她閉上眼深呼吸一下。冷靜、冷靜，如果奎恩在這裡，他會怎麼做？

「莎洛美，妳帶著安娜留在這裡。」她睜開眼睛。

「不！」少女大叫。

「妳們都留在這裡，我回去看看。」諾亞堅持。

「紫菀在營區，我不能丟下她。」她深呼吸。

「還有加爾多。」

「不！」莎洛美再叫。

「莎洛美，拜託，安娜不能跟我們一起去，妳一定要陪她留在這裡，別和我爭論。拉德，請你留在這裡照顧她們。」她轉向諾亞。「諾亞，我和凱倫一定要回到孩子們身邊。」

諾亞不再浪費時間。「我們用走的，盡量別引起注意。」

✷

他們走回營區的途中遇到尼克和布魯納，大家都是相同的信念，一定要回去。

街上能躲的人都躲起來了，他們一群人的目標反而明顯，於是盡量繞小巷子走。

來到營區不遠處，他們躲在一棟民宅後方觀察情勢。

五輛軍用大卡車面對鐵門而停，兩輛坦克車一左一右猶如門神，炮口各自對著兩個方向，右邊那輛對準的是教室，許多孩子躲在裡面，秦甄看得膽顫心驚。

一個男人從第一輛軍用卡車跳下來，他應該是墨西哥人，黑髮褐膚，身材中等，左臉因嚴重的灼傷而扭曲，一眼已失去視力。他沒有掩蓋失明的那隻眼睛，白瞳仁嵌在一片扭曲的肌肉中，顯得更加駭人。

「田中洛。」馬洛斯愉快地微笑。

「馬洛斯。」田中洛走出大門，神色森然。

瑪卡和幾個持槍的兄弟站在大門口警戒，牆上只有固定的幾個守衛，營區看似安靜無聲，他們不確定是什麼情況。

「我聽說卡斯丘最近有些不太尋常的動靜，決定親自過來看看。」馬洛斯繞著田中洛走。「我的線報說，有人在進行軍事演練？」

「我不懂你在說什麼，營區的年輕人每天跑跑步、健健身，沒什麼大不了的。」田中洛面無表情地說。

「是嗎？」馬洛斯轉向門口，瑪卡立刻把槍對準他。

卡車上的民兵全部下來，上百人頃刻間將門前的空地塡滿。每個人身上都攜帶了步槍和各種槍械，其中兩輛軍用卡車的車頂被掀開，兩挺機槍架出來直接對準大門。

光這兩挺機槍就足以掃掉半個鎮，木頭圍牆根本無用，秦甄臉色發白。

營區外面也是鎮民住家，許多人從掩上的窗簾偷看，其中有不少是學生家長，所有人都一樣緊張。

「馬洛斯，你要什麼？錢嗎？」田中洛問。

「錢是一定的，你也知道最近那些哥倫比亞人搞得我很火，我們已經廝殺了好幾次，弟兄傷亡不少，急須補充一點兵源，所以你們之中十五歲到三十歲的男人通通給我站出來！跟著我，保證不會虧待你們。」

「不!」布魯納情急之下站出去。

最靠近他們的一排槍轉過來，他們的行蹤暴露了。尼克和諾亞立刻把兩個女人擋在身後，田中洛見其中沒有莎洛美，心頭微微一驚。

「那裡面有許多都是孩子，他們還在上學，你不能把他們拉進你的血腥生意裡。」布魯納試圖走向馬洛斯。

「唷!我們有個勇者呢!」馬洛斯對他微笑。

砰!

「啊——」秦甄甚至不曉得自己尖叫出聲。布魯納捂著小腹的傷口，神色古怪地慢慢坐倒在地上，彷彿還不瞭解發生了什麼事。

「馬洛斯!」田中洛衝過來。

「布魯納、布魯納!」她衝過去緊緊壓住布魯納的傷口。「你爲什麼要這麼做?他只是個老師，沒有武器，對任何人都不是威脅!」

「唷，除了勇者，還有個漂亮的小妞。妳從哪裡來的?中國?日本?」馬洛斯慢悠悠晃過來，食指勾起她的下巴，被她用力拍開。「嘖嘖嘖，小貓是有爪子的。」

「別動!」牆頭突然冒出一排人，每個人手中都拿著步槍或手槍，已做好開火的準備。

這是他們營區僅存的火力。

馬洛斯捧腹狂笑。「哈哈哈哈，這是什麼?來福槍?左輪?需要我借你們一點武器嗎?我都怕一不小心嚇著了你們，小妞們。」

砰！一輛卡車的後照鏡被擊落。這個距離不遠，但那後照鏡被其他車頭擋住一部分，狙擊手的準度著實不差。

「我要那個開槍的傢伙站出來。」馬洛斯黑眸一瞇。

「不！馬洛斯，你若是要錢，我們可以談，要人，絕對不可能。」田中洛強硬地道。

「叫那傢伙出來，否則我直接掃射。」馬洛斯往機槍一指。

牆上的人互望一眼。

「不！」秦甄不等任何志願者站出來，立刻走到馬洛斯面前，直直望進他眼底。「我和被你射傷的布魯納一樣都是老師，我們不會任憑孩子們被你抓去當童兵，今天的事絕對不會以喜劇收場，但你可以選擇停止的時間。」

「甄……不要……」布魯納再失血下去就會休克了，凱倫和尼克衝過來幫他按住他的傷口。

「我知道你需要錢，給我們幾天的時間，我們可以籌出一筆錢給你。」她只需要拖延到奎恩回來。

或許是幾個小時後，或許是明天，她只要拖到這個時間。

「妳這女人有點意思，如果我想要妳呢？」馬洛斯陰鷙的眼滿是赤裸的思想。

「我已經結婚了，我有一個女兒，現在才七個月大。」她不讓自己的驚怖現出來。

「我不在乎，反正妳也不是我第一個睡過的破鞋。」馬洛斯舔一圈嘴唇。

「我們的條件已經說得很清楚。」田中洛強硬地卡進她和馬洛斯之間。

馬洛斯依然盯著秦甄。「這樣吧，你們營裡有多少年輕人？一百、兩百、五百？妳每脫一件衣服，我少帶走一百人；妳全身脫光，我就一個人都不帶，這樣如何？」

「你他媽的混蛋！」諾亞要衝上前，田中洛和秦甄同時擋住他。

「馬洛斯，離開吧！趁現在事情還能收拾。你不曉得自己惹上什麼麻煩，甄不是你能碰的女人。」田中洛警告他。

「哦？」馬洛斯伸手挑她下巴一下。「我現在碰了她，怎樣？你想殺我？」

她只需要爭取時間，她只需要爭取時間……她不知道奎恩是否會帶著武器回來，但若任何人能帶他們走出這個難關，只有他了。

只是衣服而已，只是衣服而已，只是衣服而已……

「你說到做到？」

「不！」營區的人全部大吼。「甄，他是騙妳的！」

「馬洛斯是隻毒蛇，不要相信他！」瑪亞想衝過來，被一群民兵擋住。

「我說到做到，只要妳現在脫光，站在我面前讓我的兄弟們好好欣賞一下，我們轉頭就走。」馬洛斯樂趣無窮。

只是衣服而已，只是衣服而已……

「好，我相信你。」

「不！」

「不要相信他！」

「他是個騙子，他不會遵守承諾的！」不同的怒吼從四處各個角落發出，甚至有幾聲是來自背後的鄰居。

她身上除了底衣，只穿了一件長褲、襯衫和外套。

她將外套脫掉，丟在地上。

「不！」田中洛把外套撿起來，想披回她身上，她退開一步。

馬洛斯的病態在此時完全展現，發亮的眼神顯示出他多麼樂在其中。

他天生喜歡看人受苦。

他不會遵守他的承諾。

秦甄在這一刻明白，動作立刻停下來。

「繼續啊！怎麼不繼續？」馬洛斯催促。

「你他媽的混蛋！」瑪卡大怒，瘋狂擠開馬洛斯的人衝過來。

「不，瑪卡！」好幾聲大喊響起。

好幾聲「喀啦、喀啦」扳開槍機的聲音響起。

轟！

一個強烈的爆炸聲幾乎將每個人震翻。

田中洛直覺撲向秦甄往旁邊滾，尼克和諾亞撲在凱倫及布魯納身上，瑪亞和周圍的人同時趴伏在地，其他人四面逃竄，整片空地亂成一團。

濃煙夾帶著強烈的灼熱撲面而來，秦甄幾乎無法呼吸。

轟！

第二聲。

他們甚至無法分辨爆炸聲從何而來，田中洛挾著她，尼克等人拖著布魯納和凱倫，迅速往最近的掩蔽物撤退。

噠噠噠噠噠——

子彈掃射之聲，但聽起來不像馬洛斯的機槍。秦甄不是武器專家，好歹也還是看過電影，這種掃射聲聽起來像一般的步槍，機槍應該會更大聲才對。

強烈濃煙捲裹著橘紅色的火焰噴向天際，機油的味道燃燒過後更是刺鼻，她只能任田中洛拖著自己跑，雙眼被煙霧刺痛，什麼都看不清楚。

「是誰？是誰？」

各種槍枝駁火的聲響佔據了這片小小的空地。究竟發生了什麼事？誰對誰開槍？

顯然有同樣疑問的不只是他們，民兵團亂成一群。即使幫派槍戰經驗較豐富，歸根究柢他們也只是烏合之眾。

後面又有幾聲爆炸聲，沒有前兩響那麼震撼，應該是手榴彈的聲音。

「快伏低！」田中洛將她拉到牆角，硬把她的頭壓低。

「發生了什麼事？」她被嗆得只能咳嗽。

是馬洛斯的人槍枝走火嗎？他們帶來的炸彈自己炸掉嗎？到底發生了什麼事？

「趴下！」田中洛拉她一起趴倒，險險避開兩顆流彈。

營區內的人和馬洛斯戰起來了？只有這個可能性。

但他們的槍火不夠，子彈卻彷彿來自四面八方，營區內、營區外、城內的方向、廢境的方向……

究竟怎麼回事？

她只能摀著臉躲在牆角，盡量讓被熏痛的雙眼隔離煙塵。如果她今天躲不過去，紫苑，媽媽愛妳，還有爸爸……

跟響起時一樣突兀，槍聲突然停止了。

現場突然靜得彷彿死神正逐一清點戰利品。

她深呼吸一口氣，立刻吸進滿滿的煙硝味。

「搞什麼鬼？」田中洛喃喃說。

她確定槍戰眞的完全停止了，慢慢把頭探出去。

最激烈的爆炸聲來自兩輛被炸毀的坦克車，其中一輛的艙門打開，一具屍體半掛在車外。

五輛軍用卡車有三輛被炸到全毀，承載機槍的那兩輛毀得尤其徹底，沒被炸毀的兩輛也被射成了蜂窩。

整片空地橫滿屍體，大多是穿著迷彩服的人。

木頭圍牆被射成篩子，牆頭冒出好幾顆腦袋都是剛才那幾張面孔，他們自己人傷亡不重。

「YES！」瑪卡跳起來狂喊。

一堆狂亂的歡呼如瘟疫般從他們自己人之間蔓延開來。

秦甄順著他們歡笑大叫的方向看過去——

她丈夫站在一輛敞篷吉普車上，肩頭扛著一管火箭筒。

他身後停了七輛同款的吉普車，營區的鐵門不知何時打開了，營區裡竟然也停了兩輛，應該是從校練場那頭繞過來的。

援兵到了。

帶著各種不同的武器，從不同的方位掩近。

馬洛斯耀武揚威地開到營區前，讓所有人擠在這片空地裡，就只爲了炫耀人力和火力，他完全沒想到，此舉讓他們自己人被困在這塊小小的空地，只要從鎮上和營區兩個方向合攻，他們沒有任何機會。

「這，」奎恩將火箭筒往身旁的小鬼一扔。「就是火箭筒的用途。」

傑登手忙腳亂抱住。

他們的統帥親自趕回來解圍！

「耶——！」

「耶！」

「唷呼——」歡呼聲從各個角落響起，甚至包括街坊鄰居。

蛇王孟羅從營區內的其中一輛吉普車跳下來，還是那慵懶性感的海盜王，蒂莎扛著另一管火箭筒，興高采烈地從第二輛吉普車下來。

「嘿嘿，這玩意兒不錯，不過累贅太多了，給我一個星期，我可以改得更輕便一點。」

「又不是玩具……」荷黑在後面咕噥。

秦甄軟倒在牆角，找不出力氣站起來。

奎恩直直往她走過來。

他眞的回來了。直到她臉埋進他頸窩，聞到他熟悉的味道，眞實感才眞正降臨。

「妳在想什麼？全營幾千個受過訓練的人，妳手無寸鐵，爲什麼要擋在前面？」奎恩抓住她的肩膀用力搖晃。

牆頭的人羞慚地低下頭。

「我差點被人家剝衣服……」她覺得好委屈，爲什麼還被他罵。

「我知道，我轟爛他了。」奎恩收緊的手臂險些將她的纖腰折斷。

他最想做的是親手撕開那混蛋，不過變成一團肉醬算是退而求其次的選擇。

他在腦子裡再重播一次火箭筒擊在馬洛斯身上，然後射中後面坦克車的畫面，這一幕他永遠百看不厭。

這傢伙他媽的敢動他女人！

「他們有坦克車，其中一輛對準學校，裡頭都是孩子，我只是希望爭取一點時間等你回來。」她吸吸鼻子。

冰凍的藍眸融化了，奎恩長嘆一聲，低頭深深吻住她。

趕回來的路上他心急如焚，只擔心一切已然太遲。幸好，他趕上了。

四周亂糟糟的一團，雷諾小隊長過來檢查布魯納的傷勢，他曾經當過醫務兵；幾個人拿著擔架衝過來，將布魯納送往鎮上的診所。這傷必須動手術，營區的醫務室無法處理。

田中洛迅速掌握局面，吉姆的人將僅餘的活口圍聚起來，凱倫早已衝進去找加爾多……然而這一切的一切，在秦甄腦中只是隱約的片段。

她只在乎她還活著，他也活著，他們又在彼此懷裡，這才是最重要的。

奎恩鬆開她，最後輕撫一下她粉嫩的頰，走向馬洛斯僅餘的黨羽。

不多，一百人最後只剩下七個人。

不久前囂張大笑的惡漢此刻成了落難鼠，每個人跪在地上，兩手扣在腦後，灰頭土臉，其中兩個甚至抖到跪不穩。

奎恩大步走過去，向旁邊比了一下，萊斯利將一把手槍遞進他手中。

砰！砰！砰！砰！

四個人當場處決。

「……」秦甄硬把一聲驚呼壓下去，田中洛等人也被這無預警的一幕驚呆。

剩下的三個人抖更厲害，其中一人的胯間立刻泛出一片深澤。

「你們闖進我的地盤，侮辱我的妻子，難道以爲自己能全身而退？」奎恩的藍眸如刀。「像你們這種廢物我從不留活口，你們三個現在還能呼吸，是因爲我要你們把話帶回去——尤瓦爾迪有兩條路可走，第一，所有幫派自己滾出去；第二，我帶人過去全滅了。我給你們一個星期的時間做選擇。滾！」

三個人連滾帶爬地逃走。

6

「奎恩！」田中洛匆匆趕上來。

奎恩忍著把所有閒雜人等踢開，席捲他妻子回家好好檢查的衝動。

「你覺得這是個好主意嗎？貿然向尤瓦爾迪開戰？」田中洛壓低嗓音。

奎恩望向他身後忙碌的營區。

必須說，在「管家」這部分，田中洛做得比他好。所有人都努力收拾殘局，不需要他的指揮。

兩個機械班的成員檢查那兩輛坦克車，蒂莎混在他們之中。經過評估，那兩輛坦克能修復，只要有適當零件，蒂莎能將武器的威力升級。

兩團人檢查社區需修復之處，其他人也有事做，或照顧傷患，或協助鎮民返家，或戍守營區。

孟羅的人在經過「適當補助」之後，願意協助圍牆的修築，先將木牆換成鐵牆。終極來說，奎恩傾向將圍牆全換成鋼筋水泥，但短時間內，鐵牆是可以接受的選擇。

孟羅的立場很清楚，他的人不會主動介入戰爭，但可以幫忙防守卡斯丘。畢竟他人在卡斯丘，這是正當自衛。

有些鎮民也過來幫忙了，不只因爲奎恩帶回來的人救了整個鎮，他們很清楚，尤瓦爾迪的人不會就此罷手，現在他們的最佳賭注是奎恩。如果奎恩敗了，卡斯丘將不再存在。

營區內雖然忙碌，卻異常安靜，所有人除了必要的交談都罕少開口，在初被救援的興奮過去之後，這份安靜頗有些不尋常。

他們的自信心受到打擊了！奎恩明白。

馬洛斯的羞辱深深印在心頭，每人心中都在想：倘若他未及時帶回援兵和武器，今天會如何收場？

「他們沒有殺人本能。」奎恩的藍眸回到田中洛身上。

「什麼？」

「你知道全國有多少警察終身沒有真正對歹徒開過槍嗎？百分之七十五。」

「什麼！」這聲更重。

「迴避衝突是人類的求生本能，我可以教會我們的人戰鬥技巧，將他們訓練成鐵牆一般強壯，但我沒有辦法把殺人的能力逼進他們體內，他們必須自己激發殺手本能。」

田中洛沈默片刻。「你在責怪我們沒有對馬洛斯反擊？」

「不，我們手無寸鐵，硬碰硬只會造成無謂的傷亡。」攻擊不總是最好的策略，尤其在己方完全沒有任何資源之時，撤守是必要的。

「……你在責怪我們差點讓甄受辱嗎？」

「這就是重點，你在想的是責怪，但這不是責怪與否的問題。我千辛萬苦訓練出一批軍隊，不是為了在一天之內讓他們死光。」奎恩指出。「馬洛斯的大軍抵達時，你們退入營區，將自己保護起來。做這個決定不是出於戰略考量，而是平民面對危險的本能反應；但他們不再是平民了，必須學著像個士兵一樣思考。

「從一個戰鬥的角度，當一間木屋無法提供保護時，我們該如何保全更多人命？是否先將更多人疏散到廢境？是否說服鎮民一起抵抗？真正守不住時，如何犧牲最少的人換得最大利益？這些都是在戰場上才能學到的經驗，有時甚至必須做出痛苦的決定。

「必須靠一個女人脫衣解圍這點，已深深烙印在每個人的尊嚴上。苦苦訓練了半年，某方面讓他們產生一種驕傲感，深信自己和以前完全不同了，現在他們更有能力、更不會被人欺負，沒想到一個馬洛斯就將這份自信摧毀殆盡。如果我不重建他們的自信，激發殺手本能，這幾個月的辛苦就白費了。這一千五百人只會是一群身強體健的工人，永遠變不成軍隊。」

如果可能，他會希望再多兩個月的訓練，但他們沒時間，那就時勢造英雄吧！

「你爲了讓他們有實戰經驗，而掀起一場戰爭？」田中洛覺得不可思議。

「還有什麼更好的方法？我們需要尤瓦爾迪，貨物運輸進卡斯丘的路必須經過那裡，不把尤瓦爾迪拿下來，等於我們的命脈握在別人手中。」

這倒是。

「可是，我們在說的是一整個城市，你不可能殺光所有人吧？」

旁邊在聽的萊斯利和孟羅都不由得靠近，越聽越入迷。

「我們只要打倒三個最大的集團。」他無情地指出。

「爲什麼是三個？」田中洛一征。

「打倒第一個，第二個會立刻站出來宣勢地位；第二個被打倒，其他人會開始明白我們不是開玩笑的，小的幫派會撤退，第三大幫派會派人出來討價還價；當第三個也被打倒，不會再有人存著僥倖的心理。」

Shit，這傢伙眞的知道他在幹嘛！杵在一旁喝涼茶的孟羅聽得津津有味。

「可是，拿下來之後，誰要防守？」田中洛問。如果之後要搬到尤瓦爾迪，奎恩不會要求修築希塞營區才對，顯然他的目的不在此。

田中洛想對了，奎恩直切重點。「卡斯丘不是墨族人的大本營。」

「……你提這個做什麼？」

「這裡青壯人口太多，你本來就想把這裡當成訓練基地的吧？」奎恩冷冷一笑。「告訴愛斯達拉，我們打下尤瓦爾迪，他負責接手。他的軍團不可能永遠在邊境流浪，太不切實際了。他需要一個基地，而其他墨族平民需要一個眞正的棲身之處。我幫你們做了所的苦工，接下來要如何安排，就是你們的事。」

高大冰冷的男人轉身走回忙碌的社區中央，一聲長長的口哨，要每個人聚過來。數百個人靜靜圍攏，能站的地方都站滿了人，孟羅和手下在外圍旁觀。

「你們有沒有什麼話跟我說？」奎恩的藍眸滑過眼前的人海。

眾人面面相覷，最後尼克舉起手。

「我們很抱歉……」

「爲什麼？」

「我們沒能保護營區，還差點讓甄老師受辱。」尼克神情沮喪。

所有人全低下頭，好像做錯事的小孩站在老師面前，等著接受苛責。

奎恩將妻子拉至身邊。

「我很害怕。」秦甄說出誠實的心聲，並未虛言矯飾，一群人的神色更羞慚。「但不是因爲受不受辱，我是爲我自己害怕，爲大家害怕，也爲躲在營區裡的孩子害怕。我腦子裡只有一個想法：無論必須做什麼，只要能拖延時間等到援兵抵達，我們就有機會。我相信你們每個人也一定都在想著同樣的事。」

她對每個人微笑。「告訴我，如果我眞的被迫脫衣服，你們會因此用不同的眼光看我嗎？」

「不會！」

「怎麼可能？」回應又響又亮。

諾亞想想改口：「我應該會從此用看女神的眼光看妳，那應該也算不同的眼光。」

「對對對。」一堆人點頭。

她輕笑出來。「幾件衣服若能換得全營區的安全，又有什麼大不了的？所以不要覺得你們對不起我，換成你們每一個人，都會這麼做。」

連他都不能說得再好了，他老婆總是讓人有意外之喜。奎恩心想。

「還有什麼事要說的嗎？」他低沈再問。

所有人偷偷互看一眼，搖搖頭。

「好，那換我說了。」他沈厚的嗓音成了小操場唯一的聲音。「我很抱歉，今天發生的事都是我的錯。」

什麼？一群人震懾得無法出聲。

「這怎麼能說是你的錯？」連對他向來支持一半的瑪卡都不禁喃喃說。

「身爲總教頭，提供充份的武器讓手下保護自己是我的責任，我在這一點失職了，以至於讓你們手無寸鐵地面對來軍，差點被殲滅。」

「不！」

「不是這樣的！」

「我和孟羅已經達成協議，以後武器的供應不會是問題。」

「哈囉。」性感海盜頭子懶洋洋地揮手，萊斯利在他身後翻個白眼。

這個變化委實大，田中洛提醒自己要搞明白奎恩和孟羅談了什麼交易。

「但我們今天殺了馬洛斯，尤瓦爾迪的人不會就此罷手。我們只有一個星期的時間，可能甚至更短，端賴他們會不會先下手爲強。」奎恩繼續說。

「誰怕誰，跟他們拚了！」瑪卡大喊。

「我們不發威，眞的把我們當病貓了！」

「對對對！」

人群霎時激憤起來。說眞的，這口氣也憋屈得夠長夠厲害的了。

「很好，我需要你們維持這樣的鬥志，因爲他們只是一群烏合之眾，而你們是受過訓練的準軍隊。如果我沒有把握，絕不會輕易興戰。這七天我們加強武器訓練，出戰之前，你們每個人都必須熟悉一種以上的槍枝。蒂莎，一周足夠妳把所有火箭筒改造完成嗎？」

「哈，我說一個星期是謙虛，五天就夠了。」蒂莎拍拍豐滿的胸脯。

「好。孟羅？」他挑了下眉。

「下一批武器再兩天就到了。」

「機械班，坦克的零件可能無法在七天內送到，你們盡可能修，修不完的我們這次不急著用。」

「是。」

「記住，我們只有七天，這一仗，只許勝，不許敗。」

「只許勝，不許敗！」眾人齊聲大喊。

奎恩繼續丟出更多指令，大夥兒精神一振，領命執行，本來有點消沈的營區霎時又動了起來。

「這傢伙眞的知道怎麼帶人，這樣我跟他比起來會不會遜掉？」孟羅搔搔下巴。

「他是個好將軍，你是個好罪犯，材料不同。」雷諾說。

「嗳，雷諾，你講話就是中肯。」

✸

終於回到家了，這兩天一夜的奔波如翻越一重山。

原本以爲夫妻倆終於能獨處的奎恩打開家門，二十雙眼睛怔怔對準他。

……

……

字典裡的「大眼瞪小眼」應該以這一幕當範例。

「啊抱歉，我讓伊絲先帶操場上的孩子躲進來。伊絲，危機已經解除了，請妳帶孩子們從側門出去，洛會安排人送他們回家。」大門口依然血跡斑斑，她不想嚇著孩子。

伊絲鬆了口氣，將紫菀抱過來。

向來只要有媽咪在場就會先黏媽咪的紫菀，這次竟然直接伸手向爸爸。

棕色的強壯雙臂將女兒接過來，笑臉娃娃臉蛋慢慢一皺——

「哇——嗚哇——哇——」

「噢！」秦甄心疼死了。

「哇哇——嗚——嗚哇——」

「乖，沒事，爹地在這裡。」奎恩抱著女兒輕晃。

「嗚……嗚……」好怕好怕！小女娃貼著爸爸粗糙的下巴大哭。

「她剛才一直很安靜，敏感的寶寶能感受到氣氛的不同。」伊絲解釋。

奎恩心疼地將小寶貝按在懷中，讓自己的氣息包裹她。這個體溫和味道表徵著安全感，紫菀的哭聲慢慢轉爲哽咽，很難得媽咪想抱，她卻怎樣都不從爸爸懷裡出來。

「大家直接回家，不要讓父母擔心。」秦甄與離去的孩子一一道別。

一名中學生經過他們身邊，遲疑片刻，突然伸出手指戳戳奎恩。

「……」

大男人和小男人互望，那小鬼飛快逃走：「我摸到了，他是眞人耶！」

「……」不然他們以爲他是什麼人？

秦甄冷靜地將門關上，轉身面對她老公。

「哈哈哈哈！」

這就是她離不開孩子的原因，他們對世界永遠充滿新鮮感。

「嗚嗚，噗嚕。」這嚶咽一聽就是撒嬌。

「爹地今天把壞人打跑了喔！他救了媽咪、紫菀和所有的人。」女兒在爸爸懷裡賴夠了，終於肯換到媽咪懷裡，她親親女兒的小臉蛋。

「噗嚕噗嚕，啊咿。」紫菀吹出稱讚爸爸的口水泡泡。

「我萬分抱歉沒有早點回來。」棕色雙臂將兩個女人攬進他的懷裡。

「你及時趕到了呀！」她滿足地嘆息。「你們怎麼知道馬洛斯帶人來的？」

「孟羅和我們一起載武器回來，在離卡斯丘四十哩左右，他佈在尤瓦爾迪的眼線突然傳訊息。那人只是做例行通報，沒想到我們正在回卡斯丘的路上。」

「然後你回來殺了馬洛斯。」她彷彿想用這句陳述讓自己更確定。

其實殺馬洛斯不在奎恩的計畫裡，但看見甄站在坦克車前面，地上是一件她的衣物，他就知道他不會讓馬洛斯活下去。

懷中這兩個女人是他的全世界，少了她們，他無法再構築成一個完整的靈魂，他會不計一切毀滅想傷害她們的人。幾年前的奎恩總衛官不會明白這種心情。

「我想當海瑟啦！」她喃喃抱怨。

「我寧可妳當維若妮卡。」低沈的笑聲在他胸腔滾動。

海瑟是「驚爆摩天樓」的女配角，最後壯烈犧牲了，柔弱的女主角活到最後。

窗外，莎洛美從鎮上回來了，直直撲進……孟羅懷裡，旁邊張開雙臂、準備施以英雄之擁的萊斯利一臉心碎，傑登沒奢望莎洛美會抱他，但那臉色也沒好看到哪裡去。

「兩個傻逼。」荷黑從他們旁邊走過去。

秦甄笑了出來。

紫菀在母親懷裡打了一個超級大的呵欠，奎恩也笑了出來，接過寶貝女兒抱回她的嬰兒床；夫妻倆站在床畔，他能夠虎熊的大掌輕撫女兒的臉龐，強壯和脆弱的極致對比。

「孟羅爲什麼會答應幫我們？」她問出心頭的疑惑。這男人不可能不附帶條件。

「他想參一腳。」奎恩的神色轉爲深思。

「參一腳？」

「他願意以百分之二十五的佣金賭我會成功，紐約和德克薩斯以後結爲同盟。」

「哦——」她瞭然。

無論外人對孟羅有何評價，他心頭放在第一位的只有紐約。或許他不符合傳統的好人，但他絕對是個好族長。

「拉巴克的老大呢？孟羅把武器運到他那裡，又轉運給你，他就一聲不吭？」甄老師黛眉一皺，發現案情並不單純。

奎恩低沈地笑，那些以爲他妻子沒心眼的人應該看看她這個樣子。

「羅瑞・艾森也想加入。」

「什麼？」這完全出乎她的意料！

「理由和孟羅差不多，他不可能回北愛爾蘭，德克薩斯是他的最終選擇。反正都要留下來，何不趁早卡個位子？」

當然，和他合作是個賭注，但在所有能和政府對抗的人之中，里昂・奎恩絕對是最好的賭注。賭輸了對羅瑞也沒差，他們本來就是亡命之徒，一群人頂多再換個地方，或是和新的主事者談條件。有差的是奎恩，他會身敗名裂而死。

「你答應他了嗎？」

「我考慮。」

羅瑞和他來自相似的背景，若從德克薩斯的現有勢力裡讓他挑，他也會考慮羅瑞，只是現階段他們互相瞭解不深，他需要一點時間。

「不會以後所有罪犯都想靠攏吧？」她遲疑地問。「如果裡面都是像馬洛斯這種人，我才不想跟他們同一邊。」

藍眸迅速轉硬。「不，我們會先把那些毒瘤清乾淨！」

有一件事絕不會改變：他不跟恐怖份子談條件！

羅瑞不在這個類別裡，但其他毒梟、強暴犯和喪心病狂的傢伙是另一回事，他不會容忍這些人在他身旁。他們是安全的巨大隱憂，隨時有可能接受政府的招降反咬他一口。

秦甄鬆掉的這口氣並未維持太久。接下來就是連天烽火，腥風血雨，這條路將導往何處已越來越清楚。

「我今天問了凱倫有關加爾多父親的事。」她輕說。

奎恩微笑，所以他才不自己去問。除了不好過問，也因爲秦甄深知她身旁若有任何人讓他無法掌握，他會擔憂，於是她會盡一切力量讓他不必再爲她們的安危操煩。

他們夫妻許多事不必說，彼此就懂。

「她有沒有說那男人是誰？」

「不，她只說她丈夫是個英俊危險的男人，他們兩人的人生方向不再一致，又說他的仇家很多，最後她和加爾多不得不躲到卡斯丘。」她從丈夫懷中抬起頭。「我感覺得出凱倫對他不是沒感情，只是理智明白不能再和他在一起。聽起來那男人很像犯罪集團的人，我本來懷疑是不是孟羅，不過凱倫若是他的妻子，莎洛美一定認得她。總之，現階段我相信凱倫沒有危險性，但加爾多的父親……我不是那麼確定。」

「這樣就夠了。」這和蒂莎的說法不謀而合。

他藍眸已經飄進遙遠的思緒裡，她知道他現在一定在想著如何查出凱倫丈夫的身分、如何確定這一家對她和紫菀無害、如何確保她們安全、如何如何如何如何。

這個世界有這麼多危險，這麼多人必須對抗，她能爲他做的事卻何其少。

「你知道我現在最想做什麼嗎？」她忽然說。

「嗯？」他的思緒飄回來一點。

「我想打造一張透明的網把我們都網住，這樣全世界就看不到你了。」她嘆息。

她想保護他！

他如此習於當那個保護者，從未想過她也有保護他的慾望。

當然了，他們深深相愛，他對她有多強烈的保護慾，她對他就有同樣的心情。

他心裡最柔軟的角落一陣扭攪，那是被不熟悉地觸碰之後細細的擰痛，連他都不曉得內心有這樣的角落存在。

他印上她的唇，沈重而強硬，瞬間將她帶回他們第一次做愛的那晚。當時的他亦是急切而來，激烈而渴切地索求。她以不下於他的熱烈回應，他們品嚐彼此，即使身上纏繞著硝煙與血腥的氣息，再也沒有任何味道比這更讓人眷戀。

他抬起頭，凝視她許久許久，藍眸中的深刻意緒讓她的喉頭哽咽。

這個男人從來不善於以言語表達情緒，卻又如此善於表達自己的情緒。

「妳在這裡，這樣就夠了。」

「那，我會永遠都在。」她踮腳輕啄。

生在一起，死在一起，他們給彼此的允諾。

「我帶了禮物給妳。」

「哦？」她不知道拉巴克有土產。

大手探進夾克口袋，掏出一只皺巴巴的牛皮紙袋。

這一幕太過熟悉，她盯著那紙袋好一會兒，慢慢接過來。

墨西哥綜合香料。

她的夢幻珍品，他當初送給她的第一件禮物。

他去哪裡找到的？這裡是什麼都缺的德克薩斯啊！她捧著香料罐子，完全無法出聲。

「我在街上看到，順手買了。」這一次熟練許多，不再有第一次送她禮物的彆扭。

她試了幾次才擊退喉間的硬塊，用力將眼淚眨回去。

「我會做一堆好吃的墨西哥料理給你吃。」

「嗯。」

他可以就這樣站在這裡，在他女兒的床畔，和他妻子對望永恆。

或再多做一點。

「妳想，我們如果回房，她會醒來嗎？」他在她耳畔輕語。

「只要我們非常非常小聲。」性感的顫慄拂過她全身。

於是他將妻子抱起，非常非常小聲地回房。

✸

奧瑪將光桌的文件揮到角落。

太刺眼的內容不見爲淨。

「奎恩殺了馬洛斯和賀南德茲，驅逐洛佩茲，佔領了尤瓦爾迪，這是三個月前的事。」奧瑪如刀的視線盯著眼前的清除部主管。「現在愛斯達拉鎭守尤瓦爾迪，墨族人正式擁有了根據地，多虧紀律公署精幹的前總衛官，你有什麼事想補充？」

「有人在幫助他。」庫柏直視前方，神色冰冷。

「當然有人在幫助他，我們在幫助他！紀律公署的無能在幫助他，政府和奎恩工業的軍事合同在幫助他，那個見鬼的蛇王孟羅在幫助他，全世界都在幫助他！」

「紀律公署的無能」沒有代換成清除部的無能，已經很給他面子了，庫柏的下顎線條收緊。

「岡納！」

「是，長官。」岡納懶懶地回應。

「注意你的態度。」

「是，長官。」岡納坐挺一些，意思一下。

「你能做什麼？」如刀利眸改射向他。

在他回答前，庫柏僵硬搶話：「長官，我們都同意，追捕奎恩是清除部的職權。他在有機會的時候沒有殺了費德立克，可見他和作戰部之間依然存著袍澤之情，我們不知作戰部中誰可以信任。」

「眞是太榮幸了。」岡納的笑容如同一隻露出白牙的獅子。

「讓我們說實話吧！不管外界以爲強森是怎麼死的，你我都知道，你的前搭檔爲了救自己的妻子，不惜殺了共事多年的同僚。我不信任作戰部嗎？是的，我不信任，因爲我不想像強森一樣成爲一具屍體。」庫柏諷刺道。

「或許你該加強自己的武技——」

「夠了！」署長按著額角。

這一幕太熟悉，以前是奎恩和強森，結局是奎恩殺了強森；現在換納岡納和庫柏，他可不希望結局重演。

一個署長任內能面對的醜聞也就這麼多了。

「你們作戰部和清除部究竟是怎麼回事？身爲紀律公署軍事領域的兩大骨幹，你們爲什麼就不能好好相處？」奧瑪疲累地看著他們。

兩個人都神色冰冷地轉回正前方。

「抱歉，長官。」

「抱歉，長官。」

「岡納，告訴我你的想法。」奧瑪不想再糾結這些小事。

「長官，請允許我保留自己的想法，因爲說謊騙你沒有意義，說實話你不會喜歡聽的。」他不像奎恩。以前奎恩再怎麼不喜歡辦公室政治，還是會將每個人安撫得服服貼貼，但他卡爾·岡納就一介平民村夫，他們若不喜歡他的直率，那就太不幸了。

「直接說吧！」奧瑪低吼。

「我們已經輸了一半，署長。」既然如此，他就不客氣了。「最適合將奎恩抓回來的時機是他逃走的前三天。一架直升機的目標太大，即使他破壞追蹤系統，我們的空中雷達不可能抓不到。他不會直接將直升機停在目的地，這樣太危險了，最有可能的是停在距離甚遠之處，然後花一至三天的時間在各地故佈疑陣，引導我們找向錯誤的方向，最後才從檯面消失，和他妻子會合。

「那一至三天就是抓到他的黃金時期，但容我指出，署長，你在找到直升機之後立刻要求清除部接手，而清除部沈浸在首領喪生的激憤中，對奎恩的瞭解又不足，拒絕讓我接手或聽取我的意見，結果就是我們錯過了最寶貴的時機。」

奧瑪的臉色極難看。

「你是在建議我們直接認輸嗎？」庫柏冰冷反諷。

「噢不，我還沒完呢！我們的第二個最佳時機是在七個月後，線報是他即將保護墨族人偷渡出境。他們長期逃亡，秦甄臨盆在即，孟羅和紐約被緊盯，各關卡佈下重重障礙，這時奎恩的壓力已經逼近頂點，倘若那一次的行動是由我親自追捕，奎恩現在已經在牢裡。他知道自己無法立刻打敗我的精英小組，所以會做出一個決定：犧牲自己，讓其他人安全逃脫。

「這是最合理的選項。除非我們祕密處決他，否則奎恩家族會聘用一批龐大的律師團對抗，如果說田中洛、秦甄等人之中有誰最可能從制度中脫身，那就是他。最差頂多坐個幾十年牢，律師團不會讓他被判死刑，我們國家也不會處死一個奎恩。

「但當時清除部對作戰部依舊充滿戒心，只答應讓我派一名新兵參與，結果就是奎恩跑了，費德立克受傷，我們無功而返。從奎恩的腳踏上德克薩斯開始，我們的前半場戰爭就註定輸掉。現在追捕奎恩已經不再是一件時效性的事，而成了長期抗戰。

「無論你們願意接受與否，奎恩已成爲另一支叛軍，而且是最精銳的一支；我們如何看待愛斯達拉、列提、田中洛、查爾斯等人，現在必須以高於十倍的規格審視奎恩。他不再是逃犯，而是敵人。

「我一點都不懷疑他的目標是統整所有叛軍，他的勢力只會越來越大，當那一日來臨，墨族人會達到前所未有的鼎盛時期，我們就動不了他了。趁現在他羽翼未成，我們還有機會。

「你們兩位可以繼續猜忌作戰部，我已經不在乎了。但，記住，當墨族全面佔領德克薩斯，和我們在國際邦聯的談判桌上平起平坐之時，別說我沒警告過你們。」

✷

「若絲琳．韓！」艾瑪一把抓住她的手臂。

「噢！」她痛叫。

「果然是妳！」怒氣沖沖的艾瑪擋住她的去路。

若絲琳剛從公車下來——對，她當然不被允許擁有私人車輛——大買家距離公車站牌還有半哩，走快一點十分鐘，慢一點則兩個小時。

好吧，兩個小時是過分了一點，不過現在已經十點半，反正也快中午了，那不如慢悠悠晃到兩條街外的星巴克，先喝個咖啡，然後過條街到對面的熟食店買幾個捲餅，進公司大概十一點半。蘇珊大嬸看她帶著午餐上貢，說不定會吼小聲一點。

既然不急，若絲琳心安理得又慢條斯理地將手臂從艾瑪手中抽回來。

「妳怎麼會知道我在這裡？順便說一句，我不認識妳。」

「哈，會問我怎麼知道，就表示妳認識我。」艾瑪雙手往壯腰一插。

「我不認識，這位大姊妳是誰？」她突然看見艾瑪身後停了輛車子，一個有點眼熟的女人站在車子旁邊。「喝，那是梅若莎．約克！妳這個叛徒竟然投入梅若莎的陣營，她到底贏了最佳教師獎沒有？」

「哈！妳果然認識我們，不然不會知道梅若莎和最佳教師獎的事。」艾瑪勝利地說。

「拜託，又不是國家機密，任何人都能知道梅若莎．約克和最佳教師獎的事，我不認識妳。」

艾瑪忽略了這女人耍賴的功力。對於一個就算當面抓到她偷吃，她都能一臉無辜死不承認說「我沒有啊，我只是手指沾到」的女人，正常人是說不過她的。

「別再否認了，梅若莎的妹妹住在附近，去年她參加對紀律公署的示威抗議，拍到一輛公署的車子，裡面坐了岡納衛官和一個女人……」

「然後她就如此這般、這般如此讓她姊姊看了影片，梅若莎又如此這般、這般如此地拿給妳看，妳又如此這般、這般如此地認出那女人是我……長得很像妳以爲是『我』的那個女人，是吧？」通常故事都是這樣演的，一切是天意，岡納先生要怪就怪你自己開車不長眼。

「差不多啦，其實梅若絲這人只要別太計較名次，還滿好相處的。」艾瑪偷偷咬耳朵。

「謝了。」後面的人聽見了。「我妹一上傳到水管頻道就被系統刪除，她覺得很奇怪，找我一起看。我認出了妳，而且身上穿的是大買家的制服。對了，我贏了去年的最佳教師獎，謝謝。」

「梅若莎爲什麼認得出我？」她在甄那裡看過教師獎的大合照，但梅若莎沒理由認識她。

「她妹妹的婚禮花飾是找妳的店承辦的，其實妳們在婚禮上打過照面，只是妳不曉得。」艾瑪再咬耳朵。

若絲琳挖掘記憶庫，姓約克的新娘……

「鴛尾花的藍色婚禮？啊，那婚禮美極了。」她眞是個稱職的花店老闆娘啊！

「看吧！妳記得以前的客人。」艾瑪指控。

「許多人的婚禮都愛用鴛尾花。」她面不改色。

艾瑪氣結。「不要再否認了，到底發生了什麼事？妳知道這一年多以來我有多擔心嗎？妳爲何突然失蹤？爲何躲在這鬼地方？甄在哪裡？奎恩也不見了，爲什麼所有人都消失了？」

「艾瑪——順便說，我不認識妳，這名字只是隨口叫的，妳也可能叫『瑪莉』——乖乖回家，不關妳的事，今天妳沒見過我，也沒來過這地方，以後也不要再出現了。」

「除非妳告訴我發生了什麼事，不然我不走。甄在哪裡？」艾瑪大有「妳再不說清楚，老娘今天就耗在這裡」之勢。

若絲琳看一眼天公伯。

為什麼小學老師都這麼難搞？這樣想想，奎恩會被甄攻克好像不是沒道理。

「甄和我都是墨族非法血源者。」她決定速戰速決。

「什麼？」艾瑪尖叫。

若絲琳指指自己胸口的別針，艾瑪臉色變得蒼白。她們被監聽著！

「但，為什麼……好，我不問了，我會離開，但起碼告訴我甄……？」

「我沒辦法回答妳的問題，有一天妳遇到他們夫妻倆再自己問他們。」

艾瑪鬆了口氣。甄還活著，奎恩和她在一起！

奎恩不是被調去執行什麼祕密任務。只要他在甄身邊，她很安全，他一定會好好保護她的。

「那我走了，妳好好照顧自己……」艾瑪突然熱淚盈眶。

若絲琳點點頭，刻意維持面無表情。

「妳這女人給我搞清楚，我離開不是因為不講義氣，是怕給妳惹麻煩。我不曉得妳為什麼在這裡，背後安排這些事的人又想做什麼，總之妳給我好好活下去，我們三個有一天一定會再一起做瑜珈。」艾瑪兇猛地說。

若絲琳終於露出一絲絲笑意。

艾瑪用力抱她一下，回頭衝向梅若莎的車子。

梅若莎對她點了點頭，車輛滑開路旁，加入不密的車陣裡。艾瑪在車內頻頻回頭，直到轉彎的街角掩去彼此的身影。

「如果你動她一下，我會殺了你。」若絲琳沒有回頭。

岡納不知何時出現在她的身後，即使隔著幾呎，她依然能感覺這男人侵略性的體溫。一個體格如此魁梧的男人，不該擁有如此靈巧的行動力。

「妳不被允許和以前的生活圈聯繫。」

「你何不把我抓回懲治中心？」她依然沒有回頭。

「如果妳對死亡有如此強烈的渴望，我確定可以。」

「嗨，岡納，好久不見，你的妻子好嗎？」她終於回過頭，嬌豔的臉容寫上輕嘲。

「她死了。」

「噢，我很遺憾，何時走的？」

「去年。」

「你們結婚多久？」

這題頓了一下。「兩個月。」

「你何時娶她的？」

這題又頓一下。「去年九月。」

「你根本不記得自己的結婚紀念日，對吧？」她的笑容充滿惡意。

「妳的嘴巴有一天會讓妳惹上麻煩。」

「我還以爲你喜歡我的嘴巴。」惡意轉爲輕佻。

「走吧，我要和妳談談。」

又來了。

「現在才早上十點，不過，好吧！」她自動走向他的車子。

結果岡納讓她意外了。

他們的目的地不是她的住處，而是城裡最高級的餐廳。

餐廳甚至還沒營業，想也知道是出於某人的淫威所致。服務生被她那身灰色的大買家制服愣住，倘若沒有後頭的大個兒頂著，一句「送貨請走後門」已經出口了。

他們坐在靠窗戶的位子，他的背後有牆，視線盡覽所有出入口。即使他們是唯一一桌客人，他的魁梧和極度冰冷的氣息依然讓工作人員不敢怠慢。

「兩位需要我介紹餐點嗎？」服務生緊張地將菜單放在他們面前。

「咖啡就好。」他冷冷注視對面的女人。

「我也只要咖啡就好，不過，這套八道菜的主廚全餐看起來不錯，給我來七份，打包，謝謝。」她甜甜一笑，將菜單推回去。「對了，你們能不能送到大買家的倉庫？找一位蘇珊經理，這是我午餐的一點心意。」

打包送到大買家……服務生嘴角抽搐一下。

「有問題嗎？」冰冷的棕眸瞟了過來。

「沒問題。」服務生灰溜溜地下去。

他們靜靜喝了一會兒咖啡。

與若絲琳打交道有個困難的地方，就是對付一般人的方法對她都不管用。平常人對於漫長的沈默感到不自在，於是會努力講話來塡滿這份沈默。然而她只是坐在他面前，悠哉悠哉喝咖啡，他若不說話，她也不會開口。

「我知道妳和田中洛依然保持聯繫。」他開口。

「所以呢？」

「妳不否認？」

「我承認與否不重要，重點是你能證明什麼。如果你認爲，在你們天衣無縫的監視下，我依然能和他保持聯繫，或許你該問問自己，紀律公署的監視系統出了什麼狀況。」她的唇角勾起。看吧，難搞。

「他們有一個女兒，叫紫菀，一歲了。」他突然丟出一句。

她的神色終於出現一絲波動，這份波動有可能是她首次知曉，也可能是訝異他的知情。

「噢。」她瞬間恢復如昔。

「妳想看看她的照片嗎？」他密切觀察她。

「這就是你今天想跟我討論的主題，岡納？」

「我只是想讓妳看看一個小女孩的照片，妳和她媽媽親如姊妹，她也算是妳的外甥女。」

「好吧，讓我看。」

岡納的手機在手中把玩兩下，往旁邊一推。「我改變主意了。」

「你根本沒有她的照片。」若絲琳冷冷一笑。

「我可能有，也可能沒有，妳永遠不會知道，不是嗎？」

他在玩和她一樣的遊戲。

「聊完了嗎？我覺得在倉庫和蘇珊大嬸鬥嘴、吃主廚全餐有趣多了。」她不想再和他浪費時間。

這就是若絲琳．韓的弱點，秦甄、艾瑪、每一個她關愛的人。

這女人冷情起來六親不認，但她終究不是機械人。這份名單不長，但只要在名單上的人，都是他的武器。

「我並不是眞的想抓奎恩回來。」他終於說。

岡納往椅背一靠，盯著窗外半晌。一年半下來，這是她首次見他沒那麼「紀律公署」的樣子。

若絲琳只是挑了下眉。

「我知道妳不相信我。」

她依然不說話。

「他確實是我唯一的朋友。」這一點，秦甄說對了。

「那我們坐在這裡做什麼？」她懶洋洋地開口。

「我的工作和我的個人想望是兩回事，我不想抓他回來，不表示我眞的能不抓。」

「所以我們不是在原地打轉嗎？」她嘲弄道。

「奧瑪和歐倫多總統有其顧慮。他終究是個奎恩，如果人民知道奎恩家族都棄政府而去，全國人民會分裂成兩半。一半的人被他的背叛深深刺痛，轉化爲強烈的憤怒，要求政府立刻做出行動；另一半對現況開始起疑，如果連奎恩總衛官都選擇叛逃，是否代表政府眞的不能信任？不論哪一種，都不是當局者樂見的。我和奎恩是朋友，不代表我希望這個偉大的國家被撕裂。」

「難道你以爲我能解決這個國家的問題？」

「這些爭端不必然非得靠槍桿子解決，所有政治歧異最後都必須坐上談判桌。即使墨族人對政府軍開戰，除非其中一方完全從地球消失，不然到某個程度，我們終歸都要坐下來談的，那何不現在？」他稍稍坐直一些。「我想見奎恩，和他談一談，妳可以幫我傳達。」

「既然你連他們女兒的照片都弄得到，何不用你自己的管道？」她微笑。

「我的線民無法取得奎恩的信任。」

「你認為他信任我？」

「秦甄信任妳，所以他信任妳。時間、地點我都能配合，全球任何一個角落都行，他甚至可以選在奎恩工業赫赫有名的機密會客室。」這間會客室究竟接待過哪些客戶，目前為止還沒有哪國政府完全掌握過。

若絲琳沒有什麼表情，岡納知道她在思索。現在他明白外人看他們紀律公署是什麼感覺了，原來面無表情是如此惱人的事。

「如果我告訴你，我沒有管道聯繫上他們呢？」她終於回答。

「那我就必須回去繼續抓他，妳可以回倉庫吃主廚全餐，我們每一方都會被迫踏上我們不想走的路。」他把咖啡杯推遠。「好好想想。」

「好吧，那我回倉庫一邊吃大餐一邊想。」她微笑地站起來。

桌上手機忽然震動起來，號碼不明。岡納滑開螢幕，他們一直談論的人出赫然出現在畫面中央。

「奎恩！」他低吼。

藍眸犀利依舊，長鼻如刀，五官俊美如昔，逃亡生涯未讓前總衛官焦煎憔悴。

螢幕被他的臉孔塡滿，甚至無法得知背景，但岡納不需要看到背景，他很清楚奎恩在哪裡。

「多斯科技。」里昂・奎恩只丟出一個名字，通訊中斷。

7

勘察廢境一事一直在奎恩腦海盤踞。

不過他手邊有其他更迫切的事待處理，於是他花了一點時間將尤瓦爾迪搞定。

攻下尤瓦爾迪沒有眾人想像中困難，然而他特意延長了幾段過程，讓整個軍團得到充份的練習，如何做巷戰攻防、如何隨機應變、如何對話談判、如何佈署人力。

兵既然練了，沒有不發揮到極致的道理，於是他繼續把尤瓦爾迪周圍的附庸城鎮掃蕩一遍。

兩個月過去，整個大尤瓦爾迪地區已變成墨族統轄的領域。

紀律公署幫了他一個大忙，他們拒絕對外透露奎恩總衛官叛逃的消息，反而讓這些南美集團搞不懂他爲什麼在這裡。每個人草木皆兵，陰謀論亂飛，目前最熱門的說法是「墨族和奎恩談妥條件，合力掃蕩德克薩斯以交換自身的安全」；兼之檯面上流傳著他在進行祕密任務，他們更相信德克薩斯就是他的祕密任務。

既然這群人對他的身分投鼠忌器，奎恩樂得利用。

在他平定大尤瓦爾迪地區之時，也發生過一、兩次幫派反撲，效法馬洛斯直撲卡斯丘，但負責留守基地的軍團已有了經驗和充足的武力，反將對方打得潰不成軍。

這一役下來，所有人失去的自信心迅速重建，他們終於開始像一批眞正的士兵。

倒是卡斯丘居民的向心力出乎他的意料，每一次有外侮來襲，居民們都能站在同一陣線抵抗。甄和布魯納只是辦了一間學校，無人想到它竟然會化爲凝聚鎭民的核心。

不過打敗敵人不難，怎麼守才是問題。

他讓愛斯達拉的部隊駐守，目前大尤瓦爾迪地區的主要幫派瓦解，小幫派做小伏低，他不必逼到水至清則無魚的境界，只要讓這些傢伙明白規矩，以及違反規矩的下場。

對內，他列出明確的軍紀，違紀者輕則勞動處罰，重則死刑。其中一個最嚴重的例子，他親手處決那名醉後強暴一名當地少女的小兵。

他的訊息很明確：「我訓練你們成爲一名優良的戰士，若這些技能被濫用，將之收回是我的責任。」

軍旅出身的奎恩非常懂得如何打造一支軍隊。將「團體」和「榮譽感」結合，塞進這群人腦中，一旦他們對團體產生歸屬感，榮譽團體即榮譽自己，榮譽自己即榮譽團體。

現在，整個德克薩斯已經很清楚「奎恩部隊」和犯罪集團的差別，一邊是軍紀嚴明的組織，一邊只是一群罪犯。「卡斯丘」和「希塞營區」成爲精銳之地，墨族人不再是孱弱無助的一群。

他們從沒想過有一天自己能驕傲地說：「我是墨族人，我來自卡斯丘的希塞營區。」

奎恩留下一個百人團在尤瓦爾迪協助愛斯達拉，兩個百人團分派到尼帕、拉普賴爾和貝茨維爾這些附庸小鎮，然後他回到卡斯丘。

現在，他可以專心處理廢境的問題。

「你確定不把整個德克薩斯趁勢收一收？」孟羅在旁邊說風涼話。

「你迷路了嗎？這裡離紐約很遠。」奎恩從他身邊走過去，瞄他一眼。

「嘖，要好過就不認帳，男人哪！」孟羅搖頭而嘆。「我早就回紐約待了一陣子，現在又回來了，也不想想是爲了誰的生意。」

「……」

「噗！咳咳，抱歉。」秦甄從他們兩人身後走過去。

一群小鬼頭已經集結在學校外面，個個蹦蹦跳跳，像裝了強力電池的彈簧，每個人急切想爭取甄老師的注意力。她帶著小鬼頭在人行道排成四行，兩兩一組手牽手、不能放開。

今天是九月的校外教學日，他們要帶孩子們進城學習寄信。

卡斯丘的「民營郵局」，咳，和師長談妥了贊助合作。小朋友到拉德老師的店挑明信片，在明信片上畫好給父母的圖畫，老師會幫他們寫上家裡的地址，他們再到「郵局」投入郵筒；黑市掮客會將這些明信片一一送到各戶人家，過兩天爸爸媽媽就能和孩子們一起讀他們從郵局寄回來的明信片。

今天的練習句型是：「我想買什麼什麼，謝謝」及「請給我某某張明信片」。

終於，小朋友點名完畢，每個人領到自己的兩枚硬幣，一枚買明信片，一枚買郵票，並珍而重之地把自己的財產放進小錢包裡，掛在脖子上。這小錢包是五年級學長姊幾天前的勞作。

幾條大男人杵在路旁，看得興味盎然。

「我沒想到看一群六歲的小娃娃上街會這麼有趣。」海盜王搔搔下巴。

奎恩承認自己也是。

沒當爹之前，這年紀的小鬼頭只會讓他避而遠之；當了爹之後，一想到紫菀不久也會是這粉嫩模樣，心裡就覺得可愛無比。

婚姻跟小孩果然改變男人甚鉅。

「正常啦！就好像不喜歡狗的人一養了狗之後，也會變得喜歡全世界的狗。」萊斯利提供解說。

……

一堆家裡有娃的人全巴過去。

「喂，眾生平等好嗎？他媽的，傑登，你也巴我是什麼意思？」

「我跟隨潮流。」

這時一個粉雕玉琢的小女生搖搖跟她手牽手的男生，小男生露出靦腆討好的笑，小女生把自己的錢袋子打開給他看，小男生也把自己的打開給她看。小女生探頭，胖胖嫩嫩的小手捏出一枚銅板，丟進自己的錢袋子裡，扣起來。

小男孩欲哭無淚地看著自己少了一枚銅板的錢袋，想跟她要回來又怕她生氣。

噗哈哈哈哈哈——

一群男人轟然大笑。

奎恩也忍俊不禁。

「我的人生寫照！」孟羅樂不可支。

「艾美，妳不能拿走耐森的硬幣，快還給他。」甄老師蹬蹬蹬走過來主持正義。

「他自己要給我的。」小女娃把玩著錢袋，粉紅色小櫻唇翹嘟嘟的。

噢……一群大男人融化了。

「不行唷，每個人都有兩枚錢幣剛剛好，如果妳拿走耐森的，他就不能買卡片給爸爸媽媽了，那耐森和他爸爸媽媽就會很傷心很傷心，妳希望妳的好朋友傷心嗎？」甄老師蹲下來，溫柔拂開小女孩的髮絲。

小女孩想了想，還是覺得該講義氣，只好呼出被全世界打敗的長嘆，掏出錢幣還給男孩。

一群大男人在旁邊看得樂不可支。

終於所有人都開心了，老師們一聲吆喝，小孩軍團浩浩蕩蕩出發。

秦甄先讓伊絲和其他助教帶孩子們上車，自己走向老公。奎恩利眸橫過去，所有人自動識相離開，只有孟羅杵在原地不動。

「幹嘛？我又不聽你的。」

算了，他自己把老婆帶開。

「我得離開幾天。」

「噢。」她迅速掩去失望之色。

過去兩個多月他幾乎都在外面，好不容易回來了，又要離開。

「沒關係，家裡有我，不用擔心。」她重新振作，漾出亮麗的笑容。

「這次只去一個星期，我讓荷黑留守，應該不會出什麼亂子；如果有任何事，田中洛那裡有我的手機，打電話給我。」

「好，離開前記得跟紫菀道別，不然她會一直等爸爸哄她睡覺。」她踮腳吻丈夫一下。

「奎恩，拉斐爾說你們今天要出發？」田中洛從對面的辦公室走過來。

這一趟他打算帶兩個偵搜小組出門，拉斐爾和弟弟克里斯都是小組長，一人二十八歲，一人二十六歲，黑髮黑眼，十分英俊。義大利裔的他們並沒有墨族血統，有個從小在孤兒院一起長大的好朋友驗出墨族血統，在他們眼前活生生被射殺，這件事促使兩人投入墨族的反抗陣營。

「有事？」

「等我一下。」田中洛走向躲在旁邊的華仔。

今天是校外教學，超齡兒童華仔當然要跟同學一起去，不過奎恩杵在旁邊，害他不敢過來，只能躲在牆角擔憂地偷看，生怕老師忘了他。

田中洛走過去說了幾句話，華仔突然滿臉驚駭地大喊：「我不要！」

田中洛繼續耐心地說了幾句，華仔下唇顫抖，一副好可憐、好無辜的樣子，最後終於咬著嘴唇，低下頭點一點。

「奎恩，帶華仔一起去。」田中洛拉著他走回來。

「不！」

「奎恩，帶華仔一起去，他幫得上忙。」田中洛耐心的表情跟剛才面對華仔時差不多。

「爲什麼？」奎恩很不爽。

「我無法解釋，但他幫得上忙，相信我！」

奎恩痛苦地捏著眉心。

「我不想去……」華仔嗚咽。

「他不想去。」

秦甄老師一如以往面對刁生，決定用最果斷的方式介入。

「里昂，你信任洛嗎？」

奎恩瞇起的藍眸顯然想否定，他老婆直接當做沒看見。

「我信任洛，如果他要華仔一起去，一定有他的道理。但華仔不敢跟你單獨出門，所以只有一個解決方案——」秦甄老師兩手一拍。「我陪華仔跟你們一起去。」

這是奎恩第一次出任務帶著老婆，但沒有人敢說他假公濟私，因爲他看起來比任何人都不想讓老婆出來餐風露宿。

小朋友的校外教學交給另外三名助教，不需她擔心。秦甄迅速打電話給凱倫，將紫菀託給她和莎洛美，再用最快的速度替自己打包好野營的細軟。以前逃亡時有過類似經驗，倒是不難，華仔那裡有拉斐爾幫他搞定。

於是這一趟帶出來的人除了原定的兩個偵搜小組和傑登，多了華仔、秦甄和萊斯利。秦甄負責照顧華仔，萊斯利負責照顧秦甄和華仔，傑登則負責在奎恩不能照顧他們時當傳令兵。

卡斯丘距聖安東尼奧只有二十五哩，全部都是森林荒野，過去三天他們便在這方圓內四處踩點。廣闊的草原土地龜裂，乾燥貧瘠，穿插其中的樹林更帶出蕭瑟之感，出了綠蔭之處只剩下死寂。

在發現戰機遺骸的森林裡，九名偵搜小組的成員從三個不同的角度掩近。

傑登和拉斐爾待在奎恩身旁，三人爬上最高的一株老樹頂端，從制高點探察地形。

秦甄和萊斯利在樹下等，既然田中洛堅持華仔派得上用場，奎恩便讓克里斯帶他一起出去探查。

他不承認這是假公濟私。

「克里斯，分析儀的讀數。」拉斐爾透過無線電對講機呼叫。

滋滋——無線電響起一陣靜電音。

噯，不要亂按。

哈囉，哈囉，甄，我在這裡！

華仔，這不是玩具。

片刻後，克里斯的嗓音傳來：「讀數一切正常。」

「你確定？半哩前我們才偵測到爆量的輻射值。」拉斐爾說。

假的！華仔在背景興高采烈地喊。

「確定，讀數是正常的。」克里斯繼續回應。

騙人、騙人、騙人，笨蛋。華仔在背景歡唱。

「這有可能嗎？」拉斐爾回頭看向奎恩。

奎恩深思。「不無可能，七十幾年前的髒彈製作技術並不精良，真正造成殺傷力的，不是『髒』的放射物質，而是『彈』的火藥部分。倘若炸彈威力不強，輻射游離的範圍有可能不廣。」

「我們要下去了嗎？」傑登問。

奎恩拿起望遠鏡，再觀察一次四周的環境。「告訴克里斯，我們在墜機處會合。」

克里斯的人和他們在墜毀的戰鬥機前碰面，拉斐爾的組員持續在叢林間偵搜。

「甄！」華仔開心地跑過來，秦甄同樣開心地給他一個擁抱，兩人猶如分離十幾年的夥伴。

對華仔來說，這件事比暑假活動有趣多了，只可惜旁邊有個很恐怖的男人。

奎恩走到樹下，戰鬥機已經被歲月侵蝕得破舊不堪，機頂和機尾只剩下骨架，機鼻勉強殘留一點鐵皮。破碎的降落傘從駕駛艙垂掛而下，顯然當時駕駛曾試著彈出，或許不成功。

「你們在哪裡發現屍體的？」他抽出當初拍的現場照片比對。

「這裡。」克里斯是發現屍體的人之一。「頭在這一向，腳在那一向，面朝下躺著。上半身赤裸，下半身只有一件薄棉褲。當時才二月，即使這附近能住人，也不會有人在二月時裸著上身，只穿著棉褲赤足在野地走動。」

奎恩點點頭，比對照片裡的屍體和現場的地緣關係。

「傑登，躺下。」

「什麼？」

冷冷的藍眸瞄來，少年只好認份地躺下來扮屍體。

「這樣。」克里斯盡量將他的身體還原成死者當初的模樣。

奎恩繞著少年的身體轉一圈，抬眼觀察四周。這些照片以不同的角度拍攝屍體，卻對周邊景物擷取不多。

「現場有沒有足印？」

「沒有。」克里斯搖搖頭。

「車胎痕？」

「沒有。」

死者若不是自己走來的，就是車子載來的，絕不可能憑空出現。

奎恩研究了一下照片和傑登的躺姿。

「屍體的右腳原本就是曲成這個角度，或者你們移動過？」

「照片裡就是原樣，我們沒有動過。」

他點點頭，再問了屍體的腐爛程度、有無重大外傷等等。

屍體的手掌和足底有極嚴重的刮傷，可見這人應該徒步走了一段距離，除此之外看不出致命傷。

克里斯回答到最後頗爲慚愧，很多老大問的問題，當初他們都沒想到，當然更不會費心注意。

從照片來看，奎恩判斷死者有脫水和營養不良的跡象。可惜營區沒有醫師，鎮上的醫師對驗屍不感興趣，田中洛只能拍照存檔之後草草埋葬。

這樣的一具屍體，若要解釋成迷途者是有點牽強，正常人不可能在野營時如此穿著；當然，若解釋成被幫派懲戒，放逐到荒野最後耗竭而死，也不是不可能。

但這不是第一具屍體。

而且他的衣著極酷似醫院的病人服，幫派何必特別找一件病人服讓他換上？

「起來吧！」他踢踢傑登，少年一個健步躍起。

他加大繞圈範圍，在五點鐘方向蹲下來，所有人走到他身後探頭探腦，秦甄在他身旁蹲下來。

他研究著一小塊草皮，抽出腰間的短刀將雜草撥開。

「這是……胎痕嗎？」拉斐爾疑惑。

廢境的好處是無人往來，任何痕跡都得以保存，只是雜草衍生速度太快，容易隱去各種線索。

爲什麼一個赤足而來的人，附近會有車胎的痕跡？他順著胎痕方向望去。曠野的另一端有什麼？

「眞詭異，你們一定要看看。」拉斐爾的組員回來了。

所有人圍過去，他們在地上攤開一張地形圖。萊斯利將分析儀接上電腦，把資料匯整下來。

「這裡是偵測有反應的地區，我們沿著讀數高的區域繞一圈，把範圍畫出來。」組員指了指其中一個圓。

指數最高的範圍都只有幾十呎。

搞什麼鬼？什麼樣的輻射會在儀器上飆出高讀數，卻又只影響幾十呎而已？

「你們確定？」奎恩沈吟。

「確定。」

「他騙人。」華仔對她咬耳朵。

克里斯白他一眼，華仔委屈地低下頭，秦甄安慰地拍拍他，要他稍安毋躁。

他們帶出來的探測器，其中一款多功能分析儀附了探針，能偵測不同土壤深度的污染值，再將深度折算成年份，便能約略推敲輻射發生的時間。

「毒物會隨著雨水往下滲透，詭異的是，我將探針插進地裡，深層土壤沒有任何反應，只有最表層有污染。」克里斯說。

七十幾年來，即使這片森林只增加一吋厚的腐土，也不會只有最表層出現反應，這表示污染是近幾年發生的。

奎恩把這幾天的偵測結果交叉比對，許多地區看似輻射值極高，總體落點卻十分不規則，不像一顆炸彈爆炸後從圓心往外擴散的狀態。

什麼樣的「大規模污染」會留下忽遠忽近、只有幾十呎範圍的污染圈？簡直像婚禮上的花童，把花瓣東灑一點西灑一點。

「我的數據更詭異。」另一名組員走過來。

分析儀的放射核種呈現「鈾」，卻有極微弱的阿爾法礦石反應。

「阿爾法礦石是五十年前發現的，文明大戰時期並不存在。」秦甄一驚。她最清楚了，這礦石毀了她的雙親和童年。

每部分析儀檢測出來的核種都是以鈾，但有幾部讀取到了鈷的放射物。問題是鈷的半衰期只有五年多，意即每隔五年，鈷的放射性就衰減一半，七十五年過去，讀數根本不可能如此之高。

這一切都透著古怪。

「各區的樣本都採集完畢？」奎恩問，偵搜員全部點頭。

「每台分析儀的數據我都存下來了。」萊斯利補充。

「很好。」他打算將樣本及資料送往歐洲檢驗。

「這代表什麼？我們踩在污染的土地會死掉嗎？」傑登惴惴不安。

「亂講話，你才會死掉。」華仔咕噥。

「如果只是最表層的污染，專業的輻射污染處理公司就能清理，只是會花上一大筆錢。」奎恩盯著分析儀。

「那政府爲什麼不這麼做？」傑登不解。

好問題。

「我不知道。」他的目光投向胎痕的來處。

「嘿，趴下，趴下。」萊斯利突然低叫。

所有人迅速伏低。

嗡嗡嗡……一台無人機從森林上方飛過去，樹冠層遮掩了他們的行跡。

「這是政府的定期巡邏機，我的裝備偵測到它們的訊號。」萊斯利緊盯著筆電。

「那些混帳王八蛋用無人機監視我們？」傑登神色一變。

奎恩搖頭。「政府早期曾用無人機監控德克薩斯，不過在有人煙的地方經常被擊落，最後他們不再浪費時間。這應該是環境採樣的無人機，每年的一月和七月來廢境採樣一次。」

所有人鬆了口氣，雖然政府若要監視也只能由得他們，頂多看到一台打下一台。

當晚他們在林裡紮營。爲了躲避不知何時出現的無人機，奎恩選了一處樹冠茂密之處。他們在營地中央生起一叢小小的營火，此處星月不透，若無火光就眞的伸手不見五指。

「我們明天要進聖安東尼奧？」拉斐爾喝著剛泡的即溶咖啡。

奎恩點點頭，好幾個人臉上都掠過一抹微妙的神色。

「進聖安東尼奧又如何？」年輕的傑登不明所以。

「聖安東尼奧是地獄。」偵搜員中年紀較大的艾朗告訴他。「我的祖父母都是德州人，文明大戰爆發時他們年紀還小。我祖父說，有一天他在家裡聽見劇烈的爆炸聲，他母親抱著他奪門而出，附近一棟樓房被炸開一個大洞，好像是有人引爆炸彈。警察和消防隊很快趕來，附近鄰居一起將傷者從商店裡拖出來，事後在現場幫忙的人陸陸續續發現自己的皮膚紅腫發炎，有人回到家產生強烈的嘔吐感，大家才驚覺那些煙可能是『毒煙』。

「後來各地經常傳出爆炸的新聞，好像還有人放毒氣炸彈。我祖父印象最深刻的一幕是，電視新聞播報一個被炸傷的人沾到那些『毒煙』，皮破肉爛、體無完膚，偏偏人還活著，一直在病床上哀號，我祖父說他永遠忘不了那一幕。當時聖安東尼奧、奧斯汀這些大城市被攻擊得最嚴重，最後政府不得不撤離當地民眾，距離越拉越遠，撤離人數也越來越多，直到整個黃金三角淪陷爲止。」

華仔坐在她身旁，抱著雙腿聽他們說故事。

「我奶奶住在奧斯汀，情況跟你說的差不多。她說小時候最大的記憶就是經常有飛機轟炸，好幾次丟的就是你說的那種毒煙炸彈。」另一個偵搜員補充。

「墨西哥對我們丟核彈？」傑登大吃一驚。

「當時的核武器只有原子彈。那些是髒彈，和原子彈不同。」奎恩解說。

「髒彈。」華仔細細重複，秦甄微笑地點點頭。

「有什麼不同？」傑登不懂。

「就『砰——』、『砰砰——』。」華仔在旁邊比手畫腳。

「核彈是以核分裂的強大威力造成殺傷力，一顆核彈可以輕鬆掃平一座大城市；髒彈是普通炸彈添加放射性物質，影響範圍取決於火藥本身的威力，從街頭的自殺炸彈到炸毀一棟樓都有可能，但它無法像核彈一樣擴散到數百哩之遠。」現場只有他是武器專家。

「所以髒彈沒有那麼可怕？」傑登問。

他搖搖頭。「不能這麼說。即使是在文明大戰時期，只要投擲足夠數量的髒彈或化學武器，政府來不及清理，雨水將這些放射性物質帶入土壤，便能形成長期的污染。如果是發生在現在……」

「發生在現在會怎樣？」秦甄緊緊盯著他。

「現在有更具殺傷力的核種，後果不比在文明大戰引爆原子彈更低，城市地區可能會造成六至七萬人傷亡。若是使用鈽的髒彈更麻煩，鈽極容易跟其他物體結合，難以清除，因此會黏附在屋頂、路面、牆面等等，除非達到半衰期，否則該地區根本難以住人。東歐叛軍便曾在蘇維亞邦聯引爆過含鈽的髒彈，導致許多村莊三、四十年內無法居住。」

所有人停下咀嚼的動作，默默想像那種情景。

「政府軍會不會這樣對付我們？」傑登終於小小聲問。

「不知道。」奎恩看他一眼。「我們最好確保他們不會。」

「但我們這幾天偵測到的數據都很奇怪，雖然特定區域讀數很高，游離範圍卻很小，哪種髒彈會只影響幾十呎的地面？」拉斐爾皺眉。

這也是奎恩無法理解之處。

「我不喜歡這裡！沒有蟲子，沒有蝴蝶，我喜歡蝴蝶和蟲子，我要回家。」華仔開始鬧脾氣。

「好啦，再過幾天就回去了。」秦甄安撫他。

「可是他們很笨，很好騙，噗嗤！」華仔偷笑，一瞄到奎恩的冷臉便趕快閃到她身後。

「不要這麼說。」秦甄拍拍他的膝蓋。

「可是他們眞的很好騙啊！」華仔咕噥。

奎恩心中突然生出異感。今天一整天，華仔不斷重複這幾個字：假的，笨蛋，騙人。

爲什麼？田中洛不會莫名其妙要他將華仔帶出來。

「我們哪裡被騙？」

華仔努力縮在秦甄身後，雖然嬌小的她實在無法提供太多遮蔽性。

「沒關係，奎恩在和你說話啊！」她安慰道。

「他是壞人，我不喜歡他……」

「爲什麼？他是我老公，他不是壞人。」秦甄做出傷心的表情。

「他們黑黑的人都是壞人。」華仔不肯再說了。

「華仔？看著我，我不會生氣。」他盡量放緩語氣。

華仔微微抬起頭，眼睛剛和他對上又嚇得低下去。

「爲什麼你這麼怕我？」他問。

「奎恩是紫菀的爹地，你是紫菀的好朋友，他不會傷害你的。」她鼓勵華仔。

「他們都傷害很多人，也傷害過我，我討厭他。」華仔小聲回答。

「我做過傷害你的事嗎？」奎恩低沈地問。

華仔遲疑一下。

「不是你，是跟你一樣的人，你們很壞，不過你現在沒有那個了，應該不壞了。」他在身後做一個衣服飄揚的動作。

「你是說以前穿黑袍的人傷害過你，現在我不穿黑袍，就不會傷害你？」

華仔點點頭，很高興他聽懂了。

華仔不是在說他，而是紀律公署，奎恩領悟。華仔曾經和紀律公署打過交道，這段過程必然在他心中留下深刻的創傷，導致他看見所有穿黑袍的人都產生強烈的畏懼感。

這是何時發生的事？

「你叫什麼名字，華仔？」奎恩忽然問。

眾人面面相覷，他爲何突然對華仔如此感興趣？

「華仔。」華仔說。

「我的全名是里昂・奎恩，你的是……？」奎恩引導他。

「華仔。」華仔很肯定地回答。

秦甄在旁邊搖了下頭。如果華仔回答得出來，他也不是華仔了。

「你爲什麼說我們被騙了？」奎恩繞回原先的話題。

華仔重重嘆了口氣，表情完全移植自奎恩被他們惹毛了的表情，一群人死命憋住笑。

「沒關係，你好好跟他們說。」她的手指替華仔梳理頭髮。

華仔撥攏一小堆砂土，用力一指。「這個嗶嗶嗶。」

「土地受污染的部分會產生反應。」

華仔用力搖頭，手指一直在土堆裡翻動。「嗶嗶嗶，嗶嗶嗶！」

奎恩不懂他想表達什麼。

華仔有點急了，撿了一小塊石頭過來。「嗶嗶嗶！」再把石頭埋在小土堆中央。「嗶嗶嗶，嗶嗶嗶。」

「我們都知道土裡的放射性元素會讓偵測器大響，你到底要說什麼？」傑登不耐煩了。

「你們怎麼這麼笨？就是這樣嗶嗶嗶，然後噗嚕咕嚕嘰哩——」他口中吐出一串無意義的聲音，整張臉越漲越紅。

秦甄看過他幾次這樣。有時他和小朋友吵架，腦子裡想說的話太多，但言語無法完整表達，就會突然發出一連串怪聲音，所有的話全糊成同一個句子一起擠出來。

「嘿！嘿！」她把華仔的臉轉向自己。「沒關係。跟我一起做，深呼吸。好，再來一次，深呼吸。」

華仔陪她深呼吸了幾下。

「記得我教你的嗎？」秦甄盯著他。

「一次一個句子。」他一字一字地吐出。

「對，一次一個句子。」她把散亂的沙堆再聚起來。「這個會嗶嗶嗶，然後呢？」

華仔艱難地思考著，慢慢撿一塊小小的石頭，放在那沙堆旁。

「嗶嗶嗶。」他指指沙堆，雙手比一個很大的嗶嗶嗶。

「這個也嗶嗶。」再指指石頭，比一個小一點的嗶嗶嗶。

最後把兩樣囊括起來，比一個最大的嗶嗶嗶。

這是什麼意思？還是無人聽得懂。

奎恩若有所思盯著那堆土，腦中隱隱約約有了點影子，卻又抓不眞確。

華仔見他們茫然的表情，眼看又要焦躁起來。

「好，這些夠大家今晚想的了，你替他們出了一個很好的功課，謝謝你。」秦甄拍拍他的手。

「我也會出功課，我是老師嗎？」華仔眼睛一亮。

「你是小老師，就是老師的助手，也是很厲害的。」秦甄牽起他。「來吧，該睡覺了。」

「我是小老師！」華仔興高采烈地被她哄去鋪睡袋。

奎恩繼續盯著那個沙堆。過了片刻，抬起頭，發現其他人都不敢動。

「都睡吧！守夜依照第一天的輪班。」他挺直傲岸陽剛的身形走向妻子。

所有人這時才動了起來，第一班守夜的人檢查武器，其他人鋪平睡袋，把握時間休眠。

秦甄張羅好華仔，回頭整理自己和老公的睡袋。

不一會兒就聽見一聲嬌嬌嫩嫩的斥責：

「里昂・奎恩，你要是再把自己的睡墊放到我的睡袋底下，我發誓我會很生氣！」

「……我直接躺地上睡就可以了。」

「我自己的墊子已經夠舒服，不需要兩張，拿回去！」

噗嗤、噗嗤，幾個大不敬的笑聲偷偷響起。

「唉，有女人就是好，連被罵都甜滋滋的。可憐我們孤家寡人科技宅，到了荒地還要被放閃。拉斐爾，你的睡墊要不要借我鋪？」

「等你塡得滿36D罩杯再說吧！」拉斐爾嫌棄地挪遠一點。

哼。

只是很輕很淡的一聲冷哼，所有人瞬間無聲，該睡覺的睡覺，該守夜的守夜。

秦甄裹在睡袋裡翻了個身，身旁的男人看著她，海藍的眸柔軟深遠。

噯，不管了！她跳起來，把自己和他的睡袋都攤開，重新拉上拉鍊併成一個大睡袋，然後鑽進他懷裡。

「我早說了。」奎恩在她耳旁輕笑。

說眞的，他的身體每一吋都硬邦邦的，散發驚人的體熱，在七月盛暑絕對不算「好床墊」，不過她太想念睡在他懷裡的感覺，即使明天被萊斯利那毒舌王捉弄也認了。

奎恩輕撫她的臉頰，即使明知她的肌膚應該嫩彈如棉，指尖摸到的觸感卻是軟膠狀。他們全身噴了「隱形的生化衣」，一種生化防害噴霧，能有效阻隔放射性物質和游離輻射，只出不入的特性讓體熱汗水得以排出，污染物卻沾不了身；缺點是碰觸任何東西都像隔了一層手套，回去必須以特殊溶劑才能洗除。

他在野外執勤，十天半個月不洗澡都不當回事，倒是她生性愛潔，這麼多天不洗澡應該很痛苦。

「這是我第一次跟你出任務，我很開心，不要擔心。」她彷彿讀出他的思緒。

奎恩輕嘆一聲，身旁那十幾人實在礙事得很，只能安分睡覺。

隔天一早，他們花了點時間僞裝車輛的外觀，四輛車都以沙土塗污，車頂綁了幾段樹枝，倘若無人機飛過，他們隨時往路邊一停便能融入廢棄車輛之中。

僞裝完畢，一行人直驅聖安東尼奧廢域。

車隊在進城一哩處停了下來，前面兩輛的人下了車，臉上充滿震憾。

奎恩倒沒他們那麼驚訝，聖安東尼奧不過是另一個紐約。孟羅爲了打造主題王國，甚至故意讓一些建築物的外觀更殘敗一些。
然而聖安東尼奧也真是夠看了。
基本上，柏油路從他們離開希塞營區就沒有完整過，越深入東部，路面龜裂得越嚴重。到了這一帶，片片柏油翻起，宛如灰黑的磚塊排列在地面，車輪輾過去甚至會往旁邊噴開。
公路兩旁以乾燥地表為主，枯黃的草原別有一種末日的蕭條感。這一條蒼涼之路，便直直通向一座傾頹的都市。
所有人回到車上，時速降到二十哩緩緩駛進城。
他們這輛由奎恩開車，拉斐爾坐在旁邊不時探出去偵測讀數，華仔和甄坐後座。
「讀數都很正常。」拉斐爾盯著偵測儀說。
聖安東尼的時光停滯在七十幾年前，大多是平房和兩層樓的建築物，好些區塊依然殘留轟炸過的痕跡，房屋半毀，玻璃窗碎裂，車輛及行道樹被焚燒過。餘存的地區雖然毀損得不如紐約嚴重，卻充滿陳舊古老之感。棄置的車輛多年來被各種野生動物用來築巢，交通號誌爬滿藤蔓，雜草自牆面、人行道及路面的龜裂處冒出來。整座城死氣沈沈，猶如走入電影場景中。
傑登盯著這片死寂，不禁毛骨悚然。荒野裡起碼還有飛禽走獸，這裡卻是連半點聲響都沒有。
嗶——
「靠！」分析儀突然大響，嚇得他差點尿褲子。
奎恩自拉斐爾手中接過來。指數飆高，核種顯示：鈾。
華仔撇了撇嘴。
「所有人，從現在開始徒步探查，我們一個小時後在法院廣場見。」奎恩拿起無線電。

他們將車子停在一間熟食店門外，拉斐爾拿回偵測儀走到路中央，開始加大繞圈的範圍。傑登貼著熟食店的玻璃往內看，櫃檯殘留著一些食物，當然已經腐敗；地上不知道堆了一些枝葉乾草，可能有小動物從後門溜進去築巢過。

「這鬼地方又舊又髒，可是沒想像中殘破，我還以爲會有一堆倒下來的大樓。」傑登回頭看他。

確實。奎恩點點頭。

背景一直在狂叫的分析儀突然停止。

幾個人一起回頭，拉斐爾站在十字路口，往前走一小段儀器警示聲就消失，往後走回來，儀器便一直狂叫。

「核種是什麼？」奎恩問。

「鈾。」可是鈾的游離輻射範圍會這麼短嗎？只有幾十呎而已，太詭異了。

「假的。」華仔咕噥。

「這不是假的，這是最新型的同位素分析儀，不會出錯。」拉斐爾耐心地糾正他。

華仔把臉撇開，不想理他。

「會不會是被城市的建築物干擾？」秦甄問。

建築物確實會干擾讀數，然而這個十字路口十分寬廣，也不可能幾步之遠便差距如此大。

奎恩沈吟著，無線電突然傳來萊斯利的低喊：

「奎恩，你們的三點鐘方向，一部無人機，預估兩分鐘後抵達。」

所有人飛快遁入熟食店，拉斐爾將分析儀關掉。

沒多久，一陣細細的嗡鳴自上而下傳來，一部無人機盤旋在剛才拉斐爾站的地方。機腹打開，一根探針垂下來，停留片刻後探針收起，無人機掉頭飛走。

它的機身印著「TrosTech」，多斯科技。

他們又等了幾分鐘，確定無人機不會再回來，奎恩走出到剛才探針停留之處，這裡正是分析儀響得最大聲的同一處。

「這個，嗶嗶嗶，這個！」華仔撿起一塊碎石。

奎恩蹲下來研究路面，過了片刻走出幾十碼外，回頭觀察這個路口。

整條柏油路都很破舊，不過偵測點的柏油顏色不太一樣，若不是走遠查探，一時不易看出來。

拉斐爾一凜，學他一樣觀察。

「這一塊路面比較新。」這片柏油顏色比較深，其他路段因風霜和年歲而較灰白。

「真的，這一片柏油比較黑。」秦甄也看出來了。

奎恩點點頭，再走回來研究中心點的路面。

拉斐爾將分析儀打開，果然新柏油區域的指數立刻飆高，越往外走訊息越弱。他飛快回到奎恩身旁，所有人在奎恩身後圍攏。

奎恩要他們讓開一些，不多久發現：這片路面龜裂的方式並不自然，裂縫的寬度太整齊，紋路走向也太乾淨，沒有自然龜裂那種不平均的現象。

這是人工製造出來的裂紋！

有人更換了表面的柏油，再製造龜裂紋路，試圖和周遭的路面融成一體。

「路面下埋了東西！」他倏忽起立。

「唉——」華仔吐出長長一口氣，他們終於弄懂了。

「四處找找看有沒有鏟子或鐵撬。」他一聲令下，傑登和拉斐爾立刻散開去找。他們在附近的五金行找到鐵鏟，三個男人立刻動手。

第一鏟下去就有收穫！

鏟尖只插進路面幾吋，立刻頂到一塊堅硬的平面。無論柏油路下埋了什麼，都埋得不深，顯然埋的人並不預期會有人來挖掘。

三個人立刻翻開上層的土壤和柏油，挖出約五呎見方的平面，一塊暗紅色的堅硬石板霎時出現。

「這是什麼鬼東西？」傑登用鏟尖敲兩下，石板發出實心的聲音，底下沒埋其他東西。但挖開一條路就爲了埋一整片石板，又有什麼用意？

「哈！他們都是笨蛋，我對了。」華仔小聲咬耳朵。

秦甄拍拍他的手，要他先保持安靜。

奎恩蹲下來撫摸那片暗紅色的石板，拉斐爾打開分析儀，警示音拚命尖叫。

鈾反應。

「這是什麼？」拉斐爾困惑地問。

「花崗岩。」德州紅，戰前最有名的建材之一。

「只是普通的石頭？就是這玩意兒讓機器一直在嗶嗶叫？」傑登難以置信。

「花崗岩是地表岩層中含鈾量最高的一種，特定地區採集的花崗岩鈾含量又會比其他地區更高。」奎恩神色冷沈。

「所以住在花崗岩的房子會死人嗎？」傑登悚然一驚。

「放射性核種存在於自然界幾十億年了，大多數建築石材的含量都是安全的。鈾的同位素百分之九十九以上是以鈾238的型式存在，例如花崗岩。這種鈾不能裂變，因此沒有武器價值，只是某些地區的花崗岩確實會釋放氡氣，使人罹患肺癌。只有一種鈾能進行核分裂，就是鈾235，這種鈾的含量稀少，必須經過實驗室抽取精煉。」

「不過花崗岩也會讓偵測器拚命響？」秦甄領悟道。

「嗯。」而且分析儀顯示的同位素確實是鈾235，這只代表一件事——這些花崗岩被人動過手腳。

「哈哈哈。」華仔用力拍手大笑。

奎恩拿起鏟子，每隔一步用力鏟一下，找出花崗岩的邊界，拉斐爾在邊界兩側移動，果然測到完全不同的指數。

拉斐爾火速拿起對講機：「克里斯，找找你們附近污染值最高的地點，挖開路面，看看底下是不是埋著花崗岩？」

「這片花崗岩不像天然長在這裡的。」傑登評論道。

奎恩點點頭。

他想得沒錯。東灑一點、西灑一點，這些污染點都是「做」出來的，有人故意在無人機的採樣地點埋下放射源，偵測出來的結果就是德克薩斯處於高污染狀態。

「看！」華仔撿一塊小碎片，用旁邊的土埋起來堆成一個小丘，重複前一晚的動作。

這就是華仔的意思。

「德州紅」是安全的花崗岩石材，不會有如此高的鈾含量，更不會是鈾235。有人加工過這批花崗岩，再埋進土裡，讓分析儀顯示出高讀數及鈾核種。若所有高污染點的地面下都埋著這種花崗岩，他不會意外。

是誰想製造德克薩斯污染的假象？政府一定有份，只是有到哪個層級？總統知情嗎？紀律公署知情嗎？或這是某個政府祕密組織的手筆？

「多斯科技」多年來負責採樣化驗的部分。他們是計畫中的一份子，還是只是定點採樣，被蒙蔽而不自知？

隔離德克薩斯的目的又是什麼？

奎恩的鐵臂倏然揮出，扣住華仔的喉頭，他的雙腳離開地面。

「你是誰？為什麼知道這些？」

「呃、咯咯……」

奎恩舉起他的臂肌肉暴起，瘦弱的華仔在他掌中猶如被老鷹擒住的小雞。華仔反握著喉頭的大掌，無助地踢動掙扎，眼白漸漸漲成血紅。

「老大！」

「里昂，放開他，他什麼都不知道！」秦甄衝過來。

「你為何知道這麼多？你為何懂得如何幫女人接生？你到底是誰？你還知道什麼？」陰涼的神情令人不寒而慄，狠狠發光。

「咯、呃……咯咯……」

「里昂，求求你放開他！」秦甄用力去扳他的鐵臂，但她整個人都掛在他手臂上，他舉的姿勢變都不變，根本不把她的小貓重量當一回事。

再這樣下去，華仔會被他扼死。

「聽著，讓我和他談談，他信任我，我保證若是華仔的記憶裡眞能挖出什麼，我一定會問出來。」她改弦易轍，和他說之以理。

「咯咯、呃、咯……」華仔的眼珠已經往後翻。

奎恩終於鬆手，華仔跌落地面，全身縮成胎兒般的小球，一股臊臭立刻從他的褲襠飄出來。

「嗚……他是壞人……妳說他不會傷害我……他是壞人……」華仔躲在她懷中號啕大哭。

「我很抱歉，這種事不會再發生了，我發誓。」她用力深呼吸。第一個念頭是回頭怒斥丈夫，但這沒有意義。她不贊成他的手段，卻能明白他的顧慮。

奎恩俊美的臉龐完全漠然。

其實他沒外表看起來那麼生氣。華仔的心智或許退化成十歲兒童，記憶依然儲存在大腦某處，震撼療法有時能刺激記憶釋出，不過這招顯然不管用。

也罷，硬的無效，就用軟的，或許甄眞能問出什麼。

沈默良久的無線電突然響起滋滋的電流音，克里斯蓄意壓低的嗓音傳了過來：

「老大，我們看到一台卡車。」

「什麼樣的卡車？」奎恩的注意力瞬間凝聚。

「那種超大型的貨櫃卡車，漆成全白，車身印有『多斯科技』的名字。」

「你們在哪裡？」他立刻問。

「在馬丁尼街和南佩沙街的交叉口。」

「在那裡等著，我們馬上來。」

所有人跑向車子，華仔抖得幾乎走不動，傑登實在覺得他可憐，回來幫忙把他抬上車。

華仔一上車，尿臊味瞬間充滿整個空間，奎恩立刻把車窗降下來，後座妻子的眼中猶帶著惱意，他決定先不理會。

他們沒花太多時間便找到克里斯，秦甄和華仔待在路邊的一間商店裡，留兩名偵查員陪著他們，其他人迅速掩向克里斯看見的大卡車。

店內，華仔立刻在角落把自己縮成一團，身體甚至僵硬到無法顫抖。他不是裝，奎恩適才的舉動誘發了他體內最深層的恐懼，讓他的大腦完全停擺，眼神呆滯。

秦甄連哄帶騙，他只是呆呆地任人擺佈。其中一名偵搜員湯尼從華仔的行李袋拿出一條長褲，用水沾濕手帕幫他擦淨，秦甄替他將長褲換上。

通常他在女生面前衣著不整會不好意思，但現在甚至毫無反應。他以前究竟遭遇過什麼？

「蝴蝶！」他突然大叫，從全然呆滯到恢復神智只花了一秒鐘的時間。

其他人還沒回過神，他已經衝出門。

「華仔，回來！」湯尼低喊，所有人趕快追在他身後。

華仔跑過到對街便停了下來，蹲在一株行道樹下面。

聖安東尼奧大部分的樹木都死了，少部分活下來的卻異常茂盛，彷彿想憑一己之力將整座城市的綠化指數填滿。這株香柏濃密到遮蔽了路面的一半，樹根處長了一片茂密的雜草，華仔蹲在樹下不知在看什麼。

「華仔？」秦甄小心翼翼地走近他。

華仔近乎虔誠地盯著一隻停在野雛菊上的蝴蝶，那白色小粉蝶不足一吋大，是所蝶類中最常見、最不起眼的，華仔的神情卻彷彿見到天堂。

「妳知道這種白紋蝶被農夫視爲害蟲嗎？因爲它的幼蟲會吃掉蔬菜的幼苗。」他生怕說話的聲音太大會嚇跑粉蝶。「可是牠其實只是順應天性，人類繁殖過度，造成糧食不足，任何危害到糧食收成的物種都被打入『害蟲』的行列，其實只要人類少一點就沒事了。這個世界應該要充滿蝴蝶，而不是人類。」

這話聽來有點驚世駭俗，而且他又說到一些「華仔」不會說的話了。

她依然小心翼翼，盡量將聲音維持在平靜的語調。

「你這麼喜歡蝴蝶？」

「最喜歡的！」他重重一點頭，雙眼明亮地注視她。

「我幫一隻蝴蝶接過翅膀喔。」

「眞的？」他虔敬地呼出聲。

「眞的。」

她細細將幫帝王斑蝶換翅膀之事告訴他。

那才兩年前的事，感覺卻像前輩子發生的。

華仔聽得心醉神馳，恨不得自己也在場。

「甄，妳是全世界最棒的人，那隻蝴蝶遇到妳眞是太好了。」聽完，他滿足地嘆了口氣。

「你爲何如此喜歡蝴蝶？」

華仔在腦子裡搜尋能表達意思的字句。

「牠們很完美。」他終於說。「即使在毛毛蟲時期就很完美，牠們能透過蛹化，從地上爬的變成天上飛的，展開完全不同的人生，這不正是人類最深的渴望嗎？」

「你想同蝴蝶一樣展開完全不同的人生？」她輕聲問。

華仔沈默片刻。「我不想飛，我只想……不再害怕。」

「誰讓你害怕？」她繼續以輕柔的口吻詢問。

「奎恩！還有跟他一樣的人，他很可怕，我不喜歡他……」眼看他又將縮回怯懦的殼裡。

「華仔，有一次你抱紫菀去外面玩，幾個小朋友拔了野草想騙她咬。你很生氣，突然跳起來大吼大叫，把那些小皮蛋嚇壞了，他們的父母還跑來學校抗議，你記得嗎？」

「我不是眞的要打他們，只是想把他們嚇走。那些野草很銳利，菀菀會被刮傷的。」他露出慚愧之色。

「是，你只是想保護紫菀，才嚇唬那些欺負紫菀的小孩。」她輕柔地說。「奎恩也不是眞的對你兇，有時候你會說出一些話，是很聰明、很聰明的人才說得出來的。他不曉得你是什麼人，怕你會傷害我和紫菀，才嚇唬你。」

「我永遠都不會傷害妳們！」華仔一臉驚駭。

「我明白，就好像我也明白你不會眞正傷害那些小朋友，奎恩也是一樣的。他不會眞正傷害你，只是想保護我們，你瞭解嗎？」

華仔低下頭。「那……那我以後什麼都不要說，就不會有事了。」

「不，你的大腦像個寶窟，藏了好多能幫助我們的東西，所以你更應該努力把自己想起來的事記下來。」

「我能幫上忙？」華仔偷偷抬頭。

「當然，你救了我和紫菀的命，不是嗎？或許有一天我們甚至能用你記下來的線索，幫助你找回以前的自己。」她拂開他的髮。

「……如果我不希望想起來呢？」

秦甄嘆息。「華仔，根據我的個人經歷，隱藏自己永遠得不到什麼好處，最後總是在最不堪的情況下揭露出來，所以我寧可揭露眞相的那一天你是在關心你的人面前。在我的身分被揭露的那天，也是因爲有奎恩在，他救了我。」

她不知道說這些華仔是否能明瞭。可以肯定的是，隱藏在重重迷障後的那個華仔一定懂，只是他們都不知道這些迷障究竟有多少層，是否有全部撥開的一天。

「噢。」華仔似懂非懂地點點頭。

「回去之後，我會請田中洛找支錄音筆給你，以後你想到以前的事，不管多麼瑣碎，你都把它錄下來，我們一起聽，好嗎？」

「好。奎恩救過妳，那我不生他的氣了。」華仔很慷慨地點頭。

秦甄微微一笑，對他伸出手。

「來吧！我們回店裡等，他們說不定快回來了。」

✷

他們在幾條街外找到克里斯說的那輛白色貨櫃車。

車子停在一間平凡無奇的理髮廳門外，多年來廢境採樣只需以無人機遙控，根本不需要任何人到現場，這輛卡車在這裡做什麼？

他們躲在一百碼外的一處轉角，萊斯利掏出一個拇指大小的晶片插上筆電，掃描附近的訊號。街上裝了四個監視鏡頭。無論多斯科技在這裡做什麼，都不想被人發現，連最低限度的機率都要防止。

「他們的監視系統是封閉迴路，我沒有辦法駭進去，不過系統通常連結一台主機，若是那台主機有對外連線，或許我能駭進主機，給我一點時間。」萊斯利的手指飛快操作。

理髮廳的門突然打開，所有人立刻縮回牆角。

最先出來的三個人穿著實驗室白袍，後面兩個武裝保全頂開玻璃門，最後一隊是四名保全人員，兩人一組，一前一後抬著一個長型玻璃箱走向貨櫃的後門——說真的，那玻璃箱怎樣看都像是一具玻璃棺材。

玻璃的防窺系統已啓動，呈乳白色不透明狀，因此他們看不見裡面裝了什麼。

前前後後總共七具玻璃箱被扛進貨櫃內，十四名警衛，三名技術人員。所有人動作迅速，安靜無聲，顯然已經對這套流程十分有經驗。

最後所有人和貨都上了車，卡車發動引擎朝北駛去，兩架無人機盤旋在卡車上空一起離開。

他們又等了一會兒，確定理髮廳裡沒有任何動靜。

「OK，我切入他們的主機系統了。理髮廳內部有另外三組監視鏡頭，給我三十秒……三，二，一，好！」萊斯利抬起頭微笑。「監視系統現在播放的是迴圈畫面，無論那一端監控的是誰，都看不見我們。」

奎恩點點頭，一行人持槍警戒，迅速往理髮廳移動。

他先停在外面觀察一下周遭的地理環境。這一區在當年應該是觀光商業區，以連棟的兩層樓建築爲主，對街有旅館、餐廳、銀行和郵局。往理髮廳店內看去，左右各放四張理髮椅，在當年應該算不小的店面，雖然收拾得比其他廢屋乾淨，乍看卻無任何異樣之處。

七座玻璃棺不會憑空出現，裡面一定有暗道。

「你能掃描出隱藏空間嗎？」他回頭看向萊斯利。

「大哥，我只是科技宅，不是神。」萊斯利翻個白眼。

如果有藍圖就好了，不過戰時網路尚未發明，所有的藍圖都未數位化，戰後也不會有人對廢域感興趣到特地飛過來，把都市發展局的藍圖帶回去掃描。

「我們進去看看。」傑登伸手去推門。

手指碰到門把的前一刻，奎恩突然揪住他的後領直接摔出去。傑登落在街心，屁股朝後滑了幾呎才停住。

「搞什麼鬼？」如果出手的不是奎恩，他早就一串髒話罵出來了。

奎恩不理他，微蹲下來盯著門把。

一根細如髮絲的銀線在內部的門把纏繞一圈，奎恩打開筆型手電筒，沿著銀線往上照。

所有人都看出來了，那根銀絲一路往上連接到天花板的一個白色盒子，從他們的角度只能見到白盒的一角，卻有一個紅色光點在微微閃爍。

詭雷。

傑登驚出一背心冷汗。剛才若冒冒失失開門，不只自己粉身碎骨，其他人都不能倖免於難。

「這個炸彈能解除嗎？」萊斯利愣愣地問。

奎恩拿著筆型手電筒研究了一下。

「有沒有看到紅光旁邊那個黑色圓點？那是天線，炸彈能遙控引爆。我們的設備不足，即使我將引線拆除，遠端一感應到異狀，按下遙控開關，炸彈一樣會爆炸。」

「這麼歹毒？」萊斯利嚇了一跳。

無論是誰佈下這等陷阱，他們絕對不想讓任何人進入這間理髮廳。

「手機。」奎恩伸手。

萊斯利拿出手機，先連上他的加密盒子，為了以防萬一，再連接電腦多加一層防護。

「你要打給誰？」傑登愣愣問。

「當然是我的『好朋友』。」

電話在第二響接通，奎恩望著螢幕上剛硬如昔的臉孔。

「多斯科技。」掛斷。

哇靠！

「你打給岡納衛官？」萊斯利差點咬到舌頭。

「岡納就像隻獵狗，一咬住骨頭便不會鬆口。為了抓到我，他會把我說的每個字查得徹徹底底。」

「那又怎樣？他知道了也不會告訴我們。」萊斯利指出。

「安竹，你得多學一點心戰技巧。」奎恩嘆息。「我曾是紀律公署的總衛官，這國家再重大的機密，即使我不明內情也會隱約聽說，但德克薩斯的事我完全沒聽過，表示幕後的人不希望任何單位知情。如果他們發現岡納知道並開始調查，他們會緊張起來。緊張令人犯錯，對我們就是機會。」

簡而言之，老奸巨猾的人都是這樣搞的。萊斯利在心裡一言以蔽之。

滴——

「靠！」傑登差點嚇得尿褲子。

筆電的喇叭突然尖叫，萊斯利飛快翻開螢幕，田中洛緊繃的神色出現在畫面中央：

「奎恩，首都出事了，我需要你立刻回來，立刻！」

8

「發生了什麼事？」

一堆人擠在田中洛小小的辦公室裡。

荷黑和瑪卡已在裡面，奎恩夫婦和萊斯利一抵達營區便長驅直入，留傑登和莎洛美在門口觀望。

「查爾斯死了。」

查爾斯是田中洛的前任金主，叛軍裡弄錢的人，雖然後來兩人理念不合而分道揚鑣，田中洛依然視他為朋友。這些年來查爾斯一直住在歐洲，非到必要不回美加。

「怎麼死的？」奎恩神色一凜。

「他回首都處理一些私務，被紀律公署掌握行跡，在槍戰中喪生，但最嚴重的不是這個。」田中洛神色轉為沉重。「事發時，楚門醫生的醫療小組跟他在一起。雖然他們及時逃脫，卻被圍困在地底，已經三天了，目前生死未卜。」

「啊！」秦甄雙手捂唇。

楚門醫生就是地下碉堡的診所負責人。她後來得知，原來楚門從住院醫生開始便一直追隨溫格爾。這些年來他們師徒一明一暗，一直在幫助墨族和世界各地需要幫助的人，所有溫格爾遺留下來的醫學研究都在楚門醫生手中。

她和楚門發現彼此的關聯是溫格爾醫生之後，逐漸變得親近。今年四十二歲的楚門總是很關照她，彷彿在承襲恩師的遺命，而她也從楚門口中聽到許多溫格爾沒告訴過她的故事。

當初地下碉堡曝光，田中洛在奎恩的幫助下帶著所有人逃往德克薩斯，楚門和他的醫療小組選擇留在外面繼續幫助難民。

「我應該在那裡的。」田中洛掩不住自責。正常情況，這時他早已回到外面，只是最近德克薩斯的變化太多，讓他一時走不開。

「你在場也只是多一個人被困住，無濟於事。楚門被困在哪裡？」奎恩不改冷靜本性。

「在碉堡附近。」田中洛將水道圖攤開。

他們撤離時將停機棚的炸藥引爆，整個碉堡被炸毀，幾條主要的連結水道也都坍方。紀律公署把能挖的東西挖一挖，確定這堆廢土不再有情報價值之後也棄置了。

去年田中洛的手下冒險回去一探，發現靠近以前食物儲藏室的地方，水泥比較堅硬，沒有全塌，留有一個狹窄的空間，但那就是條死路，也沒有用處，因此沒有人再回去過。

「查爾斯和楚門的人被追捕，有些人被抓走或擊斃。楚門的小組離碉堡最近，只能逃過來，再把對外的路炸掉，他和三名助手目前就困在那個小空間裡。」田中洛深吸了口氣。「他們沒水沒食物，或許連氧氣都不足，但我們必須假定還有人活著，不能什麼都不做。」

奎恩盯著水道圖。已經三天了，紀律公署沒強攻的原因很簡單，楚門有最高情報價值，抓到楚門等於抓到一個墨族情報寶窟。現在是在比消耗戰，與其強攻、讓他們四人不慎在槍戰中死亡，不如等他們奄奄一息再輕輕鬆鬆開挖。

「你我都明白，楚門不能落入紀律公署手中，楚門自己更是比誰都清楚。他曾說過，情勢若逼不得已，他會選擇和溫格爾醫生同樣的做法。」田中洛緊盯他。

秦甄倒抽一口冷氣。

「不！拜託，不要再來一次！」溫格爾醫生已死，如果連楚門都……她不曉得自己受不受得了。

奎恩冷沈的藍眸掃著地圖，腦中不斷過濾可行之道。

「所有的路都斷了，他們逃進來的這條被紀律公署守住，根本沒法子救他們出來啊。」萊斯利喃喃道。

「有辦法。」

一聲清脆的嗓音讓所有人回頭。

「莎洛美？」

「爸，你確定他們躲在儲藏室裡？」莎洛美快速走到地圖前。

「確定，妳想做什麼？」

「以前在碉堡的時候，我偷溜出去好幾次。」

「什麼！」田中洛大吼。

「拜託，爸，現在不是吼我的時候。」莎洛美提筆在碉堡附近畫出一個方框。

原來食物儲藏室附近有一個小型的密室，各個地道圖上都沒有，連莎洛美也是無意間發現的。這間密室應該是當年蓋碉堡工人替自己挖的，作爲休息室使用，而連接儲藏室是爲了取用物品方便。

莎洛美指了指密室的地點。「他們挖了一條甬道通往碉堡，另一條通往地面，連外的這條路完全是憑空挖出來的，不和任何下水道連結，只有最後要鑽出地面這幾呎的連接維修管道；這條路可以從維修口出入，當初可能有工人直接走這條捷徑上班。後來碉堡停工，他們把內外兩條通道都炸斷，但炸得很潦草，碎石殘堆之間還是有些空隙，我用爬的勉強能通過，之前就是從這裡偷偷跑出去。」

田中洛深吸一口氣。冷靜，冷靜，現在不是罵人的好時機。

「這表示楚門他們從儲藏室內部也可以找到開口……」

「不，爹地，」莎洛美打斷他。「工人內外都設計了一個開關，藏在很隱密的地方，若沒有人告訴楚門，他們一定找不到，而我們現在也沒方法可以和裡面聯繫，唯一的方法是從外面打開。」

「把通道畫給我，我過去。」

「不！通道被土石埋住，趴在地上或許爬得出來，可是開關在暗門的左上方，只有身材非常瘦小的女生，或十三、四歲的小孩才鑽得進去。爹地，即使我告訴你在哪裡，你也開不了暗門的。」

「那怎麼辦？」瑪卡和荷黑面面相覷。

「我必須親自去。」莎洛美說。

「不！」田中洛強烈反對。

莎洛美以不馴的眼神回視父親。「我是唯一知道密道和暗門在哪裡的人，你沒有其他選擇。」

「不！」

「我做得到。」她神色堅決地轉向奎恩。「我辦得到，相信我！只是開一道門而已，打開門，大家一起逃出來，一切就結束了。」

「希塞營區有上千人，不可能找不出一個能開暗門的人，妳不准去。討論結束！」田中洛堅定地說。

莎洛美氣得低吼一聲，重重往椅子一坐。

奎恩盯著水道圖半晌，拉過一張椅子坐在她對面，莎洛美的神情依然有些忿忿不平。他的長腿一伸，把莎洛美的椅子夾在中間，她的修長纖瘦和他的寬肩闊背形成對比。

「我們不知道密室情況如何。」奎恩開口。

裡面的人自知逃生無望，很可能已經自盡，又或者氧氣食水不足，早已身亡。她打開暗門，極可能面對一整間半腐的屍首。

「我明白，但我爸說得對，我們不能什麼都不做。讓我去，我能帶每個人出來。」莎洛美臉色微微發白，卻依然堅定。

奎恩雙臂一盤。「田中，你有多確定楚門真的躲在儲藏室？」

「有幾個人被抓進懲治中心，我們在裡面的眼線傳回來的情報，應該不假。」田中洛勉強回答。

奎恩思索片刻，終於點點頭。

「好，莎洛美，妳去。」

「什麼？」田中洛爆發。

「謝謝你。」莎洛美鬆了口氣。

「傑登，你和她一起去。」奎恩看向門口的少年。

「當然。」傑登想也不想。

「奎恩，你真的要讓兩個十七、八歲的青少年冒險？」田中洛難以置信。

「田中，你應該對你女兒更有信心一點。如果有人辦得到，那一定是莎洛美。」奎恩對面前的女孩一笑。

莎洛美幾乎被強烈的驕傲淹沒。奎恩相信她！

「洛，讓她去。倘若不是自知幫不上忙，連我都願意去。」秦甄輕聲說。

「好，我再加派兩個人跟他們一起去。」田中洛深吸了口氣。

「不必，人越多目標越大，他們兩個人去就行了，你負責安排途中接應。」奎恩轉向少年。「傑登，去年踏上校場的第一天，我要求每個人做全套的體能測驗，還記得你完成的時間嗎？」

傑登一怔。「二十四分十七秒。」

當時奎恩按停碼錶，似笑非笑地看他一眼，他心知一定是成績爆爛被譏笑了，當下便立定志向，有一天一定要讓這「中老年人」把笑容收回去。

「我在你這年紀也做過一模一樣的測驗，紀錄是二十四分二十一秒。」奎恩的唇角一挑。

傑登愣住。什麼？

「我出的第一場任務在十八歲，情況和現在差不多，我奉派到敵對陣營，將一群人質救出來。倘若我做得到，你也做得到。」奎恩低沈的嗓音帶著一股安定人心的力量。「你這趟只有一個任務，保護莎洛美平安回來。」

他的成績比當年的奎恩更好。傑登的心口一陣火熱。

「是！我保證，我一定會把莎洛美平安帶回來。」

✸

莎洛美爬在伸手不見五指的甬道裡，嘴裡咬著一管筆型手電筒。

人是如此習於安逸的生活，在卡斯丘的期間，讓她幾乎忘了以前爬在甬道間的感覺。

她回到首都了。

她人生最不堪的時期在這裡，但她最好的朋友也在這裡。

瓊恩。她腦中曾生出短暫的念頭：溜回去看看好友是否安好。然而她迅速摒除這個私念。和瓊恩聯繫只會讓她們兩人都惹上麻煩，她這趟只有一個任務：救出楚門醫生。

呼、呼、呼、呼——

耳邊的風聲極響，過了片刻她才發現那是她呼吸的聲音。她太緊張了，甬道內又濕又悶，根本無風，再這樣下去她會換氣過度。

她連忙深呼吸兩下，穩住心情。加油，不要緊張，只是一條暗道，妳以前爬過許多次。

身後的窸窣聲告訴她傑登緊跟在後。

他們回到首都的路一點都不曲折，當時全面被追捕，不得不千里迢迢繞路，現在風頭已過，各關卡守得沒那麼緊。他們從俄克拉荷馬州偷偷入境，九百多哩的路程擠在一天內完成。

過去二十個小時，他們從一輛車換到另一輛車，吃喝睡都在車上。其實她已經十分疲累，但楚門醫生和他的助手被困的時間進入第四天，每一分鐘都有性命之危，他們沒有太多時間能浪費。

孟羅叔叔知道奎恩派她回首都，在電話裡狂咒他一頓，接著馬上在首都佈下重重眼線。她懷疑奎恩就是知道出來的人若是她，會有這麼多人接應，才讓她來的。莎洛美嬌豔的臉龐露出一絲笑。

唔。後面一聲低音。

「你還好嗎？」她回頭低問。

「沒事，繼續。」撞到頭的同伴繼續爬。

傑登的體格在這段時間發展迅速，這條暗道莎洛美爬起來猶有餘裕，對他卻如同百米障礙賽。幸好他柔軟度不差，許多路段都順利擠過去。

常駐的衛士和軍警在他們頭上約三呎處，任何聲響都可能驚動對方。

當年搭建甬道用了許多鋼樑，甬道炸斷時這些鋼樑並未全斷，才得以架出爬行的空間，只是斷掉的部分十分尖銳，一個不小心就會皮破血流。

最後這一段最困難，她讓傑登停下來，自己鑽進亂石堆裡。傑登眼看著她纖瘦的身形消失在其中，說不擔心是騙人的。

嘎吱。聲音不響，在這死寂的地道卻清晰如雷。

「鎖開了。」亂石堆傳出她的輕語。

傑登點亮筆型手電筒，隱約看見她的衣襬掠過去，跟著一起鑽進去。

前方的莎洛美終於停在一道暗門前，其實它更像狗屋的門，只有四呎乘三呎的大小。她用力一頂，沒開，可能被另一面的坍方擋住了。

「要不要我來？」傑登低聲問。

「我可以。」莎洛美雙手抵住暗門，腳頂著一塊比較穩的水泥，咬牙用力使勁。

說真的，即使他想幫忙，他們兩人現在都呈麻花狀捲在一堆土石堆中，也騰不出空間互換位置。

莎洛美再用力一頂，開了！

然而，暗門打開的那刻，兩人都心頭一涼。

一陣不容錯認的屍臭味飄了出來。

莎洛美呆在當場。

「他們死了。」都死了……

傑登立刻從口袋掏出薄荷油膏往人中一抹，再艱難地擠到她身上，將薄荷膏塗在她鼻下，清爽的薄荷味稍微掩蓋令人欲嘔的屍臭。

「莎洛美？」

這把微弱的嗓音幾乎讓兩人心跳停止。

「楚門醫生！」莎洛美努力將這聲激喊壓抑到最低。

她爬進儲藏室，裡面的空間最多容納五個人，她進去就差不多了，傑登只能留在門外，地上的一具屍體就是她剛才打不開門的原因。

莎洛美迅速將手電筒往各角落一照，所有人四日不見光線，立刻遮住刺痛的眼睛。

楚門醫生！

還有護理師莉蒂亞，以及醫療技師凱文。

她把手電筒往屍體照去。

「那是湯姆，他腹部中彈，我沒有醫療器材和藥物，救不了他……」楚門哽咽。

「沒事了，醫生，我們來救你們出去。」傑登從腰間的小包掏出一罐清水和兩條營養棒。

這是他勉強能塞進包包又不會阻礙行進的份量。

三人都因脫水而形容枯槁，猶如三抹幽魂。倘若他和莎洛美今天進不來，這很可能是他們的最後一天。

他們三人一接到水瓶，如獲甘霖，輪流傳著大喝幾口。莎洛美將營養棒掰成四段，讓他們緊急補充體力。

「我們以爲自己過不了，但湯姆臨終前要我們答應，一定要堅持到最後一刻。」莉蒂亞哽咽道。

「外面有我爸爸和孟羅的人接應，只要離開這裡，你們就安全了，大家都在卡斯丘等你們。」莎洛美捏了捏她的手。

「走吧，我們沒有太多時間。」傑登輕聲催促。

✷

潛進來比預期中容易，逃離的過程卻從一開始就出錯。

他們只在廢道爬了十分鐘就被發現了。

地下有聲音！

底下有暗道，追！

「傑登，你帶他們走，我引開追兵，我們在目的地碰面。」莎洛美迅速決斷。

「什麼？不……」

莎洛美不給他時間反對，快速爬出廢道，拔腿飛奔。

叩叩叩，砰砰砰。

她一路敲打土壁，讓追兵衝著她來。

這裡、這裡！

轟！她頭頂的土石突然爆炸。

莎洛美尖叫一聲，抱著頭在一團煙霧中死命地跑。不能讓他們發現傑登和楚門醫生在後面！

不能被抓到！

她在幽暗無盡的迷宮裡迂迴急奔，陳腐的潮濕和惡臭如一條裹屍布纏繞著她，雜亂的腳步聲在身後緊追不放，獵人堅決捕獲他們的獵物。

呼呼呼呼——好累，她跑了多遠？一哩？十哩？

「在那裡！」

一道手電筒突然閃在她臉上，莎洛美驚嚇尖叫，左方幾呎就是一條通往路面的維修梯，她不暇細想便往上爬。

「站住、站住，再跑我就開槍了！」

靈巧的身影鑽入天光裡，乍亮的烈陽讓她張不開眼睛，她浪費了寶貴的幾秒鐘掩住雙眼。

「站住，別再跑了！」黑袍衛士從身後的人孔蓋跳出來。

周圍的行人大吃一驚，紛紛躲避。

莎洛美狂亂地打量四周。她在哪裡？

「別動！我們的槍已經瞄準妳，再動我們就開槍。」兩名衛士和四名警察在她身後呈扇型散開，六支槍口對準她。

這裡是某個衛星城市，她剛才領著衛士從河床底下的舊水道奔逃，已經離開首都的範圍。

結束了，她被追到了。

「趴下，雙手交疊在腦後，立刻照做！」衛士大喝。

她不想死，她才十七歲，她的人生還有好多事沒做。

爸爸、孟羅、秦甄、奎恩、紫菀、萊斯利……這世上還有這麼多愛她的人和她愛的人，她不想死。

求求你，上帝，各方神明，任何人都好，求求你們救救我，我不想死！

大約一百呎前，從商店走出來的兩道人影讓她差點懷疑自己的眼睛。

古騰。

喬瑟芬。

他們夫妻的衣著十分休閒，今天應該是休假日。

古騰是偵辦聖派屈克校園性侵案的負責人，隸屬於反恐作戰部的公務犯罪組，他的妻子喬瑟芬是兒童福利署的心理諮商師。在偵辦期間，喬瑟芬陪著她住在一處祕密住所三周，爲她做心理復健，而古騰和奎恩夫婦經常來探望她，他們幾人的感情變得非常好。

這些都是改變她命運的人。若說體制之中還有任何人擁有她的信任，就是古騰夫婦。

「古騰！古騰！喬瑟芬，救救我——」

她拔足往他們夫婦狂奔。

「Shit。」衛士們不敢貿然在人來人往的街上開槍，只好追上去。

古騰突然聽見自己的名字，停下來張望。

「莎薇？莎薇！」喬瑟芬看見她，立刻迎上去。

自聖派屈克的案子結束之後，他們再也沒見過莎薇，喬瑟芬心中一直掛念著她。

一件薄外套掩住古騰腰間的槍套，他立刻抽出佩槍對準來人。

「放下武器！」兩名衛士的雷射槍對準他。

「我是公務犯罪組的古騰組長，放下你們的武器！」神情兇悍的古騰毫不退讓。

「我不想死、我不想死、求求妳不要讓他們抓走我……」莎洛美撲進喬瑟芬的懷中發抖。

「沒事的，我不會讓他們帶走妳。」喬瑟芬抬起頭，兇猛地盯住黑袍者。「你們想做什麼？」

兩名衛士互望一眼，依然持高武器。

「我是反恐清除部的布朗衛士，他是戴維斯，這是一次正規的拘捕行動，反恐作戰部無權在此干預，把那女孩交給我們！」

清除部？古騰把訝異迅速壓下去。

「這女孩是我的線民，受公務犯罪組保護，你們若有任何問題可以到我辦公室談。」

「她是墨族人。」布朗丟出眞相。

什麼？夫妻倆都吃了一驚。

「莎薇？」喬瑟芬垂眸看她。

「我不想死……」莎洛美涕泗縱橫。「我沒有傷害過任何人，只是很努力地想活下去……求求妳，不要讓他們帶走我，我不想死，求求妳……」

「我當然不會讓任何人帶走妳。」喬瑟芬投給布朗的眼神射出怒意。「這女孩做了什麼，你們要如此追趕她？」

「她是個墨族人，光這一點已經讓她的存在違法。」戴維斯冷冷回答。

「她幫助墨族叛軍逃脫，對我們國家安定造成巨大危害，將她交給我們！」布朗再說。

「不！楚門只是個尋常的醫生，甚至不是墨族人。他無法眼看著和我一樣的墨族平民受傷，卻無人肯救，才留下來幫助我們。他從來沒有做過傷害人的事，只是一直在救人而已！求求你們相信我，喬瑟芬、古騰……」莎洛美泣不成聲。「我們只是想活下去……我們和普通人一樣，無法決定血管裡流的是什麼血，我們只是想活下去……」

喬瑟芬的心頭湧入震驚和酸楚。她從未想過莎薇竟然是墨族人，不過她太瞭解莎薇了，這女孩體內沒有一根邪惡的骨頭，社會帶給她的傷害遠超於她傷害社會，她絕不可能是電視上那些邪惡冷酷的恐怖份子！

古騰的心頭也是一團亂。他沒有想過莎薇竟然會是墨族人，奎恩知道嗎？他的失蹤是否和墨族人有關？

「好，如果她幫助墨族叛軍，這件事屬於反恐作戰部的管轄，我在此接手，你們可以離開了。」古騰決定。

布朗和戴維斯互視一眼。

「不！」

「你並不打算將她交給懲治中心，這犯人是我們的。」兩人的槍舉得更高。

「莎洛美不是罪犯！」喬瑟芬緊緊抱緊她，莎洛美在她懷中不住顫抖。

「放下武器！」古騰大吼。「我是二級衛官，我命令你們立刻放下武器。」

「不，反恐作戰部沒有任何權限，這個犯人是我們的！」布朗拒絕退讓。

「只要與墨族叛軍相關的人，就屬於反恐作戰部的職權範圍。」古騰強調。

「奎恩已經叛逃，岡納在坐冷板凳，你們反恐作戰部現在不過是一具空殼，沒有資格命令我們。」戴維斯不顧一切地說。

周圍是死一般的寂靜。

他剛才說什麼？

他說，奎恩叛逃？

是奎恩總衛官的奎恩嗎？

四周開始響起路人震驚的議論。

古騰驚在原地。不可能！他或許不算奎恩的密友，但他瞭解奎恩，這個男人絕對不可能背叛國家，到底是怎麼回事？

「放下武器，一切等回到公署再說，這女孩是我的。」無論如何，莎洛美不能被他們帶走，他有許多問題必須問她。

「你才放下武器！」布朗大吼。

「放下！」古騰吼回去。

「你再防礙我們執行公務，我要開槍了！」

所有警察在後面緊張地比來比去，不曉得槍口該對準誰。

砰。街上突然爆起一個聲響，可能是某輛車子爆胎或輾過異物，然而，在已然過度緊繃的氛圍裡卻產生災難性的後果。

砰！

戴維斯直覺扣下扳機。

一切在莎洛美眼中變成慢動作——

古騰臉上掠過一抹古怪的神色，按著胸口，幾乎像飄落一般地倒在地上。

她整個人彷彿被包裹在一個隱形的氣泡裡，茫然聽著四周的尖叫大吼聲、慌亂的奔跑，一堆路人用手機錄影。

直到一聲撕聲裂肺的尖叫刺破她的氣泡。

喬瑟芬。

還有另一聲尖叫不斷響著，是誰呢？

是她自己。

那不似人類的痛苦叫號竟然出自她口中。

「不、不、不──」她衝向倒地的男人，不斷不斷不斷尖叫。「不要!古騰──古騰──」

古騰向來友善的棕眸失去神采，血澤迅速染濕他灰色T恤的胸口。

「不、不、不!」她只能尖叫再尖叫，彷彿這樣就能阻止血液離開他的身體。「不，求求你，不要死!」

「古騰……古騰……親愛的，求求你撐下去……快叫救護車!」喬瑟芬抬頭狂亂大喊。旁邊已經有人撥九一一。

布朗和戴維斯僵在原處，不敢相信他們眞的開槍了。Shit，他是公務犯罪組的組長。

「古騰!」喬瑟芬緊緊按住他胸膛的彈孔。好多血，爲什麼這麼多血?爲什麼停不下來?

「一切都是我的錯……我不該叫住你們，都是我的錯……」如果她不跑向他們就沒事了，古騰現在還會好好的。

他和喬瑟芬一直善待著她，直到最後一刻都在保護她，她卻害死他……

古騰的喉嚨發出奇怪的咕噥聲，血液從嘴角溢出來。

「不不不，不要死，一切都是我的錯，一切都是我的錯……求求你不要死，求求你不要死，求求你不要死……」她囈語般呢喃著。

一雙鐵掌突然揪住她往後拖。

「莎洛美，跟我來!」

「不，不要拉我!」她不斷踢打反抗，她要留在這裡陪古騰。

「莎洛美，妳必須跟我走，快!」傑登的臉龐出現在她視界裡。

「不，我不走、我不走……」她不能丟下古騰。

「走！」傑登半抱半挾，死命將她拖往街角接應的車輛。

「站住，別動！」布朗和戴維斯迅速反應。

嘰——一輛車子甩尾切進古騰與追兵之間。

岡納風馳電掣地趕到，鐵塔般的身影飆下駕駛座，警用頻道的訊息從車內叫囂而出，從另一側下車的若絲琳帶著事不關己的悠哉。

然而在看見莎洛美的那一刻，她臉色變了。

地上失去意識的古騰，滿面淚痕的喬瑟芬，張揚的布朗和戴維斯，情況迅速在她腦中作用。

反應是立即的。她一記迴旋踢，踢翻戴維斯。

是的，若絲琳．韓是跆拳道黑帶。

戴維斯猝不及防，踉蹌倒退了幾步，撞在一名警察身上。

岡納同時出手，迅如閃電的硬拳擊中布朗的太陽穴，布朗雙眼翻白，應聲倒地不起。

「快走！」若絲琳大吼。

傑登硬抓住莎洛美，她卻死命掙扎，不願離開地上的古騰。

「孩子，聽著，我相信妳，但是妳得走了，不要讓古騰捱的這一槍白費。」喬瑟芬緊緊捧住她的臉頰，雙眸紅腫地囑咐。

「我不想離開你們……」

「快走！」若絲琳一腳再次飛向站起來的戴維斯，戴維斯這次攔住了，抓住她的腳將她整個人摔了出去。

岡納反應快捷得超乎他體型應有的速度，他凌空接住若絲琳往旁邊一放，繼續往戴維斯飛撲去。

戴維斯再度被揍翻，這次沒那麼快起來，罔納單膝落地，黑袍飄揚。傑登趁機抱著莎洛美跳進轉角的車子，消失無蹤。

「你瘋了嗎？他們是墨族人，你幫助墨族叛軍逃逸！」戴維斯坐在地上，吐出一口帶血的唾液。

「你們殺了我的手下！」罔納猙獰地往他殺來。

「古騰想幫助叛軍……」戴維斯往後一滾，飛快翻身而起。

「你們殺了我的手下！」罔納再一記迴旋踢。

同樣是迴旋踢，他的力道比若絲琳高出不知凡幾，戴維斯這次再也站不起來。

「衛士。」兩名警察好心想扶他。

戴維斯用力拍開他們的手，捂著腫脹的臉死瞪著死對頭。

「你、奎恩、反恐作戰部，你們已經被墨族叛軍滲透、徹底腐化，這件事不會就這樣結束的，我們軍事法庭見！」

✷

莎洛美再度回到卡斯丘是三天之後。

全國境內關卡再度加強戒備，最後孟羅動用自己的關係和金錢聘用羅瑞・艾森，這才將她安全送回來。

田中洛親自到拉巴卡接女兒，全程莎洛美像一尊木頭娃娃，不言不語。

回到希塞社區，奎恩和秦甄已在大門口等候，多日來莎洛美臉上終於出現第一絲表情。

「你有外面的消息嗎？古騰……？」她走到奎恩面前沙啞地問。

奎恩深邃的藍眸凝視著她，向田中洛的辦公室一比。莎洛美立刻過去，待田中洛和秦甄進來，奎恩關上門，讓莎洛美坐下，自己拉了張椅子坐在她對面。

「楚門醫師已經安全回到營區，妳做得很好，我知道妳一定辦得到。」他溫和開口。

「古騰還好嗎？你們有他的消息嗎？」這是莎洛美唯一在乎的事。

奎恩想過騙她，但這勇敢的女孩值得被他像個成年人一樣對待。

「古騰失血過多，到院時已經死亡。」

莎洛美強撐的堅強終於垮了下來，秦甄再也忍不住和她抱頭痛哭。

古騰夫婦是她們的朋友。在喬瑟芬和她一起住的那三個星期，他們經常聚在一起。有時三個女人進行她們的影片之夜，在客廳看「娘娘腔」的電影，兩個男人便在廚房喝咖啡閒聊。偶爾她們討論到什麼事放聲大笑，兩個男人都會投來警覺的目光，明智地決定不過問，那神情總讓她們笑得更厲害。

現在想想，那段時間固然是莎洛美最艱難的一段時期，竟也是她最有安全感的時光。那時的她相信，若有任何人闖進來傷害她，無論是歹徒或紀律公署，奎恩和古騰都會毫不猶豫地打退那些人。

事實也證明如此，她卻害死了古騰。

「他是因我而死……他和喬瑟芬只是出來逛街，如果我不向他們求助就沒事了……」莎洛美靠在秦甄的肩頭，突然覺得好累好累，連哭的力氣都失去了。

「不，莎洛美。」田中洛將女兒改抱進自己的懷中。「我知道妳很難過，但古騰衛士若帶走妳，情況也不見得比被清除部帶走更好……」

「你不會瞭解的！」莎洛美推開父親，雙手抱緊自己。「我在聖派屈克唸書的時候被強暴了，那人是學校的老師。奎恩和古騰救了我，喬瑟芬和甄陪伴我度過那段時光。古騰是這個案子的偵辦人，最後將每個壞人都抓起來，使其他女學生不再受害。如果沒有他，我不知道自己現在會變成什麼樣子。古騰即使到死前最後一刻都在保護我，所以不准你說任何污衊他的話。」

田中洛露出震驚之色。他不曉得……

上帝，他眞的不知道！強烈的心痛幾乎將他吞沒。

「喬瑟芬一定很恨我……他們兩人如此相愛……」她的淚水再次潰堤。

「莎洛美，妳記得在把妳還給孟羅的那一晚，我跟妳說了什麼？」秦甄拭去眼淚。

她說，黑暗就像土壤一樣，能埋葬一個人，也能讓種子開出美麗的花；我們可以選擇從此沈淪，也可以選擇破土而出。其實後者更艱難一點，因爲保持清醒意味著時時刻刻體驗痛苦。可是，這世界還有太多可能性，若選擇沈淪，那些製造陰暗的人就贏了，他們不值得擁有這樣的勝利。

「妳說，不要讓那些人贏。」她沙啞地道。

「是的，喬瑟芬接觸的總是受傷、需要幫助的孩子，她是滋養的土壤，深信每個孩子都會長成美麗的花，古騰亦是如此。所以他們不會怪妳的，喬瑟芬明白發生的這一切都不是妳的錯。」秦甄拂開她被淚水黏住的髮絲，輕吻她的額頭。

爲什麼一定要有人死？

爲什麼他們不能全都一起活下去？

她眞的只是想好好活下去而已。

莎洛美全身好沈重，只想就這樣枕在甄的肩頭，永遠不要起來。

「我恨這場該死的戰爭。」

✷

她在夜裡翻身，枕畔的空位是冷的。

隨手拉過旁邊的睡袍，她悄然下床，走向黑暗的客廳。

卡斯丘沒有路燈，爲了安全起見，營區在夜裡亮起兩盞探照燈繞射。偶爾燈光向窗外掃過去，映出沙發前那龐然的身影。

她看不清他的表情，只知道他背著光定定坐在黑暗裡。

哦，里昂……

「你不必獨自承受，現在你有我。」她將他擁進懷裡，輕吻他的髮心。

他不是個會流淚的男人，然而包裹在他身周的哀傷濃得化不開，她寧願他哭泣。

「古騰的志向是偵辦重大犯罪，但他想追隨我，於是我將他放進作戰部的公務犯罪組。」他的嗓聲沈啞。「頭兩年他便破獲兩起重大的軍方弊案，甚至受到死亡威脅，我必須加派人手保護他的家人。古騰的年齡比同期衛士大，性格篤實，除了岡納，他是公署升遷最快的人。」

「他是個眞正的男人。」他和喬瑟芬情感深摯，她無法想像喬瑟芬將如何度過這段喪夫之痛。

奎恩抬起頭。「我曾想過，有一天難免和以前的屬下碰頭，到時候兩方都不會對彼此容情。但我沒想過第一個爲我們犧牲的人，竟然不是因爲出於對立，而是爲了保護。」

秦甄任他收攏雙臂，緊得近乎將她的腰箍斷。所有他承受的一切，她都同樣承受，他的痛苦都是她的痛苦。

「我很榮幸有機會認識一個如此正直的男人。」她捧起他的臉孔，他眼底的蕭索讓她心痛。

「我父親的離世是我第一次與死亡面對面，古騰不會是最後一個。」

已經有夠多死亡，未來只會更多。這無堅不摧的男人，究竟承受過多少？每當一個對他有意義的人離世，無論是親人或下屬，他就是這樣獨坐在黑暗裡，孤獨地哀悼嗎？

她突然很想知道當年那個小男孩是如何面對的。

「你父親過世時，是誰告訴你的？」

他將她擁得更緊，無論外人以為她多脆弱、都是他在保護她，事實是，她的存在讓他在亂流中抓住一個目標，不致迷失。

「那年我十二歲，正在教室上課。校長祕書突然走進來，禮貌地將我帶到校長室。校長只告訴我『家裡出了點事』，我必須立刻回家，車子已經在校門口等。但我看著他同情的眼神就知道情況不對，立刻問他發生了什麼事，他遲疑了一下，說最好由我的家人告訴我。

「我回到家，屋子裡空無一人，母親不知道去了哪裡，只有管家和女僕在，管家的神情和校長一樣。我問他發生了什麼事，他也遲疑了一下說，最好等我母親回來。於是我走到客廳，坐在沙發上，開始等。」

秦甄腦中浮起那小男孩獨坐在客廳的身影，世界即將劇變，他已有所感卻無能為力，只能抓持著最後一絲理智，不讓無助感淹沒自己。

「那時大概下午兩點，管家問了我幾次需不需要什麼，我只是坐著不動，他便不再來打擾我。晚上八點多，我母親回來了。她哭得滿臉淚痕，狼狽不堪，在我印象中，她向來典雅端莊，不可能如此失態，於是我心裡大概有了底。她告訴我，我父親那天下午追捕叛軍時殉職了。」

「後來她好像抱著我大哭，我不太記得細節，只記得體內是僵硬冰冷的，無法思考，甚至感受不到外界。幾天後我回到學校，這個世界繼續運轉，並沒有因為少了一個道格．奎恩而有任何不同。」世界或許繼續運轉，他的世界卻永遠不同了。

接下來還必須忍受媒體不斷重播他父親去世的那一幕，新聞、紀錄片、課堂上。人民對著那爆裂的火球大力頌揚，英勇的烈士為人民犧牲，愛國英雄的表率，全體鼓掌致敬。但沒有人真正想過，那也是一個小男孩的父親的死亡。

他父親之後是他的屬下，他的同袍……他的人生不斷被迫重演失去的一幕，一次又一次在眾人的景仰中吞下苦澀。

驕傲嗎？或許吧。但驕傲之後，是揮之不去的沈痛。

她多希望自己能回到過去，抱住那小男孩說：你有我，我會永遠在你身邊。

「答應我，如果有一天我走了——」他微微退後一些注視她。

「不！」她連想都不願意想。

「如果有一天我走了，妳一定要在第一時間告訴紫菀，不要讓她等。」他說完。

等待的每一分每一秒都是凌遲，她明白，她也體驗過。被關在懲治中心的那段期間，她明知若絲琳和溫格爾醫生一定出了事，卻依然懸著一絲冀望，直到岡納把那絲希望打破。

現在想想，她從未眞正替醫生哀悼過，因為一想到就受不了，太痛了，於是強迫自己不去想。

如同當年那小男孩，也從未眞正為父親哀悼過。

如今那小男孩已經長成男人，而她體內始終藏著那缺乏安全感的小女孩。這個夜，是個適合哀悼的夜晚。

淚水來得如此突然，讓她措手不及。她忙亂地擦拭著，卻無論如何都無法阻止水澤泛湧。

「他們都死了……你父親、古騰、溫格爾醫生……每個人都死了。」她突然失聲痛哭。

這些人甚至不站在同一邊，他們的死亡卻同樣為這個世界割下傷痕。

這麼多人，都是好人……

潛藏已久的悲傷如潰堤的江浪，完全無法抑止。

奎恩將她擁到腿上。她哭得無法自拔，明明她才是想安慰人的那個人啊！

「我想念艾瑪……我想念每個人……」

「妳會再見到他們的。」他貼在她耳邊輕聲允諾。

她和紫菀是他唯一擁有的，他必須確保她們活下去，他必須！少了她們，他不知道自己會變成什麼樣子。

「接下來會發生什麼事？」她勉強收住哭勢。

接下來，恐怕是反恐作戰部艱難的開始，他苦心打造的精英組織，是否也將在他手中瓦解？這場種族對立又會將每個人逼進什麼樣的境地？

他的神情已經讓她看見橫在眼前的風暴，她深深嘆了口氣。

「我恨這場該死的戰爭。」

9

主持人開場：「歡迎各位觀眾收看今天的『新聞探索』，最近舉國震驚的莫過於一則在網路上流傳的影片，拍攝者是一名法籍遊客，影片從法國一路紅回美加。片中明顯看見紀律公署的兩名衛士在追捕逃犯，最後卻以槍殺另一名便服衛士收場。兩方人馬在對峙過程說出許多令人震撼的話，相信很多觀眾應該都看過這段影片了，但我們再來重看一次——」

大街上一段激烈的語言對峙，一名黑衣衛士清晰地說：

「奎恩已經叛逃，岡納在坐冷板凳，你們反恐作戰部現在不過是一具空殼，沒有資格命令我們。」

衛士開槍，女孩哭叫，另一輛車加入，另一陣衝突。

同一名衛士大吼：「你、奎恩、反恐作戰部，你們已經被墨族叛軍滲透，徹底腐化，這件事不會就這樣結束的，我們軍事法庭見！」

攝影棚現場一片寂靜。

主持人開場：「對於這支影片，紀律公署一開始只表示不對任何網路流言評論。後來眼見風頭越演越烈，再加上鮑比入獄事件猶在眾人記憶中，他們終於發出一篇正式聲明：

『紀律公署一如所有機構，難免有權派之爭，影片中衛士所言皆爲個人情緒所致，絕非事實。該衛士目前已卸除紀律公署之職；影片中所有相關衛士，目前皆接受第三單位公正調查，在司法調查未結束之前，恕難評論。

將內部問題暴露在全國民眾眼中，我們至感歉意，然而紀律公署保衛國家人民的心，從來不變。』」

人權專家嗤之以鼻：「你忘了提，他們向法國施壓，以政治力要求刪除該支影片未果，才不得不做出聲明，法國人才不甩我們！」

主持人：「這篇聲明只說明那些話並非事實，並未進一步指出奎恩總衛官的下落，這才是值得玩味的地方。倘若奎恩依然在紀律公署內，有這麼大的流言出現，為何他尚未現身駁斥？」

政治專家：「我想，現在做任何影射都太武斷。我們在說的可是一個歷史悠久的軍人世家，自立國之初便與這個國家共存共亡。『每一場攻克的戰役，都流有一名奎恩的鮮血』，我不認為奎恩總衛官會做出任何背叛國家的事。他必然在進行某種機密任務才不便現身，這並不是沒有發生過。」

主持人：「奎恩總衛官以前在特種部隊時期，確實進行許多機密任務，但他接掌反恐作戰部之後，行蹤一直十分透明。難道你不覺得他過去兩年音訊全無，十分怪異？」

政治專家：「四個字：『派系鬥爭』。全美加都知道，奎恩家族在軍方的聲望非凡，更別說各界都看好里昂．奎恩終有一天會接掌紀律公署。現任的署長來自奧瑪世家，在政治立場上向來跟奎恩家族不合。試問你要如何減弱一個人的公眾影響力？當然是將他調離大眾目光之外。若說奎恩總衛官是被奧瑪署長調去其他地方，我可一點都不意外。」

主持人：「在全民對紀律公署產生懷疑之時，你眞認為署長不會要求奎恩趁機出來安定人心？」

政治專家：「比起奎恩『背叛國家、向墨族投誠』這個說法，他被調去執行機密勤務的可能性高多了。」

人權專家：「背叛？哈，即使他真的這麼做，我也不會認爲這是背叛！里昂．奎恩是醒了，這個國家也該有人醒了，終於！」

主持人：「啊，我忘了向各位觀眾介紹，史達先生除了是一名人權專家，另有一個非常特殊的身分：他是16%的墨族血源者。史達先生，可否告訴我們，這件事對你的人生有什麼影響？」

人權專家：「那可多了，我從小因爲墨族血源不斷被霸凌，長大之後依然沒有好轉。你們知道我走在街頭，有多少次必須被警察反覆盤問嗎？我只差2%便達到法定清除標準。請問，我跟你們有什麼不同？我這一生循規蹈矩、按時繳稅，跟每個人一樣過著正常的人生，爲什麼我應該被不斷騷擾、歧視？」

主持人：「所以你經常遇到警察刁難？」

人權專家：「刁難？有一次比刁難更離譜，那名警察隨便瞄一眼，把16看成18，不由分說將我拖進警車。我極力辯駁自己不是墨族人、是他看錯了，但他完全不聽我的話。我在警車後座坐了兩個小時，等他們臨檢完那個街區，每個路過的人都對我投以異樣眼光；我嚇得半死，以爲自己今天就要死在一個近視的警察手中。終於他和他同伴回來，我說服他同伴再驗一次血，我是16%，不是18%，最後才得以脫身。讓我再問你們一次：我跟你們有什麼不同？爲什麼2%的差別可以決定一個人的生與死？」

政治專家：「DNA快篩在極小的機率下確實會發生誤驗……」

人權專家：「哈，這不是我剛才的問題！我們國家是超級強權，所以沒有人對這個國家內發生的種族滅絕事件多置一詞，這就是現在冷血現實的國際關係。奎恩總衛官，如果你在某處聽見我的話，讓我告訴你：我全力支持你。墨族確實有恐怖份子，但不表示所有墨族人都是，我期待有一天你能將眞正的正義帶進這個國家裡。我也會持續爲和我一樣有高度墨族血源卻受到岐視的人奮戰！」

主持人下結語：「好，我們可以感受到史達先生的激動。我們先進一段廣告，馬上回來。」

✸

一張小圓桌坐著四名國小老師，艾瑪、莎莉、東尼和布蘭達。

餐堂裡的每張圓桌都配了五張椅子，此時空了張椅子，四個人有意無意總會瞥向那張空椅。那裡應該坐著某個人的。

這頓晚餐吃得十分安靜，他們都說服自己是因爲白天上了一天的課，晚上還要陪校長來參加這個小學教師交流會，實在太累了。晚餐又超級難吃，雞肉柴得像肉乾，培根軟得像抹布。他們認識一個女人，即使食材再糟都難不倒她……

「咳！」莎莉清清喉嚨。「大家這幾天忙嗎？晚上回家有沒有看電視？」

「還好，偶爾看看新聞什麼的。」東尼很幫忙地接話。

然後氣氛又安靜下來。

艾瑪只是悶頭啃她的雞肉，最近她常這樣心事重重，他們幾個已經習慣她的生龍活虎，實在很難不察覺她的變化。

「艾瑪，妳最近有沒有什麼有趣的事？」布蘭達試圖引導她聊天。

「沒有。」她繼續悶悶不樂心事重重。

「呃，其實，昨天我正好看到一個新聞節目……」莎莉的嗓音淡去。

每個人投來的眼神表示他們也看到了，然後再次不由自主地瞄向空椅子。那裡理應坐著一個活蹦亂跳、笑容燦爛的東方娃娃，能將柴柴的雞肉煮成餐館美食，讓整屋子的小朋友圍在她腳邊、爭取她的注意力。

她的消失，現場最難過的人應該就是那默默啃雞排的艾瑪了。

「你們這桌習慣眞好，竟然沒有人邊吃邊滑手機。」若基端著他的餐盤砰一聲坐下來。「你們知道溫哥華發生街頭槍擊案嗎？殺手已經被紀律公署擊斃，目前已知五個人死亡。」

「何時的事？」莎莉大吃一驚。

「就在剛剛而已，現在電視上全是新聞跑馬燈，我訂閱的新聞頻道一直發出訊息通知。」若基咋舌。「幸好今天不是假日，不然死傷可能更慘重。」

「誰做的？」東尼問。

「他們還未釋出殺手資訊，不過想也知道一定是墨族人，他們就是一群恐怖份子。」若基不以爲然地搖頭。「我得說，這些墨族人實在莫名其妙，我們老百姓過日子又沒惹到他們。他們有膽子去炸紀律公署啊！只會拿我們小老百姓出氣，難怪沒有人同情他們。」

「墨族人有恐怖份子，不表示每個墨族人都是恐怖份子。」嘰、嘰、嘰，艾瑪刀子鋸雞排的聲音令人神經拉緊。

「奇怪，妳幹嘛替他們講話？」若基斜睨她。

「因爲有一天如果你腦子不對，跑出去射殺路人，我也會站出來跟每個人說：若基這個白人發神經，不表示東尼、莎莉、所有白人都是壞人。」艾瑪忿忿地說。

她今天吃炸藥了？若基一臉莫名其妙，莎莉三人拚命對他使眼色。

很明顯的，弱雞若基先生沒接收到。

「對了，你們有沒有看昨天的『新聞探索』？聽說奎恩總衛官向墨族人投誠，你們猜這是不是甄一起消失的原因？好難想像喔，奎恩總衛官怎麼可能去幫助恐怖份子？」

旁邊三人一起翻個大白眼。

砰！

「你不要胡說八道！」艾瑪眸子噴火。

「這不是我說的，是專家說的，你們應該也都看過那段網路影片了吧？其中一個人確實是岡納衛官，造假的機率很低。國內的片源都被刪除了，但法國人才不甩我們，如果不是當天正好有個法國遊客拍到，沒人會知道發生什麼事。」

紀律公署曾試圖讓所有影片從網路上消失，但法國遊客上傳的版本第一個小時就破了百萬人次，接著不斷被人轉載備份，目前已累積超過七億兩千萬次的瀏覽量。

「你眞的認爲奎恩和秦甄有替恐怖份子效力？秦甄，甄，我們的好朋友？」艾瑪深吸一口氣，神色一正。

「呃……」若基終於發現自己講錯話了。「我不是這個意思。」

「算了，隨便你們，我出去透透氣。」艾瑪把盤子推開，走出去。

「若基！」

莎莉和布蘭達瞪了他一眼後，連忙追上去。

「你這傢伙少講兩句會怎樣？」東尼也瞪他一眼，跟著出去。

我、我只是吃飯閒聊，我做了什麼？

若基只能很可憐地獨守滿桌雞肉。

他們在隔壁的小露台找到艾瑪，她在那裡踱來踱去，好像跟誰生悶氣。

「艾瑪，妳最近眞的很不對勁。上一次妳這麼不對勁是在甄離開不久，是不是發生了什麼事？」莎莉直接問了。

他們幾人交情匪淺，而艾瑪和甄的感情又是最深的。

他們只知道某天中午，甄外出之後就再也沒回來，後來校長只說甄請調到其他學校，此事涉及奎恩總衛官的調任之處，所以校方也無從得知，所有人只能接受事實。

其實每個人都覺得不對，甄走得再急也不會不告訴他們。即使他們三個不知道，艾瑪也絕不可能不知情。

突然間，好好的一個人就消失了，奎恩總衛官也不見蹤影，這事怎麼可能不奇怪？可是「機密任務」這四個字一搬出來，所有人除了接受事實還能怎樣？

「你們也認爲甄和奎恩變成恐怖份子嗎？」艾瑪突兀地停下腳步。

「當然不可能！」東尼連想都不用想。

「甄是全世界最不可能變恐怖份子的人，即使奎恩想當，她都會努力勸他不要。」莎莉說。

「如果勸不住，她會在總衛官的食物裡下瀉藥，讓他天天在家拉肚子，沒法出門當恐怖份子。」布蘭達也說。

艾瑪終於露出一點笑意。

「不過妳最近確實比較奇怪一點，尤其每次聊到紀律公署和奎恩新聞的時候。艾瑪，妳是不是知道什麼？」莎莉試探地問。

艾瑪深呼吸一下，決定說了。

「甄是非法的墨族血源者。」

「什麼？」

「怎麼可能？」所有人都抽了口氣。

「是眞的，我也是最近才發現的，她好像服某種藥幫自己隱匿。」艾瑪直視他們。「可是，你們想想，即使甄是墨族血源者，大家當同事好幾年，你們眞的覺得她有罪嗎？」

三人全安靜下來。

「我好意外……」莎莉喃喃道。

雖然墨族、清除這些字眼存在於他們的生命裡，但那是別人的事，和他們毫不相關，從來沒想過有一天親近的人是非法血源者該怎麼辦。

「想想你們若是甄，爲了在這個社會求得一點生存之地，必須多謹小愼微？可是她依然是我們認識的那個陽光燦爛的大女孩，從未存過一點壞心眼，爲什麼她應該因爲血管裡流的血而被判死刑？她又沒做錯什麼。」

三人都沈默了。

墨族血源不等於恐怖份子，這個意念突然眞實地降臨他們腦中。這世界上到底有多少不是恐怖份子的墨族人被清除？

這世界上少了多少個「秦甄」？

「妳知道他們在哪裡嗎？」莎莉四處偷看一下，確定哪裡藏了攝影機。

「不曉得，有一天他們兩個就突然消失了，我唯一確定的是甄還活著。」

「妳肯定？不會是奎恩總衛官逮捕了她，然後……」東尼說。

「不可能，奎恩愛她，絕對不會做這種事，他們兩個都不是壞人。」她打斷東尼的話。

東尼嘴巴張開，艾瑪立刻兇狠地指著他鼻子。

「不准你說壞人都長得不像壞人、每個壞人的家人鄰居朋友都說他們平時多乖、有些罪犯和連續殺人狂平時也都像普通人，或是我有偏見無法看見他們的眞面目，你敢說這些話我就打爆你的頭！」

「我只是要說我同意妳的話。」

「……噢。」

「想也知道，那隻小老鼠怎麼可能變身成恐怖份子？她光看一堆小孩在街上跑，就會先衝過去把小孩都趕走了，還有哪個膽子對他們丟炸彈？」露台門口突然有聲音飄過來。

四個人驚嚇轉身。

「梅若莎．約克，妳幹嘛偷聽我們說話？」艾瑪兇巴巴。

「拜託，我只是要上廁所，露台就在廁所旁邊，麻煩你們下次說祕密之前挑好地點。」梅若莎繼續飄遠。

哪天要是甄回來，發現他們和梅若莎變成朋友，艾瑪覺得自己很難交代耶！

……可惡，這傢伙怎麼講話越來越中肯？

✷

多斯科技。

爲什麼奎恩丟這個名字給他？

岡納開始動用各種資源挖掘這間公司的背景。奎恩當然不可能好心到丟給他一條線索來抓自己，然而只要是奎恩感興趣的事，就是他接近奎恩的目標。

文明大戰結束的前二十年，德克薩斯被棄置，只除了少數死硬派的德州人不肯離開。之後國內建設及發展趨向穩定，國勢逐漸復興，開始有人想知道廢境的污染程度如何。

起先二十年，環境採樣是由政府的環境部門負責，當時尚未發明無人機，必須真人實地採樣，因此每五年才採樣一次。

接下來的二十年，政府決定將生化檢驗工作外包，這是多斯科技介入之始。它的前身叫「美加生化集團」，從一開始便標下德克薩斯的環境檢驗工程。

大約二十五年前，「美加生化集團」因財務不佳而重組，之後被秦漢科技集團併購，更名為「多斯科技」，德克薩斯的環境檢驗工程是他們的主要業務，除此之外幾乎沒有其他業務來源。

「嗯。」岡納感興趣地哼一聲。

併購之後，「多斯科技」成為秦漢科技集團旗下的一個生化檢驗部門，可以說秦漢集團是在買下多斯之後，才從科技業轉戰生化產業。

他繼續看下去。「秦漢科技」現年六十一歲的創辦人秦為漢是個星馬移民，他妻子是……珍娜・羅蘭？珍娜是羅蘭家那一代的長公主，她的弟弟馬可有個女兒叫芳娜，是奎恩的前任情人，他很好奇奎恩是否知曉此事。

應該不知道，恐怕連芳娜自己都不知道。芳娜跟家族相關的股份都由父親管理，她只負責跑慈善派對、參加社交晚宴，典型的千金大小姐。

他查看一下秦漢科技集團的股權結構，果不其然，羅蘭家族挹注了大量資金。秦為漢擁有百分之三十二的股份，妻子的家族擁有百分之二十四的股份；有趣的是，珍娜．羅蘭的股份是獨立的，擁有百分之十一。倘若她支持丈夫，則秦爲漢佔上風，倘若她支持父兄，則羅蘭家族爲大，但目前爲止看不出她娘家有介入的跡象。

秦漢科技集團的市值大約是七億美加幣，雖然在許多人眼中已經算成功企業，在五大世家眼中應該如九牛一毛。

挖完背景，他繼續查「多斯科技」過往數十年的稅務資料，看了三十分鐘眼睛就開始發痛。雖然他對數字有一定概念——業務需要——但他終究不是財會人員。岡納揉揉眼睛，決定把這一塊丟給公署的會計部門去查。

螢幕角落有一個「環境採樣紀錄」的連結，他點下去。這是多斯科技從「美加生化」時期開始，總共五十五年的德克薩斯採樣紀錄。

他快速瀏覽，從最新的紀錄往前看回去，到後面越翻越快，然後把畫面關閉……慢著！

他火速把畫面打開。

這些年來德州依然持續偵測到高輻射量，這很正常，因爲鈾235的半衰期超過七億年，像鈷這類醫療廢棄物的放射性早已變低，所以目前偵測到的核種只剩下鈾。

他查了一下採樣地點——共一千兩百個。

就算裡面有些採樣點屬於同一顆炸彈污染好了，他約略一算，總共也有超過七百個不同的污染源，那代表著七百顆的含鈾髒彈！

濃縮鈾昂貴異常，擁有提煉技術的也就那幾個國家，如果文明大戰時期的南美洲有這等財力購買，也不用來覬覦美加了。

為何幾十年來從未有人想過這個問題？

他的腦子隨即有答案：因為沒有人願意講實話。南美盟軍當然不會承認自己丟了多少髒彈，而美加只在乎廢境的放射值有無減低，從來沒人關心數量到底合不合理。

他重新把所有報告看過一遍。污染核種以鈾為主，然而少數幾個地點檢測出鈽。多斯科技的採樣一份必須交由國家原子研究院化驗，兩方的化驗數據是一致的。

「搞什麼鬼？」鈽的提煉成本甚至比鈾更高，這說不過去。是採樣有問題，或是檢測單位有問題？

或者，兩方都有問題？

他把所有報告連同多斯科技的資料存入自己的手機，桌上的分機突然響了起來。

「長官，署長來了。」蘿菈匆促地通報。

自從奎恩消失之後，她被調來為他工作。她從未問為什麼，只是一如以往地冰冷專業，岡納假設她心裡已明白發生了什麼事。

他不用回應，奧瑪署長已經開門進來。

「謝謝。」岡納放下話筒。

奧瑪關上身後的門，只是站在原地不動，岡納並不出聲，奧瑪自然會說出自己來訪的目的。

「這一切都是你的錯。」奧瑪終於開口。

「我？」他譏嘲。

「布朗和戴維斯那兩個蠢才，我把他們踢回軍隊，這輩子別想再碰到紀律公署的大門。但是對你，我有更大的期待的。」

「我已經很習慣讓別人的期待落空。」他微笑。

奧瑪坐進他對面的空椅。「我已經聽夠了你們這些人的空談，我們擁有一整個國家的資源，卻沒有人奈何得了奎恩。」

「如我直言，長官，你只動用了清除部的資源。現在情況很明顯，光是清除部是不夠的，他們一百年也抓不回奎恩。」

「我不要奎恩回來，我要他死！」奧瑪斬釘截鐵。

岡納瞬間明白了。

確實，一個死英雄比活叛徒容易解釋多了。

「我已經想過你所說的每一句話。」奧瑪深深注視他。

他們兩人都明瞭他指的是哪一天的哪一段話，岡納的眼神瞬間變得銳利。

「長官？」

「岡納，我能信任你嗎？」奧瑪問得粗率。

「長官，您從不信任任何人。」岡納也回得直白。

「奎恩一直掌握公署情報，我們內部有人洩密給他，你應該明白自己身分爲何如此敏感吧？」

「我好像該感到榮幸，現在還未被踢出公署。」他露出森森白牙。

「你和那個墨族女人糾纏不清，對情況更是於事無補。」

「署長，我用腦袋思考，不是老二，我承諾抓得到奎恩，就一定會做到。」

「但願如此。」奧瑪站起來。

兩個男人對視片刻，奧瑪終於開口：「一切就照它應該發展的方向吧。」

岡納心頭有個東西咚的一掉，說不出是什麼感覺。掉下來的可能是危機，也可能是轉機。

「無論如何，公署內部的調查必須繼續，里維總衛官會來找你。」奧瑪轉身走出去。

「我會在此候教。」

奧瑪停下來看他最後一眼。

「你在玩一個非常危險的遊戲，岡納。這個遊戲的結局會導向何處，只有時間能證明。」

「奎恩、墨族人、德克薩斯、多斯科技，時間永遠能證明一切。」他沈穩地說。

「什麼？」奧瑪握在門把上的手一頓。

「沒事，長官，只是一堆混亂的情報。」

然而這短短的一頓就讓他明白，奧瑪知道些什麼；他不確定是到哪個程度，但奧瑪絕對掌握某些跟多斯科技有關的內幕。

作戰部及清除部的內鬥已攤開國人眼前，甚至造成一名衛官死亡，內部調查勢在必行，總統和國會都在等待一個結果。

國會要求指派公正第三方進行調查，奧瑪署長則堅持紀律公署維持獨立運作，最後這個「公正第三方」決定交由公署的國內重大犯罪部負責。

軍事部門和國內部門雖然同屬於紀律公署，其實更像兩個獨立的機構，彼此的運作互不干涉。兩大部門都有自己的風紀局，爲了杜絕疑慮，奧瑪指派國內部的風紀局跨部門調查，國會最後勉強同意這個選擇。

里維總衛官兩個月前接任風紀局主管，這個案子成爲他任內的第一個大案。

署長前腳離開，里維立刻進來，這些人眞是完全不等人的。

岡納把桌面收拾乾淨，平靜以對。

「岡納衛官，我是國內部風紀局的里維總衛官，奉命調查古騰衛官身亡一案及軍事部門的內部疏失。」里維在他對面坐下來。「基於對反恐作戰部領導人的尊重，我們可以在你的辦公室進行訪談，也可以選擇在偵訊室。」

「在這裡就好，謝謝。」

里維年近四十，黑髮黑眼，寬肩闊背，典型的公署硬漢形象，這輩子偵訊過的罪犯大概跟許多人吃過的漢堡一樣多，岡納有種在看著自己的錯覺。

「啓動錄影，案號BC23500-325號——」里維背出一段檔案資料，包含兩人的姓名、軍階等等，再向他宣讀他的權利。「岡納衛官，七月二十八日下午一點至三點之間，請陳述你的行蹤。」

「七月二十八日中午我和一名線民碰面，她必須回懲治中心例行報到，一點零五分我開車載她進城，在車上，警用頻道傳來清除部正大規模搜捕的訊息；一點二十四，我聽見巴布頓市有一場警匪對峙，正好我的車子離現場不遠；一點二十七分我趕到現場，只來得及看見古騰衛官被槍殺——」他描述完接下來發生的事。

里維靜靜聽完。「所以，當天古騰衛官並不是出於公務需要而在現場？」

「不，他那天休假。」

該死，他欣賞古騰。

大學畢業後才決定投身軍旅，讓古騰成爲公署中最貼近平凡人的衛官。他的性格沈穩篤實，大部分的衛士都喜歡他。許多新進衛士遇到問題，古騰經常是他們第一個尋求建議的對象，這樣的好人卻死在兩個混蛋手中。

「你也不是預先和人約好在巴布頓碰面？」

「不。」

「所以，古騰只是在錯誤的時間出現在錯誤的地點，成爲這場意外的犧牲者？」

「你我都知道，紀律公署沒有『意外』這種事，只有疏忽、怠惰、不思進取的衛士，犯下令人無法容忍的過錯。」岡納冷笑。

「那天在你車上的女子是誰？」里維神色平靜。

「她和古騰的死無關。」

「每件事都有關，請回答我的問題，岡納衛官。」

「她是個線民。」他冷冷回答。

「只是個線民？」

「不然呢？」岡納反問。

里維拿出平板，叫出一個罪犯檔案。「她叫若絲琳・韓，百分之四十的非法血源者，和奎恩總衛官的妻子秦甄是密友。在她被補之後，秦甄的非法身分也曝光，奎恩總衛官和妻子不久即雙雙失蹤，對吧？」

「我依然不懂這和古騰的事有何關聯。」

「岡納衛官，作戰部和清除部的不合，始於奎恩和強森的恩怨。」里維將平板放下。「奎恩總衛官殺了強森——是的，我這裡有署長完整的證詞——兩個部門的嫌隙加深，即使清除部的人不明內情，想也知道兩個人出去，只有一人回來，回來的那個人不可能沒問題。

「這些嫌隙隨著時間越演越烈，從未有人正視，以至於導向悲劇性的結果。岡納，我們是紀律公署，不是希臘悲劇，重蹈覆轍的劇碼在這裡不適用，」

「希臘悲劇？」他笑道。

「原本奎恩總衛官離開，這個嫌隙有機會獲得解決。倘若你願意配合庫柏的行動，或庫柏願意放下身段向你求助，你們兩方可以化解成見、一起合作。不過你們就像鬧翻的六歲小孩，堅持不手牽手、排排坐，最後的結果就是拖整個公署的聲譽下水，甚至葬送了一名衛官的生命。」里維毫不容情地說。「古騰衛官之死不只是戴維斯的責任，而是軍事部門惡鬥下的產物。如果不把問題解決，類似事件遲早會再發生。我的任務不只是調查古騰的案子，而是中和整個情勢。」

「中和情勢？」

「我得說，岡納衛官，如果我是署長，你和庫柏早在這件事發生之前就被踢出公署了。」

「我是不是該慶幸你不是署長？」他笑出白牙。

「別慶幸得太早。」里維不受影響。「唯今之計，只有讓所有該負責的人負起責任，軍事部門才能重新運作。告訴我，奎恩總衛官是否和你聯絡過？」

哈！

「沒有。」

里維再度掏出他的平板。「七月二十四日，中午十一點零七分，有一通經過加密的電話打進你的手機，通話時間兩秒鐘，這通電話的來源是？」

「我隨時有線民打加密電話進來爆料。」

「通話只維持兩秒？」

「顯然情報價值有限。」

里維定定注視他，岡納不爲所動。

「我們的情報指出，那通電話來自里昂・奎恩，你爲何隱瞞奎恩總衛官和你聯繫一事？」

他們監聽他！

他的手機是公署配發，被監聽不足爲奇，不過奎恩使用的是加密線路，理論上那通電話在監聽系統裡只會錄到一段雜音。他的家裡和車上有反監聽裝置，可是接到電話的那時是在餐館裡，因此他的話被錄得一清二楚。

他們一直在監聽他，或許他的隨身物品早已被置入監聽器。

「奎恩的案子屬於作戰部機密，這個案子不在你的權限之內。」岡納不跟他客氣。

「岡納衛官，我奉總統、國會及署長之命調查，相信我，一切都在我的權限之內。奎恩跟你說了什麼？」

「『你抓不到我。』」

「就這樣？」

「就這樣。」

「他特地打電話就爲了告訴你，你抓不到他？爲什麼？」

「你何不等我抓到他之後，再自己問他？」岡納十分和善地微笑。

「抓他並不是你的任務，是清除部的。」

這一記戳得正中痛腳，岡納的笑容變得稍微沒那麼和善。

「奎恩總共打過幾次電話給你？」里維繼續問。

「既然你們比我清楚我的通聯紀錄，何不由你來告訴我？」

「容我提醒，你有誠實回答的義務。」

「你打算怎麼做？把我按在膝上打屁股？」岡納笑出來。

「說謊對你的情況非常不利。」里維不欣賞他的笑話。

「我的情況？」

「你一直說你想找到奎恩，你已經找到了，奎恩人在德克薩斯，我並未見到你採取任何行動。」

「剛剛有人告訴我，抓奎恩不是我的任務。」

「所以，你承認你沒有積極協助緝捕奎恩的意願？」里維黑眸一瞇。

岡納大笑，笑聲卻殊無喜意。

「里維，無不敬之意，不過光聽你這句話，就知道國內部門的人對墨族叛軍是多麼外行——這不是你的錯，畢竟署長將你丟進一個完全陌生的領域。你建議我們怎麼做？指揮一支軍隊攻入德克薩斯？」岡納甚至不掩飾語音中的譏諷。

「紀律公署擁有全球最強的軍事力量，難道我們對付不了一塊廢土上的罪犯？」里維平穩如昔。

「我們是可以揮軍直入，但這眞的是總統、國會、署長想要的嗎？七十五年不算短，卻也沒長到讓人忘記一切。舊美國和南美聯盟在文明大戰對壘，即使戰後和解，我們甚至和墨西哥組成了邦聯，但不表示大家忘了曾發生過的事。南美諸國擔心我們報復，我們擔心他們有一天突然覺得捲土重來也不錯。德克薩斯是兩條鬥狗之間的池塘，只要隔著這個池塘，誰都咬不到誰，一旦我們開始做出『收回德克薩斯』的舉動，你猜第一個緊張起來的會是誰？」

里維定定注視他。

「其次，德克薩斯的罪犯確實不好搞，不過我更擔心的是那些『非罪犯』。」他冰冷地挑起嘴角。「羅瑞・艾森的北愛爾蘭集團、澳洲仔、蛇王孟羅的隱藏勢力，還有委內瑞拉的那群流兵，那些退役軍人沒有地方可去。我們和他們對上不會只是一場『執法行動』，會變成眞正的戰爭。即使我們以壓倒性的兵力得勝，必然也將付出慘痛的代價。總統和公署必須向人民解釋，我們爲了一塊廢棄的土地，耗費這麼大的成本是爲了什麼？所有喪生的士兵是爲了什麼？數十億的軍備預算是爲了什麼？殺了一群根本沒人在乎的人是爲了什麼？我建議你最好回去問一下你後面的那些大人物，他們是否準備好回答這些問題。」

德克薩斯是個沒人想捅的馬蜂窩，不然他們以爲奎恩爲何會相中那裡？

「所以，你建議我們就這樣放奎恩走？」

「不，奎恩幫了我們一個大忙！他正在痛宰那些罪犯，比起我們，他更有投資在德克薩斯的理由。如果你問我，我會說，讓他去吧！他會幫我們解決這些骯髒的前置作業。」

他從一開始就說過，只要奎恩的腳踏上德克薩斯，一切就變成長期抗戰。他們將一頭獅子逼進野狗群裡，既然如此，就讓獅子去收拾野狗，何樂而不爲？

「我總結一下，在你代理作戰部主管的期間，放任兩個部門的心結惡化，間接造成一名衛官的死亡；你們在街頭上演內部鬥爭，讓遊客拍成影片流傳全球，並讓兩名墨族要犯從現場逃走；你跟一名墨族女人有不正當的肉體關係，此舉完全違反公署操守；你和叛逃中的奎恩有所聯繫，卻未在第一時間通報，並於偵訊中試圖掩蓋。我還漏掉什麼嗎？」

「我相信你已經總結了我過去兩年的功績。」

「岡納衛官，如果你是我，難道你不會覺得種種跡象對你相當不利？」

岡納只是攤攤手。

「感謝你協助調查。我們會公正訪談雙方人士，若有需要採取前期處置，署長會給與指示。」里維站了起來。

「清除部在懲治中心的案子調查得如何了？」岡納突然問。

「什麼？」

「你說我們兩個部門的不合是主因，那你一定看過我和奎恩的最後一份聯名報告，那個案子也一起調查了嗎？」

「……什麼案子？」

「清除部性侵女囚案。強森的幾個核心成員一直在強暴墨族女囚，我們訪談過監獄的囚犯、清潔工和獄警，甚至有幾段影片錄到他的手下離開女囚房，一邊拉上長褲拉鍊。雖然強森和那八個人已經死了，報告中列出來的嫌犯名單不止於此。那份報告應該也是『造成雙方不合』的原因，可是我後來再也沒有看到那份報告，署長一定也把它交給你了吧？」

「……一切尚在調查之中。」

「當然，畢竟你會公正訪談雙方人士，署長會向你吐實一切。」岡納的白牙亮得讓人刺眼。

里維轉頭走出去。

三天後，署長做出傳說中的前期處置：

庫柏即刻起解除清除部代理主管一職，降至二階衛官。

岡納怠忽職守，留職停薪一年，靜待進一步調查。

10

「嘿！」幾根尖尖的指甲刺入他的胸肌。

竟然在跟她上床的時候分心，太侮辱人了！若絲琳怒視騎在身下的男人。

他的注意力瞬間彈回她身上，眼前的美景讓雜思完全蒸發。

岡納從不掩飾自己喜歡大胸脯的女人，粗糙雙掌抓住她的兩只豐盈揉捏。

這一點若絲琳欣賞他，他們都對自己的生理需求很誠實。

雪白乳肉從他指間擠出，他欣賞了一下，拇指磨弄豔紅色的蓓蕾。埋在她體內的部分再度擴張，她輕聲嬌吟，翹臀重開展開起伏的律動。

性感張力在體內逐漸堆積，他終於不再滿足於只是被騎騁，將她推開。

「嘿……」抗議還來不及說完，岡納讓她趴在床上，從身後重重進入她。

「啊！」抗議變成呻吟，她的臀被他捧高，兇猛地逞歡。

他絕對不是個溫柔的情人，肉慾之於他是強勁、快速、猛烈，他喜歡肉對肉的撞擊，深深進入和包裹。

她也喜歡。他們都沒有想到，竟然會找到在床上跟自己這麼合拍的人，無論他對她多粗魯需索，她都挺得住，並以同樣狂熱的慾望回應。

他要她，她就要回來。他咬她，她就咬回來。他喜歡各種不同的姿勢，她就用各種不同的姿勢享受。

「啊……啊……再用力……」激烈的肉體拍打讓她欲仙欲死。快高潮了！她趴在床上緊抓著被單，下身被他捧高，死命衝撞。快要到了……再來……

滴滴。

突然間他整個人抽出去，她濕潤的腿間剩下一片冷空氣。若絲琳錯愕回頭，他還舉得高高的，竟然就在旁邊看手機。

搞什麼鬼？

她坐起來，這傢伙竟然就這樣棄守。

哦，這個侮辱可大了！她這輩子從沒跟哪個男人做到一半，對方竟然還能分心看手機。

若絲琳．韓怒了！

她跳下床，蹲在他身前，將他略擦拭一下，含入口中。

「啊，嘶——」岡納咬著牙，手指在手機敲按的動作加快。

若絲琳不容情，他也不會認輸。終於以破紀錄的速度處理完要務之後，他手機一丟，認眞地享受完。

「哼哼。」若絲琳帶點陰險又帶點得意地走進浴室清理。

等她出來，他坐在她的床尾，雙腿岔開，兩手搭在膝上，很豪邁、很男人的姿態，對自己的全裸一點都不在乎。

該死！這男人裸體的樣子實在賞心悅目。

深古銅色的皮膚被白色床單襯得更雄壯陽剛，全身糾結的肌肉讓世界級健身教練看了都自慚形襪，小小的一間套房突然就塞滿了卡爾・岡納。

她走向小沙發，勾起薄絲袍——她用自己第一個月薪水買的。她可以不吃不喝，就是不能沒有眞絲穿。

「不必麻煩了，我只需要幾分鐘。」

這男人對自己還眞有自信，不過他確實有自信的本錢，親身體驗過的若絲琳只能說，紀律公署的男人體魄都不是蓋的。幸好她也不是省油的燈，不過甄那隻軟腳蝦當初應該被奎恩折騰得很慘吧？

她邊想邊笑，在那米粒大的小廚房煮咖啡。

「不必麻煩了，我自己能解決。」

「妳是個很沒有耐心的女人。」他瞇眼覷量她。

「我對於上床到一半還分心看手機的男人向來沒耐心。」她回頭甜笑。

「如果妳肯再等一下，現在妳就能得到滿足。」

「放心，女人已經很習慣自己照顧自己。」

岡納無聲輕笑。這女人永遠不認輸。

這是他欣賞她的原因之一，他承認。

他們有許多相似之處。他們都沒心沒肺，都善於找出別人最大的利用價值。他們都是互利原則者，不能互利時，也盡量讓對方的損失降到最低。不是因爲他們多有良心，只是不想牽扯上不必要的恩怨。

她是目前爲止在床上跟他最契合的女人。他的性慾極強，性急起來從不是溫柔的料。但無論他如何粗野，她總是能享受。

他不喜歡纖細柔弱型的女人，例如秦甄那一種，這或許是他和奎恩最大的不同。他的女人必須和他勢均力敵，而若絲琳正是這種人。

他的手機又滴滴兩聲，他拿起來處理。

過了一會兒，岡納覺得不對勁。她在哼歌！

這母狐狸在他面前不是夾槍帶棒就是含針帶刺，哪裡曾心情好到會哼歌？有問題。

「發生了什麼事？」他問。

「什麼？」

「妳在哼歌。」棕眸一瞇。

「哼歌犯法嗎？」

「什麼事讓妳心情這麼好？」

她替自己倒了一杯咖啡，倚著廚檯，貓樣的狡黠雙眸覷量他。

這種眼神總是讓他興奮，猶如獵殺之前繞著獵物打轉的母豹，既危險又性感，他腿間的動靜完全無法掩飾。

「不如我們交換條件，你告訴我你在忙什麼，我就告訴你我在心情好什麼。」

「好。」

啊，可惡！

如果這男人有更高價值的情報，和她交換一定不划算，可見他的情報不值錢。

「就一個失業十個月的男人，你看起來一點都不擔心。」貓眸中的算計更濃。

「我不曉得妳如此關心我的生計。」

「別太感動，只是你一天到晚耗在這裡，我的水電瓦斯費大增，你又沒補貼我。」她假笑一下。

岡納微微一笑，沒再接下去。

他若解釋自己爲什麼耗在這裡，就會提到他在忙什麼，然後她就可以不必交換情報了。

哎，可惡！這男人真的被她教精了。

「OK，交換，你先說。」她把咖啡杯放下。

他依然微笑，等著她先開口。

「你這人真的很沒紳士風度耶！」她走到他身前，在他的右大腿坐下來，他的皮膚立刻感覺她腿間的濕暖。「道格．奎恩。」

「什麼？」慵懶的神情消失。

她喜歡他眼眸瞬間像雷射光凝聚的樣子。

「恭喜，你又當叔叔了，你好朋友的兒子幾天前出生，他們以他父親的名字爲他命名。」若絲琳皺皺鼻子。「不過誰會想從小扛著『道格．奎恩』的招牌長大？壓力太大了吧！得有人勸勸他們替兒子取個小名才行。」

奎恩的第二個孩子出生了。

她確實一直和那邊的人有聯絡。

「我不知道妳這麼喜歡小孩。」

「我一點都不喜歡小孩，所以你最好小心一點，不然我會切了你。」她只喜歡少數人的小孩，通常是看在父母的份上。「換你！」

岡納的手機震動兩下，她乾脆搶過來看。

啊？「神祕東方芳療館」？

全首都最高級的SPA中心，採會員制，不是市井小民能申請的。基本上擁有會員的人都非富即貴，以她的財力條件曾經申請過，竟然還被拒絕，看他們多瞧不起人哪！

「你還眞是有興致啊！」她把手機丟回去。

「我想見一個人，她不想見我，最新的情報是她今天會去『神祕東方』。」岡納重新拿起手機。

「噢，可憐的岡納衛官，少了紀律公署罩你，就沒人把你當一回事了。」戳、戳、戳。

岡納棕眸一陰。「別試妳的運氣。」

「你和情人吵翻了嗎？她爲什麼不見你？」她心情超好。

「抱歉讓妳失望，我跟那個女人沒有任何關係。事實上，她的老情人是妳好朋友的丈夫。」

哦，芳娜．羅蘭。

若絲琳又開始算計。

「如果我幫你見到她，你願不願意分享你找她的原因？」

「妳有辦法？」岡納的濃眉一皺。

若絲琳翻個白眼。「信用卡拿來。」

「……爲什麼？」

她乾脆自己跳起來，從他的長褲口袋掏出皮夾，拿出自己的平板，滴滴答答敲了一陣子，然後輸入他的卡號，送出。

幾乎是立即的，岡納的手機響起，銀行打來確認他是否同意支付「神祕東方」的會費。

這該死的SPA中心一年收四萬美金的會費？

雖然四萬美金之於他的薪資存款如九牛一毛，不過什麼鬼芳療館會一年收四萬會費？

他按下「同意」。

兩分鐘之內，平板滴滴兩響，神祕東方傳來一個新會員的專屬密碼，可以直接臨櫃開通。

他查看了一下她的申請資料——

姓名：若絲琳・韓・岡納

保證人：卡爾・岡納

關係：夫妻

職業：紀律公署三階衛官

「什麼？」他眉一皺。

「紀律公署還是很好用的。以前我申請過一次，他們理也不理。」她以他為保證人，銀行授權驗證過身分，於是神祕東方第一時間便核准了。

他盯著關係欄，神色超級複雜。

若絲琳把平板往旁邊一扔。「既然神祕東方是女性限定，你不會以為自己能大剌剌走進去吧？說吧，你為什麼要見她？如果我心情好，說不定願意幫你一個忙。」

他需要一個女性共犯，岡納不得不接受這個事實。

而且不是任何女性，是某個精得連狐狸都自嘆不如的女人。倘若有任何人能說服芳娜出來見他，非若絲琳莫屬。

他從長褲口袋掏出一個小鈕扣，看起來黑黑圓圓的，完全不起眼。他按下黑鈕扣，若絲琳沒感覺到任何不同，不過她忽然懂了。

「訊號干擾器？」

岡納聳聳肌肉雄偉的寬肩，把干擾器丟回長褲上。

「如果你想要到一個無人監聽的場合，絕對有比我這裡更好的地方。」基本上這間破套房二十四小時被監聽，還是拜他大哥所賜。

「只要我在外面，他們永遠無法安心，我家有全面的防監聽裝備——」

「所以，要顯示你坦蕩蕩又不必犧牲堅持的方法，就是耗在我這裡被他們監聽，等你想『安靜』時，你隨時可以回家？」她貓眸一睞。「這位先生，你知道我這間屋子多小、你的體積多大嗎？」

動不動就塞滿卡爾．岡納，擠都擠死了！

「我在這裡，是妳還沒被抓回懲治中心的原因。」他靜靜地說。

「噢。」她該表示什麼？感動嗎？受寵若驚嗎？真是抱歉，她的狀況還是他害的呢！

但他說這句話的方式，不知為何讓她的心臟小小跳了一下。

對啊，他暫時不再是重要人物，紀律公署大可把她扔回牢裡，甚至直接清除。他的存在還是有影響力的，無論現在接替的人是誰，都不會動他安排的人。

「那他們什麼都聽不到了，會不會馬上有大隊人馬殺到我這裡來？」

「他們頂多安排人手在神祕東方等著。」他搖搖頭。

「噢。」她頓一頓。「那你要告訴我發生什麼事嗎？」

「妳瞭解『多斯科技』多少？」

「多斯科技？那是什麼鬼東西？」

岡納觀察她的反應，她不是假裝的。

「奎恩幾個月前丟了這間公司的名字給我，我一直在追查它的背景，每每追查到某個程度就碰壁。多斯科技屬於秦漢科技集團的子公司，羅蘭家族擁有集團的股份，其中多斯科技的股份掛在芳娜名下。雖然她並未實際參與營運，我需要一個人幫我取得內部情報，而她是最不會被懷疑的人。」

確實。

她從來不管事，哪天心血來潮進公司走走，甚至要求來個主管會議，人家只會覺得這就是個沒事找事做的大小姐，想玩家家酒假裝一下自己很重要。

「芳娜・羅蘭爲什麼要幫你？」她嘲弄道。

「我不知道，我得試試看。」

若絲琳尋思片刻。

幫他對她無損，順便能探聽一點情報。

「好吧，我幫你進去找芳娜小姐，條件是，從現在開始房租水電生活費通通算你的，我堅持被包養，岡納先生。」

✷

岡納的下巴掉下來，然後趕快在更失態前收回去。

芳娜走在若絲琳身旁，直直朝他而來。

該死，她是怎麼做到的？

她眞的說服這位高高在上的大小姐，離開那間寶貴的芳療館出來見他！

若絲琳不可能以前就跟芳娜・羅蘭有私交吧？如果有，他一定會知道。

好吧！現在他知道不要小看這女人了。

芳娜在他對面的空位坐下。

「岡納衛官。」

金髮碧眼的芳娜是每個小女孩夢想中的童話公主，白肌無瑕，五官完美，如雲金髮鬆鬆地攬在腦後；即使只是簡單的米白長褲及絲質襯衫，世族千金的優雅仍從她的每個毛細孔透出來。

若絲琳坐在他身畔，衣著和芳娜差不多，岡納猜想是不是女人出來做SPA都喜歡這麼穿？她也是一件名牌休閒短裙，絲質上衣——當然又敲了他一筆——不過對比於高貴的公主，她更像故事裡專門魅惑王子的黑天鵝。

黑天鵝比公主更合他胃口。

「韓小姐說你有里昂的消息？」芳娜繼續說。

岡納冷瞄身旁的女人。

「里昂就是奎恩總衛官，你的前任搭檔。」若絲琳善良地提點。

「……我知道奎恩的名字。」

「那就好。」

「你知道里昂在哪裡？」芳娜緊迫盯人。

「他在德克薩斯，有一個快兩歲的女兒，第二個小孩幾天前出生了。」

這位大哥，你真的覺得這是女人想聽的前任消息？

「嗯。」芳娜靜靜咀爵他丟出來的訊息。

女侍送來他們的咖啡。這間咖啡館位於神祕東方的兩條街外，雖然在首都精華區，不過應該不是芳娜會駐足的那種高級咖啡館。

女侍離去之後，她端起瓷杯抿了一口，優雅的眉微皺了皺，不著痕跡地放下。對面兩個人都知道她不會再喝那杯咖啡了。

「你們想從我這裡得到什麼？」芳娜終於問。

「別問我，我也很好奇。」若絲琳將球拋給身旁的男人。

「有一間公司叫『多斯科技』，過去五十年一直承攬德克薩斯的環境檢測工程。二十五年前，秦漢收購了多斯科技，羅蘭家族是秦漢集團的重要股東，其中多斯科技的股份大多掛在妳的名下，我需要一個人幫我取得這間公司的內部資料。」

「你竟然找上我？」驚詫的芳娜不由得發笑。

「羅蘭小姐，妳和奎恩也算有家族淵源，我可不可以說你們兩人算一起長大的青梅竹馬？」岡納耐心地望著她。

「哦，你們兩人是青梅竹馬？」若絲琳笑得過度和藹可親，岡納的汗毛都豎了起來。

「妳曾和奎恩交往過，我相信妳對奎恩存有一定的情感？」

這話說得含蓄了，在芳娜的解讀裡，奎恩當年只是派駐海外才暫時分開，等他回來，他們就會在一起了，她萬萬想不到中途會殺出秦甄這個程咬金。

「關你什麼事？」芳娜神情一冷。

岡納龐大的身形往椅背一靠，「幾個月前，奎恩突然聯繫我，丟出『多斯科技』這個名字。這些日子以來，我一直在調查多斯科技究竟有什麼吸引他注意之處，妳知道我查出什麼嗎？」

「什麼？」大概是出現關鍵人名，芳娜的神情稍微專心一些。

「什麼都查不出來。」岡納緊盯著她。「當然基本背景資料我都拿到了，但更進一步的細節，總會撞上一堵隱形的牆。恕我直言，這個世界上能讓我撞牆的公司不多，而這些公司通常有問題。我不免想問，一間尋常的生物檢驗公司，爲何要設下重重防護？」

「……那又如何？」她並不關心這些事。

「多斯科技承包政府合同，目前我還不確定這件事牽涉到哪個層級。倘若背後有人不希望多斯科技的祕密被挖出來，而這些人的權位又夠高，那麼挖掘眞相的人都將面臨危險——妳確實不關心這些事，但妳關心奎恩，他和我一樣在挖掘多斯科技的祕密，這讓他也暴露在風險之中。」

芳娜笑了出來。「即使如此，我眞要幫也是幫里昂，何必幫你？」

說眞的，連甄都很少用奎恩的名字，她卻叫得天經地義，旁邊身爲小姨子的女人有點不爽。

「問得好，我猜訴諸妳的愛國心不管用？」

「幫你與愛國心無關，你現在並不爲紀律公署工作。」芳娜毫不留情地指出。

紀律公署的事務從不對外公開，知道岡納現在留職停薪的人沒幾個。

「顯然羅蘭家有自己的情報管道。岡納衛官，你輸了。」若絲琳笑得沒心沒肺。

「等你們像我一樣在這個圈子長大，就會明白這圈子的政治是如何運作的。我不愛玩，不表示我不懂。」芳娜冷冷說。

「妳確實沒有義務幫我，不過妳應該明白奎恩爲何跑到德克薩斯。只要我能找出他對多斯科技感興趣的原因，就多了一項接近他的籌碼。」

「那又如何？你只想殺了他。」

岡納沈默片刻。

「我並不想殺他，讓我先找到他，是確保他能不被殺的最好方法。」他的神情完全坦誠。

芳娜沈默下來，似乎在思量他的話。短暫的瞬間岡納以爲自己說服了她，她卻拿起包包站起來。

「恐怕我幫不了你，再會，岡納衛官。」

「坐下！」

這聲厲斥來自他身旁的女人。

芳娜不可思議地停住，從來沒有人敢用這種口氣對她說話。

「抱歉？」

「坐下，我不會再說一次。」若絲琳冷硬地說。

她的神情讓芳娜毫不懷疑，倘若她們是在暗巷中相遇，這女人眞的會扣住她的脖子，硬拖著她坐下來。

天生對於權威有些敏感的芳娜緩緩坐了回去。

「妳想做什麼？」她的神情開始有點忌憚。

若絲琳冷笑。

在芳娜·羅蘭尊貴的大小姐表象下，她不過是一隻飼育良好的名種犬。她的一生都由父兄照顧，心愛的男人也是發號施令的總衛官，潛意識裡她習於直接遵從權威。相處才幾分鐘若絲琳就將她的個性摸得一清二楚。

岡納礙於身分，不能對芳娜硬來，她可沒有這層顧忌。

她生父的家族在日本富甲一方，眞要比大小姐的嬌氣，她絕對不比芳娜·羅蘭差。

「我知道妳存了什麼心思——有一天里昂．奎恩或許會離開那個女人，回到妳的身旁。妳最好弄清楚，妳心裡的『那個女人』可是我親如手足的好友，所以妳的利益和我互斥。」

岡納緩慢地嘆一口長氣。

「是你們邀請我來的，又不是我來找你們。」芳娜下顎一抬。

「那又怎樣？妳想打電話給奎恩的母親，讓她知道妳有多擔心，再抬出一點家族交情，請她勸奎恩『走回正途』，並尋求五大世族的支持，順便讓妳站在他身邊跟他一起奮戰是嗎？」若絲琳冷笑。

「……我不必向妳解釋這些。」

「芳娜，妳最大的問題是，妳以為錢與權能解決一切。倘若奎恩真的傻到以為找五大家族有用，我還真慶幸甄及早擺脫這個白癡。」

「妳說這些對我毫無助益。」岡納搖頭嘆息。

「誰說我是來幫你的？」若絲琳給他一個大白眼。

芳娜神色一變，但若絲琳完全不給她駁斥的機會。

「妳的運氣不錯，我們雖然利益相斥，不過我深信奎恩的存活連帶提高甄的生存機率，這方面我們兩個的立場一致。所以總結是，我們的共通利益高於互斥，這讓妳暫時不是我的敵人。」

她對岡納冷冷一笑。「你這混蛋也不是什麼好東西，不過有一點倒是說對了，無論奎恩現在蹚進什麼渾水，越詳盡的情報越能提高他的生存機率。所以，現在我們三個人都在同一條船上，我們都想要同樣的目標：讓奎恩活下去。我的條件很簡單，無論你查到什麼，我都要一份。」

她看回芳娜。「而妳，妳想贏回奎恩，也得他有命回到妳身邊才行。所以情況很明顯，妳可以為我們的共通利益一起努力，也可以放手看里昂．奎恩走入地獄，妳自己選吧！」

「……你們希望我做什麼？」

岡納明智地把握機會，從口袋掏出一個指甲片大小的晶片。

「妳的股份不足以介入實際經營，卻可以關心公司的營運狀況。找個理由到多斯科，開會也好，視察也好，將這個晶片貼在任何一台和內部網路連接的主機上，其他的交給我。」

「這是犯法的嗎？」芳娜瞥一眼那個晶片。

「我就是法律。」

「……」芳娜接過晶片，轉身離去。

兩個人坐在原位，直到她的車子消失在車流裡。

「『我就是法律』？」

「『混蛋』？」岡納慢慢說。

「你否認嗎？」她聳聳肩。

他想了想。「滿貼切的。」

他伸出一隻拳頭，她伸出一隻拳頭，兩人互敲一下。

或許以後他偵訊女人都該帶上若絲琳・韓——他扮黑臉，她扮更黑的黑臉。

✷

「嗨，史提夫。」

史提夫一打開門，口中的熱狗麵包就掉下來。他日思夜想的性感嬌娃就在門外，如雲般蓬亂的烏絲披散在胸前，教人不知該嫉妒頭髮還是嫉妒胸部。

砰，他退了回去，火速關上門。

若絲琳眨了眨眼，門後面開始出現一串音效。

咳！噗！咳咳咳——搥胸喝水吞麵包。

乒哩乓啷、喀隆喀隆——緊急收拾環境。

啊！啊！啊——這個就真的不知在喊什麼。

門用力拉開，「好買家」倉儲曠男一張興奮的臉只能格格傻笑。

「嗨，若絲琳，咳，妳怎麼會跑來找我？」等一下，他牛仔褲的拉鍊有沒有拉？T恤的芥末醬明不明顯？

他剛剛才想著她，然後……咳咳，他拉鍊沒拉的原因絕對是純情的，絕對！

「你這裡沾到一點蕃茄醬。」

一隻白膩纖細的玉指揩拭他嘴角，放進自己的口中舔掉。

史提夫的全身酥了。

如果那張嘴舔的不是手指……

同一根食指在他嘴唇點一下，史提夫忍不住舔舔嘴唇。

「史提夫，記得有次我的曠職時數太高，快要被開除了，你幫我駭進公司主機把我的出勤時數改回來。」

「啊……對……」好香，她的手指怎麼這麼香，她全身一定都很香。

「我這次又有點小麻煩，不是我們公司，是別間公司，你可以幫我嗎？」她眨眨眼睫毛。

「幫……幫……幫……我什麼都幫。」他好想也請她「幫」他忙啊……

「這是我們的小祕密，不要跟任何人說唷。」那根食指滑下他的弱雞胸膛，輕輕一點。

史提夫的心臟被愛神的箭刺穿。

「當然、當然。」他跟若絲琳有共通祕密耶！好想哭……

「我在另一間公司打工，不小心瞄到一些資料好像有問題，可是我又不確定。我想把那些東西抓下來，如果眞的涉及不法，我們有義務向警方檢舉，畢竟這是一個公民應盡的義務，對吧？」

史提夫高中時期瘋狂迷電玩，差點畢不了業，於是他和同學努力研究學校的資安技術，駭進去竄改成績。

論駭客程度，他的等級頂多算小學生，不過芳娜已幫他們裝好後門，他只須連上網、抓下來、掩飾行蹤，這些基本功應該難不倒他。

「當然對、當然對。」史提夫挺身英雄救美。

「太好了。」她愉快地走進來。

若絲琳來找他幫忙，現在只有他們兩個人，已經晚上了，或許她心情好會留下來……

砰，快關上的大門被一隻拳頭攔住。

史提夫呆呆盯著隨後走進來的鐵塔。捲著一身冰風暴的鐵塔森然瞄他一眼，史提夫的身高馬上縮短一呎。

「噢，那是岡納，他跟我一起的，你不介意吧？」若絲琳無邪地問。

「不介意……」香豔夜晚瞬間從腦中蒸發。

半個小時後，他們找到多斯科技的資料庫。過程並不難，岡納只給了他一個ＩＰ位址，史提夫沒費太大工夫便連上去，這半個小時大多是在過濾資料系統。

不曉得岡納的晶片是什麼？她有機會得給自己弄一個。

鐵塔的陰影始終籠罩在史提夫頭上，他打字的手都是抖的。唯一足堪告慰的是若絲琳捱在他身邊，柔軟的胸部貼住他的手臂。他在心裡淚流滿面，感恩師父、讚嘆師父！

「這個。」她指了一個「德克薩斯環境議案」的資料夾。

史提夫立刻點進去，所有跟德克薩斯有關的項目都列出來，琳瑯滿目的資料夾讓人看花了眼。

「把所有東西拷貝下來。」岡納掏出一個儲存裝置給他。

「兩份。」若絲琳溫柔甜笑。「你有沒有多的儲存卡可以借我？」

「有有有！」人借妳都可以。

資料量著實驚人，光下載到硬碟就要不少時間。等待期間，岡納一邊瀏覽其他資料庫。

這些是公司內部留存的資料，比呈給政府和公開發表的報告詳盡多了。所有檢驗時間、檢驗地點、檢驗人員、實驗室通通在上面。若絲琳注意到，有些檢驗報告的備註欄打了個星號。

「這個星號是什麼意思？」

史提夫試點了一下，竟然可以點進去，但是秀出來的全是亂碼。

「這是加密文件。」岡納看他一眼。「這些資料也都一起下載。」

加密解密這部分就需要技術更高的人了，史提夫沒有這樣的能力。

「呃，那個……咳，我們做的這些事情是合法的嗎？」史提夫把所有資料都拷貝成兩份，他們一人一份。

他身旁的女人把他的下巴勾過去，櫻唇覆住他的雙唇，調皮的舌尖在他齒間輕舔。

「不合法，絕對不合法。」她悄聲輕笑，一字一句全呼進他口中。「瞧，多興奮，你這輩子有沒有跟別人一起做過這麼刺激的事?」

他不可能正在和若絲琳接吻，他一定死了，這片天堂絕對不屬於人間!

「嗯哼!」鐵塔出聲。

天堂如此短暫。

若絲琳結束曠男生平唯一一次的法式熱吻，他已經呈半昏迷狀態。

「史提夫，眞想不到，你是個接吻高手。」她最後一下輕舔他的嘴唇。

「是啊，我是……」就讓他的生命停止在這一刻吧!他一輩子都不想回到人間。

「嗯、哼!」更重的鼻音。

「抱歉，該走了，記得安全退出啊，不要被抓到。」她曼聲輕語。「如果不是這個煞風景的傢伙，想想我們今天可以有什麼樣的夜晚。」

他在想啊!他一直在想啊!

性感女神被鐵塔半拎地帶離他的公寓。史提夫淚流滿面，他這輩子再也不洗澡刷牙了，他要留著若絲琳的香味。

嗚!幸福眞是太短暫。

11

「奎恩！」田中洛踏上屍橫遍野的餐營。

用「屍橫遍野」並不誇張，每個成員一踩上營地立刻撲倒，後面的人只能踩著前面的身體而過，等他們一碰到空地也立刻撲倒，就這樣第三排、第四排……被踩的人也不閃，頂多原地滾來滾去，這就是他們唯一找得出來的力氣。不久，整片餐營躺滿呻吟的人群，一不小心會讓人以為這裡發生了大屠殺。

奎恩是最後一個踏上來的人。不是他速度最慢，是因為沒心沒肺沒人性的他一聲令下：比他慢的人加訓一小時，於是所有人死也要趕在他前面。

幾百條人體裹滿泥巴，乍看猶如兵馬俑轉世，奎恩也不例外。若不是那昂然的步伐和氣勢特別好認，田中洛實在認不出他。

說眞的，看奎恩總衛官朝自己走來是很驚心動魄的體驗，就像一隻老鷹盯著獵物，即使他已經成為他們的一員，那種轉身就跑的直覺依然存在。

「什麼事？」泥巴下的藍眸燒灼著生命力。

「這是多斯科技的機密資料，只儲存在總公司的私密伺服器，不對外連線。」兩個人走到旁邊，田中洛掏出口袋裡的晶片。

「誰給你的？」那雙冰藍眸子更森寒。

「若絲琳，共犯是你的老同事，岡納衛官。」田中洛笑笑。

「她怎麼交給你的？」泥巴濃眉聳了起來。

「我們自然有聯絡的管道。」

奎恩的語氣轉爲不耐。「田中，我對你的躲躲閃閃已失去耐性。如果有一天我們迫切需要某種情報，我必須知道所有能運用的管道。」

「那你願意告訴我你的情報來源是誰嗎？」田中洛挑眉。

「蘿菈，我的祕書，她對我十分忠誠。」

呃，田中洛沒想到他眞的說出來，最後只能嘆一口氣。「聽著，不是我藏私，這個人的身分牽涉到其他人，沒有這些人的同意，我不能隨便破壞承諾。」

「把所有資料傳到我的電腦。」奎恩不想在這件事上多做糾纏。

「已經傳了。」田中洛揚揚晶片。「我大概看了一下，裡面有三分之二的檔案都有加密，即使我不是電腦專家，和萊斯利處久了也有些基本概念，這加密技術不簡單。坦白說，我不確定萊斯利是否能破解。」

即使做得到，也不是三、兩天的事。

「還是傳一份給我，我解除他的操訓，讓他下午開始上工。」

田中洛笑容一閃。「他應該會迫不及待。」

萊斯利是個文員，理論上不需要做體能訓練。不過幾個月前他和一個小組到外地幫忙破解某黑幫老大的電腦，全隊中了埋伏。奎恩一手訓練出來的手下他很清楚，這種埋伏在兩年前，或許會讓他們全軍覆沒，放在現在只是小菜一碟。

問題就出在萊斯利。

身手和體力都不足的他成爲眾人負擔，差點讓小隊全滅，最後是奎恩派來的援兵及時趕到，才驚險逃出。

後來奎恩下令，萊斯利得跟所有人一起受訓。萊斯利當然唉唉叫，人生從此陷入地獄。

其實奎恩已經夠客氣了，萊斯利被放在「次級體訓營」裡，這是專門設計給非武裝人員或鎮民的。馬洛斯一役讓許多人感受到訓練的必要，於是主動要求受訓。奎恩並不求所有人都變成特種部隊的等級，便設計一套平民的體能、槍擊、搏擊的體訓營，交由荷黑督導。

重訓營的人都管體訓營叫「夏令營」，相較於修羅地獄的正規訓練，他們眞的像來度假的。即使如此，一般人受訓之後，對付普通的街頭打鬥也已綽綽有餘。

旁邊荷黑帶著愛斯達拉的副手培里茲一起走過來。

「你去忙吧！我會拎萊斯利回來。」奎恩對田中洛點點頭。

「嗨，荷黑、培里茲。」田中洛打聲招呼，回去自己的辦公室。

「什麼事？」奎恩問。

這兩人也跟所有人一樣，髒到看不出頭髮皮膚的原色，全都成了活動兵馬俑。

「明天就是輪調的日子，最近狙擊班正好練到城市制高點的狙擊，我在想，你若讓第五團的人調到尤瓦爾迪，那裡有足夠的高樓可以進行實地訓練。」培里茲主動提議。

這倒是個好主意。奎恩搔搔下巴，一塊泥巴立刻被他搓下來。

是的，現在修羅地獄的成員不只卡斯丘的固定班底，也多了列提和愛斯達拉的人。

過去這一年他並沒有閒著。從他收了馬洛斯開始，南美幫的恐怖平衡被撼動了。

南美區眞正主宰的勢力有三大支：東邊尤瓦爾迪的馬洛斯集團，中間奧德塞市的皮克集團，西邊凡霍斯堡的高梅茲集團。

這幾個戰前名不見經傳的小城市，如今都成了各據一方的幫派大城。

他花了一年的時間清空馬洛斯勢力範圍內的小幫派，如今南美區已有三分之一的領地屬於他。

奎恩不得不看出一個諷刺的事實：他竟然成了德克薩斯的「犯罪頭目」之一。

尤爾瓦迪已經由愛斯達拉的部隊接管；周邊地區，他要田中洛召列提回來。

墨族叛軍之所以成不了氣候，很大原因是他們一打下一點小地盤，就開始窩裡反。他過去兩年做到了他們五十年做不到的事，誰該聽誰的已經很明顯。

這時田中洛終於透露，其實許多墨族平民藏匿在中南美洲，由愛、列兩人的軍隊一直輪流保護。這也解釋了情報上說他們總共有兩千名士兵，爲何平常只看到不足一千人在活動。

既然如此，就把所有人召回來吧！

相隔三百年，墨族人終於重回他們祖先的土地。

「嘖嘖嘖，一手打下的江山就這樣交給別人，英雄啊英雄！」在旁邊看戲的孟羅還不忘調侃。

奎恩懶得理他。

他的目標從不在爭這方寸之地，目前他和幾個墨族將領的關係依然脆弱，由墨族人管自己人對大家都好。

希塞社區的一千五百人已成爲他的精英，現在所有人提到「希塞部隊」都明白這是一支勢不可擋的力量。愛斯達拉等人都無法相信，這群墨族平民竟然能在一年內脫胎換骨。

奎恩固定保持讓五個團駐守卡斯丘，其他十個團輪流派駐各地。

十五個團每三個月輪調一次，其一是讓每個人保持警覺，安逸的環境是怠惰的根源；其二是讓每個團對各地深入瞭解，將來若有需要，任何一團被調過去支援，都能立刻進入狀況；其三當然是監控愛、列的人馬，不讓他們爲非作歹。

「希塞部隊」的角色類似憲兵，亦即軍人中的警察。他立下明確的軍紀，任何人犯了軍紀，無論是愛斯達拉、列提，甚至他自己的人，一律依軍紀處置。

愛列兩人親自來看過卡斯丘是怎麼操練的，立刻要求自己的手下接受同樣的訓練。奎恩沒意見。

墨族人越強，就表示他也越強，就表示他想保護的人更安全。所以，現在不只甄在德克薩斯搞學校，他也搞起了特種部隊養成班。

「尼克。」他雄沈一吼。

「是，老大！」尼克從癱瘓狀態到閃電跳起只花了零點五秒。

「明天第五團和第十一團交換，你們到尤瓦爾迪繼續狙擊特訓。」

「是，老大！」尼克和第十一團的團長一起大喊。

第五團是希塞部隊的狙擊手，愛斯達拉麾下有四個知名的神射手，培里茲是其中之一。他對愛斯達拉提出交換條件：訓練他們可以，但愛斯達拉必須出借他的狙擊手擔任教練。愛斯達拉同意了。

因此，這四個狙擊手每三個月輪班一次，來卡斯丘爲狙擊團進行特訓。

奎恩看著一堆排隊領餐的「半殘障」人士，心中油然而生一股驕傲感。

一開始他們都是「墨族人」和「鄰居」，現在他們是兄弟，籠罩在每個人頭上的不確定感由更親近的情感取代。

他們的氛圍更粗野，調侃起來更不容情，嘴裡F字和S字四處飛，甚至動不動要動幾下拳腳，但深刻的革命情感已深深在彼此之間烙下。

他們能吵到揪著脖子下來幹架無所謂，但外人若敢動他們的人一下，面對的就是一千五百把槍。

他們終於開始像一支軍隊。

「嗨！」

光是這聲歡快的招呼就傳達了主人燦爛的笑顏，荷黑卻馬上跳起來，躲到奎恩身後。在場他最高，最好躲。

「……」

「……」

奎恩和培里茲決定保持沈默。

「你吃過沒有？聽說這隻奎恩中午只給你們幾分鐘吃飯，太不能人道了。」蒂莎深巧克力色的皮膚閃閃生光。

「……」不人道和不能人道是兩回事。

「吃過了。」話聲從奎恩背後飄出，荷黑又寬又壯的身材竟能縮得完全不見人影，也算厲害了。

奎恩往旁邊平移一步，荷黑大驚嚇。你幹嘛突然閃開？

「給你，我自己做的漢堡。」蒂莎塞個紙袋給他。「甄教的食譜喔，很好吃，對吧？」

最後的問號是丟給教她做的人的老公。

「對。」奎恩不能不挺老婆的食譜。

荷黑臉色如土，除了接過來，別無他法。

「那我回去了，掰掰。」蒂莎開開心心地走開。

「你幹嘛說『對』？你知道之前的三明治、炸雞和一堆『甄教的食譜』害我跑幾次廁所？」荷黑嘶聲道。

「所以，你還是全吃下去了？」奎恩問出重點。

「喂，你太快突破盲點，不夠意思。」培里茲義氣相挺。

荷黑怒瞪他一眼。

「你大可把漢堡偷偷丟掉，我們不會告訴蒂莎。」奎恩給他一條活路走。

荷黑看著紙袋，再看看那豐滿的背影，最後默默掏出漢堡咬一口。

明明心裡就是愛的，到底在硬撐什麼？旁邊兩個男人都很無言。

「這年頭，有人願意做飯讓我們拉肚子也是種幸福啊。」羅漢腳培里茲心有戚戚焉。

奎恩搔搔下巴，滿面深思。「這我不清楚，甄沒讓我拉過肚子。」

「……」

「……」

幹！

萊斯利說得沒錯，這傢伙就愛炫耀他有女人。兩個單身漢不齒地走開。

✸

奎恩在廚營後面找到萊斯利。

不只他，還有尼克、拉斐爾和傑登。這角落通常不太有人來，三個男人圍著少年不知在講什麼。

「我跟你說，你這樣不行，這樣追得到妹，我頭扭下來給你踢。」科技宅非常勇於批評。

「雖然這萬年宅男的話沒什麼指標性，但這次我必須同意他。傑登，你話沒說兩句就沒詞兒了，搞什麼鬼？」尼克搥少年一記。

「傑登，你有沒有跟女孩親熱過？接吻、擁抱、上床？」拉斐爾忽然問。

「拜託，不要問這麼不上道的問題。」萊斯利翻個白眼。「當然沒有。」

傑登英俊的薄臉登時漲得通紅。「我當然想跟莎洛美多講幾句，可是聊天也要有話題啊！」

所以光是找話說這關就直接被打槍了？

「好吧，有些人撩妹確實比較沒天分。」拉斐爾嘆了口氣。

傑登越想越憋屈。話都給你們說就好了！

拉斐爾兄弟倆天生就是義大利帥哥，濃髮黑眉，對女人眨眨眼睛就夠了。而棕髮棕眼的尼克留著三分頭，臉上總是掛著鄰家男孩的親和力，卻一身動作明星的肌肉，他們懂得怎麼把妹是應該的吧？

「這話你們講起來當然容易，你們一個長得像義大利男模，一個長得像電影明星，萊斯利你……有頭腦。」

「喂喂喂，爲什麼講到他們都是外表，講到我只剩下頭腦？」萊斯利不爽。

「你好像忘記你也是個『有臉』的人？」拉斐爾不管旁邊那個很吵的傢伙。

「十九歲是嫩了點，好歹有條青春小鮮肉的路線可走。」尼克同意。

「小鮮肉是給中年富婆吃的，我們莎洛美可不是中年富婆。」萊斯利堅持求取注意力。

「鎮上最近不是開了一間電影院？你約莎洛美去看電影不就得了。」尼克說。

「我問了，她說鎮上播的片子她和麥姬去看過了。」傑登頽喪道。

「你何不直接告訴她，你喜歡她？」

冷不防冒出來的沈嗓讓四個人跳了足足有半人高。

「抱歉，老大，還有兩分鐘，我們馬上回去。」尼克連忙說。

「不好意思喔，大哥，在場幾個人裡面，就你最沒立場教人家把妹。你夜店也不泡，酒吧也不混，是跟人家插嘴什麼？」萊斯利感慨地攬住奎恩的肩膀。

現場也只有他這葷素不忌的人敢這麼做。

冰藍眼眸停在肩頭的手掌上，萊斯利趕快鬆開。

「哦，嗨！」

又有人加入，這次是令人眼睛一亮的人。

秦甄抱著寶貝女兒走過來。任何人看見她們母女倆，實在無法心情不好。

兩歲的紫菀穿著跟媽咪一樣的母女裝，黃色T恤，胸前印著一行大大的「最棒寶貝」，秦甄胸前的字樣是「最棒媽咪」。

「你就差一件『最棒爹地』……咳。」萊斯利把話吞下去，奎恩冷冷地收回目光。

紫菀是卡斯丘年紀最小的成員，廣受各方寵愛，即使是冷血無情的德州人也喜歡快樂的寶寶。

她長得不全然像奎恩，也不全然像秦甄，而是自成一格。圓圓的眼睛和鼻頭屬於她自己，白皙的皮膚來自母親，眉毛長得像爸爸，但就那一頭黑溜溜的鬈髮讓眾人頗爲不解。

秦甄是直髮，奎恩的頭髮雖然比以前長，不過也就是普通男人的長度，看不出所以。難道……紫菀的鬈髮基因是來自爸爸？這表示奎恩的頭髮如果長了，也會這樣一捲一捲的嗎？

眾人一想就覺得好笑，但絕對沒有人敢在他面前笑。

紫菀小娃娃從還不會說話就愛「發表意見」，現在學會說話之後更擋不住她。

目前她只會一些寶寶字眼，可是已經遠超過這年紀的小嬰兒會的。

看到妻女的身影，奎恩寬闊的肩膀明顯放鬆，迎了過去。

「趴趴、趴趴，」小紫菀瞪大眼睛。「趴趴髒髒。」

「抱歉，爸爸還在忙。」他讓女兒坐在他強壯的手臂上。

「洗澡！」小傢伙興奮大叫。

奎恩低沈地笑出來。

「妳一天到晚就想洗澡。」秦甄頂了頂女兒額心。

洗澡之於紫菀等於跟爸爸一起玩水。

通常奎恩進門會先洗個戰鬥澡，然後放水，趁她做飯期間，父女倆便坐進浴缸裡，一起玩得不亦樂乎。

有一次她忙著做燉肉，忘了叫人，他們竟然就泡足一個小時，泡到紫菀的皮膚都皺了。

最後一家之主——她——嚴格規定：洗澡不准超過半小時。

「爸爸，菀菀胖胖嗎？」紫菀咬著下唇。

「怎麼會？」他女兒是全世界最可愛、最漂亮的小女孩。

「班說菀菀胖胖，菀菀才美油胖，美油胖就是美油胖！」小傢伙開始投訴。

「菀菀當然不胖啊。」他想想覺得不對。「班是誰？」

他老婆霎時提高警覺。

「噢不，不不不！」她當機立斷把女兒抱回來。「你絕對不准下課時間跑到她班上瞎晃，想找出哪些小男生跟她講話。我老公如果變成恐龍家長，我太沒面子了。」

「……我只是問問。」

「班是一個健康正常、快樂活潑的五歲男孩，他不需要同學的爸爸衝到幼兒園威脅他。你會嚇到他心理異常，長大之後變成連續殺人狂。」她轉身尋求支援。「莎洛美？莎洛美，可不可以幫我把紫菀抱回去找伊絲？」

「沒問題。」正在餐檯幫忙的莎洛美立刻過來。

傑登立馬全身僵硬，身邊三個年輕人頂腰的頂腰，跺腳的跺腳，無奈傑登已經化身爲摩艾石像，無從反應。

「哈囉，我們看看能不能騙到人分我們一點布丁。」莎洛美香了香她嫩呼呼的小臉頰。

「布丁！」紫菀眼睛一亮，班和胖胖的話題瞬間被遺忘。

大小姊妹倆開開心心地走遠。摩艾石像繼續石化，萊斯利只能恨鐵不成鋼地踹他一腳。

班？誰家的孩子叫班？

「老公？」

好像是鐵匠家的孩子？對，他們家有個小鬼叫班，但他不確定年紀。他對寶貝女兒的交友圈太不熟，這樣可不行。

「不要再想班是誰了！」她又好氣又好笑。

「……我沒有。」蒂莎跟鐵匠很熟，改天打聽看看。

「里昂．奎恩，你老婆有話跟你說，可不可以專心一點？」她嘆了口氣

「嗯。」這小鬼混哪裡的，敢笑他女兒胖？

「這件事你應該不會放心，所以我答應你，送你一個爲所欲爲的夜晚作爲交換。」

他的注意力在一瞬間調回她身上。

每每被他眼光鎖住的那一刻，她總會心臟一緊，那澄藍的雙眸只注視著她一人，好像全世界都不存在。

上回讓他爲所欲爲的結果，就是九個月後兩人多了一個兒子，夫妻倆腦中都浮現同樣的思緒。最後理智蓋過獸慾，奎恩雙眸一瞇。

「妳想做什麼？」

她咬了咬下唇。「兩個星期後，有一個眼科名醫會來德克薩斯義診，得事先預約掛號才行。凱倫和蒂莎都會帶她們的孩子過去，我也想帶紫菀一起去。」

奎恩心下瞭然。

半個月前楚門醫生替紫菀做檢查，她的視力似乎比同齡的小寶寶差一些。楚門不是眼科專家，現在既然有個眼科專家要來，甄當然會記在心上。

「紫菀還小，視力發展需要時間。」他溫柔撫過妻子臉頰。

她一直很在意紫菀的生理發展。在她懷孕時期，體內充滿微金屬原料，必須佩戴具放射性的阿爾法鐵環，又打了中和藥劑。體內一堆化學物質，她總是擔心會爲紫菀留下什麼後遺症。

嬰幼兒視力不良並非太罕見的事，但那股罪惡感在她心裡，始終揮之不去。倘若不讓她帶紫菀去檢查，她是不會安心的。

「倘若她的視力眞的有問題，嬰幼兒的黃金矯正期是三到七歲；倘若有特定因素可能影響寶寶視力，更該提早到二歲就開始檢查。」紫菀絕對符合「特定因素」的條件。

這是妻子的心事，奎恩不多爭執。

「義診在哪裡？」

「聖安吉洛。」她小心翼翼地盯著他。

果然，那雙劍般銳利的濃眉立刻糾結。

聖安吉洛位於歐洲幫和南美幫的勢力交界處，屬於中立地帶。任何一方勢力若是進軍此地，另一方都會視之爲攻擊的前哨曲。某方面這讓聖安吉洛成爲德克薩斯少見的治安良好之處，德州本地人大多聚居在此地。

任何人都知道，誰都可以惹，就是別惹德州佬，他們即使身中十槍，倒地之前也會在你身上餵個五槍。

即使如此，不表示聖安吉洛對她和孩子就安全。

最近時局敏感，馬洛斯垮台後，皮克和高梅茲對他忌憚萬分。倘若他們接獲消息，難保不會鋌而走險，堅持擄走他的妻女以要脅。

「蒂莎說聖安吉洛是少數依然『政府直營』的城市，治安良好。德州有三個這樣的中立城，舉凡國際義診都是選在這些城市。楚門醫生和鎮上的人也會去，所以我們應該很安全。」她小聲補充。

她看起來一副謹慎溫順的模樣，他可沒被騙過去。他老婆固執起來連蜜獾都自嘆弗如，她提前兩周告訴他已經算客氣了。

「好吧！我陪妳們去。」他決定。

「不用啦！你也不可能隨時隨地跟著我們。」她反倒良心不安。「你現在也有這麼多事要做，卡斯丘和尤瓦爾迪都需要你，難道以後我們一出門，你就丟下一切跟上來？」

「現在的時機不同。」他們和僅存的南美幫已進入半宣戰狀態，只差在彼此都在等對方先動手。

「我不是不明白，只是你花了兩年的時間，訓練一批精英出來，難道你不信任他們？」她嘆息。

旁邊那幾個偷聽的人直點頭。

「咳，抱歉。」拉斐爾不禁插口。「我可以護送她們去；如果卡斯丘要看診的人夠多，我們甚至可以組織一支護送隊伍。」

「瞧？」

「妳先掛號，到時候我會安排。」奎恩只是說。

「謝謝。」她吻他一下，心裡還是有點歉意。

其實，比起實質上的危險，更多的是他心裡放不下她們。可是「時局敏感」這事在德克薩斯是常態，她和孩子不能因此就一輩子禁足在卡斯丘，尤其關乎紫菀的醫療問題。

偷偷瞄後面那幾個大男生一眼，她踮腳在他耳邊低語：「記住，欠你一個晚上。」

她擺擺手，輕快地離開。

「老大？」

奎恩回頭。

「我們不會讓她們出事的。」拉斐爾說。「甄老師是大家的甄老師，紫菀是大家的小公主。」

「對，整個鎮就是我們的責任。」尼克輕鬆地搭在同伴肩頭。

他們的表情是全然的警覺與自信，猛一晃眼，他彷佛見到以前軍中的同僚。

奎恩微微一笑。「謝謝，剛才我們說到哪裡？把妹訣竅？」

呃？

「對！」萊斯利立刻進入狀況。

「你們說得對，我沒什麼立場傳授訣竅，畢竟我沒談過幾次戀愛就結婚了。」他的拇指往後一比。「我也只能騙到那樣的女人嫁我。」

「……」

「……」

「……你的訣竅是什麼？」

✸

唉，才開開學第一周而已，怎麼就有這麼多公文？

她唉聲嘆氣地坐下來。

不過看了幾份後心情就好起來，裡面有一半都是修滿學分的申請書，等她和布魯納批署，這些孩子就正式高中結業，可以到墨西哥考同等學歷，裡面也包括莎洛美和麥姬的申請。

她愉快地——但絕不徇私——審查過所有附件，在督導欄簽下名字，旁邊授課老師欄已經都簽好了。

她是小學部負責人兼中學部督導，布魯納則相反。他們學校的名聲漸漸打響，附近一小時車程內都有人送孩子過來上學。自從世界各地的墨族人開始移居過來之後，合格的師資人數也在逐漸增加。目前中學部共有六個班級，合格教師七人，小學部三個班級，合格教師四人，及一名幼教老師。

嚴格說來這裡並不算是正式學校，只能掛名「卡斯丘學生自學輔導機構」，不過鎮上的人可不管這些。

他們的行政辦公室就是之前印教材的地方，總共有兩層樓。第一層做為幼兒園的教室，第二層放了七張辦公桌。德克薩斯什麼都缺，就是不缺空間，不過除了身負行政職的人，其他老師大部分把教室當辦公室，這間教師室反而比較少人上來。

「嘖。」一罐飲料丟到她桌上。

「謝謝。」

拉德嘟嘟囔囔回到自己的辦公桌。

秦甄對他微笑。最讓人意外的就是拉德了。

他竟然榮膺最受學生歡迎的老師。「藝術史」理當枯燥乏味，可是他天生冷嘲熱諷、夾槍帶棒，一干歷史名人全被他批了個狗血淋頭，卻往往一針見血。這種教學風格意外打中青春期孩子的罩門，一時讓藝術史成爲最熱門的選修課程。

可是第一個學期結束後，拉德突然說有事要離開一陣子，人就失蹤了。那三個月動不動就有學生來問：「拉德老師何時回來？」

說眞的，她也不曉得他會不會回來，擔心他在外面惹上什麼麻煩。

三個月後，拉德回來了，往她桌上丟了張教師證。

秦甄盯著那張教師證，說不出話來。

原來他去墨西哥參加三個月密集班的教育學程，這是專門替碩士以上高學歷份子開辦的，讀完之後考過資格考，就能取得中學的教師資格。

拉德休了三個月的店，不知損失多少，就爲了讓這些孩子們能多得到一位合格的老師。如果不是知道她反應太大，拉德會翻臉，她應該已經哭出來了。

這個臉臭脾氣壞的老男人根本就是個熱血好人嘛！

「不要這樣看我！」拉德一副要翻臉的樣子。

她趕快也給他一張臭臉。

對了。

「好幾天沒看到海娜了，拉德，你今天有沒有見到她？」

海娜是他們的工讀生，今年十六歲，一個星期在學校打工三天；通常下了課，她會過來幫忙整理環境和影印。

海娜的性格十分安靜內向，有次莎洛美和幾個女孩邀她一起逛街，她遲疑了下，最後還是沒去。

她上班已經一個多月，平時沒課的時間幾乎都在這裡，所以秦甄算是比較常跟她碰面的人。

「誰知道，她兩天沒來上課了。」拉德咕噥。

「兩天？她沒有請假嗎？」

「我又不是她的導師，我哪裡知道？」拉德臭脾氣地回應。

怪怪的。

想了想，她找出海娜家的電話撥過去。電話響了好幾聲沒人接，她只好掛斷，先處理公文。

等她再度看向時鐘，已經下午三點，看來海娜今天又不會出現了。她越想越不放心。

「拉德，我去海娜家看看，下午如果有事就麻煩你了。」

「她家在鎮外喔！」拉德立刻警覺起來。

「好，我找瑪卡陪我去。」

修羅地獄的人還沒收訓，只能找戍守營區的人。

她經過田中洛的辦公室，意外看見她老公和萊斯利都在裡面，不曉得在忙什麼。

她不去吵他們，瑪卡正好從瞭望哨走下來。

「嗨，瑪卡。」

「嗨，你們家寶貝呢？」嬰兒是瑪卡的罩門。她和奎恩的關係解凍，很大程度是看在紫菀小朋友的面子上。

「她還在幼兒園午睡。」她笑。「瑪卡，妳有沒有空？我有個學生已經兩天沒上學了，我想去她家看看。」

「好啊，在哪裡？」瑪卡爽快地說。

「拉德說在鎮外。」她把抄下來的地址遞給瑪卡。「雖然兩天不算什麼，可是我放心不下。」

「這塊鬼土地，兩個小時就什麼都能發生了。妳在這裡等我，我開車過來。」瑪卡點點頭。

奎恩高大精悍的身影正好從辦公室出來，正要回校場。

「妳們要去哪裡？」

「去鎮外探望一個學生，她兩天沒來上課了，我覺得怪怪的，海娜不是那種會蹺課曠職的孩子。」她說。

「好，我跟妳們去。」他簡短地點頭。

「噗。」瑪卡不小心噴笑。

「怎麼？」奎恩防衛性地看她一眼。

「妳家那口子眞的、眞的很黏人啊！」瑪卡感慨地拍拍秦甄。

「……我一點都不黏人。」

「沒關係，我習慣了。」秦甄安然回答。「妳該看看我帶孩子一起出門的樣子，他的表情就像盤桓在鷹巢上方的老鷹。」

「……」

無論奎恩想表示什麼，都被接下來的動靜打斷。

一輛車遠遠衝向他們社區，輪胎尖銳地打磨地板。嘰——令人牙齦發酸的刺耳聲音，開車的人恍如酒醉，整輛車歪歪扭扭又是高速，看得人膽顫心驚。

「門衛！」奎恩大吼，看守大門的哨衛迅速拉上鐵門。

「不……不不不！別關上！」秦甄突然發現開車的人是誰。

蛇行的車子加上擋風玻璃反光，她根本不曉得自己是怎麼看出來的，或許是一種直覺。

「奎恩，拜託。請他們把門打開！」

營區鐵門早就換成兩吋粗的精鋼閘門，除非是裝甲車，任何車輛撞上去只是自找苦吃。

奎恩迅速看她一眼，牆頭的哨衛全部舉槍對準直撞而來的車輛。

「海娜，是海娜！」她大叫。

奎恩迅速做個手勢，門衛一看，滑上一半的鐵門迅速拉開，瑪卡跳上吉普車的駕駛座開到路旁，免得被撞到。

秦甄心跳快停止了，如此笨重的門，開關都需要時間。門滑開了三分之二，但是來車的方向如此不穩定，隨時可能撞上。

一百碼，八十碼，六十碼……三十碼，二十碼……

車子衝進門的前一刻，鐵門恰恰好完全滑開，車子立刻煞車，整個車身高速在原地打了兩圈。

奎恩及時撈住她往旁邊一跳，驚險避開掃過的車尾。

「妳不會躲嗎？」他大吼。

「抱歉，讓我下來！」她迫不及待地跳上地面，往車子衝過去。

駕駛座的人同時跳出來。

「甄老師！」

眞的是海娜。

「上帝，海娜，妳發生了什麼事？」她衝過去抱住少女。

「求求妳……救救我媽媽……救救她……」

倒在她懷中的少女全身血污，根本看不出原本的面目。海娜劇烈地發抖，雙腳似乎快撐不住自己的體重。

「艾德華、夏宮！」瑪卡大吼，門衛和她一起衝向車子。

後座有人。

海娜的情況糟透了！她的長髮夾雜著凝固的血塊，整團糾結，秦甄看不出她哪裡有傷，根本不敢亂碰。有一大片頭皮鮮血淋漓，好像整片被揪下來。她左眼腫脹，已無法視物，右眼也只剩下一條縫，露出來的眼白全是瘀血。

她就憑這樣一點點視覺，一路開車來到這裡，而眼睛甚至不是她臉上最嚴重的部位。

她漂亮的臉蛋已經被打到完全變形，鼻梁斷裂，嘴唇腫得猶如腥紅的泡棉；襯衫被撕裂，全都是血漬，連深色的牛仔褲都藏不住大片的血印。最嚴重的是她的右手臂，秦甄不必是醫生就看得出來，她的手臂起碼斷了兩處，左腕更以人類不可能的角度轉扭一大圈。剛才她一跳出車外就摔出來，秦甄甚至不敢猜她牛仔褲底下又是何種傷勢。

「海娜，發生了什麼事？誰對妳下這種重手？」強烈的憤怒和保護慾貫穿她的心。以海娜目前的狀態，能移動都是奇蹟，她是怎麼一路開車過來的？

「叫楚門。」奎恩迅速囑咐，被聲音驚動的田中洛剛走出辦公室，立刻轉頭進去打電話。路旁就是中學生的教室，一番騷動早就驚動了孩子們。

學生全擠到窗戶旁張望。她一抬頭，和布魯納的視線對上，布魯納迅速控制情勢。

「好了，所有人回位子上，現在還是上課時間！」

學生們只好心不甘情不願地坐回去，布魯納把班級交給助教，迅速跑出教學樓。

「醫生！快叫醫生！」瑪卡突然大吼。

瑪卡等人是在另一側的後座，從這個角度秦甄看不見發生了什麼事，她現在把注意力全貫注在海娜身上。

提著醫藥箱的楚門匆匆趕到，身後跟著兩名助手。他一看到瑪卡那裡的情況，直接衝過去。

「媽……」海娜想跛著腳衝過去。

「不，甜心，看著我。」秦甄緊緊捧住她的臉。「楚門醫生正在救妳媽媽，她會沒事的，告訴我發生了什麼事？是誰傷害妳們？」

「我要看我媽……」淚水從腫脹的眼縫迸出來。

「我明白，親愛的，醫生正在幫助妳母親。瞧，那是莉蒂亞和凱文，他們是楚門醫生最稱職的助手，他們一定能救她。」秦甄堅定地望進她眼底。「告訴我，是誰攻擊妳們？我們必須在那人攻擊其他人之前找到他。」

海娜只剩下一條縫的視線終於移回秦甄臉上，彷彿失去所有力氣，緩緩滑坐在地面；秦甄小心地幫她坐下來，這時才發現，她的左腳踝已經脫臼了。

斷手，斷腳，近乎失明，她到底是如何把母親送上車，又是如何一路開過來？她承受了多大的痛苦啊！

凱文走過來幫她檢查，神色嚴峻的奎恩跟在後面，海娜立刻縮了一縮。

「沒事了，妳很安全。那是奎恩，我的丈夫，妳認識他的。」秦甄將她抱得更緊，柔聲安撫。

奎恩蹲在地上，盡量讓自己的體型顯得不那麼嚇人。

「海娜，妳和母親在這裡很安全，我不會讓任何人傷害妳們。告訴我，攻擊者是你們認識的人嗎？或是陌生人？」

海娜無助地望著所有人。

「別害怕，跟他說。」秦甄溫柔輕促。

少女終於在她懷中崩潰。

「我爸……是我爸爸做的……」

✷

奎恩神情一片平靜，但是所有人看到他都會立即讓開，他眼底冷酷的殺意令人不寒而慄。

他身旁的瑪卡、拉斐爾和傑登也差不多，沒有人見到海娜母女的情狀之後還笑得出來。

「他媽的我要宰了那傢伙，先說好，你們不准跟我搶！」瑪卡爆烈的脾氣展現無遺。

沒有人能動無辜的女人和小孩，管他這人是誰！

一行四人站在吉普車旁，最後一次檢查武器，準備出發。

「里昂。」秦甄從醫務室走出來，神情有點疲憊。

「情況如何？」奎恩停下檢查槍的動作。

「母女倆都暫時穩定下來了。」她嘆了口氣。「柏格森太太的傷勢比較嚴重，大腦有一塊被鈍器重擊，楚門暫時以藥物讓她昏迷，希望這幾天腦部的腫脹能消下來，再做進一步評估。海娜一直等到她媽媽的狀況確定之後才肯接受治療，現在正在開刀房。她手臂的骨折必須打鋼釘，不過她的年紀輕，傷勢會復元得比較快。」

「她那個變態老爸呢？她有沒有說他在哪裡？」瑪卡的眼眸噴火。

「沒有，她從頭到尾只是坐在母親旁邊，什麼都不說。」

秦甄遲疑了一下，繼續說：「這種情況在受虐的孩子身上很常見，她剛逃出來，不確定自己是不是真的安全了，生怕說太多若是被抓回家，只會受更大的苦，所以寧可什麼都不說。」

奎恩的藍眸寒過北極的堅冰，上帝都救不了讓他出現這種眼神的男人。

醫務室的門打開，一臉頹喪的布魯納走了出來。

「都是我的錯，海娜兩天沒來上學，我應該更警覺的……」

「兩天沒上學並不是少見的事，這不是你的錯。」許多孩子根本不想上學，一天到晚有人蹺課，他們人力有限，也無法一個一個追蹤。

「可是妳就注意到了。」布魯納更是自責。

「你們對柏格森家瞭解多少？」奎恩彷佛變回那冷面無情的總衛官。

「不多。」布魯納搖頭。「每個來德克薩斯的人都有自己的故事，我只知道他們住在鎮外十哩處，平時除了進卡斯丘採買生活用品，不怎麼和人打交道。柏格森願意讓海娜來上學，我都已經覺得很意外。」

鎮外十哩已靠近荒野，很少有人會在荒野獨居，更何況是帶著小孩的家庭。

「她爸爸以前是傳教士，後來好像惹上什麼麻煩，被教會踢出來。」莎洛美不知何時跑過來，一直在旁邊聽他們說話。「聽說他發願要來德克薩斯傳教，可是也沒看他在做。同學對他們一家都不熟，隱約聽說柏格森先生控制慾很強，海娜沒在學校工讀之前，每天一下課就得立刻回家，連多待一分鐘都不可以。」

難怪她在學校這麼開心，這是她少數能逃離父親掌控的時刻。所以這兩天又發生了什麼事？她們母女爲何會全身是傷地逃出來？

奎恩聽夠了。

「上車。」他自己打開駕駛座。

「我猜我不能一起去？」秦甄舉手。

「不行。」

「那讓我去吧！」布魯納神色蒼白。「海娜是我的學生，我必須知道究竟發生了什麼事，否則我一輩子良心不安。」

奎恩只想了兩秒。

「上車，跟著瑪卡，聽她吩咐。」

「里昂，等你抓到那傢伙，替我狠狠揍他一拳。」她抑不住心頭的憤怒。

他點了點頭，一行人出發。

12

在德克薩斯的蠻荒求生，數量是生存之道。敢獨居在曠野的人若非身手過人，就是另有隱情。德州地大，即使在戰前，也經常十幾哩才看見一間農莊。柏格森家位於通往尤瓦爾迪的公路旁，並不難找；一路上只有零星一、兩間屋子，大多廢棄了，也因此讓他們的屋子更容易辨認。

他們的車子停下來，傑登毛骨悚然地盯著插滿十字架的舊屋。

太詭異了！屋前、屋後、屋側、車道旁，甚至要拐進他們家的公路旁就有，滿滿全都是十字架，大大小小，目測超過五十個。

最矚目的是聳立在屋後、高度十呎以樹幹做成的兩個十字架，其他有石頭做的，水泥塑的，兩段樹枝以繩索綁成的，也有以整段原木雕成的。經過常年日曬雨淋，十字架零落敗壞，更加蕭條陰森。

這情景根本不會讓人產生宗教的神聖感，只覺得是什麼詭異邪教的聚點。

「這些十字架……真的只是十字架吧？」傑登吞了一口口水。如果底下埋了東西，這數量實在是……

「每一根的距離太近，埋不了人。」奎恩的解答讓他心下略安。

所有人下車，奎恩將車子堵在車道口，兩旁十字架就是最好的路阻，任何人都無法開車衝出去。

「拉斐爾，後門。瑪卡，外圍。布魯納你跟著瑪卡，她叫你做什麼就做什麼。我和傑登走正門。」

所有人分頭行動，他和傑登來到正門口，指節輕叩。

沒人。

再敲一次。

依然沒人。

他握住門把一轉，門微微往內滑開。

雖然門鎖在這種鬼地方沒什麼用處，再大膽的人也不會不鎖門。他對傑登微微一點頭，兩人各自抽出腰後的手槍。

砰！門踢開，一人往左，一人往右，立刻舉槍環視。

無人。安全。

屋內暗得不尋常，兩人持槍警戒，繼續往內移動。

現在是九月天，傍晚五點仍悶熱難當，屋內卻飄出一股陰森的涼意。奎恩馬上發現原因，每扇窗戶都以木板釘死，光線、氣流不入，除非開燈，否則伸手不見五指。

他打開手電筒，一室凌亂立刻現形，即使囤積狂見到這間屋子都自嘆弗如！

灰塵彷彿被手電筒的光線餵養而充滿生命力，在移動的光帶中翻騰，強烈的腐臭氣息令人欲嘔，傑登捂住口息，幾乎不想找出那腐臭的根源。

屋內的格局，大門右邊是客廳，左邊是飯廳和廚房。客廳內堆滿一袋袋黑色塑膠袋，只剩下一點走路的空間；傑登查的飯廳情況也差不多，只是被長得像櫃子或層板的家具通通塞得滿滿的。有幾只塑膠袋撐到破掉，滑出來的都是一些衣服、報紙、舊鞋之類的雜物。

奎恩將數量驚人的垃圾掃開，盡量騰出一點走路的空間。露出的地毯已經發黑，留了好幾攤莫名其妙的印漬；偶爾有幾個架子是整齊的，或者在一堆雜物中勉強看到有幾堆清理過，感覺好像有人努力在維持環境整潔，最後依然慘烈敗北。

他往廚房一指，傑登迅速往那方向移動，他自己踏向通往房間的走廊。走廊底端突然出現一道人影，他舉高槍口，拉斐爾做出同樣的動作。兩人看清對方，槍口放低。拉斐爾指了指往地下室的樓梯，奎恩點點頭，拉斐爾走了下去。

奎恩繼續檢查走道，左右兩側各有一間房間。每走深一步，腐臭味便越來越強。他聞多了這種腐臭，臭味的來源通常不會是什麼好場面。

第一扇門內，同樣塞滿垃圾。第二扇門，他指尖一碰到門板，立刻覺得不對。金屬，再往前一推，太重了，正常的門不會這麼重。

這是加厚金屬門，具有初階防爆作用，無人會花這種錢在曠野的破屋裡裝一道防爆金屬門。門倒是未上鎖，他的指尖微微推開一條縫，嗆濃的腐肉氣味立刻噴出來。

門的另一邊就是一切的原點。

他施點力推開，正面衝擊而來的臭味讓人難以呼吸——排泄物、腐敗物、某種乾草燃燒的氣味、陳滯的空氣，各式各樣的濁氣混合成一種人體嗅覺希望它不存在的濃臭。

無論見識過多少刑案現場，奎恩亦不禁掩鼻。

這是什麼鬼地方？

房內的擺設，第一個躍上奎恩腦子的只有兩個字：祭壇。

屋內點了上百支蠟燭，四面牆以某種詭異的暗褐墨水寫滿聖經的經文，鐵鏽般的氣味只能讓人得出合理的解釋：這墨水必然是血液。

正面門口的牆前擺了一張木頭祭台，牆上畫滿十字架、惡魔、天使、煉獄焚燒圖，以及各種奇怪的宗教符號。

屋間正中央有兩張傾倒的椅子，扶手和椅腳纏著繩索，有幾股的切口粗糙，顯然被人以鈍刃割開。椅子周圍的地板全是血跡，面積令人心驚，奎恩蹲下來一觸，有幾灘血已經乾涸，另有幾灘是半乾或濕的。

無論屋子裡發生了什麼事，都持續了一段時間。

他走到祭台一看，一具高掛的十字架也沾滿乾血。一只類似甄攪拌麵糊用的大木缽擺在中央，裡面起碼有兩公升的鮮血，濃烈的腐臭一半來自這碗腐血。

缽裡的血絕不可能一天累積而成，正常人失去這麼多血早就死了。柏格森去哪裡搞來這麼多血？野生動物？他女兒和老婆？

兩把帶血的廚刀浸在血缽中，旁邊的桌面擺了有打火機、木棍、木尖條、石塊、烙鐵、剪刀……這根本是刑求套裝組。

這裡活生生是一間刑求室，這就是海娜和她媽媽受苦的地方。

他回身環視室內，想像若是甄和孩子被當成血牛放血……噢！他非常非常渴望把同樣的手法套用在對方身上。

這世界上的惡魔並不存在於虛無幻想，而是活生生、會呼吸的雙腳動物。

啪唧！

廚房突然響起巨大的摔砸聲，奎恩立刻奔去。

「你是魔鬼，你是惡魔，你是撒旦的使者、路西法的信徒！滾出我的家，滾出這個聖域！」

嘩啦、嘩啦，某種液體潑濺的聲音。

「柏格森先生，冷靜一點，我們沒有惡意。」傑登以平靜的嗓音安撫。

奎恩一衝出走道，立刻聞到汽油的味道。不妙！

潑啦、潑啦的聲音依然在灑，他貼著牆壁來到廚房外，微微一探。

「你別想奪走我的軀體，這間屋子是聖域，我的身體是聖域，惡魔沒有容身之地！」

「聽著，柏格森先生，我們找到海娜和她媽媽了，她們非常平安，我是來接你跟她們會合的。」傑登依然保持平穩安撫的語調。

不錯，這小子定力越來越夠了。

他再冒險一探，一個神情狂亂的男人站在傑登對面，滿頭花白的亂髮，滿面鬍髭，甚至看不清楚五官。過瘦的手指骨如雞爪般，緊緊抱著一桶汽油，他竹竿般的身體罩著白袍，沾滿暗褐色血漬。

傑登不敢做太大的動作，只是站在原地不斷安撫他。

海娜的年齡並不大，奎恩以爲柏格森頂多是個中年男子，但這男人滿臉皺紋，起碼六、七十歲。再瞥一眼他的眼角、唇角，奎恩迅速明白，這人其實確實年紀不大，是壓力和精神疾病讓他外貌比實際年齡蒼老。

整間廚房的地板浸滿汽油，傑登的牛仔褲也被潑濕半截，只要一丁點火星掉在地上，瞬間就是人間煉獄。

「你這個惡靈，我不會被你哄騙！海娜和艾莉絲已經被我驅完魔，你們這些魔鬼再度將惡種播回她們體內，我必須重來一次、我必須重來一次……」柏格森嘴角噴出白色的唾沫。

傑登舉高雙手，顯示自己無害。「柏格森先生，是眞的，海娜請我來接你，她非常擔心你。我是她的同學傑登，你聽過我的名字嗎？」

「那女孩已經不是正常人，邪靈佔據了她的身體！你是她的朋友，你也是惡魔的同路人！」柏格森的左手從口袋掏出一只打火機。

該死！

「柏格森先生……」

「火，火能淨化一切！燃燒吧！燃燒——」

砰！

柏格森沒有機會點燃打火機，一個子彈孔出現在他的眉心，另一個在他心臟。暗色血澤渲染了白袍，他嘴巴大張，奇異的「咯咯」響從他喉間傳出。最後，仰天倒地。

奎恩神情冰冷地站在廚房門口，傑登站在他前方，兩人的槍口都冒著輕煙。

傑登迅速把打火機撿起來，以防萬一。

「我才剛發現角落堆滿汽油桶，他就突然從儲藏室跳出來，大吼大叫，亂灑汽油。我只想著如何控制情況，別讓他點燃打火機……抱歉，人死了。」死人無法回答問題。

「你做得很好，保存自己和同伴的生存機率本來就是第一要務。」他簡短道。

傑登暗惱的臉龐瞬間轉亮。

「傑登，你沒事吧？我們聽到槍聲。」瑪卡在他們身後問。

她和拉斐爾都被槍聲吸引過來。

「沒事。」奎恩回答。

「不是說好這傢伙要留給我的嗎？」瑪卡盯著地上的屍體和汽油桶。

「情勢緊急，沒辦法。」傑登只能攤攤手。

「老大，下面的東西你應該會感興趣。」拉斐爾指了指地下室。

「屋子裡都是汽油，你們先出去，我和拉斐爾下去看看。」奎恩點點頭。

地下室是後來才挖出來的小空間，頂多十呎見方，頭上的一盞燈泡照亮整個空間。一張簡單的書桌，一台舊筆電，桌面堆了兩疊檔案夾。牆上依然塗滿塗鴉，不過是以石灰畫成的各式各樣火焰，不再是宗教圖騰。

或者這其實具有宗教意義，代表焚燒的煉獄？奎恩端詳牆上的火焰。

樓上祭壇畫最多的也是火焰和十字架，柏格森對焚燒和宗教似乎入魔般的執著。

地下室還算「整潔」，他抽出一只檔案夾，平凡的黃色外夾沒有任何字樣，唯有角落印著一個小小的公司名字：多斯科技。

有趣。

爲什麼柏格森的地下室會有多斯科技的檔案夾？

翻開一看，裡面全是實驗數據和表格，卻未附上令人理解的文字描述。其中一個表格的標題是「N27384Ce2」，欄目是「B01」、「CA2」，看似隨機的英數組合，沒有任何意義。

他拿起其他檔案夾翻看，內容大同小異，都是一些不知所以的表格和記錄，總共有十個。他放下其中檔案夾，一張照片滑了出來。

他拿起來一看，黑白照片中是一個男人，頭戴工程帽、身穿工作服，看起來像是工程技師，拍攝背景一見即知是在尤瓦爾迪。

馬洛斯當權時，自大到替自己立了一個銅像，奎恩清空他的黨羽之後，便把銅像熔掉——在這種鬼地方，銅是很珍貴的，一定要廢物利用——照片背景雖然只拍到銅像的右手和右腳，但他毫無辨認的困難。

雕像是七年前立的，這張照片不老，頂多在七年以內。

照片中的男人是誰？

柏格森和多斯科技有什麼關係？

德克薩斯到底有什麼鬼？

他環視最後一圈。

原本只是一段很簡單的任務，抓回一個凌虐妻女的男人，結果他們找到的疑問比出發前更多。

「調一組人來封鎖現場，把所有東西帶回去，筆電交給萊斯利，或許他能挖出什麼。」

✷

秦甄坐在病床畔，床上的女孩雙眼緊閉著。

她已經許久未見這樣讓人心疼的女孩，讓她想到兩年前的莎洛美。

爲了母親，海娜一直強撐在那裡。倘若只有她一人，或許她已經崩潰。

她身上的血污是莎洛美親自幫她擦洗的。楚門醫生知道海娜現在對環境徹底失去安全感，於是治療的過程盡量安排她認識的人來照顧她。

病床上的女孩微微動了一下，秦甄知道她醒著。看眼睛有沒有張開並不準，因爲海娜的雙眼已腫得難以辨識。

「海娜？」她握起女孩的手，女孩明顯縮了一下。「是我，甄老師。」

「我知道……」海娜微張的一點眼縫對準她。

「很抱歉，我必須告訴妳一個消息，令尊過世了。」她拂開女孩額前的髮絲。

海娜瞬間變得僵硬。

「奎恩帶著幾名手下去找他，布魯納也去了，柏格森先生突然衝出來，四處潑灑汽油，手上拿著打火機，他們沒有選擇。」

海娜聽完，久久沒有任何反應。最後，她終於慢慢抬起雙手摀住臉孔，低啞而激烈的啜泣聲從指縫間洩出。

秦甄的心頭一擰。

「我竟然感覺……安心了……是不是代表我是個壞女兒？」

「不，妳是個勇敢的女兒。」秦甄抬起她的臉孔，望進她眼底。「妳身受重傷卻不顧一切救出母親。如果沒有妳，她已經死了，妳是最勇敢、最堅強的女兒。」

「醫生說她可能會變植物人。」海娜沙啞低說。

「也可能安全醒來，無論如何都會有人照顧她，妳不需要擔心。我知道妳並不想再去回想，可是我們必須弄清楚，妳父親對妳們做了什麼？」

「我不知道、我不知道……」

必須立刻問這些事讓她很不忍，但奎恩不確定柏格森是否有共犯，倘若還有其他人在逃，他們必須盡早找到這些人。布魯納想進來，楚門評估之後，認爲最好還是由女性問話。

「我們從頭開始。妳已經兩天沒來上課了，前天下課之後發生了什麼事？」

海娜深呼吸幾下。「那天下課，我媽沒來接我，我只好自己走回家。等我到家，他……」她抖了一下。

「慢慢說，倘若妳需要時間平靜一下，隨時告訴我。」

海娜搖搖頭。「我爸已經把媽媽綁起來……我看著椅子上的人，只有一團模糊的血肉，我甚至認不出她。」

她的神情被過去的鬼魅深深折磨。「我父親突然衝過來，抓著聖經大吼大叫，我嚇呆了，轉頭想跑。他說，我們已經被惡魔附身，如果我敢逃跑，他就要殺了媽媽，我只好留下來。

「後來他把我們都綁在椅子上……我只記得痛楚，無邊無際的痛楚。有幾次我以爲自己會死掉，可是每次總是會再醒過來。」她抬起面目全非的臉。「甄老師，如果眞的有上帝，祂爲什麼沒有幫助我們？」

秦甄努力壓抑心頭的情緒。

「後來我只記得不斷昏過去再醒來、醒來又昏過去。他瘋狂唸著經文，說我們已經被『被惡魔佔據』，必須被『淨化』，他要用火焰和鮮血淨化我們，如同上帝用祂兒子的血淨化世人……我一直以爲我們都會死掉……」

「別怕，妳現在很安全。後來妳們是如何逃出來的？」秦甄輕擁她。

「不曉得過了多久，我只知道有一次醒過來，房間裡只剩下我和媽媽，我爸不知道在哪裡。我一開始很害怕，完全不敢動，等了幾分鐘，不曉得哪來的理智告訴自己，如果不趁現在逃，我們眞的會死在這裡。附近的地上有一把刀是他用來割我們的，我用力把椅子晃倒，掙扎著撿起那把刀子，先割掉身上的束縛，再解開我媽媽……她、她一點反應都沒有，我不敢探她的鼻息，我怕……」

她深呼吸幾下。「以前我爸發作的時候，也會這樣突然跑出門，一個人在曠野狂奔。我知道時間不多，趕快拖著媽媽衝出門，一路開到這裡……後面的事你們都知道了。」

秦甄牽起她的手。「妳問，上帝在哪裡？這就是祂的神蹟，祂賜給妳堅強的心智，賜給妳母親一個勇敢的女兒。因爲妳，妳們才活了下來，這就是最大的奇蹟。」

海娜淚流滿面。「我不懂……爲什麼他會變成這樣？以前他也會毆打我們、不准我們出門，可是從來沒有像這次這麼嚴重……他是我父親，爲什麼他要這樣對待我們？」

海娜的情緒完全崩潰。

「海娜，他是個野獸——」

「不！」海娜激動地抬起頭。「他不是的，以前的他眞的不是！」

「好，妳只要明白他已經永遠無法再傷害妳們，這樣就夠了。親愛的，妳們可以住在希塞社區，我們會保護妳。」秦甄輕吻她的太陽穴。

海娜突然覺得好累好累，只想就這樣睡過去，永遠不再醒來。

「妳知道地下室的那些文件是怎麼來的嗎？」剛剛一直無聲站在角落的奎恩突然出聲。

乍然響起的男性嗓音讓海娜差點彈起來。她火速抬頭，彷彿她父親又追了上來，那副神情讓秦甄心碎。

父母不該是保護者嗎？什麼樣的人會如此對待自己的骨肉？

「別怕，他是奎恩，妳見過他的。有他在，任何人都無法傷害希塞社區的人。」

海娜嚥了好幾口氣才勉強按下恐懼。

「我不知道，爸爸從來不讓任何人到地下室，我們即使在樓梯口逗留太久，他都會暴怒……裡面有文件嗎？」

看來是問不出什麼，奎恩點點頭。「海娜，妳做得很好，妳母親會以妳爲傲。」

「他以前不是這樣的……你們不明白，他以前眞的不是這樣的，三年前的他還是個好父親。」海娜近乎絕望地想說服他們。

三年前？奎恩的視線瞬間銳利。「三年前發生了什麼事？」

海娜自言自語地呢喃：「我父親不是壞人，他被逐出教會不是因爲做壞事。有一間窮人住的公寓被列爲危樓，他想幫這些人重建，教會卻遲遲不批准經費，最後他才會私自挪用帳戶裡的錢。我知道這不是理由，可是他眞的是爲了做好事。

「後來他告訴我們，德克薩斯是一個『無神之境』，他想來這裡傳教，我和媽媽應該留在境內等他。可是我們不願意和他分開，於是陪他一起來。」海娜抬起頭。「他眞的是一個好父親！」

「我相信妳。」奎恩平靜地說。

「來德克薩斯的幾年我們都沒有遇到壞事，我爸更深信這是上帝在眷顧我們，他選擇了一條正確的路。他和我母親一直很恩愛，他眞的是個好人、好丈夫、好父親、好牧師……」

海娜再度失聲痛哭。

「三年前發生了什麼事？」秦甄輕問。

「某一天他出門傳福音，以前他最多兩天就會回來，可是這次卻一個多星期都不見蹤影。我和媽媽到處找，都沒有人見到他，有人說他可能死在曠野了。我們陷入絕望，卻無人可求助。

「就在一個月後，我爸突然回來了，全身又髒又臭，滿臉鬍子，神智昏亂。我們兩人衝出去抱住他，可是……從那天開始，他就變了。

「回來的人不是我爸爸……他變得多疑固執，對失蹤期間的事絕口不提。他說我們家被惡靈入侵，惡靈一直在監視我們。我和媽媽只能無助地看著他把家裡門窗釘死，有時他發作得太嚴重，會不准我們出門；有時情況比較好一點，我們出門也一定要在規定的時間回來。」

「他就是這時開始對妳們使用暴力的嗎？」秦甄揉揉她肩膀。

「我父親這一生從來沒有對人動手過，妳必須相信我！」

「我相信妳。」秦甄抱了抱她。

海娜埋在掌心哭泣。「每次他傷害我和媽媽，總是大吼大叫『魔鬼來了』，只有疼痛和烈焰能將惡靈淨化……」

海娜的手腳有多處燒灼的傷痕，許多處已經是新傷疊著舊傷，她光聽都受不了，更何況親身經受的人？

「他開始把自己關在地下室，我們不知道他在底下做什麼。他如果不是在地下室，就是在祭壇。他突然變得非常喜歡火，總是說『火和鮮血能淨化一切』。我們家每個角落都有汽油和火種，有時候他一個人就這樣盯著一爐火，完全出神，叫他甚至聽不見。」海娜望著他們。「爲什麼？爲什麼他會變成這樣……」

奎恩從角落走過來。魁梧的身形瞬間壓縮了空間，海娜喘息地往後縮。

奎恩直接在病床旁的地上盤腿坐下，降低自己產生的壓迫感。以前他也是這樣和瓊恩說話，從他身上投射出來的安全感，最終讓瓊恩和莎洛美都信任他。

秦甄不斷在女孩耳畔安慰，最後終於讓她再次平靜下來。

「海娜，妳說得對，妳父親是個好丈夫、好父親。」奎恩深深注視她。

「……你相信我？」

「我相信妳。」低沈的嗓音十分柔和。「妳說得對，他在三年前就死了，回來的並不是妳父親。我要妳記住他生前的樣子，那才是妳眞正的父親。無論他消失的期間發生什麼事，我都會找出傷害他的人，讓他們爲你們一家受的苦負責。」

海娜顫抖著下唇，注視他良久。

「你發誓？」

「我發誓。」

女孩把臉埋進雙手中，撕心裂肺地哭泣。

✷

他們一離開病房，秦甄立刻轉身抱住他。

她全身彷如黏滿隱形的血污，有一種衝動想剝光衣服擦拭乾淨，只有他的存在能讓她的激動平息下來。

奎恩打開旁邊無人的病房，抱她走進去。

他強烈的體溫、堅硬的胸膛、令人安心的氣息，一切屬於奎恩的氛圍包裹著她，她的心跳漸漸找回正常的韻律。

他的雙臂環攏，夫妻倆只是靜靜相擁。

「抱歉，我只是需要一個擁抱。」過了好一會兒她終於抬起頭。

海娜的故事太令人痛苦了。他以前的工作就是做各種偵訊、聽這些恐怖的故事，他怎麼受得了？

「隨時歡迎索取。」他勾起她的下巴，輕輕一吻，一雙藍眸只有落在她和孩子身上，才現出溫柔

秦甄需要這個吻。

她張開唇讓他的舌入侵，舌尖和他交纏、品嚐，心頭最後一絲煩惡被他的溫存驅散。

多可惜啊！他們的孩子不會有父親的藍眸，這是最能淨化她心情的藍寶石。

「里昂，在你們出發之前，我如此深信柏格森是個混蛋，現在我什麼都不確定了……」海娜並不是盲目替父親粉飾，他眞的曾經是個好父親。爲什麼一個信仰虔誠的牧師，會轉變成爲一個瘋狂的惡魔？

這三年來海娜與母親的不肯放棄有了解釋，即使受盡苦楚，她們也相信有一天那個好人會回來。就因爲以前的美好幸福，才讓後來的痛苦悲慘更令人心碎。

「我會調查清楚。」他靜靜說。

「你看到她的樣子嗎？一個父親竟能如此傷害自己的孩子……」秦甄埋回他的懷中。

當然世界上充滿不是的父母，她在職場生涯遇過幾次，奎恩看過的只怕更多。有時，人看多了之後會對某些惡漸漸麻木，唯獨對無辜孩子的傷害，他們永遠都不可能習慣。

「他現在無法傷害任何人了。」

她忽然抬起頭。「里昂，我愛你，但我把醜話說在前頭：如果有一天你對我們的孩子動手，我一定會殺了你。」

她不是開玩笑的，她會盡一切力量保護孩子們，即使那代表犧牲她自己或他的生命。

「妳打算如何施行？」他眼中的笑意多過被冒犯。

她皺了皺眉。「不曉得，可能躲在門後，等你一進門就對你腦袋開一槍，這是最迅速又無痛的方法。」

「嗯。」有效率。

「我也准許你，若是有一天我突然性格大變、開始傷害孩子，你可以殺掉我。」她愼重地發出同意卡。

「嗯。」不置可否。

「就這樣說定了。」她比較安心一點。

「嗯。」

嗯？

「你不打算殺掉我對吧？」她雙眼一瞇。

「不。」非常乾脆。

「爲什麼？」簡直不可思議！「如果有一天我的腦子被人弄壞，回來傷害孩子，我得相信你能保護孩子才行，這是我們身爲父母的責任！」

「我會保護孩子。」他沒有說不會。

「然後呢？」她等著他好好解釋。

「聖理諾。」他告訴她。

「什麼？」

「一百年前，歐洲有一群修士和修女堅持隱修，於是在瑞士一座人跡罕至的深山裡蓋了間修道院，除了每半年下山補給一次，平時過著與世隔絕的生活，世上知道這間無名修道院的人並不多。

「文明大戰爆發之初，瑞士尚未取得中立國地位，鄰國的軍隊入侵，一直殺到山下的村莊。據說，修行者們對於是否該幫助山下平民有過一番討論，最後依然決定保持與外界隔絕。直到有一天，他們例行下山補給，修士的車子開進村莊裡，發現全村被屠戮到只剩下幾十名活口。

「這幕情景連上帝見了也要憤怒，於是這群修士回到山上，召集了兄弟姊妹一起下山，趕跑了在附近村莊作亂的敵軍。」

「一群修士和修女打跑得了軍隊？」她半信半疑。

奎恩往病床一坐，將她拉到腿間。「他們是一群武修士和武修女，平時除了唸經和冥想，就是習武強身。這間修道院保護了附近六個村莊，於是村民以當時為他們犧牲生命的修道院長理諾教士之名，稱它為『聖理諾修道院』。

「戰後，『聖理諾』認為自己還是應該維持與世俗的聯繫，於是在修道院旁蓋了一間安養院。他們依然與世隔絕，卻收容來自各地沒人願意接納的精神病患，提供最舒適的環境和看護，據說那裡有一種特殊的氛圍，能讓許多病患平靜下來。」

秦甄等他說完，他卻只是看著她。

「然後？」她催促。

「甄，我無法動手殺妳。」他凝視她。

她的喉嚨一緊。

「如果有一天妳真的出事，我會把妳送到聖理諾，為妳選一間最舒適的房間，讓妳寧靜安全地過完餘生，但別要求我殺妳。」他靜靜說。

他們為什麼能在討論如何解決她之時，還讓她覺得溫暖和被愛？

「你這個無藥可救的浪漫主義者。」她輕笑著親吻他。「好，就這麼說定了。」

夫妻倆靜靜相依。

外面的世界有無數惡龍在等著，隔壁房間有一名身心靈都破碎的女孩，等待他們為她找出真相。

可是，在這裡，在這一刻，他們有彼此。

於是，所有髒污醜陋黑暗邪惡，暫時都被淨化了。

✸

解剖室。

秦甄跟在奎恩身後走進解剖室時，瑪卡、田中洛和萊斯利已經到了。

鎮上的醫生很早就擺明他對驗屍沒興趣，幫忙治療完海娜母女就離開了。楚門並非正規法醫，不過實地勤務還算有幾次經驗。

「你們兩個遲到了，一定跑去哪裡做了什麼。」萊斯利撇嘴。

「萊斯利，你窩在小房間裡太久了，需要出來接觸一點人氣，看你腦子裡都只能裝那些不正經的東西。」秦甄翻個白眼。

「我們孤單科技宅對別人的幸福最敏感。」萊斯利充滿尊嚴地挺直他那不算太寬闊的胸膛。

「我會讓你一直保持敏感度的。」秦甄不干示弱。

「楚門？」奎恩只是簡單的一個稱喚，科技宅乖乖閉嘴。

楚門站在解剖台旁，一頭全白的頭髮在燈光下發亮。他才四十出頭已滿頭華髮，一半是出於遺傳因素，另一半是顛沛的生活所致。

秦甄下意識黏到丈夫身後，目光盡量不去看台上那具蓋著白布的屍體。

「妳若害怕，可以先離開。」奎恩低沈的嗓音輕語。

「我要待在這裡。」她很勇敢地站出來。

哼哼，對別人都冷颼颼、兇巴巴，對自己老婆就瞬間化身暖男。對別人幸福最敏感的科技宅神不禁腹誹。他也很害怕啊！怎麼就沒人說他可以不來？

楚門將白布掀開，屍體已經沖洗過，理論上應該比滿身血污更不恐怖，但他皮膚泛著一層病態的慘白，胸前一道已經切開的Y字形切痕，反而更讓人覺得恐怖。幸好切痕還沒翻開，她不必一開始就面對血淋淋的五臟六腑。

不過這個慶幸只維持了一秒鐘，楚門第二個動作就是將預先切好的皮肉翻開。

「死者威爾．格柏森，今年五十一歲，體重比標準值少了二十磅；胃部有輕微胃潰瘍，肝臟發炎，除此之後並無其他病徵，健康狀態在可接受範圍內，倘若再過三個月就不一定了。我採集了毛髮、皮膚和血液的樣本送檢，更精密的化驗必須等報告回來。以我們現有的儀器，他體內的藥物反應呈陰性。」

「所以他不是毒蟲。」奎恩注視柏格森的屍體。

楚門點點頭。「他的癲狂和服用迷幻藥的人很類似，臟器卻不符合癮君子的特徵，所以只剩下一個地方：他的大腦。我剛完成身體的解剖，尚未開腦，你們來得正好。」

一點都不正好，早知道就再拖個半小時再來。秦甄和萊斯利的臉都有點綠。

楚門拿起剃刀和電鋸，光是那滋滋滋的響聲就開始令人牙齦發酸了。兩個膽小鬼有志一同地閃到最遠的角落。

「不講義氣的傢伙！」萊斯利藉由閒聊轉移注意力。

「我哪裡不講義氣了？」

「好歹我們也是朋友，妳就顧著自己幸福快樂，沒想想我。」

「拜託，凱倫不會喜歡你的啦！」

「幹嘛這麼說？」萊斯利跳腳。

「你們年紀差太多了。」

「愛情不分年齡！」他充滿尊嚴地宣誓。

「但是屁孩分年齡，凱倫不喜歡屁孩。」他的心理年齡比傑登還幼稚。「你幹嘛不把目標放在跟你同個年齡層的女人身上？」

「九歲又不算太大的差距，我年輕力壯，她狼虎之年，剛好相配。」

「拜託，凱倫才三十七歲。」

「所以才說剛好啊！妳自己也不看看卡斯丘還有多少女人可以選？」

「即使凱倫心裡不再掛念她前夫，短期內應該也沒有再開始另一段感情的打算。」還是一次到位讓他死心好了。

「什麼，她還愛著她前夫？她前夫是誰？」萊斯利暴跳如雷。

「不曉得。」

「她怎麼可以這樣背叛我！」科技宅絕望問蒼天。

秦甄的白眼已經翻到快轉不回來了。

這聲心碎之嚷稍微大聲了點，前面那高大男子淡淡一眼瞥過來，兩個人馬上縮了縮。

她縮什麼縮？只有他需要縮吧！孤單科技宅開始詛咒每個婚姻幸福的人類。

「聽著，甄，如果有一天妳決定離開奎恩，考慮一下我，其實我也是不錯的人選，而且我不會計較妳帶著兩個拖油瓶。」沒魚蝦也好。

前面那高大男子又是輕飄飄一眼。

咦，這麼小聲他也聽得見？

「好啊，你打得贏他，我就跟你。」秦甄感慨地拍拍他肩膀。

「小心一點，妳家那口子是個大醋桶，很有變成恐怖情人的潛質，還是我們手無縛雞之力的科技宅比較安全。」萊斯利離間他們夫妻感情。

「我一點都不擔心。」奎恩應該連吃醋的概念都不熟。

「哼哼，別說我沒警告妳。」離間失敗。

令人牙齦發酸的電鋸聲終於停了，兩人不得不相依為命地往前移——然後一起躲在奎恩後面。

人高馬大就是這點好啊！萊斯利不得不承認。

不過人家只想給老婆當屏風，萊斯利不小心擠得太近，奎恩又是淡無表情的一眼飄來，他只好縮回田中洛旁邊。

楚門醫生端詳著打開的腦袋半晌。「嗯，有趣。這個部分是腦前額葉，掌管我們的情緒變化和判斷力。有些腦部損傷的病人突然性格大變，情緒暴起暴落，完全無法抑止自己的衝動，經常做出一些以前根本不會做的事，就是因為腦前額葉受損。」

楚門指了指某處。「這裡是顳葉，掌管我們的聽覺及對語言的理解；這裡是杏仁核，讓我們在緊急狀態產生應變情緒；這裡是海馬體，掌管我們的記憶和方向感。」

「咦？」田中洛看到一個異樣的地方。

奎恩早已發現異狀，彎腰看得更仔細一些。在柏格森的腦前額葉有一條黑色的細紋，細如毫髮，倘若不仔細看甚至不會發現。

「這條黑色的紋路是傷痕嗎？」奎恩沈吟。

「不，大腦的癒合不會留下這種傷痕。」楚門拿起一根鑷子，輕輕撩動那段黑紋。一根極細的黑線被他夾起來，寸許長，有點韌性，乍看有點像黑貓的毛。

這是什麼東西？旁邊兩個膽小鬼已顧不得怕，湊上來想看仔細。

奎恩拿起旁邊的輻射偵測器掃描一下，黑線呈現陰性，無輻射。

「這是什麼？」

「我也不清楚。」貓毛絕對不可能自己鑽進頭骨裡。

「把它裝好，交給孟羅，看看他有沒有辦法找人化驗。」奎恩研究半天，終於說。

「他腦子裡都是這玩意兒嗎？」瑪卡查看柏格森的大腦。

「我剛才說的幾個地方都有。」若非楚門特別指出來，一般人甚至不會發現這些黑線。

「他突然性格大變……」秦甄緩緩地說。「海娜說，三年前他曾失蹤一個月，回來之後就變了一個人。」

「我不曉得這黑線是如何進入他大腦，他的頭皮和頭骨看不見外科手術的痕跡，最有可能是以某種微型技術植入。」楚門深思道。「倘若他大腦這幾個部位都受到外力干預，確實有可能造成他的性格大變。」

多斯科技。

藏在柏格森地下室的檔案無法不讓人產生聯想。好像有某個陰謀正在發生，他們卻一無所知。

秦甄繞著柏格森的屍體轉一圈，突然停在腳底處。

「他的腳底……是刺青嗎？」

海娜說他有時會衝到曠野狂奔，腳底結了一層厚實的繭，小小一行刺青不細看真不容易發現。

「是的，他的腳底有一個刺青，這是放大後的圖案。」楚門從工作台拿起一張照片。

奎恩接過來。黑色的刺青放大之後，隱約可以看出是一串英數字母：TC00467。

這是什麼意思？

秦甄突然緊緊抓住他的手，指甲尖刺進他臂肌裡。

「什麼事？」奎恩立刻警覺。

「等我，我馬上回來！」她轉頭跑出去。

幾分鐘後回來了，手上拿著一支錄音筆。

「我們去聖安東尼奧的那次，我告訴華仔，以後他想到任何事都錄下來，我們一起聽，回來之後我拿了一支錄音筆給他。」

這種最基本的錄音筆只有錄跟播的功能，她邊聽邊快轉，裡面都是些芝麻蒜皮的小事，甚至連華仔和小學同學吵架的內容都錄了下來。

「找到了，在這裡，聽！」秦甄按下播放鍵。

「……他們又不跟你玩了？」秦甄同情的嗓音傳出。

「算了，我也不想跟他們玩，我自己錄自己唱歌。」華仔賭氣地說。

「好吧，我要改作業，你要不要幫我的忙？」

「好。」中間一堆摩擦碰撞的雜音。「甄，妳看！」

「是蝴蝶耶！這隻是橘紅色的，好漂亮。」

「紅鋸蛺蝶，牠們是全世界最漂亮的蝴蝶，有紅色的翅膀和黑色的鑲邊。」

「好美。」

「紅鋸蛺蝶是亞洲品種，後來跟著走私貨櫃一起被帶來北美洲，才會出現在這裡。」

「你怎麼知道這麼多蝴蝶的故事？」她好奇地問。

「我喜歡蝴蝶。妳看牠在太陽底下飛的樣子，像不像一朵火焰？」

「眞的很像。」

「我喜歡蝴蝶。」華仔頓了頓，加一句。「和火焰。」

「你喜歡火焰？爲什麼？」

「火是全世界最純淨的東西。」他很努力用自己有限的語彙解釋。「它在那裡，又不在那裡，你看得到，可是摸不著；說是摸不到嘛，又會被燒到，那它到底是存在或不存在呢？」

「哇，華仔，你剛剛說了好有哲理的話。」她笑道。

「火能淨化一切，世上所有骯髒不潔的東西，都能被火燒掉——火是最純淨的。」

「……華仔，你絕對不能玩火喔！」

華仔頓了頓，小小聲說：「我不會再玩了。」

「再玩？你玩過嗎？」

他急急忙忙解釋：「很久很久以前，眞的很久很久以前！我只是燒一張紙，後來瑪卡看到我在燒紙，就把我打一頓，要把我趕出去。我嚇得一直哭一直哭，後來洛來救我，我跟他保證，我一定永遠永遠都不會再玩火了。」

「這是眞的，發生在他剛加入我們的前半年。」瑪卡點頭證實。「當時我還不信任他，有天他一個人坐在角落不曉得在幹嘛，我走過去一看，他不知從哪裡偷來的火柴，自己燒了一小堆火，一直盯著火焰，簡直要出神了。我把火堆撲熄，立刻修理他一頓。後來他應該是怕到了，沒敢再接近任何火源。」

秦甄和奎恩互換一眼，她點點頭，繼續播放。

「玩火很危險，一不小心會發生火災的，」她說。「你想想看，我在這裡，紫苑在這裡，道格在這裡，莎洛美在這裡——」

「瑪卡在這裡、洛在這裡、萊斯利在這裡、荷黑在這裡、傑登在這裡。」他接著數下去，這一數足足數了一、二十個人名。

數到最後，他終於不甘不願地加一個：「奎恩也在這裡。所以我一定不會玩火的，我發誓。」

她按下停止鍵。

現場沈默片刻。

「好，奎恩，我知道最後一個數到你很傷人，不過你只要拿出誠意，好好跟華仔交朋友——」萊斯利眞心勸誡。

奎恩慢慢轉頭盯住他。

「萊斯利！」她叫。

「什麼?就算華仔最一個才點到奎恩，你們也沒必要個個如喪考妣的臉啊！」

秦甄先不理他。「那天下午，小朋友還是來找華仔出去玩，一個小時候他跛著腳回來，原來跟小朋友玩足球扭到腳。他怕打針，死都不肯去看醫生，我只好叫他把鞋子脫下來讓我看看。他的腳拇趾整個腫起來，我在幫他冰敷的時候，注意到兩隻腳趾之間有個刺青，是一個英數字串。我問他這個刺青是怎麼來的，華仔說他也不知道。」

她看著每個人。「那個刺青比柏格森的大一點，但樣式一模一樣。」

「他刺的是什麼字？」奎恩沈聲問。

「CC001。」她回答。「華仔的性格溫和，他會喜歡火焰這點讓人感覺十分違和，我才對這番話留了心。瑪卡說他盯著火盯到出神，太不像他了。」

現場再度陷入沈默。

海娜說她父親回來之後，也開始對火產生異樣的執迷。他和華仔都認爲「火能淨化一切」、「火是最純淨的」；他們在相似的部位擁有相似的刺青，兩個人的腦子都不太對。柏格森曾經是虔誠奉獻上帝的僕人，華仔則應該是某個智力極高的專家。

兩人之間有太多共同特徵！

「我不要妳或孩子跟他獨處。」奎恩立刻決定。

「里昂，這是你的第一個反應？」她抗議。

「當然。」

全世界他只在乎她和兩個孩子，確定他們安全之後他才有心情去管別人。

「我理解你的擔心，說眞的，我不認爲華仔有危險性。」秦甄只能說之以理。

「沒有人能肯定。如果哪天某個人說錯了哪句話，觸動到他的敏感點，無人知道他會不會和柏格森一樣狂性大發。」她老公完全不退讓。

媽的，婚姻幸福的人不要藉由吵架在別人面前放閃啊！孤單科技宅含淚怒吼。

算了，秦甄不想讓他擔無謂的心。

「我答應不會讓孩子和他獨處。」她自己不在此限。

「所以……多斯科技在德克薩斯進行人體實驗？」瑪卡抓到重點。

「恐怕不是最近的事，也許已經進行許多年。」楚門深思道。華仔是四年前被他們找到，柏格森是三年前，沒有人知道最初始是何時開始。

「這兩人被發現的地點相距很遠，華仔是在首都的街上，柏格森是在德克薩斯。」田中洛的神色凝重。

是否還有其他地點未被發現？

「目的是什麼？據點在哪裡？」萊斯利終於趕上進度。

「無論他們還有沒有其他據點，德克薩斯應該是大本營。這裡幾十年來廢棄無人，他們特地佈下污染的假象，就是爲了持續隔絕外界。你們之前在廢境發現屍體，我們在聖安東尼奧發現實驗卡車，這些都是計畫的一部分。」奎恩冷冷說道。

「這幫混蛋，拿人來做實驗！」瑪卡不禁對華仔有點抱歉。她一直對他很兇，但華仔的狀況不是自己能決定的。

「磁核共振或電腦斷層，掃描得出他們腦部的異物嗎？」奎恩銳利的眸射向楚門。

「起碼他身上的掃不出來，除非剖開來看。」楚門指了指柏格森。

那把華仔抓來檢查也沒用。

「華仔從我們認識他就是這樣，柏格森是失蹤之後才性格大變，爲什麼他們兩人表現出的行爲不同？多斯科技的人體實驗是如何運作的？」秦甄的視線轉向台上的屍體。

「執迷。」瑪卡忽然說，所有人看向她。「幹嘛？這不是很明顯嗎？那玩意兒能強化他們的執迷。柏格森是虔誠的牧師，後來變成走火入魔的宗教狂；華仔喜歡蟲子，後來變得更喜歡蟲子。」

「說不定他以前是個昆蟲學家。」萊斯利猜想。

「有道理。」楚門點點頭。「柏格森的暴戾來自於情緒控制中樞失能，若華仔大腦的相同區域未受損，就不會變成狂人。」

「可是他的神智狀態也已經改變了。」田中洛說。

現在的他只有六、七歲小孩的智力，只有在極偶然的機會，大腦某個區域被觸動，才會展露他以前的一點樣子。

「瞧，華仔很安全，一點都不暴力。」秦甄攤攤手。

「我不要你們靠近他。」她老公不退讓。

可惡，這兩人還要繼續放閃！萊斯利淚流滿面。

「萊斯利，挖掘柏格森的電腦，看看能找出什麼；還有岡納送來的檔案，我們需要的答案應該在裡面。」奎恩下決定。

「噢，關於這點，我有個不好的消息。」萊斯利嘆了口氣。「多斯科技使用的叫做『非對稱式加密技術』。簡單來說，就是我做了兩把數位密鑰，一組是公鑰，一組是私鑰。公鑰可以給你，私鑰只有我自己知道。如果你要傳訊息給我，必須先用公鑰加密，到了我這裡，只能透過我的私鑰解鎖，即使用原先的公鑰都無法還原。這兩把密鑰都高達上千位元，理論上是很難破解的。公鑰不難取得，畢竟它是可以公開的；問題在於私鑰，沒有它，我們開不了鎖。」

「你做不到？」奎恩挑了挑劍眉。

「即使我是上天入地、獨一無二的科技宅，終究也還是科技宅，爲什麼你們老是把我當成神呢？」萊斯利長嘆一聲，既惱怒又榮幸。「我盡力而爲，只是醜話說在前頭：破解的時間不是以『天』爲單位，可能會拖上好幾個月，甚至經年。如果這段期間你們有機會弄到私鑰，我會勸你們努力加把勁。」

奎恩點點頭，轉向田中洛。「明早召開鎮民會議，我有話說。」

「多斯科技的事？現在透露會不會過早？」田中洛略有疑慮。

「這種藏在暗處的危機，大家一定得知道才行，鎮上有許多我們的好朋友，誰知道他們會不會遇上？」秦甄馬上說。

奎恩的立場沒她那麼人道主義。希塞營區不可能把所有事都攬下來自己做，多一個人知道就多一條消息來源。

「好。」田中洛點點頭。

卡斯丘有一套通報系統——呃，事實上是兩套，一套會響的，一套不會響的，田中洛這次採用的是不會響的。

他打電話給「聯絡樹」的第一圈，每個人再往下一圈聯絡。

馬洛斯事件之後，全鎮都明瞭守望相助的重要性，因此每個人都必須負責聯絡到自己的目標，即使親自上門也得找到。

這個「聯絡樹」是甄建議的，發想於國小老師聯絡全班家長的方式。必須承認，應用在卡斯丘還滿有效率的。

隔天早上八點，鎮民陸續聚集，許多家長送完孩子上學，直接留下來等，每戶起碼一個代表，不一會兒營區的室內校練場擠滿了鎮民。

奎恩高碩昂藏的身影走進來，滿場立刻鴉雀無聲。他直接輕輕一躍，跳上三呎高的講台。

「我的話很簡短，但很重要。」沈穩的嗓音傳遍每個角落。「我們相信有一個組織正在有系統地綁架德州居民，進行某種人體實驗。」

什麼？

低譁聲迅速在群眾間漫開。

「目的、時間、地點目前不明，可以肯定的是和多斯科技有關。目前起碼已找到一具屍體，以及兩名曾被綁架的受試者，其中一名在昨天死亡。」

「所以不是每個受試者都會死？」最前排的凱倫舉起手。

「不，但活下來的人，大腦也受到不同程度的損傷。相信我，妳不會想成為他們的白老鼠。」

搞什麼鬼？

又是一陣譁然在人群中掃過。

「這事不會和柏格森那混蛋有關吧？」拉德坐在凱倫旁邊，粗聲粗氣地問。

他的問題讓所有人安靜下來。

「是，柏格森就是受試者之一，被綁架的時間在三年前。」奎恩不覺得有必要隱瞞。「柏格森已經在昨天死亡，他試圖放火燒掉他家，當時我和我的手下都在裡面。」

「難怪他變得這麼瘋狂，那傢伙剛來的時候跟童子軍一樣正派。」老布往地上吐了口唾沫。

操著濃濃南方口音的老布是鎮上唯一的德州佬，莎洛美的好友露妮就是他的么女。他們家族當年在卡斯丘買下了一塊土地，戰後堅持不走；家族中其他人則搬到了附近的聖安吉洛，不過也是不肯離開德州。

這樣的人並不少，在德克薩斯有個稱呼叫「死硬派」，連幫派份子都不太惹他們。

「我需要你們從現在起加倍小心，去任何地方最好找人同行，尤其是離開卡斯丘。還有，聯繫你們其他地區的朋友，四處問一問，有沒有人看見或聽見什麼，是否有親人朋友無故失蹤。」奎恩的視線掃過場內。「我明白在德克薩斯失蹤並非太奇怪的事，許多人是自願失蹤；如果你們發現任何人的失蹤無法解釋，多打聽一下，然後告訴我。

「在卡斯丘的每個人都是一體的，我不在乎你們以前幹過什麼，只要你們住在這裡，不再惹事，你們就是受保護的人。提高你鄰居的生存機率，代表提高你自己的生存機率，所以多看、多聽、多問。」

「該死的對極了！」眾人鼓掌通過。

13

「為什麼……」若絲琳呻吟著倒在前座。「為什麼這種時間把人拖出來，你這人到底有沒有一點人性？」

不管，她要繼續睡。她抱著心愛的毛毯堅持蜷成一團。無奈車座不是設計來睡覺的，怎麼躺都找不到舒服的角度。她閉著眼摸索椅子下方，想把椅背放倒，一隻不仁不義的鐵掌揪住她的手。

「不。」跟監中的車輛，放倒椅背太明顯了。

若絲琳呻吟一聲，乾脆倒在他腿上。

可惜這男人硬邦邦的大腿也不是設計來當枕頭的，她的頭挪來挪去，想找個舒服的地方。

「妳可不可以安分一點？」

臉頰立刻感覺一個硬鼓鼓的東西，快意的壞笑躍上她唇角。

「需不需要幫忙？」她搔刮那硬邦邦的部位。

鐵掌鎖住她的手，她索性任他握著。

儀表板殘忍地閃著凌晨四點，他蒸散出來的體溫在這小空間裡，竟然讓人覺得安心。唉！可見斯德哥爾摩症候群是真的，她被綁架久了，竟然開始習慣被牢頭虐待。

放棄。反正也不可能睡得著，她乾脆坐了起來。

「你到底去哪裡找來這輛破車？」

「路邊解放來的。」他依然盯著前方黑暗的建築物。

「解放是『偷車』的新興名詞嗎？」

他不理她，交握的手下意識揉捏著。若絲琳白他一眼，她又不是黏土！

觀察了一下，他們在洛福特市，距首都約兩小時的車程，惡名昭彰的幫派橫行地區，宿有「富人腳下的貧民窟」之稱。從富庶的東區往下直駛便到了，通常東區新貴若需要任何違禁品，都會找這裡的藥頭。

疲憊的阻街女郎試圖把握天亮前的最後一點生意，東倒西歪的流浪漢藏在陰暗的角落，吐了一身的醉鬼索性坐在街上呼呼大睡。在這種時間出沒的人大多沒存心幹正事，幾名街頭混混在他們附近鬼頭鬼腦，有兩個人走近兩步，大概是就著街燈看見車內高大的鐵塔，轉頭走了。但另外兩名沒那麼容易放棄。

「下車，錢包交出來！」一個看起來頂多十八歲、髮膠多到能抹三顆頭的屁孩站在他們車旁，手中拿著街上最常見的小口徑改造手槍。

岡納目光不移，把車窗滑下來，抽出高功率、高科技、高殺傷力、高精準性，全長一呎的雷射震撼槍。

「嗨。」若絲琳笑吟吟地揮手，

兩個小鬼連滾帶爬消失，震撼槍歸回原位。

「我們爲什麼在這裡？」這個街區又髒又舊，她看不出他能找什麼人。

「芳娜·羅蘭交給我們的檔案經過加密，極難破解。不過其中一個資料夾，存檔者無意間把自己的電腦序號留在檔案資訊中，他的電腦序號就是他的名字：DrNiddles。」

他自己大概都沒注意到他用了「我們」。

「針頭博士?」

「經過一番不太困難的調查，針頭博士的本名叫羅勃．賀雪，曾經是多斯科技的環境研究部主任，具有生物工程及生化醫學的雙博士。他愛上一個脫衣舞孃，賠上自己的婚姻、存款，最後挪用公款供養她，多斯科技發現之後將他踢出去。前妻不同情，情婦不領情，存款變成零，目前他流落到洛福特市，以他的醫學背景幹點小營生。」

「多麼詩意。」她愉快地微笑。「你找誰幫你破解檔案的?資訊部?你的刑期還沒滿吧?」

「還有十天。」他的視線只是盯著前方那棟看起來很不可靠的建築物。

這棟樓在T字路口的路衝之處，七層樓高，應該是眾多戰前就存在的老建物之一，內外陳舊不堪。大樓窗戶多數是暗的，少數幾格有亮光的窗看來也昏曖不明，電影中的賊窟實在該來此地取景。

「說眞的，那位羅蘭大小姐隨便丟給我們一堆檔案，你就這麼確定一定是眞的?」如果破解出來是她的購物清單就好笑了。

岡納的視線轉回她身上。「雖然妳和我都不是這種人，這世界上確實有愛情至上的人。芳娜深愛奎恩，對她來說，奎恩不只是一張長期飯票，更是她的『自己人』。他們都屬於五大世族，這個國家的隱形皇族，芳娜做這些事不是爲了幫我們，而是在救奎恩。」

「將他從低層生物圈拉回高等世界，明白。」她的笑容並未進到眼裡。

「我們認不認同她的價値觀並不重要，她也不需要我們的認同。」

另一個「我們」。

「你想，在她美好的世界裡，奎恩的妻子和小孩被擺在哪裡?」她點了點輪廓細緻的下巴。

「『前妻』的欄目裡。那兩個小孩有一個貴族父親，可以選擇生活在貴族的世界裡，或著跟他們的母親一起過凡人的生活。無論如何，他們都會受到最好的照顧，五大世族的人從不對自己孩子的母親吝嗇。」他的語氣實事求是。

一道蹣跚人影走入他們的視界，岡納的神情一凜。

「就是他？」她凝目而望。

殘舊的路燈太暗，只能隱約看出那人是個白種男性，顛顛倒倒的步伐若非患有嚴重的平衡失調，就是在酒堆泡太久，若絲琳傾向後者。

岡納點點頭。

「啊，顯赫一時的生物及醫學博士，對照如今的落水狗。」若絲琳悠然頷首。「我能體會。」

岡納沒好氣地瞄她一眼。

幹嘛？物傷其類不行？

他們又坐了十幾分鐘，確定那人沒再出門，岡納打開車門出去。

「你知道他住哪一間？」她坐在車裡問。

「嗯。」

「那好，我在車上等你。」她愉快地抱著自己的毯子，往他的空位一倒。「噢！」

被硬拖下車。

「是妳自己說我們是同一國的。」他用同樣愉快的語氣揪著她前進。

斯德哥爾摩症候群，一定是。

大樓的門一推就開，甚至連偽裝一點防盜能力都懶。

「噁啊——」

臭啊！臭到不行。化糞池堆了三、五年都沒人清，差不多就是這個味道。若絲琳甚至不敢用嘴巴呼吸，因爲太噁心了。

整棟樓臭得令人無法呼吸，嘔吐物、排泄物和天知道哪些毒品的氣味，這是全住戶通力合作的結果。走廊燈十盞有十盞是壞的，只剩下角落逃生口的燈在苟延殘喘，鬼屋都不會比這裡狀況更差。

「這裡離首都才兩個小時而已，紀律公署也不整頓一下。」她抱怨。

「妳何時關心起首都的治安？」

「當我被迫進到這種鬼地方的時候。」

電梯理所當然是壞的，即使沒壞，她也不信任那七零八落的鬼機器。他們一路上到七樓，每層樓的髒亂和陰暗程度都大同小異，處處有鬼祟之事正在發生；第五樓的流鶯甚至直接在走廊做生意，一個酒氣沖天的恩客將她壓在牆上辦事，旁邊跟他同樣爛醉的朋友提槍等著上陣。流鶯一臉無聊地看他們一眼，口香糖吹個大泡泡。

他們和一個油頭猥瑣男交錯而過，若絲琳突然清斥一聲，下一秒那男人直接滾下樓梯平台。岡納回頭，猥瑣男大概是衡量過自己的勝算，咕嚕兩聲跑掉。

「反射動作。」她聳聳肩。

「妳眞的和妳好友很不一樣。」岡納搖頭低笑。

「依然是典型男性思維，並不是會打才叫厲害，甄強在你看不見的地方。」她嗤之以鼻。

他們繼續往上走。

「或許我該感謝紀律公署沒有逼我賣身收集情報。」她一時心有所感。

前方突兀地停下來。「妳認爲紀律公署會強迫妳出賣肉體？」

「誰知道你們逼急了會做什麼。」

他不可思議地瞪著她。「若絲琳．韓，妳為何如此不信任執法人員？除了墨族問題之外。」

「這還用說嗎？警察永遠在事情太遲之後才出現。」她聳聳肩。

「即使如此，我們依然極盡所能將罪犯繩之以法，這個世界上沒有完美的體制，我們盡力了。」

「你們強暴墨族女囚。」她指出。

岡納強迫自己耐下性子。「強森那夥人已經正法。」

「錯，不是正法，是奎恩殺的。如果奎恩沒殺他，你確定強森會得到應有的懲罰？」

岡納啞口無言。

「我都還沒提我呢！」她攤攤手。

「妳？」

「我就被你睡啦！」

岡納的表情猶如吞下一顆生雞蛋。「那是成熟男女雙方合意下發生的性行為。」

「你怎麼知道？說不定我太害怕了，怯於情勢才不得不屈從於你。」她抹抹兩滴不存在的眼淚。

他剛吞下的生雞蛋卡在喉嚨中間，正要孵出一隻小雞。

「我、沒、有、強、暴、妳！」咬牙切齒。

「你確定嗎？你是牢頭，我怎麼知道不和你上床會不會被扔回牢裡？」她甜蜜蜜地搧動睫毛。

嘰、嘰、嘰，這是他牙關打磨的聲音。

「妳自己說過，妳不能交男友，所以我很好用。」他都還沒抱怨自己被她用了。

「我在掩飾真正的心情。」她目光飄遠。

「幾個小時前我把妳壓在床上，妳的呻吟可不像出於恐懼。」

「唉，典型的男性思維，以爲女人委屈求全就不算硬來。」

他喉嚨裡那隻小雞終於孵出來，發出很詭異的咯咯聲。

「重點是，你永遠不會知道，我和你上床是不是怯於權勢。」她愉快地拍拍他臉頰，從他身旁擠過去。

好一會兒，岡納只能瞪著她款擺的嬌臀。

見鬼了這女人會怯於任何事才怪！不行，他不能掐死她。岡納抹抹臉，繼續往上走。

第七層光景一變，穢臭骯髒依舊，卻熱鬧異常。空氣中飄浮著消毒藥水的氣味，一條排隊的人龍從走廊最末間往外延伸。

岡納和她互換一眼，往最尾端的門走去；每個排隊的人如泥土中的蟲子被翻出來，紛紛閃避。排隊的人不乏少男少女，看衣著打扮不似本地人。搞什麼？

岡納一手把門拍開。

「出去。」

室內一對男女驚抽了口氣，飛快逃走。

原來這裡是一間簡易診所，岡納在等的男人坐在桌子後，桌面放著一張病歷。

羅勃・賀雪是個五十歲但看起來像六十歲的男人，滿頭摻著白絲的棕髮，從他身上噴出來的酒氣連路過的蒼蠅都會醉倒，若絲琳很難相信他還能坐著看診。

「哇，我現在知道人在窮絕之中有多絕望了。」她喃喃說。

「『針頭博士』，莫非我撞見無照行使醫療行爲的現場？」岡納微微一笑，將門在身後關上。

賀雪雖然有醫學背景，卻非正規醫生。

「說得對，我就是被逼入絕境！」羅勃瞪著他們。

「我指的是那些求診的人，不過你們慢聊。」她退到旁邊，好奇地四處摸摸看看。

屋子裡沒有手術設施，賀雪大部分只做一些注射和開藥的行爲，不然岡納引以爲傲的執法機關可能得來查查殺人案。

「你們是誰？」賀雪神色不善。

「紀律公署反恐作戰部指揮官，岡納。」岡納把椅子拉過來反坐。「你是多斯科技前任環境研究部主任，主要進行德克薩斯的環境監控。」

「那又怎樣？」

「我有一些問題需要答案。」

「你爲什麼不去問歐文執行長？」賀雪冷笑，醱酵的酒味立刻從呼吸間噴出來。

「我想聽一個心懷怨恨的前員工心聲。」

「不！」賀雪猛然站起，卻晃了一晃。

「你最好坐下來。」若絲琳勸告他。醉鬼何苦爲難自己？

「我不再和這間公司有任何關係，你們可以走了。」賀雪慢慢坐回去。

「針頭博士，我想你沒搞清楚，這不是請求，是命令。」岡納的森森白牙令吸血鬼爲之汗顏。

「乖乖回答我的問題，我們離開；你不配合，我明天帶人回來，你連這間狗屋都沒得住。外面那些小鬼來這裡做什麼？非法墮胎藥？那些老人呢？止痛大痲？」

賀雪瞪著他，神情既憎恨又痛苦。

「你想問什麼?」

「很高興我們有進展了,何不從你的工作內容開始?」岡納點點頭。

「探測部的人到德克薩斯採樣,我監控化驗流程,結束。」賀雪不合作到底。

其實他現在還說得出有邏輯的句子,若絲琳已經覺得很不容易。

「少來,賀雪,我知道多斯科技在德克薩斯搞鬼,倘若你不能提供我有效的資訊,我爲什麼要放任你在這裡搞黑市密醫?」岡納步步進逼。

「你想知道什麼?」賀雪的聲音融入一絲絕望。

其實岡納什麼都不知道,但他不能讓賀雪發現。倘若他問錯方向,賀雪會立刻發現,然後丟一堆假情報給他。

「讓我想想看,一千兩百個探測點都有鈾反應?你以爲我是呆子?多數探測點都集中在黃金三角,尤其是休士頓附近。得了,你我都知道休士頓在搞什麼鬼,我只是需要一個內線來證實。」岡納的腦子飛快轉動。

「野火計畫?」賀雪的臉孔漲紅。「我對野火計畫一無所知,你問錯人了。」

野火計畫(Project Wildfire),岡納的心臟狂跳。

「誰瞭解內情?」

「我怎麼會知道?多斯科技嚴格限制部門之間資訊交流,非相關人員不得打探他人的研究內容。」

「那你怎麼會知道『野火計畫』?」岡納雙眼一瞇。

賀雪不安地蠕動一下。「我沒有……他們……好吧!六年前,我必須親自到休斯頓監看一批採樣設備更新,在那裡遇到端木醫師。」

「端木醫師？」

「端木慶，新亞邦聯……不，全球最著名的基因工程專家。他是第一個以基因工程治癒先天免疫不全疾病的醫生，被多斯科技二十年前重金挖角到美加，我們在幾次醫療研習營碰過面；我的專長是生物科技，他是基因工程，雙方領域有一部分交集，不過那次是我第一次在工作場合遇到他。」

「一個基因工程專家在休士頓做什麼？」岡納蹙眉。

「我也是這麼問他的。端木醫生只是笑笑說，人類的基因充滿潛力，只要我們懂得如何運用這種力量，人類的成就將無極限。」

「很久以前，有幾個瘋子想過同樣的事。」若絲琳冷眼旁觀。「他們想找一種長生不老藥，克服人體會老化的缺陷，達到永恆的生命，最後他們都死了。」

「端木醫生的目標絕對不是長生不老，永生一點意義都沒有，生命進行的過程才讓一個生命有意義。」賀雪反駁。

「是的，生命的進程遠比生命本身有意義，我很高興你還記得這一點。」若絲琳的神色不善，岡納很少看她如此嚴峻。「無論端木慶在那裡做什麼，必然跟人體基因工程有關，還有什麼地方，會比三不管的德克薩斯更適合進行非法醫學實驗？你顯然一點都不覺得這事不對。」

賀雪的專家魂被激怒。「這是你們平凡百姓的想法！妳知道一個科學家、醫學家，或任何一個發明家終生的志業是什麼嗎？找出一種眞正能改變人類歷史的創作，這是我們的目標。」

「沒錯，我也認識一個這樣的醫生，他的名字叫保羅．溫格爾。他在二十年前發明了獨一無二的血液ＤＮＡ遮蔽技術，把這項技術用在幫助被迫害的人民，即使代表他這一生必須默默無聞。不要跟我說什麼人類偉大的志向，基因編輯和基因工程會造成什樣的後果無人知曉，你以爲你們可以無痛完成超級人類的研發……」她突然住口。

岡納神情一凜，兩人的眼光同時射向賀雪。

「端木慶和多斯科技想製造『超級人類』。」岡納慢慢開口。

「不！當然不是……或許……也不是……該死，我不知道！」賀雪挫敗地搥一下桌子。

「端木慶到底是怎麼跟你說的？」岡納銳利地問。

「不多。」賀雪瞪著他們。「他只說雖然基因的解碼已經完成，卻沒人眞正知道如何發揮極限。人類的潛能無窮，有如野火一樣，當它狂烈地焚燒開來，除了上帝，人間沒有任何力量能夠阻擋，這就是他在做的事——野火計畫。或許有天我的生物專長也能應用在他的計畫裡，不過他就走了。」

「這種話你聽了不覺得有問題？」若絲琳指控。

「我哪裡知道？端木醫生或許只是在進行基因療法，妳又如何能確定？」他辯駁。

「歐賣尬。」若絲琳深吸一口氣。她必須走開幾步，不然自己可能會揍他。

「妳又在乎什麼？」賀雪質問。

其實岡納也滿好奇的，倒不是說他贊成基因實驗。

「因爲你！」她朝賀雪一揮。「還有你！」再朝岡納一揮。「科學界、醫學界、紀律公署，你們都有同樣的問題：試圖扮演上帝！一方藉由科技，一方藉由制度。你們憑什麼決定哪個生命有價値、哪個生命沒有？誰說超級人類就比普通人類強？

「基因工程到現在還不完善，就是因爲『脫靶』的可能性太高了，這不是買雞蛋，殼破了就立刻看得見。在你們製造出來的『超人胚胎』加入人類社會之後，沒有人能預知他們的人格和軀體會如何發展。如果他們天生重度缺陷呢？如果他們人格異常呢？還有那些被抓去做實驗卻失敗的人，誰要爲那些生命負責？把他們通通趕到焚化爐燒掉？」

她控訴的眼光投向岡納。「就像燒掉你們紀律公署眼中的低等生物——墨族人？誰給你們這個權力扮演上帝？」

「……」

「……」

兩個男人都非常安靜。

「好吧，你還知道什麼？」岡納輕咳一聲。

「沒有了。」賀雪悶悶的。

岡納站起來，抽過一張白紙寫下自己的電話。「如果你想到什麼，隨時通知我，紀律公署感謝你的合作。」

若絲琳率先走出去，岡納跟在她身後，兩人沈默地下樓。在二樓的樓梯間，三個男人衝上來，帶頭的是剛才被她扭過鹹豬手的混蛋。

可能是她的表情傳達出危險訊號，那三個混混互望了一眼，自己乖乖再跑下樓。

他們回到車上，並未發動引擎，也不交談。

凌晨五點五十分，天空已轉爲黎明將至的寶藍。

「我從未將妳視爲低等生物。」低沈的嗓音共鳴而出。

「你獵殺我們。」

他沈默片刻。「一個國家不能沒有制度，在更好的法律出現之前，我們必須遵守現有的。」

曾經他也說過相同的話，對她的好友。

「即使這個制度正在迫害無辜的人？」若絲琳終於看向他。「你這一生為紀律公署犧牲奉獻，換來的是什麼？我們都知道督導不力只是藉口，奎恩好不容易走了，你也沒多好控制，奧瑪一有機會就將你拔除；種種措施不過是在瓦解反恐作戰部的軍心，好讓他交給他能控制的人重塑。」

岡納靜望著前方。

「我的政治權術一塌糊塗，奎恩比我精通多了。我只知道做好該做的事，有一天當我不想再做，世界何其寬廣？」

「隨便你。」她沒好氣地咕噥。

他發動引擎，開回她的住處。

天已全亮，出乎意料的，有個人在門口等著他們。

他將車子停好，若絲琳下了車直接進門，並不理門外的人。岡納走向費德立克，兩年過去，這個年輕人的鮮嫩漸去，紀律公署的嚴肅冷漠開始在他身上成形。

「長官。」費德立克行了個舉手禮。

「你在這裡做什麼？」

「您最新的行政命令已經下來，我奉命在工作日開始之時交給您。」

紀律公署的工作日以每天凌晨六點開始計算，他點點頭，接過一個加密晶片插在自己的手機上。

「謝謝，你可以離開了。」他轉身將拇指按在螢幕上，進行身分驗證。

費德立克在他身後躊躇半晌。

「還有事？」岡納回頭看他一眼。

「長官，有一件事請務必告訴我答案。」費德立克下定決心。

「什麼事？」

「那些傳言是眞的嗎？奎恩總衛官眞的不會再回來了？他……眞的叛逃了？」

「誰告訴你這些傳言的？」岡納的棕眸一瞇。

「部門內都在流傳，沒有人明白發生了什麼事，突然間總衛官消失了，接著你也消失了，清除部突然變成署長的新寵，一切都變了。」

「費德立克衛士。」他突然厲聲一喝。

「是，長官！」費德立克立馬併腿行禮。

「你加入紀律公署是爲了什麼？當奎恩的追星族？」

「不，長官，我加入紀律公署是爲了報效國家。」很大聲地說完，費德立克頓了一頓。「但奎恩總衛官和您是激勵我向上的目標，你們一個是國家英雄，一個是平民英雄，如果不是受到兩位的影響，我甚至不會進入紀律公署……」

費德立克哽了一哽。說眞的，連他都不知道自己想說什麼，只覺得胸口有很多事堵著，兩年多以來沒有獲得任何解釋。

「奎恩做了一個決定，目前正走在通往這個決定的路上。」他看著好像快哭出來的年輕人。「我們能激勵你，但無法幫你決定人生的目標。從現在開始，你以自己爲努力的目標，不必看向旁人。」

費德立克低下頭。

「部門現在如何？」他的語氣放緩。

「一切很好。」起碼表面上如此。「現在由佛格森衛官帶領我們，正在追查菲力普的下落。」

佛格森是他和奎恩不在時的職務代理人，性格可靠，不親任何派系。岡納可以理解奧瑪選擇他的原因，立刻把親署長的人馬扶植上來太過顯眼，也容易引起內鬨。佛格森色彩中立，比奎恩和他更容易商量。

以前叛軍的管錢者是查爾斯，菲力普是他的副手。後來查爾斯死了，菲力普取而代之，接管了老闆以前的人脈。

「佛格森是個可靠的指揮官，好好跟著他學習。」岡納點點頭。

「長官……我們會再見到他嗎？」費德立克不必說這個「他」是誰。

他沈默半晌。「會的。」

「謝謝你，長官。」費德立克斂了斂情緒，大步離去。

他取出手機閱讀最新的行政指令，若絲琳倚著門框。片刻後，他放下手機，神情不晴不雨。

「怎麼？」她攤了攤手。

「阿拉斯加民主國與紀律公署達成協議，在朱諾市設置分部，我奉派至當地掌管分部——恭喜我吧，我升官了。」明為升官，實則流放。

「那我呢？」她立刻問。

岡納微微一笑。

她最關心的人是她自己，冷血現實，卻絕對坦誠。這就是他欣賞若絲琳・韓的地方。

他們都是生存者。

「妳自由了。」

「什麼？」她一怔。

他在手機螢幕按了幾下，叫出一張公文。

「妳父母替妳向日本政府申請政治庇護，日本政府接受之後，向國際邦聯的人權組織提出抗議，人權組織再發文給我國政府。我國已做出裁決，妳的美加國籍已被註銷，墨族血源在國境內依然違法，但妳隨時可以回到日本。」

「上面的日期是一年前。」若絲琳接過來一看。

岡納聳了聳肩。

「我一年前就是自由之身了，你竟然瞞著我？」她氣得衝過去踹他一頓。

「我很忙。」岡納低沈地笑，阻擋她的進攻。

「你這個混蛋！竟然放任我在這裡苦哈哈地服勞役。」搞半天她早就可以回日本當大小姐！攻擊半天被他鐵臂一箍，立馬動彈不得。她在他懷裡棲了片刻，意識到即將發生的改變。

跟這男人瞎攪和了兩年，終究還是要分開了。

他們之間連友情都談不上，最多就是彼此利用，肉體和心靈皆如此。不過有些事情確實只有對方能理解。

在他們兩個人都被全世界背棄時，是眼前這個人在自己身邊。

「接下來呢？」她問。

「我去阿拉斯加，妳回日本。」他的嗓音在她頭頂上，沈沈的。

「他們呢？」

他們。

岡納的視線落在遠方，不必問「他們」是誰。

「他們已經不是我們的問題。」

14

「我愛妳，寶貝，如果妳願意，請溫暖我寂寞的夜。我愛妳，寶貝，請相信我的眞心話——」

「我走了之後，你一定會想念我。你會想念我的頭髮，你會想念我的每一處，我走了之後你一定會想念我——」

「吧啦呼呼、吧啪邦邦，勇敢出發吧——」

嘹亮的歌聲響徹曠野。

今天是他們前往聖安吉洛接受義診的日子，鎮上想去的人著實不少。四個小學生由自己的家人載，十二名中學生統一坐學校巴士，還有幾名大人，一輛巴士和七輛汽車浩浩蕩蕩地上路。

尼克、諾亞、拉斐爾和弟弟克里斯的小組隨行護送，光隨行保護就有二十個人。

他們早上八點出發。學校巴士由奎恩開車，秦甄坐在他旁邊。前座不能坐小孩，紫苑被凱倫抱著，莎洛美抱著道格，和安娜一起坐在第一排。車上除了學生，還有一些年紀太大或不想自己開車的鎮民。

蒂莎本來要帶安娜一起來，結果有個客戶臨時和她約在今天交貨，蒂莎不得不把安娜託給凱倫，幸好他們只待一晚就會回來了。

由於伊絲必須陪小朋友一起來，營區沒有什麼能交託的人，秦甄索性把兒子也一起帶出門。

她忽然露出微笑。

「怎麼？」奎恩看妻子一眼。

「這是我們全家第一次一起出門耶。」雖然不算出遊，不過也是一個第一次。

奎恩的大掌握住她的手。

前方幾哩處停了一輛橫擺的車輛，旁邊幾個持槍的人，一看就知道是攔路搶劫。

「我買了一張長途車票，帶著兩瓶威士忌路上喝。我眞心想要一個好旅伴，明天就要出發，你意下如何——」滿車的孩子繼續歡唱，不管多遠都聽得見。

車子越來越近，那四個攔路搶匪面面相覷。

叭！叭！叭！

奎恩長按三聲喇叭，完全沒有停下來的意思。

那四個路匪摸摸鼻子，把車子移開。

「我走了之後，你一定會想念我——」一群高中生打開窗戶對他們揮手歡唱：「你會想念我走路的樣子，你會想念我說話的樣子。我走了之後，你一定會想念我——」

路匪們傻乎乎地揮回來，咧出笑容。

等一下，他們在幹嘛？帶頭老大不爽地往旁邊手下巴過去。

「沒有什麼比一群快樂的孩子更令人好心情。」秦甄笑出來。

奎恩帶笑看她一眼，再看她一眼。

「看什麼？」哪裡不對嗎？

「沒事。」

奎恩想，她不知道自己有多美。陽光將她白皙無瑕的肌膚曬得幾近透明，以前那精靈俏麗的女老師變得更柔軟、更有女人味，時間替她憑添了自信與成熟，眼底卻永遠保留一絲稚子之色。

「在想什麼，說啦！」她不依。

「我只是在想，我是個多麼幸運的男人。」他穩穩握著方向盤。

……

這男人爲何能用這麼不經心的方式，說出這麼甜蜜的話？重點是，他自己還不自覺。

「我才喜歡看你。」看他輕鬆駕馭一台龐大的機器，好威風好性感。

「喔，他們在調情！」後面整車的小鬼配旁白。

她好笑地回頭白他們一眼。

「顚簸路段。」奎恩揚聲一喊。

整車小鬼趕快抓好，喀哩喀啦、叮鈴咚隆，關節都被震鬆了，這種時候開口只是自討苦吃。

爛路段通過，一群少男少女安靜不了多久，安德森家的男孩又帶頭唱了起來。

「鄉村路，帶我回家，來到心靈所屬之處——」

「甄，他餓了。」莎洛美抱著道格擠上前。

「謝謝。」她接過兒子。

「媽咪，趴趴。」紫菀可憐兮兮地伸長手，也想抱抱。

「寶貝，我們馬上到了。」她爸爸透過後照鏡看著她。

紫菀好淒楚好哀傷地癟嘴，奎恩看了差點把車停下來，先去抱她。

「來，我們來玩拍拍手、唱唱歌。」安娜趕快幫忙轉移注意力。

秦甄解開鈕扣，她兒子迫不及待地進食。

餵完奶，替兒子拍好嗝，她交還坐在第一排的莎洛美。

奎恩突然撈起腳邊的帆布袋，摸出一個……嗯，那是什麼？她研究了一下。

好像是一個軍用鋼杯，底部黏著一個小小的方盒，盒子四邊鑽滿透氣孔，一根電線垂下來。

「咖啡粉和水，麻煩。」奎恩把帆布包遞給她。

他跟所有男人一樣，出門自己從不張羅的，全靠老婆打包。

她從帆布包掏出分裝好的咖啡粉和一罐水，奎恩單手開車，另一隻手把那個鋼杯和木盒的結合體擺在置物格，電線插進儀表板的充電座，眼睛依然注視路況。

到底是什麼？她太好奇了，幫他把咖啡粉和水倒進那個鋼杯裡。

咦？鋼杯竟然開始加熱！

「你自製一個快煮壺？」

「我討厭走味的咖啡。」奎恩瞄她一眼。

這簡直是……她都不知道說什麼了。

華仔擠上來，挑剔地觀察那個快煮壺半晌。

「我也會做。」說完，他坐回位子上。

「……」並沒有人在跟你比賽！

華仔不需要看病，不過他要好的朋友都來了，他堅持要跟來。

「為什麼一個能把鋼杯變成快煮壺的男人，卻沒時間幫我修廚櫃的門？」她質問。

「……太忙。」

「等我們回家，你最好找出時間。」甄老師小鹿眼一瞇。

「……好。」

「喔，他們在用吵架調情！」後面一車的小鬼繼續配旁白。

司機只能無言。

「嘿，你們看！」某個孩子一喊，整車年輕人迅速移到左側的車窗。

那是……城堡嗎？

「公豬！」紫菀興奮尖叫。

「公主。」莎洛美更正。

「公子！」

「好吧。」童話故事的城堡都住著王子和公主。

順著公路的走勢，城堡逐漸轉到他們的正前方，所有人坐回自己的位子，滿眼驚奇。

「聖安吉洛就長這鬼樣子。」老布的口音和這片南方荒野十分搭調。

「聖安吉洛是一座城堡？」秦甄眞是長見識了。

「只是一道牆，你們近看就知道。聖安吉洛的人眞是太閒，城南城北各築了一道牆，擋在兩邊主要通道上；如果我們是從東邊廢境繞過來，就不會有牆了。」雖然也沒人會從廢境過來就是了。

原來如此。

他們就地取材，挖石塊搭建，牆頭蓋了瞭望哨，遠遠看去宛如城堡的圍牆。

距離越近，奎恩的濃眉微微皺起。

「有什麼不對？」她立刻察覺。

「人太少。」奎恩鬆開眉心。

她一怔。他們前面已有車子排隊進城，車隊大約一百公尺長，但城內有名醫義診似乎不該只有這麼少人。

奎恩拿起儀表板的對講機。「尼克，你們那隊走前面。」

「收到。」尼克和他手下駕駛的三輛車從後面超上來。

「人潮看起來不多，楚門，確定這是正常狀況嗎？」他沈聲問。

楚門在尼克那輛車上，對講機傳來一陣雜音，不久楚門的聲音響起。

「以前人潮確實比較多，不過義診營這次準備停留十天，或許人潮分散在其他幾天來。」

「收到。」奎恩將對講機放下，跟著尼克的車隊放慢速度。

「還OK吧？」她輕聲問。

「沒什麼好擔心的。」棕色大掌牽過她的手，秦甄對他只有百分之百的信任。

來到德克薩斯的兩年，她大部分待在卡斯丘，除了去聖安東尼奧調查的那次。聖安吉洛之行是她實質上第一次出城，看什麼都新鮮。

他們後面的車陣延續了大概又兩百公尺左右，前方車輛一一停下來接受檢查。

「那些人穿的是警察制服嗎？」秦甄訝異地看著一群她以為不會出現在這裡的人。

「德克薩斯依然屬於美加的領土。」奎恩看她一眼。

「不可思議，德克薩斯竟然有警察。」

在地人老布擔任他們的導遊，解釋：「德州有三個政府直轄的城市，北中南各一個，中間的就是聖安吉洛。這裡還是有一些公共設施需要維護，銀行、郵局、水力、電力、電信公司，在這裡都有駐點，對了，還有牧場。」

原來這裡也有正常運作的城鎮，太令人意外了。

「警力只在城鎮範圍內支援。」奎恩淡淡加一句。

意即出了城的犯罪事件就不歸他們管。剛剛車隊若在路上被搶，來這裡報案也沒用。

幾名警察在車陣之間晃悠，老布打開窗戶喊道：「唷，鮑伯！」

「布。」一名五十來歲的警察走過來。

「天氣真不錯。」老布探出去。

「是啊，你來看眼睛？」

「唉，年紀到了，右眼一天到晚跟左眼打架。」老布脫下帽子，順順已經很亂的頭髮。

南方慣有的禮節，再怎麼急的事，見面都得先打聲招呼、閒聊幾句，才不失禮。

「這些都是你們的人？看來不少。」鮑伯審視他們長長的車隊。

「都是些高中生和小孩，這種鬼地方出門不能沒大人帶著，我們剛剛在路上差點遇到搶匪。」老布撇了撇嘴。

「凡事小心為上。」鮑伯點點頭。「我聽說卡斯丘有自己的學校了？」

「兩年前就有了。」老布往車裡一比。「多虧了布魯納和甄，自從學校成立之後，卡斯丘終於像點樣子。」

「各位，你們該說什麼？」秦甄提醒全車孩子。

「嗨，鮑伯。」一群少男少女齊聲招呼。

「嗨，孩子們，今天不用上課？」鮑伯終於露出一點笑容。

「這些小鬼可高興了，別人看醫生是愁眉苦臉，他們當成校外教學。」老布咧了咧嘴。

所有人全笑了起來。

鮑伯隨意瞄駕駛座一眼，雙眼瞬間睜大。

「呃，開車的人……」

「是啊，長得很像。」老布吐一口菸草汁。

「這兩年我們一直聽說……」

「對啊，德州就是什麼狗屁流言都有。」老布咧出一口染著菸漬的笑。

鮑伯心領神會，聖安吉洛的警察只要管好聖安吉洛的事就好。

「好了，你們過去吧！」鮑伯對前頭的人做個手勢。

尼克的車繞過其他車陣，整排車隊跟在後面進城。

「老布，你和這裡的人很熟？」秦甄好奇地問。

「我嬤嬤和親戚都住在聖安吉洛，重要年節時全家族的人會聚到這裡，那陣仗可不是蓋的。」老布把棒球帽帶回頭頂。

「你奶奶還健在？」老布已經六十歲，他嬤嬤的年紀鐵定不小。

「九十九了，每天還能到後院種菜，我們不讓她做都不行。」老布驕傲地說。「我跟嬤嬤說，今天要帶一堆人進城，她說歡迎所有人到她家吃烤肉。嬤嬤做的烤肉是全德州一絕，連歐洲區那些混蛋都花錢跟她買，而且還得看她心情好不好。」

「我們超過五十個人，會吃垮的。」凱倫連忙說。

「嘖，我們家族團圓，五十個人只是最低消費。」老布嗤之以鼻。

「我們要吃烤肉、我們要吃烤肉、我們要吃烤肉——」一群小鬼開始鼓譟。

秦甄嘆口氣，只能看向丈夫。

「看行程如何再說。」奎恩不置可否。

「哦……」背後一串呻吟。

「我沒說不可以。」奎恩看向後照鏡。

「耶！」一群小鬼歡呼。

巴士駛進了城內。等一下，那是什麼？

「停車，拜託！」秦甄大叫。

奎恩看她一眼，把巴士停在路旁。她抱過道格火速衝下車，整車孩子生怕跑輸人，跟著一起跳下車，一群人浩浩蕩蕩往馬路另一邊衝。

牧場，眞的是牧場。

「里昂，你看！」秦甄整張臉發亮。

一望無際的牧草地，除了城牆和馬路的這一面，其他兩邊彷彿無止無盡。在南部出現牧場並不意外，但這裡是德克薩斯啊！

牧場中間以圍籬分隔，一半是牛欄，另一半是馬場，他們的這一邊靠近馬圈；馬路的一邊是繁忙的城市景象，另一邊卻是開闊無比的草原。

藍天，綠野，牛隻，馬匹。文明與荒野融合在同一張明信片裡，景色美得令人屏息。

凱倫抱著紫苑走過來，對這景象並不陌生。紫苑一看見爸爸，立馬焦急地伸長手。

「趴趴，趴趴！」

奎恩強壯的手臂將女兒接過來，小公主緊緊捧住爸爸英俊的臉孔，深深凝視半晌，嘆息一聲，小腦袋無比滿足地靠在他肩頭。

旁邊幾個大人全笑出來。

「這小戲精，別人都在看馬，她只要有爸爸就好了。」凱倫實在忍不住發笑。

奎恩溫柔地親吻女兒頭頂。他的小丫頭。

「這是牧場……好大的牧場……我從來沒有看過真正的牧場。」秦甄依然如夢似幻。

「城市小孩。」他輕笑，伸手攬住她的腰。

「你也是城市小孩啊！」她不服氣，即使他有比較多派駐經驗又如何？

「我姑姑瑪莉安擁有一座農場，由她女兒和女婿經營，小時候我經常到那裡度暑假，照顧馬匹和打雜是我賺零用錢的方式。」

她倒沒想到這個。現在想想，她對她丈夫的家族其實相當不瞭解。

如果她記得沒錯，瑪莉安．奎恩好像是交通部長的妻子，不曉得總統有沒有把交通部長換人。應該沒有吧？如果換了，消息應該早就傳過來了。

「聖安吉洛怎麼會有這麼大的牧場？」拉斐爾心曠神怡地深呼吸。

「『三寸金』是全南方最大的牧場，超過一百萬畝，牛肉製品銷遍了整個美加，甚至加工出口到國外。」老布吐了口菸草汁。

「這裡和境內通商？」秦甄吃了一驚。德克薩斯不就只有幫派罪惡橫行嗎？竟有人搞正經營生。

「當然！金恩家族靠這牧場大賺一票，已經遷至境內，不過牧場依然留在這裡，僱用專門的人在經營。德州人力便宜、土地便宜，養出來的牛又肥又壯，生意可好了。」老布摘下帽子抓抓頭髮。

「但是……怎麼會？境內的人不是都怕這裡的東西怕得要死？」她難以置信。

老布怪眼一翻。「他們把牛肉、馬肉賣到鄰州的工廠，加工後變成一包包的肉製品，你們在超市裡買了回家吃，有誰會去管肉從哪裡來？可別說，我們的肉也是合乎國家標準的，境內那些人一天到晚怕德州有污染，可沒想過自己超市裡的牛肉乾有一半是從德州過去的。」

「戰前的聖安吉洛其實包括這片牧地，後來一半的城被燒毀了，整座城往東邊遷建，金恩家族就用便宜的錢將廢墟買下來，改建成牧場。聖安吉洛有大半人口若非在牧場工作，就是間接與牧場有關。」凱倫補充說明。

秦甄再回頭看著身後的城鎮。聖安吉洛就像任何普通的中南部小城，生活悠閒輕鬆，街上井然有序，城牆外的詭譎氣氛完全未沾染到此處。

這裡就是她希望有一天卡斯丘……不，全德州的城鎮可以變成的樣子。

「有一天會的。」奎恩彷彿看出她的心情。

她輕嘆一聲，和女兒一樣靠在他肩頭。

「噢，他們又在調情了。」

「……」為什麼他的背景老是有人配旁白？

奎恩觀察馬匹片刻，濃眉一皺。「這些馬平時都這麼警戒嗎？」

馬匹四散在牧場上，圍成不同的幾團，較強壯的馬站在外圍，幼馬和母馬被包在中間。

這是野生動物面對危險時的防守陣勢。

「那倒不會，這些馬生活在城市旁，平時滿習慣人的。不過最近這兩天陌生人變多，或許牠們比較緊張一點。」老布思忖。

「你跟牠們一樣。」秦甄不禁好笑。即使如此平靜祥和的時刻，他依然處於警戒狀態，這男人永遠不知道什麼叫「放鬆」。

奎恩又觀察那群馬片刻，終於回頭。

「走吧！該到診所報到了。」

診所離城門口只有兩條街，方便外地人找地方。他們兩周前已經登記，今天來現場掛號。卡斯丘的學生都排在第一天，鎮民排在第二天，估計接下來幾天會有越來越多人湧入。

聖安吉洛距卡斯丘兩百二十哩，開車大約三個半小時，不過一如荒野定律，任何官方時間都要再加上一倍。安全起見，奎恩要求所有人同進同出，寧可在城內打地鋪一晚，也不希望拆成兩批人馬。

布魯納在此地的關係良好，商借到本地中學的兩間教室讓他們過夜，所以每個學生都帶了睡袋出來。

當然，鎮民願意自己花錢住旅館的也行，但大家都決定跟孩子一起睡睡袋。在卡斯丘住這麼久，第一次有人在乎他們出門是否安全。

「好了，每個人拿自己的號碼牌。」她一個個發下去。

學生中午以前就能全部看完，明天才看診的人已經先被老布領回嬷嬷家，據說烤肉宴正如火如荼地展開。

「甄？」

出乎意外的輕喚讓她回頭。

「漢生？陳漢生？」她萬萬沒想到會在這裡遇見故人。

從診所走出來的男人五呎十吋，年紀不超過三十歲，相貌與其說是英俊，不如說是白淨斯文，笑起來帶著一種乾淨明亮的神采。

秦甄給他一個擁抱，陳漢生緊緊抱回來。

「眞沒想到在這裡遇見妳，妳怎麼會在德克薩斯？」他的暖男笑容讓人看了就舒心。

秦甄滿腹的話想說，突然間，淚水就先掉了下來。

「嘿，沒事的。」陳漢生輕拍她的背心。

「不，我只是……」她用力深呼吸。「我沒想到會在德克薩斯遇見認識的人，更何況是你！」

情敵？

卡斯丘的每個人霎時提高警覺。

「妳還是老樣子，一激動就又哭又笑的。」陳漢笑著拍拍她。「妳呢？又怎麼會在聖安吉洛？」

「我現在住在卡斯丘。」兒時好友溫暖的神情讓她心情更激動。

「爲什麼妳會想搬來這裡？」陳漢生一怔。

「這是一段很長的故事。」她嘆了口氣。

陳漢生心知這不是三言兩語能講清楚的事，更何況他們就站在大街旁。

他轉個話題。「讓我想想，上一回我們見面是在……嗯，好像是五年前，溫格爾醫生五十七歲的生日宴上，妳再次答覆我，我們不會在一起。」

「噢，眞不敢相信你還記得。」秦甄呻吟一聲。

竟然眞的是情敵！

克里斯、尼克、諾亞等一干手下頓時同仇敵愾。

不行，不能讓老大的老婆被舊情人拐跑，不然他們的日子就難過了。

可是，必須承認，這東方男人無論氣質、外貌、年齡都與甄老師十分登對，兩個人都走溫暖人間的路線，反而是他們家老大格格不入。

克里斯只敢用眼尾偷瞄旁邊的男人，奎恩神情淡淡，看不出什麼動靜。

拉斐爾剛護送另一半的人去老布嬤嬤家了，克里斯拿出手機想向哥哥偷傳八卦，凱倫警告地頂他一下。

「被我的初戀情人拒絕兩次，足以讓我記住一生了。」陳漢生好脾氣地嘆息。

不只是情敵，還是初戀情人，關係肯定特別不同。克里斯這下忍不住了，非得跟哥哥通風報信。

「只有一個學期而已！高二那年，如果我記得沒錯，這是我們兩個人的共同決定。」在一起後，他們才發現彼此當朋友比當情侶更適合，因此又回到朋友的界線。

陳漢生眼神轉為專注。「抱歉，幾個月前我才得知溫格爾醫生過世的消息，你們兩人的感情十分深厚，我很遺憾。」

秦甄笑容淡去，輕輕搖了搖頭。

「若絲琳呢？既然妳在這裡，她應該也在附近才對。」他四處張望。

這人眞的哪壺不開提哪壺！尼克很有義氣地抵制他。

「若絲琳不在這裡，我們有好幾年沒見了。」她嘆了口氣。「我們兩個都是非法的墨族血源者，我有百分之二十的血統，她是百分之四十。我逃了出來，她沒有。」

「什麼？慢著，溫格爾醫生不可能不知道……」陳漢生腦中迅速把一切結合起來。「啊。」

「他一直在暗中幫助我們。」

陳漢生好一會兒說不出話來。「溫格爾醫生是一位十分偉大的醫者，我很榮幸能認識他。」

她不想放任悲傷在此時蔓延，努力振作情緒。

「嗳，談夠我了，你呢？你還在國際邦聯人道組織工作？」

還是個人道主義者，比起某個以殺戮為業的男人，他眞的和甄老師更相配。克里斯不禁這麼想。

「是啊，多年不變，至今還是單身漢一個。」這份工作必須出入全世界最危險的地區，沒有多少女人能接受自己的伴侶隨時可能客死異鄉。

「我結婚了唷！」她開開心心地將他拉到老公面前。「這是我丈夫里昂，我女兒紫苑今年兩歲了，我兒子道格，兩個月大。」

危險，初戀情人正式和老大王對王。克里斯LIVE連線，轉成震動模式的手機傳來各方的激烈回應：

不要啊，奎恩扭斷頸椎不花一秒鐘的！這是遠在卡斯丘的萊斯利。

叫現場兄弟圍實，盡量減少目擊證人。拉斐爾叮囑。

「什麼，妳真的棄我而去？」陳漢生心痛地捧住胸口。

「你正經一點好不好？」她頂他一下。

「里昂．奎恩。」奎恩將女兒換到另一隻手臂，伸手和他交握。

身高六呎二吋的他站在細瘦暖男陳漢生面前，猶如獅子和獵物的對比——起碼在其他人眼中是這麼看的。

「呃，奎恩？」

熟悉的名字和熟悉的俊美臉孔結合。

奎恩。里昂．奎恩！陳漢生下巴掉下來，只能很失禮地指著他。

「就是他救了我，我們現在住在卡斯丘。」她倚在丈夫的身畔。

「抱歉。」陳漢生趕快把手放下來。「謝謝你救了甄，她是我非常非常重要的朋友。」

「她是我妻子。」妻子比朋友重要。

「當然、當然。」他剛剛好像一直在跟人家的老婆打情罵俏。「咳，我是說，甄是我從小一起長大的朋友，我們國中就認識了，高二那年……那不重要，總之，謝謝你救了我的多年好友。」

奎恩一張俊美的臉平靜無波——這樣反而更令人驚嚇啊。所有人提高警覺，慎防獅王暴起。

「放輕鬆，他不是總衛官了。」她好笑地將女兒接進懷中。「紫菀，看，這是媽咪的朋友喔。」紫菀小朋友——親人的紫菀小朋友、愛笑的紫菀小朋友、不怕生的紫菀小朋友，怔怔盯著眼前的暖男叔叔。

「哇——」嘴巴一癟，哭了。

「咦？」

「啊啊，小孩子一般都很喜歡我的。」陳漢生趕快從口袋掏出一堆玩具。「妳看，叔叔這裡有好玩的喔！」

「嗚哇——嗚——哇——」紫菀小朋友哭得天地變色、日夜無光。

「乖，別怕。」爸爸將她接回懷中輕哄。好女孩。

華仔走過來，給陳漢生陰險的一眼。「菀菀，華仔跟妳好。甄是我們的。」然後同仇敵愾地站到奎恩旁邊。

「……」我們眞的不是同夥。

「呃，咳。」陳漢生笑得很尷尬。

「抱歉，他是我最老的學生，華仔。」秦甄都尷尬起來。

「沒關係。不過你們來這裡做什麼？」陳漢生熱心地問。

「看醫生，不然難道見前男友？」克里斯湊上來。再怎樣還是得幫自家老大說話。

凱倫一肘頂過去，他縮了一下。

「好了，所有人排隊看診。」他們家老大一聲令下。

「是！」所有人，包含那群小鬼，皆爭先恐後排排站，生怕一個動作慢了被抓來祭旗。

克里斯的手指快速打字：甄老師的前任難纏，老大情海生波。

一路傳回卡斯丘，訊息轉了幾手，不知道為什麼變成「奎恩婚姻陷入危機，甄重投前任懷抱」，再變成「聽說奎恩被戴綠帽，他們要離婚了啊啊啊」。

一切只發生在短短的十分鐘之內。

✸

「你是誰？」老布的嬤嬤聲若洪鐘地大吼。

「嬤嬤，我是老布，妳孫子啊！」

「呿！我有你這個孫子嗎？我十年見你一次，都忘了你長什麼樣了。」

秦甄噗嗤一聲笑出來，第一眼就愛上這老人家。

嬤嬤的身高剛滿五呎，滿頭白髮、滿臉皺紋，乾乾瘦瘦卻步履輕捷，絕對不會有人把她和「虛弱老邁」想在一起；以近百歲的高齡，她的精神健旺得不可思議。

老人家走到他們夫妻面前，先一把揪住奎恩的領子拉近，高壯的奎恩幾乎是她的兩倍大。

「老布、老布，這人怎麼和電視上那人那麼像？」老婦人端詳半晌又大吼。

「嬤嬤，妳認得出他，卻認不出自己的孫子？」老布抱怨道。

「等你有他這長相，我就認得你了。」嬤嬤給他一個大白眼。

秦甄終於大笑出來。

嬤嬤放開奎恩，又一模一樣地把她揪過來。

「老布，這媳婦兒誰家的，怎麼這麼漂亮？」嬤嬤依然聲若洪鐘。

「那男的叫奎恩，女的是他媳婦兒，叫甄老師。」

「怎麼你就娶不到這麼漂亮的媳婦兒，都給別人家娶走了？」嬤嬤不滿。

秦甄完全愛上他們祖孫的互動。

「嬤嬤，跟大家說小心一點，有些人專門抓人到廢境做實驗，佯稱廢境有毒，被抓走的人腦子都壞了。」老布警告。

「哼，我早知道什麼廢境有毒都是鬼話。如果德州有毒，我會好端端活到九十九歲嗎？」嬤嬤大聲說。「我這輩子一步都沒離開過德州，你叫他們毒給我看。」

「哎呀反正大家小心一點，平時看到什麼不對勁的人，趕快打電話跟我說。」

「呿！」嬤嬤轉向秦甄懷中的小傢伙。「這是你們的孩子？」

「是啊，她叫紫菀，兩歲多了。紫菀，叫『奶奶』。」嬤嬤的輩分太難算，乾脆以一句「奶奶」搞定。

紫菀把臉埋進媽咪懷裡。笑面娃娃今天很不尋常，一點都沒有平時人來瘋的樣子。

好吧，看來她家小朋友一出了卡斯丘就變成了毛毛蟲。

「應該是目睹父母婚姻破裂，心靈遭受創傷……」克里斯對傑登咬耳朵。

傑登本來跟著拉斐爾先過來，一聽說他家老闆快變下堂夫，趕快到門口迎接。

奎恩一記目光將克里斯砍成三截，傑登立馬移開一步。他和這傢伙絕對不是同一國的。

「什麼婚姻破裂，你胡說什麼？」秦甄這次聽到了。

甄老師，妳眞的從頭到尾搞不清楚狀況。

「先到的人都在後院吃烤肉，大家一起來吧！」拉斐爾從後院走出來。

「耶，烤肉！」一群年輕學生立馬衝向後院。

「老布！」嬤嬤老眼一轉。

「在，嬤嬤！」

「我廚櫃還是壞的，你們這些子子孫孫存心等它掉下來砸死我，分遺產是吧？」嬤嬤宏亮一喝。

「好啦好啦，莎若一家不是住得很近？幹嘛不叫她老公過來弄一下？」老布抱怨。

「你們就一個推一個好了！」嬤嬤火力全開。

「好啦，我要修了啊。」老布認命地走向後院，一時半刻吃不到烤肉了。

「讓我們盡點心意，我最近正好也要叫奎恩修廚櫃呢！讓他來吧，你跟大家一起去吃東西。」秦甄連忙說。

「也好，我確實需要一個幫手。」老布手一招。

嬤嬤的車庫擺滿了板材和電動工具，老布要奎恩先把壞掉的櫃門拆下來、量好尺寸，他負責裁切板材。

「我眞不敢想像陳漢生竟然在聖安吉洛。」秦甄坐在櫃子上，腳一晃一晃。是她提議老公進來服勞役的，因此她很講義氣地相陪，兩個小鬼先被莎洛美和凱倫帶出施工現場，以策安全。

「嗯。」第一片門板拆下來。

「除了若絲琳，他是我認識最久、目前還保持聯絡的朋友。」

「喔。」第二片門板拆下來。

「我記得我們高中有一次蹺課跑去打電玩，結果遇到收保護費的流氓……」她興高采烈地描述年少紀事。

講了半天，她老公好像沒什麼反應。

老布打開後門走進來。「你的門板拆好了沒……？」

爲什麼每一片都拆下來？沒有每一片都壞吧？

昂藏男人給他森然的一眼。

「咳，那就全換吧！」老布摸摸鼻子。「你量一下尺寸，再傳到工具間給我。」快溜。

奎恩掏出雷射尺，一一掃過每一個櫃體，數據迅速傳到工具間的電腦螢幕。

「你怎麼了？」她終於發現她老公不太對勁。

「什麼怎麼了？」奎恩瞄她一眼。

「你怎麼這麼安靜？」奎恩確實不是那種愛聊天的人，可是以往她談起還不認識他的時光，他都會很感興趣，聽得很仔細，甚至偶爾會問幾個問題。

現在想想，他剛才不是「嗯」就是「喔」，沒講過一個眞正的句子。

「有嗎？」他繼續測量櫃體。

他到底是要量幾次？

「有。」就算原本沒感覺，現在也感覺到了。

量完第二次不過癮，再量第三次。「你們以前很要好？」

「就是高中同學啊！」他再量下去，她都擔心櫃子要冒煙了。

「嗯，高二那年交往。」他點點頭。

「也不算交往……嗯，好像也算交往。總之，高二那年他向我表白，可是我們交往幾個星期後，我就發現不適合。漢生在我心裡一直是『好朋友』，我無法切換成『男朋友』模式，最後我們就又變回朋友了。」

都幾百年前的事了，沒什麼好隱瞞的。

「嗯。」

又「嗯」了。「嗯什麼？」

「沒事，我只是覺得，一個男人會把名字取為『Handsome』，可見對自己非常有自信。」奎恩深思道。

「名字又不是他自己取的，而且那也不是Handsome，而是『漢生』，中文發音。他們家是馬來西亞的華裔，祖父對家族傳承非常驕傲，所以每一代起碼有一個子孫會取這名字。」

「嗯。」

又「嗯」？

「嗯什麼？」他到底怎麼了？她還以為遇到老朋友，他會替她感到高興。

噢，她懂了。他一定是不放心陳漢生的背景。通常來歷不明的人接近她和孩子們，他又摸不清底細，就會變得保護過度。

「漢生的背景沒問題，大學一畢業他就去倫敦替國際邦聯工作，多數時間都在歐陸和非洲，美加反而離他很遠，他才會這麼晚知道醫生過世的消息。」她耐心補充，好讓他放心。

「妳對他的動態好像非常瞭解。」奎恩量第四次。

工具間有個人在哀號。可不可以不要再量了？數據每傳過來一次，他就得停下來比對一次，這樣來來回回比對四次，比到他都快抓狂，明明每次尺寸都一樣啊！

「當然，我們是從小認識的朋友，他久久會打個電話給我，我們一定會聊到一些近況。」

奎恩放下雷射尺。「我明白了，像我和芳娜一樣。」

慢、著！

「漢生和芳娜才不一樣。他是我的好朋友，芳娜是你的前任情人……還是說，你的意思是指，芳娜在你生命中的的重要性不亞於漢生跟我的交情？」她瞪著他。

「所以妳承認陳漢生對妳很重要？」奎恩終於停下來。

老布扛著兩片辛苦裁好的門板走進來。

「好了，我們可以先裝……」呃，爲什麼有一種誤入戰區的感覺？

「這問題是我先問的。」她跳下地面，娟秀的臉蛋一昂。「漢生是我的朋友，你卻把他和你的前任相提並論，然後問我他是不是很重要。這表示芳娜對你有同等的重要性。」

「相同邏輯，陳漢生對妳很重要，妳才會介意芳娜的對比。」

「陳漢生對我確實很重要，不過不是那種重要，但你正在承認芳娜對你很重要！」

這兩人是在繞口令嗎？

「我……等一下再進來。」老布默默扛著板材出去。

窗外好多顆腦袋探上來，奎恩冷眼瞟過，一堆人趕快蹲下去，只有凱倫毫不在意地握著道格的手，對他們笑吟吟地揮動。

克里斯將最新戰況傳給萊斯利，夫妻吵架的劇碼比烤肉宴更精彩啊！

他們兩人隔著廚房互相對峙，猶如正要決鬥的西部牛仔。

此時，秦甄的手機忽然響了起來，她心不甘情不願地移開視線。

結果螢幕上出現的是萊斯利的臉孔。

「萊斯利，有什麼事？」

「甄，我只是要告訴妳，我們年齡相近，性情相符，如果妳和奎恩吹了，記得肥水不落外人田，考慮一下我。」萊斯利慎重申明。

「克里斯被你帶壞了！」她陰陰瞄向窗外的看戲班底。

克里斯悚然一驚，啟動人工升降機模式，慢慢往窗框下緣消失。

一隻大掌突然把她的手機接過去。

「解碼進行得如何？」如何一句話讓安竹．萊斯利閉嘴。

「我剛解出公鑰。」萊斯利清了清喉嚨。

「不是說公鑰不難取得，也無法反推私鑰嗎？」化為冰川的藍眸即使隔著螢幕，都讓人不寒而慄。

「我也說了，私鑰最好想辦法弄到手，若要靠我破解，等個好幾年也不是不可能。」

「那你還在浪費時間？」

「噢，好……」科技宅乖乖收線。

「老布！」

「啊？」老布探頭進來。

「板材拿來！」他把手機還給老婆，口氣跟討債一樣。

身爲一個老資格的德州人，老布見慣大風大浪，決定以不變應萬變。

「門板的合葉全換成德式鉸鏈比較耐用，工具箱有三十五釐米的取孔器，你鑽半吋深就夠了，千萬不要穿透。」這種事有點概念的人都知道，不過維持沈默好像更恐怖，老布只好一直發出聲音。

奎恩從工具箱裡找出鑽頭，鑽進櫃子裡。

老布先退到門邊，以便情勢不對時逃脫。

「你竟然還念著芳娜．羅蘭！」秦甄眞的生氣了。他們講沒兩句，他就突然提那個差點娶了的前任。他一直想著她嗎？

不是啊！甄老師，妳等我們都安然脫困後再說不行嗎？老布再退一步。

「我並沒有『念著』她。」奎恩拿起電鑽，開始滋滋滋鑽孔。

「你把她和漢生拿來相提並論！」

「所以陳漢生之於妳更重要？」

「誰重要得過你的芳娜？」她衝道。

「甄，別孩子氣了。」充滿耐心的嗓音從櫃子裡飄出來。

老布一縮。如果有任何事能徹底惹毛一個女人，就是在吵架的時候，用很理智的口氣跟她說「別孩子氣了」。

秦甄死瞪著他，好半晌根本發不出聲音。

「你現在是故意找麻煩，還是正常能量釋放？」

「喂，下手輕一點，鑽半吋就好，不要鑽穿……」老布在旁邊力挽狂瀾。

啵，鑽頭直接穿過去。

「我叫你不要鑽透啊！」老布慘叫。

奎恩瞪著櫃子上的洞，好像在指責它怎麼敢沒有他的允許就穿透。

「拿一片木板給我。」

「破了就破了，沒法子補的。」完了，他要被嬤嬤罵死，櫃子不但沒修好，還多一個洞。

「我補得起來。」奎恩森然看著他。

老布萬念俱灰，了無生趣。

「好了，兩位，你們應該冷靜一下。」凱倫看不下去，把道格往拉斐爾懷裡一塞，走了進來。

「冷靜什麼？我從頭到尾都很冷靜，他才莫名其妙。」秦甄指著他控訴。「我已經說了陳漢生是我的老朋友，還不夠嗎？這人對誰都疑神疑鬼，只要我們身邊冒出他不認識的人，他就緊張兮兮。又不是每個人都是變態殺人狂，他管得這麼嚴，我還要不要過生活？」

「我不覺得奎恩是在緊張你們的安全問題……」凱倫開始聽出不對勁。

秦甄聽不進去。「莫名其妙，沒事還提他前任。怎樣？我們這些市井小民都是庸碌之輩，比不上他們家芳娜就是了？」

「甄……」

「夫妻吵架最忌諱的就是專挑刺激人的話說，他拉芳娜出來是什麼意思？」

「芳娜是他前女友，陳漢生也是妳前男友……」克里斯的插嘴立刻被拉斐爾一肘子打回去。

這小子真是被萊斯利帶壞了，果然近墨者黑，拉斐爾嘆息。

奎恩只是冷冷站在那裡，什麼都不說。

他們一個以為一個……一個以為另一個……

「噗哈哈哈哈哈哈！」凱倫捧腹大笑。

不是喔，叫我們低調一點的是妳，凱倫仙女，結果笑最大聲的也是妳。

「妳笑什麼？」秦甄怒目而視，奎恩的表情沒好看多少。

「你們、你們兩個太好笑了，奎恩不明白也就算了，妳跟我們一樣是普通人類，竟然也沒發現，哈哈哈哈——」他們眞是太寶了。

奎恩不是普通人類，那他是什麼人？背景有小鬼在問。

泰坦星人吧！

廚房中央的男人雙臂一盤。

凱倫又笑了好一會兒，才終於緩過氣。

「奎恩，」她牽著他的手走到秦甄面前。「這種很酸很澀很不熟悉、心頭好像有一把火在燒的感覺，一定很不舒服對不對？其實它有一個很常見的名詞，我們其他人對它一點都不陌生。」

她牽起秦甄的手。「甄，妳老公並不是在擔心變態殺人狂，他只是在做一件再簡單不過的事。」

「什麼事？」她很衝地問。

「吃醋。」

啊？

奎恩的表情像被磚頭打中。

15

那天晚上他們睡在嬤嬤家。

學生今天都看完診了，只剩下大人，估計明天早上都能看完，中午在城內吃完午飯後就能啓程返家。

嬤嬤一聽他們借教室打地鋪，悍然一句：「嬤嬤的客人沒有睡教室的道理！」於是老布親友團分一分，把他們分成三批領回家。大部分的人有床睡，一些年輕孩子睡沙發，即使在客廳打地鋪也比睡教室舒服多了，還有最新款遊戲機能玩。

他們一家四口和凱倫、安娜、莎洛美住在嬤嬤家，加爾多理所當然要跟同學一起，凱倫只能感慨。「兒子一養到青春期就是別人家的了。」

奎恩擦著滿頭濕髮走進房間。

洗得香噴噴、軟綿綿的妻子坐在床上唸故事書，旁邊偎著一個小女孩。嬤嬤家沒有嬰兒床，他們以厚厚的棉被鋪在窗邊臥塌，再以餐椅圍起來，權充一個簡單的嬰兒床，道格躺在裡面睡得香甜。

他的全世界就在這個房間裡。

「我非常英俊、非常勇猛、非常愛吃醋的老公。」他的妻子看見他，俏眸一亮，跳下床走向他。

「我沒吃醋。」他挑眉。

「你完全在吃醋。」她揪著他的浴巾拉到眼前

「……只有一點點。」

她格格笑了起來，她怎麼就沒想到他會吃醋呢？

「妳也在吃醋。」他指出。

「我是女人，我們一點都不介意自己愛吃醋。」她輕啃他的下唇。

奎恩趁勢加深這個吻。

叩叩，房門輕響兩下。唉，他嘆了口氣，鬆開她的唇。

「抱歉打擾了，傑登說今晚有孔喬堡事件的重演劇，我們可以去看嗎？」莎洛美在門外低聲問。

她說的「孔喬堡事件」並不是歷史上白人打敗印地安人的孔喬堡戰役，而是文明大戰時期的一場小戰事。

簡而言之就是北美版的「聖理諾修道院」，只是武僧改為在地的二十七人民兵團，以寡敵眾守住進攻的南美軍團，讓全城百姓得以及時撤離，不過故事結局並不像聖理諾修道院那般美好，最後民兵團壯烈成仁，城裡還有當年的遺址和紀念碑。

聖安吉洛是個充滿歷史痕跡的地方，每次城裡有外地人聚集，就會上演一次歷史重演劇，也算是一種觀光行銷。

「快九點了，不要出門亂走。」奎恩的濃眉蹙起。

「重演劇九點開始，九點四十分結束，我們一看完就會回來。其他學生和布魯納也會去，尼克會負責保護我們。」莎洛美補充。

演出時間正是當年事件發生的時間，對布魯納來說，這是最佳的歷史教學，當然要趁機機會教育一下。

秦甄用力揪住他的浴巾。

「這是他們的第一次約會，你，絕對，不准，阻止他們！」

她的恐嚇比較像張牙舞爪的貓咪，實在沒有威嚇力，奎恩心下好笑。

「好吧。傑登！」

「在。」人果然等在門後。

他拉開房門，少年立刻走過來。

「記得我說過，你想約莎洛美就應該直接問她？」奎恩凝視他。

「什麼？」莎洛美俏眸圓睜。

「記得。」少年神色微赧。所以他現在問了啊！

「我只說你可以約她，沒說你可以做別的。」閻王般的笑容讓人從心底毛上來。

他老婆在後面呻吟，女兒要參加畢業舞會的老爸都沒他這麼嚇人。

「拜託，我們只是去看戲。」莎洛美的白眼翻到天邊去。

「我知道啦！」傑登英俊漂亮的臉孔漲紅。

「去吧，最晚十一點送她回來。」他把房門關上。

這時間抓得詭譎地精準，節目九點四十結束，散場完畢十點鐘，回來的交通半個小時，還有半小時足夠兩個人喝喝飲料、聊聊天，但不夠長到能做什麼。

「我已經預想得到，你將來會是多難纏的父親。」秦甄頗爲感慨。

「我是個完美的父親。」某人完全不懂謙虛的眞諦。

他瞥了眼床上，紫菀聽故事聽得睡著了。他從臀部捧起她，讓她感受自己強壯堅硬的身體，飢渴的唇封住了她。

她好喜歡他的味道，融合了香皂、熱水和男性體膚氣息，即使他剛下完操練場，渾身都是汗味，她也覺得好聞。噯，這就是眞愛了。

一個簡單的吻在撲摩、吮吻、戲謔的過程中開始升溫，圈在她腰上的鐵臂逐漸收緊，她只能抬腳圈住他的腰，他已經動情。

她的中心點敏銳感覺到抵住自己的堅硬，一股暖流從接觸點擴散到全身。大掌從她後面的腰際鑽入衣服下，摩挲她平滑無瑕的肌膚，粗糙的掌心撩起一陣痠麻的觸感。

「孩子都在啊……」她只能喘息。

一聲很粗野的話從他喉間咕噥出來，他直接抱著她走進旁邊的更衣室。

更衣室空空如也，只有一些層板和五斗櫃。櫃門關起來，狹小的空間伸手不見五指，僅有臥室的燈光從百葉透進來。

視覺的蒙蔽反而增強了其他感官知覺，他剝掉兩人礙事的衣物，讓她坐在五斗櫃上，分開她的雙腿衝進去。

「啊，輕一點……」她呻吟出聲。

沈重的衝刺讓她一次次撞在牆上，他盡量控制力道，但她的肌膚太嬌嫩，每每總是會留下激情的瘀痕。他承認，這些印痕滿足了男性化的佔有慾，這是屬於他的標記，任何男人都無法跨越。

她雙腿被分開，一陣又一陣強烈的衝撞讓她幾乎禁受不住，只能把臉緊緊埋進他頸窩，以免吵醒孩子。

沈重的呼吸吹拂在她耳畔，臀下的五斗櫃發出細細的嘎吱聲。

「不行，聲音太大了……」寶寶會醒的。「啊……里昂！」她背心拱起來。

「該死！」

他在連結的狀態將她抱到另一張層板上，她被他強烈的衝擊弄到發不出聲，只能狂亂地抓著他的肩頭。全身捲入濃烈的情潮，只剩下被擴展、被撞擊、被佔有的韻律，意識漸漸放空。

體內的張力越來越高，她耳邊是他低啞的喘息，身上是他驚人的熱度，龐大堅硬的胸膛撞在她身上猶如石牆；他的聲音、氣味主宰著她的感官，她完全無法阻擋情慾的浪潮。

這一次粗野、直接，沒有任何浪漫的前戲，反而帶來一股原始的快感。

已經好久好久了，每次都只能這樣匆促做愛，猶如偷情，這就是擁有一雙年幼子女的代價。道格能睡嬰兒床，紫菀卻經常鬧著要跟他們睡。在孩子學會自己睡之前，他們都得這樣偷偷摸摸的。

他的臉埋進她髮間，粗重的呼吸全被她的髮悶住；她就沒那麼容易了，好幾次被他突然用力弄得叫出聲，最後乾脆咬住他肩頭。

他全身一顫，肩膀的微痛成了最後一擊，狠狠在她體內釋放自己。

兩人維持連結的狀態，好一會兒都無法動彈。

「這次不算……」他低喘的語氣不太穩。

「嗯？」她已經半昏暈。

「為所欲為的夜晚，這次不算。」

她愣了一下，忍不住直笑。「你這人就是一點虧都不肯吃，是吧？」

「別的虧能吃，這件事是福利問題。」

「嗚……嗚……媽咪……趴趴……」某位小小姐醒了。

唉。他嘆了口氣，從她體內退出。

「我想念妳全裸躺在我懷裡的夜晚。」

她低笑不止。

「再兩、三年，等紫菀可以自己睡，道格的嬰兒床也移到育嬰室，我就又是你的了。」

兩個大人略微修整一下，開門走出來。

「趴趴、媽咪！」紫菀看不到人，臉一皺正準備哭。

「媽咪在這裡。」她趕快走回床上。

奎恩先到浴室整理乾淨，然後回來和她換手。十分鐘後，一家人終於安安穩穩地躺在床上，準備睡覺。

他胸前的小粉紅糰子，兩隻小手揪著他的手，小嘴唇抿了幾下，又睡著了。

曾經，他認爲他的愛都給了甄，倘若哪天她不再和他相守，他應該也很難找出同樣的熱情愛另一個女人。

直到這小傢伙的出生，他才明白，原來對一個人的愛，可以綿延出更多更強烈的愛。

「愛」並不是一個固定的存量，用完就沒有。他會毫不猶豫爲他愛的女人而死，卻也能毫不猶豫爲這小小人兒而生。

對妻子兒女的愛，讓他在生命面前學會謙卑，活著的每一刻，再不敢等閒視之。

「今天眞的證實了，你女兒怕生。」甄小聲對他說。

「怕就怕吧。」她的世界小小的，活在一個大家都愛她的世界，也未嘗不可。

她的眼皮變得沈重，他伸手滑過她柔嫩的頰，娟麗秀緻的容顏永遠令他心裡最堅硬的角落柔軟。

她輕嘆一聲，放心地閉上眼。

轟！

秦甄反射性彈起來，突然發現一堵巨大沈重的東西壓在她身上。第一個反應是：房子塌了，他們都被天花板壓住。

驚慌感剛剛升起，那巨大沈重的物體散發出熟悉的氣息，告訴她：是奎恩。

爆炸的那一刻，他在零點一秒的時間醒過來，用自己的身體護住妻女。

磅啷！

轟隆！

砰、砰、砰！

各式各樣、大大小小的爆炸聲傳來，自極遠至極近。

道格立刻震天大哭，紫菀被壓在爸爸和媽媽中間，嚇到甚至忘了哭。

秦甄掙扎著從他身下翻出來，爬到窗邊將道格搶進懷中。

「別動！」奎恩沈雄大吼。

她爬回床邊，奎恩抱起女兒，將母子三人擠進牆角，用自己寬闊的胸膛遮住他們。

噠噠噠噠噠噠——

砰砰砰砰——

槍械的聲音聽起來是從城內傳來的，有點距離。

他把紫菀塞進她懷中，她和兩個孩子被半拖半拉進更衣室裡。

「待在這裡，沒有我的指示不准出來。」

看一眼手腕，十一點零六分，他們大概睡了半個小時。

房門外已經亂成一團。

「嬤嬤？嬤嬤？妳還好嗎？」聲音從屋子各個角落響起。

「老布，哪個不長眼的王八蛋對我們開槍？」嬤嬤怒喝。

老布鬆了口氣。「嬤嬤，槍聲好像從城裡傳來的。」

「每個人到這間房集合！」奎恩大吼。「記住，趴在地上移動。如果你受傷，發出聲音，我會去找你。」

嬤嬤的家是老式磚造屋，子彈不容易穿透牆壁。他們的客房在一樓最角落，每一面都是實牆，唯一的一扇對外窗上有鐵柵欄，以戰略角度來說是最安全的。

雜亂的腳步聲開始從屋內各處移動而來，他抓起無線電。

「各小組回報！」

拉斐爾的聲音首先響起：「老大，最近的一個爆炸聲離我們不遠，我正把所有人趕進地下室。」

奎恩在腦裡畫了一下地圖——聖安吉洛的外圍有八成以通電圍欄圍起來，只有兩個出城的管道，往南和往北，分別通往南美區和歐洲區。嬤嬤的家靠近城南入口，離牧場只有兩條街。拉斐爾和克里斯帶了二十多人住在嬤嬤的大女兒家，因爲她家最大，距離城中心約十分鐘；尼克及諾亞帶著布魯納與一干學生住在另一個孫子家，約十五個人，那裡離城中心最近，走路即可抵達。

他驀然想起。「傑登和莎洛美呢？」

「他們還沒回來。」凱倫緊緊抱著懷中的安娜，一爬進房裡立刻躲進角落。

那小子再大的狗膽也不敢不在時限之前帶莎洛美回來，一定出事了。

「尼克、諾亞，你們那裡的情況如何？」他拿起無線電詢問。

等了片刻，諾亞的聲音回傳，聽起來雜訊很大：「尼克的人負責保護布魯納和學生去看重演劇，還沒有任何消息。」

即使看不見諾亞的表情，他們都能從聲音中聽出他的緊繃。全城處處是爆破聲，尼克不可能不回報。

「諾亞，確保現場穩定之後，派人出去偵察情勢；拉斐爾，你也是。」

「尼克怎麼辦？」諾亞問。

「我們會找到他的。」他沈穩的嗓音帶來一股安定感。

「收到。」

第一聲爆炸或許令人以為是重演劇的空包彈，其後而來的炸響就絕非偶然。

有人攻擊聖安吉洛！

是誰？歐洲幫？南美幫？

這不合理，所有組織都明白攻擊德州的「中立城」是自找麻煩，政府不會坐視不理。

唯一會找正規軍麻煩的瘋子只有卡佐圖，難道是他？

Shit！他低咒一聲。

從爆炸頻率聽起來是經過組織的，一波接著一波，銜接得剛剛好，卡佐圖瘋狂有餘、戰略能力卻不足。總之，現在想這些無濟於事。

他把房門關起來，確定一下每個人都到了。除了消失的傑登和莎洛美，房間裡有嬤嬤和今晚留下來幫忙的二女兒，老布、兩位卡斯丘人、凱倫和安娜，加上他們一家四口。每個人都帶著驚惶不解的神情，嬤嬤終究年紀大了，睡前吃了慢性病的藥，精神有些散亂。

「嬤嬤，妳先躺下來。」老布扶著她躺在床上小歇。

「那幫狗養的，眼睛沒放亮……」嬤嬤喃喃咒罵，用語百無禁忌。

嬤嬤的家人數最少，由奎恩親自坐鎮，保護的人力都分散在另外兩個地點。他打開更衣室的門，秦甄的臉色蒼白卻十分鎮定；紫菀緊緊巴著她，滿面倉皇。只有道格在她的安撫下又漸漸闔上眼。

「趴趴！」紫菀哽咽地伸出手。

「乖，出來吧。」他把寶貝接進懷裡。

「他媽的到底發生什麼事？是瓦斯氣爆……啊，抱歉。」

凱倫瞪老布一眼，他馬上把粗口收回去。

氣爆會發生在特定路段，不會平均分布在城內各處。

「聽著……」

磅！

磅磅磅！

強烈的爆炸火光映紅了窗戶，緊接著玻璃窗被激烈震碎。驚人的聲響讓所有人尖叫臥倒，奎恩再次撲向妻女。

「哇——哇——嗚哇——」

「嗚嗚嗚、嗚嗚……」小姊弟倆哭成一團。

「沒事，媽咪在這裡，爹地在這裡，沒事。」秦甄緊緊抱著一雙兒女。

「所有人趴下！」奎恩大吼，匍匐到窗前。

城南入口起火，從他們的街看不見城門，卻看得見燒紅的天空。

聖安吉洛面臨攻擊。

再不會有人認為這只是瓦斯氣爆。

城北、城南、城中同時發動，雙邊的出入口都被封鎖，無論主謀是誰，今晚都帶著血洗聖安吉洛的決心。

重演劇的地點靠近城北出口。

「甄，耳罩。」他望向妻子。

對了，耳罩！

「老布，你旁邊有我的包包。」秦甄連忙說。

幾個人把她的行李傳過來，凱倫接過道格，秦甄從包包摸出兩只靜音耳罩，一大一小，為兩個小孩戴上。

這種耳罩專門為容易夜驚的兒童設計，會發出一種頻率中和噪音，讓兒童平靜下來。她一直不想用這些東西，希望孩子們能學習適應環境，但在緊要關頭卻極為好用。

紫菀扭來扭去，不肯戴耳罩。

「乖乖，戴上耳罩就不吵喔。」秦甄輕聲哄她。

「不要。」紫菀嚶嚶哭泣。

她不喜歡頭上戴東西，軟綿帽子還行，有硬物感的就不行了。

「拜託，幫媽咪一個忙。」她終於幫女兒戴好。

凱倫輕哄著懷中的小道格，淺白睡衣讓她美得更加空靈飄渺，不過那雙眼底的火光讓所有人明白：卡斯丘的仙女非常生氣！沒有哪個媽媽看到驚嚇的小孩還能無動於衷的。

空氣飄來火藥的刺鼻氣味，某種機械運轉聲開始融入混亂之中，奎恩太熟悉這種引擎聲——軍事卡車和裝甲車。

街上有許多人衝出來，突然間，一陣尖銳的咻咻聲劃開夜影，尖叫的音量加高，有些卻突兀地中止了。有人在街上掃射。

滿屋子老小緊緊盯著奎恩，等他下決定。

他從床下拖出一個帆布袋打開。槍，長槍短槍手槍，很多很多的槍。老布吹了個無聲的口哨。

奎恩挑選武器：兩把震撼槍，一把高能量來福槍。

「他們會清空城門口一哩內的範圍，然後守住城門，不讓任何人離開。我們不在第一波淨空的範圍內，不過距離還是太近。」他迎視每雙和他對上的眼，語音沒有任何波動。

所有人突然明白為何沒情緒是一件好事，在這種時候，他的沈著直如亂流中的磐石。

「每個人挑一把武器，盡可能保持安靜，別洩露藏身之處；若有人攻擊，轟光他們。」奎恩不擔心有人不會用武器，這是在德克薩斯求生的必備準則，連甄都上過手槍的課程。

「你要去哪裡？」秦甄拉住他。

「出去偵察情勢，妳和孩子在這裡待著。」

「他們有一支軍隊在外面！」她抓緊他的手臂不放。

「對，你只有一個人。」老布心下不安。

「別擔心。老布、布朗、查莉，你們三個守住這裡，負責保護大家。」布朗和查莉夫婦是卡斯丘人，都接受過他的民兵訓練營。

「別擔心，我們會。」布朗不浪費時間爭論。

「甄，在這裡躲好，我會解決他們。」

這就是帶領反恐作戰部征戰無數，又帶領希塞叛軍踏平馬洛斯集團的男人。

他帶著稱手的武器，迅速消失在門外。

掃射聲只持續了一陣子就停止，他的推想沒錯，對方第一步是封鎖出入口，不是進攻。偶爾傳來的槍聲，威嚇之意大過殺戮的打算。

奎恩潛進隔壁街道，直直往下走就是南向城門。

只潛行了一小段，他就發現不對勁。太安靜了。

槍響依然有遠有近地響起，火燒、爆裂聲依然持續，不過他所在的這個街區卻安靜得離譜。

他心念一動，掉頭返回嬤嬤家的那條街。

尾端有幾處民宅失火，應該是被第一波爆炸波及，不過近三條街內眞的安靜無聲。

他通過嬤嬤的家繼續往前奔，十分鐘後停下來，氣息依然平穩，珠汗不興。

有人往這個方向跑過來，他火速貼往牆面，探頭一望。

十七個，全是蒙面黑衣人，從頭包到腳。

嬤嬤家在一個三角公園旁邊，接著是一片未蓋的建地，然後有一條馬路交叉口。這些人沿路跑下去，第一棟民居只會是嬤嬤家。

果然到了交叉口，半數的人轉彎穿過公園，明顯是打算前後包夾的陣形。

這些人步輕履捷，進退有據，不像普通的幫派份子，更類似傭兵。除非九十幾歲的嬤嬤是尚未曝光的犯罪天后，否則這些黑衣人只可能是衝著今晚的客人而來的，最有可能是他。

是誰？

羅瑞．艾森？歐洲幫？

他們今晚睡在嬤嬤家是臨時起意，只有同行的人才知道，有人向外界通風報訊。

奎恩冷笑，只派十七個人對付他，太侮辱人了。

他閃進一條巷子，攀住磚造建築的磚縫上了二樓陽台，踩著欄桿往上輕輕一點，立刻抓住三樓陽台的邊緣。臂肌暴起，他憑單臂之力將自己舉上去，抓住了三樓欄桿；如此幾番騰躍，他轉瞬已在五樓的屋頂天台。

內心深處的一個角落承認，他懷念這種感覺，狩獵者的本能只需一眨眼便回歸本位。

他掏出纖薄的夜視眼鏡戴上，黑衣人的行蹤在他眼前一一現形。

✷

「那是奎恩嗎？」老布探頭查看。

「哪裡？」秦甄爬到他身邊。

兩顆腦袋探出窗緣的一點點。

他們對面的街燈被震破了，只能透過更遠的街燈覷探。

夜幕依然閃動著不知何處起火的紅光，街上的人都不見了，可能躲回了屋子裡；遠方依然時不時響起駁火及喊叫，他們附近卻十分安靜，一不小心甚至會產生這只是個尋常夜晚的錯覺。

「在哪裡？我沒看見。」

「我剛剛看到一個黑影子晃過去，很像奎恩，或許我看錯了。」老布搔搔腦袋。

「那應該眞的是他。」只有她老公有這種瞬間融入黑暗的本領，老布能瞄見那一閃都算厲害了。

「他爲什麼跑回來？他要去哪裡？」布朗抱著他的高能量來福槍捱過來。

「我不知道，不過你們有沒有發現，我們這裡安靜得很不尋常？」她問。

「大家應該都嚇到躲回屋子裡了。」老布說。

看了片刻實在看不出什麼，秦甄抱著女兒窩回凱倫和安娜身邊。他們把床翻過來，擋在更衣室前面，圍出一個狹小的空間，老弱婦孺都擠在這個小小的角落。厚實的原木床加上床墊，已經擋得住一般子彈的攻擊。

「妳還好嗎？」凱倫輕問安娜。

「我很好。」安娜小聲說。

「我們會沒事的，蒂莎把妳交給我們，我們絕對不會讓妳出事。」秦甄向她保證。

女孩靜靜縮在兩個媽咪中間。

凱倫第一次這麼高興加爾多爲了和嬤嬤的曾孫打電玩，不肯去看歷史重演劇，他們幾個男孩安全地和諾亞在一起。

紫菀終於捺不住睡意，小腦袋一直點。

秦甄將女兒溫柔地按進懷裡，在她耳邊輕輕哼著古老的童謠。從有記憶起，她就記得這首童謠的旋律，直到中學時期才找到眞正來源。這首東方搖籃曲訴說母親搖著嬰兒入睡的情景，她生母留給她的記憶傳承了下來，她再傳給她的女兒。有一天，紫菀或許也會對她的孩子唱這首母親的搖籃曲。

心肝寶貝，別害怕，妳父親會爲妳殺光全世界的惡龍，讓妳安睡。

「凱倫，我以爲聖安吉洛是很安全的地方，發生了什麼事？」

「我也不曉得。我在德州住了七年，第一次見到中立城被攻擊。」凱倫有些茫然。

在平常日攻擊已十分嚴重，義診期間城內都是老弱病幼，必然會引來國際人道組織的譴責，政府想不管都不行。謀劃這場攻擊行動的人若非腦袋進水，就是另有更大的目的，寧可公然和政府對抗。

「老布、老布，電話給我拿來！」嬷嬷突然大喊。

「噓，嬷嬷，外面的人會聽見，現在不是打電話的時候。」老布連忙趕到她身邊。

「電話給我，我打給警長！」嬷嬷怒道。

「嬷嬷，這裡是德州，打給警局有個屁……」

「慢著。」凱倫陡然想起。「這裡是中立城，警察局是境內的延伸，我們確實應該報警！」

他們離開體制太久，都忘了報警一途。雖然不曉得那些混蛋警察能做什麼，起碼也是管道之一。

眾人看了一下房裡，這間客房平時沒人住，當然沒擺電話。

咚。

忽地，極輕極淺的一聲。眾人同時抬起頭。

咚。

老布指指樓上。

秦甄和凱倫帶著三個小孩躲進更衣室。

「嬷嬷？」秦甄對老婦人伸出手。

「擠不下了，那些兔崽子嚇不了我。」嬷嬷擺擺手。

布朗、查莉和老布是防守主力，嬷嬷的二女兒珍娜已經七十歲，老德州人的悍勁在她身上一點都不缺。所有人武器上膛，嚴陣以待。

秦甄一手抱著女兒，一手緊牽著安娜。親愛的上帝，我發誓，回去之後我一定認眞上防身課，再也不曉課。

幸好她上過手槍的課，隨便亂瞄應該還是能打中人。

咚。

呯呯。

一堆奇奇怪怪的聲音傳下來，其實都不大聲，只是四周太安靜了，每個聲音一響他們的心臟就跟著彈一下。

「啊——」

一件沈重的物體從窗外掉下來，老布爬過去看。一個黑衣人的喉管被劃開，只剩下薄薄的皮膚連著身體。

上面到底在搞什麼？

「小心！」珍娜趕快把他一扯，老布蹲下來，正好避過窗外掃射的子彈。

激烈的槍聲響起，所有人撲在地上，布朗夫婦爬到窗戶旁開始回擊。

秦甄查看紫菀和凱倫懷中的道格，隔音耳罩發揮作用，他們幾乎沒聽見什麼，小道格繼續睡著，只有紫菀從媽咪的反應感受到緊繃的氣氛，可愛的眼睛睜得圓大。

「乖乖，沒事。」她一半安慰女兒，一半安慰自己。

咻——咻——咻——

一陣能量槍的聲音突然射穿黑夜，不過是從他們樓上的窗戶往外射出。

激烈的槍聲如發生時一樣突兀地止住，四周再度陷入死一般的沈寂。

前門的那一路包圍嬷嬷家，佔據有利位置，後門的那一路自二樓窗戶潛入。

臥室集中在二樓，潛入的七個人相互比個手勢，分頭在寬敞的屋內搜尋。

第一個人打開一扇房門，陡然冒出來的兩隻手扣住他脖子，輕輕一扭，黑衣人無聲軟倒。

屍體拖進房內，房門關上。

第二個黑衣人打開面前的房門，對著大床先射四發能量槍。他停下來，等待床上有無動靜。

背後突然一股巨力將他推入門內，房門關上。

唔、唔、啊、唔。黑衣人甚至沒看見是什麼把自己擠進房裡，在黑暗中盲目地一陣拳腳相向，一隻大掌突然從背後勾住他的脖子。他努力掙扎幾下，長臂施勁一箍，他的喉關節破碎。

黑衣人捧著脖子，跌跌撞撞幾步，完全發不出聲。他的能量槍被敵人搶走，送給他自己的腦袋一槍。

咚。屍體倒地。

在房內移動的巨大黑影彷如沒有形狀，只是一縷融在空氣中的黑煙。

黑煙以驚人的靈巧閃出房門，第三個，第四個，一一解決。

在樓下的三名黑衣人開始覺得不對勁。

廚房那人和客廳的兩個同伴交換一記視線，客廳的兩個人指指角落。

客房，裡面有人。

廚房的黑衣人點點頭，往樓上移動支援。

兩分鐘後，一顆頭顱從樓梯滾下來。

客廳的兩人大驚，立刻衝向二樓，樓上突然開槍。

兩人有了防備，縮頭閃過，黑影撲上來，三人迅速纏鬥成一團。

二樓廊道狹小，能躲避的空間不多，奎恩的體側受了一拳，擊中他的肋骨，瞬間痛徹心肺。疼痛是他的家常便飯，他沈住氣，一拳擊中對方的喉嚨。

生死關頭，每一招都是殺著。第二人眼看情況不利，竟然丟掉武器，右腕一個翻轉。

「什麼……？」奎恩忍不住低吟。

熟悉的環形光刃圈住那黑衣人的手腕。

環刃是高殺傷力武器，並非所有人都能駕馭。在公署裡，只有武術校驗七級以上的衛士才能配發，奎恩是最高階十級。

環刃的管制雖不像EMP模擬器那麼嚴格，由於容易誤傷，夠格配發的衛士必須以DNA和環刃連結，才能啓用。也就是說，每只環刃只認它的「主人」。

可是到了黑市，一切又不同。環刃的價格幾乎和EMP模擬器差不多，主要是破解DNA限制的手續十分困難，有能力做到的軍火商自然會開以天價。

那黑衣人啓動環刃掃了過來，奎恩來不及退，直接舉起黑衣人的同伴去擋。

第二顆腦袋從樓梯滾下去。

奎恩一腳把斷頭屍身踹過去，翻身跳上階梯。黑衣人推開同伴的屍體，繼續往他掃過去。

二樓走廊僅四呎寬，幾乎避無可避，奎恩舉起高能量來福槍一擋，環刃如削香蕉般削斷了槍管。

現在他知道以前和他環刃對打的人是什麼感覺了。他把槍管往對方一扔，黑衣人舉臂去擋，環刃突然熄火。

「嗯？」

「唔？」

奎恩趁機一記直拳。啊！黑衣人鼻血同眼淚齊飛，跌撞退開。他跳回走廊地面，黑衣人手腕一震，環刃又啓，直接掃過來。

閃、閃、擊、閃，兩道黑影夾雜時而閃現的環刃，血肉拚搏，隨時就是生死交接的關頭。比拳腳工夫，奎恩當然更勝，只是那黑衣人身手也不弱，加上環刃助力，根本近身不得，奎恩只能處在挨打閃躲的局面。

覷到一個空子，他突然揪住對方臂膀，往後反扭，準備讓這隻膀子廢了；那人也是勇悍，拚著斷臂也要一記環刃掃來。

奎恩暗叫不妙，幾呎見方的小空間，這一記無論如何避不開，他只能盡量縮腹、加大反扭的角度，只求拚個不肚破腸流。

環刃劃上他之際突然消失。

「嗯？」

兩個男人又是一愣。

「不會用環刃的人，不值得佩戴它。」他低語。

喀喇，黑衣人頸骨斷裂而死。

奎恩順了順氣息，拉起黑衣人的右腕查看。環刃的佩戴、啓用、卸除都須經ＤＮＡ驗證，他不確定黑市的版本改成什麼樣子，乾脆一刀將右腕削下來。

環刃直接從腕處退下來，一個隱微的警示燈立刻一閃。

這是自毀裝置，一旦環刃被以非正規方式卸除，系統便自動假定主人已無法再保護裝置，開始自毀程序。

他只有三十秒的時間。

奎恩從口袋抽出萬能鑰匙，比頭髮略粗的細針刺入閃著微光的燈孔。

這是只有內行人才知道的方法，讓環刃暫時短路，解除自毀流程。

他把環刃套在腕上，回復原廠設定。

DNA驗證早已被破解，沒有任何問題。幾秒鐘後，腕間傳來熟悉的震動感，環刃重新啓用。

「嗨，寶貝。」他彷如向久違的愛人低語。

「啊——」一道黑影突然從臥房衝出來，原來剛才他以爲已勒斃的人還沒死。

環刃啓動，劃開那人的喉管，一記迴旋踢讓那人從二樓窗戶飛出去，屋外的人見狀決定開槍。

奎恩撿起能量槍，一一冰冷地還擊。

客房鐵欄杆能防止窗外的人入侵，厚實的磚牆擋住大部分子彈。倘若黑衣人使用最新型能量槍，威力足以衝斷鋼條；多虧了二樓的能量槍，讓他先撂倒西邊兩個人，其他八人則飛快藏回隱身處。

砰砰砰，有人搥門。

「是我。」

「是奎恩，快開門！」眾人七手八腳推開擋在門後的書櫃。

「里昂？」秦甄在更衣室裡聽見丈夫的聲音。

街上投進來的光線短暫照出他的臉，英俊的臉龐塗滿污泥。

「你們還好嗎？」他迅速走到更衣室前。

秦甄抱著女兒撲進他懷裡。只有他知道，妻女入懷的那一刻他揪緊的心才鬆開。

「趴趴，趴趴，嗚……」

「爸爸在這裡，別怕。」他親吻女兒的頭頂，檢查一下凱倫懷中的兒子，這小子從頭到尾睡掉了，果然跟他媽媽一樣的樂天派。

「這是……？」秦甄輕撫他腕間的黑鐵環。

奎恩的笑容如此滿足，她無法不回以一笑。環刃一直是他最喜歡的武器，當初離開環刃，應該跟丟掉寵物的感覺一樣吧？

「恭喜你找回你的『小綠』。」她柔軟地說。

「黑市貨，或許撐不了多久。」他翻看手腕。

「我相信蛇王應該能餵飽它。」

從認識他開始，他手腕上就一直戴著這東西，恍然有種昨日重現的感覺。

「在這裡等我。」他轉身，所有歡愉笑容消失。「老布！」

「在。」

「有沒有人傳訊回來？」

「不，無線電安靜得很。」

這不尋常。

奎恩拿過無線電對講機：「各小組回報。拉斐爾？克里斯？」

另一端只有滋滋的電流音。

「尼克？諾亞？有沒有人聽到？」

滋——滋——

「老大，克里斯在我旁邊。」過了片刻，拉斐爾的聲音終於透過重重雜訊傳過來：「諾亞帶著沒出門的人躲在他的駐點，我們都在地下室，收訊很不好。尼克和學生目前還沒消息。」

奎恩不驚不亂。「事態有變，這些人是衝著我們來的，起碼我們是今晚的目標之一。」

拉斐爾頓了一下。「你確定？」

「他們派了十七人的傭兵團到嬤嬤家殺我，這不是突發事件。進行B計畫，把消息傳給諾亞。」

「收到。」另一端迅速收線。

奎恩將對講機塞進老布懷裡。

「嘿！少年人，你說說外面發生了什麼事？」嬤嬤質問。

「什麼是B計畫？」老布愣愣問。

「十七個傭兵？」查莉低叫。

「我知道，太瞧不起人了。」

我們吃驚的不是這個……

磅啷！

一聲激烈的爆炸從城北一路響過來，連城南都聽得如此清晰，可見爆炸的威力。

世界瞬間陷入黑暗。

「那些混蛋炸掉了電塔。」嬤嬤又驚又怒。

「嗚哇——」聲音或許掩蓋得住，黑暗卻藏不了，紫菀立馬放聲大哭。

奎恩立刻將女兒抱過來。

「趴趴、趴趴，嗚！趴趴——」

奎恩把她的耳罩拿下來。

「噓，寶貝，爸爸在這裡。」他親吻女兒的髮際。「爸爸需要妳幫一個忙，可以嗎？」

「嗚……嗚……」哭聲稍微小了一點。

「記得爸爸跟妳說過黑暗的故事？」

「嗯……」懷中的小腦袋微微一點。

「爸爸說什麼？」

「暗暗裡面沒有怪物，只有人，如果是好人就不怕怕，壞人才怕怕……」

「對極了，現在爸爸在這裡，媽咪在這裡，布布這裡，凱倫阿姨也在這裡。」

「我也在。」安娜走過來輕拍她的小腿。「菀菀不怕，安娜也在哦。」

「瞧，黑暗裡只有好人，不可怕。」

「……莎米？」小女娃吸吸鼻子。

「爸爸現在就是要去找莎洛美，可是妳得非常安靜才行，這樣爸爸才不會被壞人發現，好嗎？」

不可以讓爸爸被壞人抓住，小女孩勇敢地點點頭。「好，趴趴去找莎米，菀菀要莎米！」

他再親親乳香味的小臉蛋，把耳罩戴回去，交還給她媽咪。

「聽著，我已經幹掉九個，還有八人在外面。他們本想不動聲色殺了我們，現在形跡暴露，剩下那八個不會再傻傻進攻，會直接調重武器進攻，我們還有……」奎恩看一下腕錶。「不到兩分鐘。」

他們炸掉電塔誤打誤撞幫了他一個忙，黑暗不只隱藏他們的行蹤，也隱藏了他的。

「我們該怎麼辦？」布朗和查莉立刻問。

「我得先殺了他們八個，才能安全離開，在屋裡等我。」

然後他又消失了。

……

爲什麼把幹掉八個傭兵說得好像出門買雞蛋一樣？

「現在我明白了。」凱倫忽然說。

「明白什麼？」秦甄望向她。

「記得有一次影片之日我們聊過，如果有人像追殺女主角一樣追殺妳，奎恩會怎麼做？」

奎恩的回答是：找個地方躲好，我會殺光他們。

這就是他現在在做的事。

他眞的會一一殺光想傷害她母子的人。

「往好的方向看，我們今天都學到一件事。」老布吐了口唾沫。「甄，我答應永遠不會追殺妳。」

16

「B計畫。」拉斐爾回頭對弟弟說。

「發生了什麼事？」克里斯的眼神霎時變得銳利。

「剛才有一批人去嬷嬷家殺老大，被他幹掉了。這些人是衝著我們來的，B計畫。」

「尼克怎麼辦？」

拉斐爾沈吟片刻。「你帶所有人到定點和諾亞會合，我去找尼克。」

「不，我去。」克里斯反對。

「克里斯，你的空間感比我強，你更適合帶他們到會合點，讓我留在地面找尼克。」拉斐爾平靜地說。

克里斯張嘴想反駁，閉了閉眼，終於還是點頭。

「OK。」

這種時候必須實事求是，發揮自己所長，才能提高每個人的生存機會；不只拉斐爾是他手足，其他兄弟都是！

永遠做好備用計畫，因爲事情永遠會出錯。

無論你以爲情況多篤定，最壞的情況往往發生在最篤定的時刻。奎恩說的話一再被驗證。

聖安吉洛之行原本是一趟簡單的旅程，不過他們早就擬好「萬一」的做法。

B計畫就是他們的老本行：下水道。

整個德克薩斯的下水道系統依然維持在戰前的狀態，舊式水道有一些區段十分狹窄，只容一個人鑽過去。很不幸的，聖安吉洛郊區住宅大部分是這種狹小的水道，直到城內才開始變寬，

市中心的第一銀行在戰前是市政府辦公處，全城水道的匯集點，從這裡有一條支線通往七哩外的廢棄污水廠，這條路就是出城的捷徑。

「諾亞，B計畫。」克里斯通報。

「尼克和學生呢？」無線電傳來回應。

「先到第一銀行會合，我哥會去找他們。」

「收到。」

扣除擔任保鏢的兩個小組，他們這裡有二十五個鎮民，其中包括四個小學生的家庭，加上主人一家，共有將近四十個人，人數最多。

諾亞那裡只剩下兩個中學生和華仔。布魯納和其他學生去看重演劇，由尼克的小組護送，目前下落不明。

這麼多人塞在狹小的管道太危險，第一階段是先從路面設法抵達第一銀行，然後從下水道出去。

「走吧！我陪你們走到第一銀行，然後我們各自分頭行動。」拉斐爾拍拍弟弟的肩膀。

所有人動了起來。

希樂莉是孋孋的大女兒，她丈夫今晚進城幫女兒通水管，索性留宿在那裡。他們堅持希樂莉一起同行，一個七十幾歲的婦人自己留在屋子裡太危險了。

時間已經過了午夜，多數人家早已上床就寢。最嚴重的那波爆炸轟掉全城的電力，也轟醒了每個人。許多人紛紛衝出家門外，查看發生了什麼事。

他們總共開了七輛車出來，街上就只有他們的車燈。一些民眾過來拍拍窗戶。

「嘿，你們聽到剛才的爆炸聲嗎？」

「聽到了，回屋裡去，比較安全！」這些人怎麼回事？越危險越往外跑。

轟隆！

乍然響起的爆破逼出一陣尖叫。拉斐爾等人火速關掉車燈，彎進巷子裡。

聲音聽起來很近，好像就在隔壁巷子，不是那種巨型爆破，比較像是某種自製爆裂物。

街上的人爭先恐後逃回屋子裡，他們小心翼翼地再次重新啟動，這一次完全不開燈，盡量找小巷子鑽。

「啊……」希樂莉捂著雙唇。

稍早他們買電池和零食的二十四小時賣場被炸了，玻璃門噴飛到街上，幾名客人的屍體夾雜在商品和碎玻璃之間。

整座城市猶如戰場。

「他們甚至不知道這是自己生命的最後一刻……」希樂莉喃喃說。

「前方有狀況。」克里斯的聲音從對講機傳過來。

七輛車迅速彎進附近的巷子藏住。

前方兩百碼的十字路口拉起路障，問題是，那些人看起來不像警察。

噠噠噠噠——攔路檢查的人突然對著一輛小客車掃射，克里斯火速縮回腦袋。

「我們有七輛車，目標太明顯了，一定過不去。」

「從這附近開始改走地下。」拉斐爾決定。

管道再窄，也比地面安全。

伊絲從後面捱過來。「兩位，小朋友們都很害怕，我們即使出了城，也不可能一路走回卡斯丘。」

到了荒地需要有人接應。

「打給田中洛，讓營區知道聖安吉洛出事了。」拉斐爾告訴弟弟。

「這麼響的爆炸聲，說不定卡斯丘都聽得見。」克里斯咕噥著抽出手機。

該死，沒訊號！

所有人檢查自己的手機，通通一樣。

「剛才電塔爆炸，應該連電信網路一起炸了，這些設備都是蓋在同一區的。」希樂莉低聲說。

「試試看實體線路通不通。」

他們潛進一間無人的店面，克里斯把話筒拿在耳邊聽了一會兒，對哥哥搖頭。

連實體線路都毀了，無論這些人是誰，絕對有備而來。

兩個小組湊在一起，開始討論。

「要不要到警察局看看？我們聖安吉洛是有警察的。」希樂莉也加一腳。

「我們是墨族人，執法人員沒有義務幫我們。」克里斯說，沒把他們抓起來就偷笑了。

「這裡是德克薩斯，界限沒有這麼嚴，報警不失為一個選擇。倘若我們和對方在街上交火，被人拍到，今晚的恐攻又要賴到我們頭上。」拉斐爾小組的成員艾瑞克說。

有道理。

電話線斷了，報警必須親自到市中心的警局，那裡是情報大本營，值得一探。

拉斐爾權衡之後做出決定。

「艾瑞克，你和基斯到警局探探發生什麼事，再到會合點；克里斯，你帶著大家從這附近的水道開始走，我的小組出發找尼克，大家分頭進行。」

「ＯＫ……」克里斯話聲未落，一陣激烈的槍枝駁火突然爆起。「可惡！」

所有人紛紛尋找掩護。

傳說中的警察終於出現了。前方路障，四輛警車與歹徒對峙，雙方以車為屏，發生激烈槍戰。

「聖安吉洛有沒有自己的軍隊？」克里斯提出來。

「沒有，我們得幫警察才行！」希樂莉緊抓著他的手臂。

「讓警察盡他們的職責，我們先把大家送到安全的地方。」拉斐爾說。

「你們不懂，聖安吉洛只有一百名警力，即使我們逃出去，城內還有十萬個平民和從各地來求診的病人，警察垮了，聖安吉洛就垮了。」希樂莉絕望地道。

「什麼？」

「一百個？」

「妳在開玩笑？」所有人爆出聲。

希樂莉的表情快哭出來。她在這裡住了一輩子，親人朋友都在這裡，她不希望家園變成地獄！

拉斐爾和克里斯看向槍戰現場。歹徒有十五個，警察只來了七個，一百個人能勻出七個已屬不易。

如果他們不出手，警察真的撐不了多久。

歹徒的車裝了防彈鋼甲，明顯有備而來；每少一個警察，敵人的力量就強一分。

「這就是他們的目的，」克里斯忽然說。「在城內各處設下路障，分化警力，一一擊破。」

拉斐爾點點頭。

希塞魔鬼營的訓練正是爲此而生。收復大尤瓦爾迪地區的經驗讓他們對城市巷戰並不陌生，不過這是第一次他們很清楚，只能靠自己，後續沒有其他援兵。

「OK！」拉斐爾做出決定。「艾瑞克，帶所有平民到那間快餐店躲好；克里斯，你負責左路，我負責右路。」

「收到。」

所有人迅速行動。

警方突然發現自己背後冒出五個人，紛紛嚇了一跳。他們已經比歹徒少了一半，如今對方又添了援手……

說也奇怪，歹徒那邊竟然也冒出五個人，躡手躡腳接近他們。自己的這邊，一個鬈髮黑眸、英俊得像電影明星的男人對他比了個「噓」的手勢，五個人迅速分散在兩輛警車的後面。

開火！

歹徒背後的五個人也同時行動。頃刻間，十五名黑衣人被全數殲滅。

警察看得目瞪口呆。

「鮑伯，別開槍，他們是我們這邊的！」希樂莉迅速跑出來大喊。

「我知道。」鮑伯認出他們。他們就是和老布一起進城的人。

克里斯要組員盡量收集武器，拉斐爾向警察走過來。

「有沒有人受傷？」

「傑佛瑞死了。」一名警察檢查倒在地上的同僚，隨即露出悲傷之色。

所有警察悲憤莫名。

「鮑伯，發生了什麼事？」拉斐爾看著他。

鮑伯疲憊地搖搖頭。「我不知道，全城同時被攻擊，目前有超過二十起大大小小的火災，消防隊全忙不過來。局長指派員警到各個發生槍戰的地點支援，但我們人數根本不夠。」

「你們必須跟局長說，把警力召回來，四處跑只是當炮灰，我們必須集中火力，重新整發。」克里斯接口。

「奎恩在哪裡？」鮑伯忽然問。

「奎恩？」

「奎恩總衛官？」

「奎恩在這裡？」幾名警察的眼中頓時燃起希望。

「我不知道。」拉斐爾老實回答。

「什麼意思你不知道？他是紀律公署的總衛官，處理這種情況是他的專長，他必須站出來領導我們。」幾名警察七嘴八舌。

「慢著，奎恩總衛官爲什麼會跟你們在一起？你們是墨族人！」突然有人想到。

「現在沒時間談這個，總之我們約好在第一銀行碰面，現在該出發了。」拉斐爾的手在空中畫圈圈，示意所有人集合。

「我不曉得你們想上哪兒去，如果是出城的話，可以死心了。」鮑伯搖搖頭。「城南和城北的出口被重武力封鎖，無人能離開，這群混蛋佈置良久，連出城的下水道都裝了詭雷。」

「他們一部分的人僞裝成病患潛伏在城內，時間一到，便同時發動攻擊。」警員雷蒙說道。

「目前唯一出城的方法是解除通電圍欄，不過那等於瓦解全城防線，市長不可能同意。」鮑伯點頭。

「電塔不是被炸掉了，通電圍欄爲何還未解除？」艾瑞克問道。

「圍欄連接城裡的備用機電組，大概還能再運作五十個小時。」鮑伯回答。「你們要不就是等五十個小時之後走出去，要不就是現在打出去，不過我建議大家還是一起回警局。我們闢了一個臨時災民收容所，已經有許多民眾在那裡聚集，大家再一起想辦法。」

「拉斐爾，克里斯，團結力量大。」希樂莉勸道。

兄弟倆互望一眼。

他們每做好一個決定，就有新的發展迅速推翻這項決定。拉斐爾把弟弟拉到一旁，低聲商量。

「奎恩要我們進行B計畫。」體內的每一絲直覺都要他盡快把大家帶到第一銀行。

奎恩一定在那裡等他們，他只想把所有人安全地送離此處。

可是，希樂利說得對，他們走了，全城還有十萬平民，這些人該怎麼辦？

「我問問老大。」克里斯拿出對講機。

可是呼叫了半天，對端完全沒回應。他改呼叫諾亞，諾亞也沒有回應。這兩方若不是處在收不到訊號的地方，就是出事了。

軍火有限，對外聯繫斷絕，他們變成茫茫天地中的一旅孤軍。

「你做主，無論如何我都挺你。」克里斯望著哥哥。

戰場是液體，不是固體，情勢隨時在流動，你必須臨場做出最好的判斷。

無論多想趕到第一銀行，他們必須接受現實，他們很可能到不了。奎恩如果等不到他們，下一步就是去人最多的地方找，重演劇公園或災民收容所。

「鮑伯，我們有一群同伴去看重演劇，目前下落不明，你知道那裡的情況如何嗎？」拉斐爾走回警察面前。

「重演劇在城北，由我的其他同事負責，現在亂得很。你們想知道最新消息，仍得回警局。」

看來只有這條路了。

「好吧！C計畫，我們先到警局。」

✷

傑登心臟狂跳的聲音如此之響，他都懷疑經過的人爲什麼會沒聽到。

他和莎洛美，終於，第一次眞正約會。

雖然同行還有其他人，但每個人都很識相地不過來打擾。布魯納對他眨眨眼，帶著其他學生走到最前排。

華仔溜過來想偷聽，尼克立馬拎著他脖子走掉。

「我不要，我要和莎洛美在一起。莎洛美——」

這種慘呼由撒嬌黏人的小紫菀來表演叫做「可愛」，由一個超齡小學生表演叫「慘不忍睹」。

加油！尼克比個「讚」的手勢，再做一個激勵的拉弓，傑登滿頭黑線。

「他們幹嘛怪里怪氣的？」莎洛美又好氣又好笑。

「別理他們。」

她今晚好美，一身粉紅色棉T和牛仔褲，明明和其他少女類似的打扮，由她穿來就是特別好看。

不過他有偏見，他承認。在他眼中，她一直都是最美的。

他們在人群間漫步著。重演劇的場地在最北邊的青草公園，距城北出口不遠，只以一道通電圍欄與荒野隔開。公園進來先是一塊攤販林立的園遊區，早到的人們通常買點零食宵夜，再進入觀眾席。

表演的場地只以簡易的麻繩與觀眾隔開，當草原開始上演兩軍交戰的情節，觀眾便拿著滿手零食站在場邊圍觀。

看哪，庸碌的人們，今晚將有一場偉大的戰役在各位眼前上演……

「表演開始了，你不去看嗎？」她停在一個冰淇淋小販前，選了一球香草口味的冰淇淋。

「咳，歷史恰好是我最不感興趣的科目。」傑登從口袋掏出一張皺巴巴的鈔票。

「我自己付就行了。」她把他的鈔票推走。

「才一球冰淇淋，我請妳。」他堅持會鈔。

好吧！她不跟他爭，也替他選了一球巧克力口味的，兩人拿了自己的冰淇淋邊走邊吃。

轟，第一顆空包彈敲響重演劇的序幕。

觀眾區圍滿了興致勃勃的遊客，兩人對視一眼，調皮地笑一笑，很有默契地往人少的地方走去。

「這樣算不算蹺課？」莎洛美吐了吐舌頭。

「布魯納早就不對我的歷史成績抱任何希望了。」他笑。

花園門外是一整片停車場，往左手邊拐進去，通往另一個更小的備用停車場，不過今晚並未開放。這段通道的兩旁是灌木叢及零星樹木，無人出入，他們很自然地走進去，挑一棵大樹底下坐下。

這棵樹的樹身結瘤盤繞，不高卻十分粗壯，讓他們聯想到荷黑。

人群喧騰被擋在公園的圍牆內，他們身旁只有清風、明月、星子，即使不交談都很舒服。

這樣就很好了，傑登想。

他並不是非得跟莎洛美發生什麼事不可——當然能發生更好——這樣靜靜享受九月的涼夜，就很好了。

「你的零用錢都是怎麼來的？」她好奇地問，想想不太禮貌。「你不回答沒關係，我只是好奇而已。」

「沒什麼特別的。」他聳聳肩。「我是奎恩的傳令兵，有職務在身，所以有零用金可以領。不多，不過營區供吃供住，也花不了什麼錢。」

「噢。」想想有點慚愧，她好像從未關心過社區的錢是怎麼來的，虧她父親還是社區的營運者。傑登現出一絲微笑，彷彿看出她的思緒。「以前查爾斯、菲力普他們會幫忙募款，田中先生另有幾條籌錢的管道。如果那陣子沒錢，大家就褲帶勒緊一點，日子也就過了。奎恩來了之後，好像有大部分的資金是從他那裡來的，具體我也不清楚。」

她忽然想到，傑登比她過更久這種顛沛流離的生活。

「奎恩有這麼多錢嗎？」

「妳在開玩笑？」他難以置信地看她一眼。「『奎恩工業』的市值超過一兆美加幣，倘若它是一個國家，在全球富有排行榜上是第十五名的國家。」

莎洛美的下巴掉下來。她一直知道五大世族很富有，可是沒有具體概念到底多富有。

「奎恩又不等於『奎恩工業』。」她不服氣地道，總覺得把奎恩和錢扯在一起好像很俗氣。

「他母親是奎恩工業的執行長，她不會讓自己的兒子捱餓受凍的啦！」他微一揮手。

「看你，把奎恩說得像媽寶一樣，小心我去打小報告。」她噗嗤笑出來。

「他的錢現在在幫助我們，即使他眞的是媽寶，我也不介意。」傑登聳肩。

「你倒是對奎恩和他的家族背景挺瞭解的。」她調侃道。

傑登咕噥兩聲，依稀聽見「瞭解自己的敵人」云云。

「你依然恨他嗎？」過了半晌，她輕聲問。

傑登沈默片刻。「不。」

「眞的？」

「我依然記得紀律公署殺了我媽，不過每個人都有自己的立場；就像妳說的，墨族人也殺了他父親，現在他選擇跟我們站在一起，這樣就夠了。」

「嗯。」

銀白的月華帶著神奇的力量，能撫平人們心頭的煩躁。莎洛美抬頭欣賞燦爛的夜幕，兩年前她也曾這樣舉目望月，當時是在她母親和繼父的豪宅裡。

說眞的，兩者讓她選，她寧可過這種朝不保夕的生活，也不要住在那金絲籠般的豪宅。

「我不知道自己有沒有辦法原諒那些人。」她對著天上的月娘呢喃。

「哪些人？」傑登瞟她一眼。

「殺了古騰的人。他和喬瑟芬，奎恩和甄，是我生命中最重要的人，沒有他們就沒有今天的我。」她不曉得需要多久的時間才平撫這份創痛，或許永遠不能。

傑登心中充滿疑問。她和甄老師很親近，他可以理解；甄雖年輕，卻是許多學生的大姊姊、甚至代理母親的角色。但莎洛美爲何也跟奎恩如此親近？感覺他不是個會和少年少女交朋友的男人。

田中洛一直有些吃味，女兒跟他們夫妻比跟自己親近。可是自從莎洛美和他從首都回來之後，田中洛對女兒的態度就產生微妙的改變，似乎多了絲小心翼翼，好像一不小心就會碰傷她。傑登不明白其中原由。

「我很意外妳會願意跟我出來。」他坦承。「我在想，首都之後，妳或許會覺得跟我在一起就沒好事。」

「怎麼會？」她漾出訝異的笑容。「我們成功地救出楚門，還是有好事發生的。」

樹蔭遮蔽了一部分月光，篩落的光點照亮她瑩淨無瑕的俏顏，猶如沾染上天使的星塵。傑登的胸口被一隻無形的手重重掐了一下，有一瞬間幾乎無法呼吸。

「莎洛美，我眞的、眞的非常喜歡妳。」他終於告白。

「我也很喜歡你，傑登。」她唇角的笑意加深。

所以，他可以吻她嗎？牽她的手？或許給一個擁抱？傑登笨拙地在腦中過濾各種可能性。

該死，爲什麼他眞正需要時，尼克、克里斯、萊斯利他們不在旁邊。

她年輕帶笑的容顏是如此清豔，幾乎令人難以直視，他屈從於心底的渴望，慢慢傾向她——

轟隆！

傑登立刻以自己的身體護住她。

「裡面在搞什麼鬼？」空包彈也太大聲了。

「傑登，那應該不是重演劇的炮彈聲。」莎洛美的臉色微微發白。

他也發現了。

他火速拉著她閃到樹後，備用停車場突然湧出一批黑衣蒙面人，起碼三十個，每人全副武裝、無聲迅速地掩向公園。

傑登背貼著樹幹，將她緊緊抱著胸前，兩人都感覺彼此的心臟跳得極厲害。

怦怦怦怦。

砰砰砰砰。

心跳映著槍聲，槍聲映著心跳

「啊——」公園內立刻響起第一波尖叫。

有人僞裝在遊客之間，開始發動攻擊！

槍擊聲加劇，剛才的黑衣人也加入戰局。

轟隆！城區開始出現遠近不一的爆破聲，一切竟然環境相扣，同時展開。

有人攻擊聖安吉洛，這不是單一事件！

「傑……」

噤聲！他食指輕比，莎洛美立刻住口，只能埋在他胸前。

傑登冒險探一下頭，黑衣人已全數進入公園裡。該死，他眞不希望每次他們獨處就會發生事故。

他指了指樹上，她點點頭，在樹叢裡藏好，他迅速爬上樹。

噠噠噠噠噠——

媽的，有人對遊客掃射！

這麼做一點意義都沒有，本地人對這個節目早已不感興趣，會來看的多數是外地人，今晚尤其以病患和家屬爲主，完全無威脅性。

在混亂尖叫的人群裡，他好像看到幾張熟面孔閃過去，可是這棵樹高度有限，再往上爬他的身影就會暴露。

所有觀眾類似趕羊般被趕成一圈，有些持槍的人還穿著臨時演員的衣飾，這些人事前已經計畫好，內外合圍，一舉得手。

尼克呢？布魯納呢？其他同學呢？

焦躁感在他心口凝聚。他沒帶武器出來，只有一把小刀，現在什麼都幹不了。

他跳下樹。「莎洛美，我先帶妳到安全的地方。」

「我們的人呢？」

「尼克會照顧他們，我們在這裡幫不了忙，我先送妳出去。」他必須相信尼克能盡量延長每個人的生存機率。

「慢著，我有手機，我們打電話求救。」

轟隆隆隆——

有一瞬間莎洛美的聽覺只剩下一串「嗡嗡嗡」，她眼睜睜看著傑登將她撲倒，對她不斷移動嘴唇，好像在吼什麼，可是她完全聽不見他的聲音。

彷彿過了天長地久，她的聽力終於從爆炸聲中復原。

「……好嗎……沒事……莎……妳……莎洛美……看著我！妳還好嗎？」最後一聲大喝震醒她。

整個世界陷入一片不祥的濃黑，他們僅能靠頭上的月光勉強辨視出彼此的五官。

「我沒事。」她用力甩掉最後一絲耳鳴。「路燈全黑了，停電嗎？」

「電塔被炸毀了。」他把手機掏出來一看，連基地台都不保，他們已完全對外斷絕聯繫。

現在腦子裡只有一個想法：帶莎洛美到安全的地方，他再回來想辦法。

「走！」他不由分說地揪起她。

「等一下，我們得先找個電話，通知其他人。」莎洛美跌跌撞撞地跟在他身後。

傑登帶著她往矮樹叢裡鑽，老天，這些灌木叢眞的沒完沒了！他們才鑽了幾分鐘，她臉上、手臂已經多出一片蚊子的叮痕和刮痕。

「整個通訊和電力系統都被癱瘓，我們得靠自己的力量走回去。」他俊美的臉龐繃得死緊。

鑽出草叢，他們在公園的側邊，外面是一條陰暗的柏油路，本來就不太有車潮，在全黑的夜幕裡看不見一對車燈。

偏頭望去，整座城市陷入火海，爆炸、槍聲和尖叫聲不斷從四面八方響起，將夜空薰染成詭異的豔紅。

他們終究太大意了，倘若一群人同進同出，尼克、諾亞、拉斐爾和克里斯加起來有二十個人，還有一個奎恩，他們等同一支精銳部隊，即使面對一百個人的攻擊也不怕，然而現在他們卻被分散在城內四處。

奎恩住在城南的嬷嬷家，那裡應該也有爆炸，他們不可能沒聽到，無論如何他必須先將莎洛美送回去。

「傑登，慢著。」莎洛美的腳後跟突然釘進土裡。

「如果沒車，我們靠雙腳都得走回去。」他鷹視著路的兩端。

「不，傑登，看著我。」莎洛美把他的臉轉過來。「倘若我不在這裡，你會怎麼做？」

「什麼？」

「告訴我實話。」她堅持。

傑登在心裡掙扎了一下。

他不願意丟下同伴，尼克需要他。他們被困住，他是唯一能接應他們的人，可是莎洛美……

「我會潛回公園，撂倒一個黑衣人，換上他的衣服混進去，設法和尼克取得聯繫，然後看看這些人想幹什麼。」他終於回答。

「好，這是你依據訓練做出來的判斷，奎恩像個打鐵匠，把你們千錘百鍊，就是爲了將這些訓練敲進你們的骨子裡，讓它變成你們的本能，所以你必須相信自己的戰鬥本能。」她捧著他的臉。「這跟考試一樣，第一個答案通常是正確的答案，越改只會越錯。」

「我不能丟著妳不管！」他低吼。

「就算我們一路安全地走回嬷嬷家，最快也要兩個小時，到時可能已經太遲了。」更何況他們可能走不回去。「我會百分之百照你的指示，告訴我，現在我們應該怎麼做？」

傑登盯著她堅定的嬌顏，一顆心完全淪陷。

他不能讓她死在這裡。

他也不能讓尼克和同伴死在這裡。

「好，在這裡等我，我先去撂倒一個人。」他終於下定決心，迅速切換爲戰鬥模式。

「ＯＫ。」

「聽著，如果我回不來……」

「你會回來的，少廢話了！」

他白亮的牙快速一閃，突然揪她過來重重吻一下，然後鑽回草叢裡。

莎洛美按著嘴唇，呆了片刻，巧克力冰淇淋的味道依然殘留在唇上。

這個呆子。她終於笑出來。

不需多久，他果然回來了。

樹叢後一陣低低的口哨，她連忙鑽回之前的大樹下。

傑登和躺在地上的屍體讓她頓了一頓，但臉上維持不動聲色，蹲在他身畔。傑登開始摸那人身上的證件。

沒有。

他有一個軍用背包，傑登從裡面掏出一件換洗用的黑色T恤和一頂蒙面罩，剛剛好。

他把屍體的外衣和蒙面罩換到自己身上，乾淨的那一份遞給她。眼光落在她長髮上，頓了一頓。

莎洛美快速把長髮紮成一個馬尾，向他比了比小刀。傑登將彈簧刀在草地抹了一抹，遞過去，她毫不猶豫將整把馬尾割掉。

傑登的嘴巴張開。

「只是頭髮而已，會再長回來的。」她無聲地說。

他的嘴巴喀噠闔上。那些傢伙一定會為這把頭髮付出代價！一定會！

兩人將黑衣人的屍體藏好，武器掛在身上；他一把傳統的半自動機槍，她一把雷射槍，齊齊走進公園內。

✸

警察局擠滿了驚魂未定的市民，於是局長將他們安置在隔壁棟的大禮堂。

整座城市都失去電力，但警消單位擁有緊急備用電源，可能是全市唯一亮著燈光的地方。

許多人身上帶了傷，嚴重的已經先送往醫院，輕傷或受到驚嚇的人就地安置。

警局已經沒有多餘人力，連薄毯物資都已發完。不知是誰從某處搬了一大桶茶水，往角落一放，就是現場唯一的補給。

拉斐爾一行人走進來，眼珠子差點掉出來。可容納兩百人的禮堂，如今卻塞了近三百人，幾乎每一吋地面都被佔滿，而且現場只有一般民眾，沒有任何官方人手。

「爲什麼沒有人照顧這些人？」拉斐爾立刻皺眉。

「我們已經派出所有人手，沒有任何空閒的人力了。」鮑伯疲憊地道。

「義診團呢？可以請他們勻出一、兩個醫護人員過來嗎？」

「全城醫院擠滿傷患，連醫護人員都不夠用。」

過度驚嚇會讓人產生畏寒感，即使是炎熱的九月之夜，許多人和家人朋友抱在一起發抖，幾人共用一條薄毯。空氣中瀰漫著濃稠的不安，彷彿手一抓就能撕開。

恐懼累積到一定程度會變成不滿，而不滿又無人控制的群眾是最危險的。

「嘿，終於有警察進來了！」一個虎背熊腰的男人跳起來。「到底是怎麼回事？是誰攻擊我們？歹徒被抓到了嗎？我們已經在這裡等了許久，沒有一個人給我們答案！」

「對啊對啊。」

「警察都到哪裡去了？」

「有沒有人看見喬許．奈德斯？他是我弟弟，我們一家走散了。」

「我媽媽住在城的另一頭。」

「我兒子……」

所有人同時擠過來，鮑伯和他的同事雷蒙下意識退了一步。

不退還好，這一退反而讓人以爲他們要丟下民眾跑掉，一時間民怨更高。

「別跑，給我們一點答案！」

「市政府到底有沒有在運作？」

「叫市長出來！」

「叫局長出來！」

拉斐爾舉起手大喊：「請大家安靜，請聽我說！」

砰！

尖叫聲霎時填滿禮堂，所有人抱頭鼠竄，克里斯朝著天花板的槍口在冒煙。

你是認眞的嗎？拉斐爾不可思議地瞪向弟弟。

他們太吵了啊！克里斯無辜地聳聳肩。

「沒事沒事，大家冷靜，你們在這裡暫時還非常安全。」拉斐爾努力控制情況。

尖叫聲又響了好一會兒才停住。

那虎背熊腰的大漢見這年輕人確實十分精壯結實，肌肉看起來就是有練過的，不過那雙長在男人身上過長的眼睫毛，和那頭越汗濕就越有型的黑髮，怎麼看都像個廣告男模。這種時候誰需要一個靠臉吃飯的男模？

「你是誰？」大漢眼中充滿輕視。

「我的名字叫拉斐爾．艾費尼，這是我弟弟克里斯，我們是從卡斯丘來的。」拉斐爾舉起雙手，手心朝前。

這個姿勢類似投降，能降低對手心防，但對方若失去理性攻擊。這個姿勢也是拳招的起手式。

「你們是墨族人，在美加的境內是非法的。」大漢傲然道。

「這裡是德克薩斯，境內法律在此不適用。」克里斯上前一步，拉斐爾比個手勢要他按捺住。

「但是，這裡，」大漢用力踩踩腳下的地板。「是聖安吉洛，我們屬於境內城市，你們在這裡就是違法的。」

「哦？你想逮捕我們嗎？」克里斯揚眉。

兩個小組在他們身後呈扇形散開，卡斯丘平民的手悄悄按在武器上，隨時準備動手。

「好了好了，大家都冷靜下來，現在不是窩裡反的時候……」鮑伯趕快出來打圓場。

「你才冷靜，你們全家都冷靜！立刻叫局長出來！」大漢不敢動警察，狠狠推了拉斐爾一把。

在他碰到自己的身體之前，拉斐爾朝外的手先扣住他的手腕，雙手交一錯，大漢的雙臂跟著交叉成X形。拉斐爾使個巧勁，大漢的身體不由自主轉了半圈，背對著拉斐爾，下一刻，交錯的手臂扣住了自己的脖子。

「我叫你冷靜。」拉斐爾在他耳邊冷冷覆述。

「啊——」他的手臂打結了！肩關節痛到幾欲脫臼。

拉斐爾用力推開他。

背後的大門突然打開，又有一波人進來。

「諾亞！」眾人看見進來的人，登時鬆了一大口氣。

所有卡斯丘人激動地抱在一起，互相道平安，終於重聚了。

「你們怎麼知道要到警局來？」克里斯搥一下他肩膀。

「每一條路都走不通，我猜想你們應該也一樣。廣播說有許多民眾在警局聚集，我想你們無論如何也會派個人過來探探，乾脆來碰運氣。」諾亞疲累但開心地和他擊掌。「你們有沒有見到老大？」

「沒有，我正想問你有沒有看見他們。」拉斐爾的心一沈。

「甄在哪裡？我要甄，還有菀菀，還有道格，還有莎洛美！」華仔哭哭啼啼地走過來。

「別擔心，他們一定在來的路上了。」拉斐爾拍拍他肩膀。

「嗚……我不該離開他們的……他們一定很危險，嗚，我以後再也不貪玩了……」都是電玩的錯！他這輩子一定不再碰電玩。

「你們有沒有見到我媽？」加爾多沒看見嬤嬤家的人，心頭一緊。

「放心，他們和老大在一起，一定是最安全的。」拉斐爾告訴他。

「我有呼叫你們，你幹嘛不回話？」克里斯向諾亞抱怨。

「我們在城裡繞了半天，設法避開路障，應該是離開通話距離了。」他也有呼叫啊！

對了，這趟帶出來的不是短波無線電，通話距離頂多兩、三哩。他們住在奎恩和諾亞的中間，兩邊都通得到，可是後來大家四散，誰都聯絡不上誰。

砰！

「克里斯，你可以不要再開槍了嗎？」拉斐爾無奈地轉頭。

……

禮堂大門被拉到最開，一群數目龐大的黑衣人走進來。

媽的！

走在最前面的男人，名叫多西。

馬洛斯集團瓦解之後，德克薩斯只剩下皮克和高梅茲兩大集團，多西就是皮克的重要大將。這兩集團都不是好角色，走私軍火、販賣毒品、色情行業、殺人放火搶劫強姦樣樣都來。

多西有個外號叫「辣手神父」，長著一張媲美大天使的英俊面孔，但他的內在屬於撒旦。他是皮克的頭號偵訊官，也就是刑求逼供的人。「神父」之名源自於他虔誠的宗教信仰，據說他凌虐敵人之前都會先禱告，在對方死後也會爲他們唸送葬經文；「辣手」指的自然是他的刑求手段。

「你們想做什麼？這裡是警局，你們眼中還有法律嗎？」鮑伯抽出警槍大喝。

多西從旁邊接過一把槍，直接對他開槍。

「啊——」

驚人的尖叫聲再度迴響一室。

鮑伯神色古怪地按住胸口，彷彿不敢相信發生了什麼事。

「鮑伯！」他的同事雷蒙悲喊一聲。

鮑伯的胸前迅速被鮮血漫紅，仰天倒地。

希樂莉尖叫一聲，衝到他身畔緊緊按住冒血的胸口，不過爲時已晚。

拉斐爾震驚地盯著地上的屍體。多西剛剛射殺一個警察？

他瘋了嗎？

「你瘋了嗎？」克里斯吼出同樣的心聲。「你殺了警察，政府不會放過你的。」

「這句話由墨族人來說眞是好諷刺，你們竟然還對政府存有信心。」多西如天使的俊美臉孔一笑。「奎恩呢？我有點意外沒在這裡看到他。他不是最喜歡扮英雄嗎？所有平民都等著他出來拯救，他躲到哪裡去了？」

這就是今晚動亂的目的。

不是什麼幫派火拚、尋仇生事，他們只是要奎恩。

「只是為了抓一個人，你寧可犯下德克薩斯絕不可犯的鐵律？」拉斐爾依然處在震驚狀態。「就算你殺了奎恩又如何？皮克集團攻擊中立城，在德克薩斯已無立足之地。」

「這個問題何不由我們自己操心？」多西環望室內。

雷蒙和他目光一觸，下意識退開一步。

多西人馬佔絕對優勢，進來的就超過三十個，門外看似還有人。全城警察也不過就一百個，即使現在警局裡的人全派進來，也不過是找死。

「奎恩能去的地方，不是這裡，就是那裡，既然他不在這裡……唉！」多西遺憾地嘆了口氣。

這一刻，諾亞從他的眼中看出他想做什麼。

無暇解釋，他只能大吼一聲，撲過去撞倒自己的兄弟。

「趴下！」

激烈的槍聲在同一時間響起。

尖叫。

銳音。

火光。

玻璃迸裂。

子彈飛射。

能量波灼燒人體。

拉斐爾和身旁的幾個人被諾亞撞倒在地上，立刻就勢滾開，能拖倒幾個是幾個；所有人滾在地上，把自己縮成一團，抽出腰間的槍近乎盲目地還擊。

硝煙瀰漫，火光刺目，他們甚至看不出自己射擊的目標，只能往槍聲的來源發射。在尖銳的駁火聲中，沒有人知道哪些子彈是自己的，哪些是對方的，誰又被誰射中。

禮堂的桌椅家具早被清空，以容納不斷湧入的災民，所以他們甚至找不到掩護的東西。

所有人在地上又滾又閃又躲，只能盡量蜷縮在牆邊，徒勞無功地回擊。到最後子彈射完，對方的火力依然持續到天長地久，他們只能舉起手臂擋住刺眼的光線，等待那顆決定命運的子彈射入自己的身體。

身邊不斷有人中槍倒地發出呻吟聲，沒有人敢回頭檢查是不是自己人。

他們會死在這裡。

所有人都會死在這裡。

射擊聲依然不停，可是，方向開始變了。

從最外圍的人開始轉向，拉斐爾耳邊依然全是槍響，子彈跟能量波的灼熱卻逐漸減少。

「咿！」「啊！」「唔！」「呃啊！」軀體倒地的聲音未停，卻是從門外開始響進來。

終於，火光暗到拉斐爾稍微能移開手臂，躺在地上的他微微抬起頭。

一陣黑色的旋風從門外以穩定的速度颳入。

不急不躁，一呎一吋，走過的每片土地都捲成風暴。

到最後甚至沒有人繼續對著室內開槍，所有黑衣人全轉過身去，迎戰來敵。

蜂湧而上的黑衣人猶如一只巨大的黑色繩結，他們只看到偶爾的一陣白光從繩結上方畫過。

時不時有一具人體或一截斷肢從核心飛出來，黑衣人包攏，再鬆開，再包攏、再鬆開……拉斐爾彷彿看著一顆巨大的黑色心臟不斷脈動，奮力一搏。

終於，繩結鬆開的幅度越來越寬，因爲黑衣人的數量越來越少。廳內的人紛紛爬起來，別無出路，只能愣愣盯著門口的詭異戰爭。

驀地，一道圓弧銀芒狠狠切開黑色的繩結，血液噴濺，頭顱彈飛，天地亦爲之變色，這是全世界最致命的一道銀白彩虹。

切開的中心點，一縷黑影交錯在弧光之中，跳著最致命、又最優雅的一支舞。弧光的終點永遠會帶起一陣腥紅，起源卻依戀地纏繞著黑影，彷彿一隻聽話的寵物。

又一陣白芒，這次是橫向迸射，好幾具身體被攔腰切斷，整個黑色的繩結終於徹底解開，白芒與黑影完整地出現在他們眼前。

這一刻，墨族人彷彿看到自己最大的夢魘重現——

一襲翻揚的黑袍，冰冷無情的臉孔，毫無人類情緒的藍眸。

奎恩總衛官。

他終於找上門了，他會摧毀所有墨族叛軍。

然而，那雙眸精確地對準在他們身上，震怒之色從中一閃而過。

不，不是奎恩總衛官，是奎恩。

他們的老大。

他來了。

「拉斐爾、克里斯。」奎恩低沈一喚，大步而來。

夢魘結束，希望重生。

「啊——」餘下二十多名黑衣人全部朝他射擊。

奎恩轉身，環刃意隨心動，開啓大面積掃描模式，一張巨大的光網擋在他身前，穩穩護住他和身後的每個人。

彷彿永恆的對峙，他的雙腕微微一縮，然後全速往前推送。

驚人的白光撞上黑衣人，黑衣人如骨牌般倒了一地。

多西站在旁邊目瞪口呆，四個負責保護他的手下亦是相同的神色。

他們就是最後剩下來的人，辣手神父終於變成他親自送終的受害者。

奎恩只是面無表情地注視他，甚至不想開口多說一句話。

「你是德克薩斯的癌症，」多西臉色慘白地說。「放任你蔓延，沒有一個人能活，唯有以毒攻擊，殺死癌細胞，即使身體必須承受嚴重的苦果，最終還是能生存下來——我們只是權衡得失，做出最有利的選擇。」

奎恩完全明白他的邏輯。

德克薩斯一直處在一種恐怖平衡裡。

南美區以罪犯爲主，歐洲區一開始也不乏類似皮克、高梅茲之流的集團。羅瑞·艾森的北愛爾蘭軍來了之後，逐一搶下歐洲區的地盤，成爲歐洲區最大的幫派，佔有二分之一的地盤。

羅瑞幹的是傭兵和軍火生意，也不乏接單殺人的案子，甚至旗下有幾間色情酒店。可是他們不碰毒品生意，不動女人和小孩，不逼良爲娼。

某方面他們認爲自己是軍人多過於罪犯，南美這些人渣跟他們不能比，而南美人則不爽他們的自命清高，這也是兩邊永遠無法成爲朋友的原因。不過他們互相掣肘，誰都動不了誰，於是彼此能接受如此現勢。

然後他來了，打破這種平衡。

他幹掉馬洛斯，接收南美洲三分之一的勢力，儘管另外兩邊合起來依然比他大，皮克和高梅茲不得不去想一件事：

奎恩絕不可能跟他們合作，未來一戰，在所難免。

其次，奎恩的背景和羅瑞驚人地相似，倘若他打算挑一個合作對象，放眼整個德克薩斯，只可能是這群北愛爾蘭人。

皮克和高梅茲對上他是二比一，但奎恩和北愛爾蘭人聯手對上他們，就是五五波，甚至更強。

他們赫然發現自己居於劣勢。

皮克敢冒大不韙，攻擊中立城，因爲在他們眼中，這確實是生死存亡之秋。

奎恩輕裝簡從，身邊帶了妻小，有所顧忌，他們可能再找不到如此好的機會。

「不，我是解藥，你們才是癌細胞。」他簡單地說。「只有皮克？或是高梅茲也來了？」

「你沒有辦法把每個人都殺了。」多西瞪著他。

他點點頭。「是的，但我可以殺了你。」

他執行了這句話。

「諾亞！」克里斯跪在好友身畔。

諾亞以自己的身體爲盾牌，擋住子彈和能量波，全身已血肉模糊。奎恩蹲在他身畔，他竟然還殘存著一口氣，到底是如何堅持到現在？

諾亞的嘴唇蠕動一下，似乎在微笑，更多的鮮血往外湧。所有人或蹲或跪地圍在附近，諾亞微微看一下，好像想最後一次確定他的朋友都還安好。

奎恩的大掌輕輕按住他額頭，猶如慈父安撫一個惶惑不安的孩子。

「你做得很好，你是個好士兵。」

諾亞逸出一絲笑意，呼出他在人間的最後一口生命。

「諾亞！」

「諾亞！」他的組員跪在他身畔。

他們五人出生入死，性命互相交付，遠比手足更親。諾亞的死，等於他們的一部分也死去。

「鮑伯……」背後，雷蒙跪在同事的屍身旁哀悼。

其他劫後餘生的人紛紛站起來，互相擁抱，清點著自己身旁的人。他們慶幸著自己的劫後餘生，也哀痛其他人的不幸殞落；細微的啜泣聲漫布在廳內，並不響，好像每個人連號啕痛哭的力氣都找不到了。

華仔走過來，怔怔地跪在諾亞的身畔。

「他死了？」空洞的黑眸轉向其他人。「諾亞死了？」

奎恩按住他的肩膀，罕見地非常溫柔。

「但是他剛剛還活著，他一直跟我們在一起。」黑眸裡開始出現一些不明的意緒。「諾亞一直在保護我們。」

「華仔，用生命保護每個人就是我們的職責，諾亞並不懊悔。」克里斯沙啞地說。

華仔盯著諾亞，神色嚴肅得不似平日的他，那個稚童華仔又消失了。

他突然跳起來，從地上撿起一把能量來福槍，停在多西的屍體前。從來福槍退出能量匣，丟在屍體上，拋開空槍，撿起另一把來福，拉槍機，上膛，瞄準，扣扳機。

能量匣爆破，產生一場小小的火災，瞬間將多西的屍身捲入灼焰裡。

「他不配和諾亞處在同一個空間，即使是屍體。」華仔面無表情地丟掉步槍，回到牆邊坐下。

奎恩只是看著他的動作，什麼都沒說。

「多西說你不是在這裡，就是在那裡，『那裡』指的應該是重演劇的現場。」拉斐爾空茫地盯著諾亞的屍身。

尼克和孩子們！

他們已經失去諾亞，不能再失去更多兄弟。

「好，振作一點，清點人數。」奎恩站起來。

所有人強迫自己暫時拋開悲傷，現在不是喪志的時候，諾亞的死不能白費。

出乎意料，卡斯丘人傷亡不多。有幾個小組成員身體中彈，傷勢不輕但無生命之虞，其他人多是輕傷和被能量波灼傷，無人死亡。多西或許存了將他們挾持爲人質的想法，並沒有對他們這個角落大肆掃射。

其他在地民眾就不一樣了。清點下來，三百多個平民，只有一百四十三人存活，裡面傷勢過重的有七個，可能撐不過來。

奎恩蹲在雷蒙身畔，瞄一眼他制服上的名字。

「雷蒙？」

「他們爲什麼要殺鮑伯，他從沒傷害過任何人……當了這麼多年警察，他只在靶場練習時開過槍。」雷蒙空洞地說。

「我明白你很傷心，不過現在不是悲傷的時候，這裡的每個人需要你。」他的嗓音始終保持平靜和煦，在混亂中猶如一顆牢靠的巨石。

雷蒙深呼吸一下，勉強移開抬起眼。「你想要我怎麼做？」

「聯絡局長，告訴他我在這裡，歹徒的重點放在重演劇現場，把所有警力召集起來圍住公園，不用管其他地方，我會接管後續的行動。」

雷蒙點點頭。

「我需要聯絡卡斯丘和尤瓦爾迪，目前對外通訊全部中斷，警局有沒有其他管道？」奎恩續道。

「警局有短波無線電對講機。」

「太好了。」他抬起頭。「克里斯，跟雷蒙警官一起去。」

即使尤瓦爾迪的兵力全速趕來，也要兩個小時，他必須設法撐到援兵抵達爲止。

兩個小時可以變成天堂，也能變成地獄。

「結束了嗎？結束了嗎？」門外突然響起一陣窸窸窣窣的聲音。

三個小組火速撿起地上的武器，回身備戰。

「喂喂喂，不要開槍，自己人、自己人。」來人連忙舉起手。

什麼？

這些人是之前白天想攔路搶劫的傢伙！

槍非但沒放下，反而舉得更高。

「慢著，他們是胡立歐兄弟！」希樂莉連忙阻止。

「他們沒有傷害性。」雷蒙也說。

「什麼？」克里斯難以置信。

「對對對，我們跟他一起、跟他一起的。」大胡立歐指了指奎恩。

「老大，這些人怎麼會跟你在一起？」拉斐爾疑惑。

奎恩在來警局的途中遇到胡立歐兄弟。

結果，這票攔路搶匪原來更近似詐騙集團。他們是聖安吉洛人，四兄弟平時都是街頭混混，不過拳腳工夫不行，槍法也很差，根本沒人當他們一回事。最後他們發現攔路搶劫好像滿好用的，於是就幹起了這門營生。

具體做法：他們像白天那樣把車子擋在路中央，身上掛滿武器，一副很威武、很厲害的樣子。大部分的過路人都會乖乖交出錢財，少部分想反擊或火力比他們強的，兄弟們自己摸摸鼻子讓路，極少與人發生正面衝突。

久而久之，經常往返的人都知道他們的底細，壓根兒不理，只有一些偶爾來一次的外地人才會上當，所以他們「攔路打劫」的生意也越來越不好。

聖安吉洛遇襲之時，他們發現情況不對，偷偷潛回城裡——他們找到一小段電路損壞的圍籬，平時就是從這裡進出——半路上他們和奎恩撞個正著，被小小修理一番。四兄弟被打得鼻青臉腫，跪地告饒，奎恩懶得和他們瞎扯。

沒想到這四個人自己反倒不走了。開玩笑，當然是跟著他比較安全啊！所以他只好拎著他們一起上路，到底他們身上有幾把槍，嚇嚇人還管用。

「其他人呢？」奎恩冷冷問。

老么胡立歐趕快到門口吹了聲口哨。噁……嚇死人了，滿地屍體，腳都沒地方踩。

不多久，幾張熟悉的面孔出現在門口。

「媽！」加爾多衝過去抱住凱倫。

「媽！」這一聲來自希樂莉，同樣衝過去。

兩位母親終於和她們的孩子團聚。

「以後你再也、再也、再也不准離開我的身邊，我不管你是十四歲或八十四歲。」凱倫摟緊兒子又哭又親。

「呃……媽……救命……我快被妳勒死了……」

秦甄把女兒的臉緊緊按在胸口，小心翼翼地繞過滿地屍骸。無論看過幾次，她對死亡永遠無法習慣。

「華仔。」她將女兒交給丈夫，轉身走向神色陰鬱的老孩子。

「華仔，你還好嗎？有沒有受傷？」秦甄蹲在他面前。他一定嚇壞了。

「諾亞死掉了……」華仔鬱鬱看她一眼，然後將臉埋進她的膝上。

秦甄轉頭看見諾亞的身軀，心臟狠狠地一揪。

「我很遺憾。」

「他本來還活著，然後就死掉了……」

「他是勇敢的男人，我們一定要永遠、永遠記住他，好嗎？」淚水再也禁不住，兩人相擁而泣。

小傢伙入懷的那一刻，奎恩滿身煞氣斂去。紫菀坐在爸爸強壯的臂彎，兩隻小手捧著他稜角分明的臉，嚴肅地凝視他。

「趴趴，有隆隆槍。」

「沒事，他們傷不了妳。」他拍拍她背心輕哄。

小鼻頭為刺鼻的氣味抽了一抽，腦袋好奇地轉向氣味來源。

「噢哦。」這種聲音是專門保留在她發現某人做了會讓媽咪生氣的事，通常這個「某人」指的是她自己或抱著她的這個男人。

「嗳！」奎恩立刻蒙住女兒的眼睛。

小傢伙把爸爸的手往下一扳。「噢哦。」

再捂住她，小傢伙把爸爸的手往上一抬。「噢哦。」

這次讓她移不動，小傢伙眼睛變成鬥雞眼，盯著近在咫尺的大掌。他的指關節紅腫，指縫沾滿凝固的血漬，刺鼻的鐵鏽味衝進她鼻關。

「噢哦。」

算了，不管轉哪個角度都有她不能看的，他放棄掙扎。

「胡立歐。」奎恩揚聲一喚。

二胡立歐走了過來，奎恩突然一招制住他，環刃抵住他的喉嚨。

「喂喂喂，你幹什麼、你幹什麼？」二胡大吃一驚，大胡、三胡、四胡全驚慌失措地掏出槍，三胡的槍還掉在地上再撿起來。

拉斐爾等人不明白是怎麼回事，不過立刻舉起武器對準胡立歐兄弟。秦甄連忙把女兒抱開。

「奎恩，胡立歐兄弟平時不幹正經事，不過他們真的不算多壞。」希樂莉趕快跑過來。

「誰派你們來的？」奎恩充耳不聞。

「沒有人派我們來，我們是聖安吉洛人！」二胡恐懼到極點。

「我再問一次，誰派你們來的？」環刃進逼一吋，兩顆藍眸凝結成嚴冬的冰晶。

二胡連呼吸都不敢用力。

「放開我弟弟，他什麼都不知道！」大胡情急之下就要衝過來，兩名組員立刻擋開兄弟三人。

「國際名醫駐診一周，求診人數絕對不可能少。皮克爲了易於控制局勢，必然會嚇阻病人前來，而實際上來的人也確實比以往少。最直接的方法就是在各個不同的路段佈下關卡，能嚇跑多少就嚇跑多少；他們的人手全投入圍城行動，不可能在途中浪費，所以成本最低的方式，就是買通像你們這樣的路匪，尤其直通城裡的路更是非得確認有人不可。」奎恩吐出來的每個字都結成冰珠。「我問最後一次，誰和你們接頭的？條件是什麼？」

卡斯丘人霎時領悟，原本沒動的人也紛紛撿起武器，四兄弟露出絕望之色。

「胡立歐！你們做了什麼？」站在附近的市民聽見他們的話，憤怒地衝過來。

「好好好，我說！但你們一定要相信，我說的是實話。」大胡眼看眾怒難犯，舉高雙手。「我們本來不打算在義診周出來做『生意』，人家要來看病的，把人家嚇走不是缺德嗎？可是艾傑說有個大人物的仇家要進城，他付五千塊給我們在路上攔人。我們當然不肯啊！開玩笑，大人物的仇家怎麼會是好惹的？可是他說，反正我們這幾天照樣在路上攔人，能嚇走幾個算幾個。

「我問艾傑：『那些人長什麼樣子？』艾傑說他也不知道，即使沒攔到人也無所謂，盡力就好，義診結束後他會再付五千。

「我們想，打打混也能賺個一萬塊，不賺白不賺，所以才會出來『擺攤』。我發誓，這就是實情！如果你不說，我們根本不會把兩件事想在一起。」

「艾傑是誰？」奎恩看向其他市民。

「他就眞的不是什麼好東西了。胡立歐兄弟是蠢，艾傑是奸，他平常都在其他城市混，也沒人知道他在幹嘛，只有惹了事才會躲回聖安吉洛避風頭。」一名年約六旬、愁眉苦臉的老人站出來。他眉角眼角天生下垂，平時看起來應該就這麼愁眉苦臉。

「我有一次聽他在酒吧吹噓，他不在聖安吉洛的時候，就是在凡霍斯堡做大生意，把自己講成什麼了不得的大人物。」另一個人大喊，赫然是剛才想鬧事的大漢。

拉斐爾等人看過來，他大概是想起自己胡鬧的樣子，訕訕地縮回去。

凡霍斯堡是高梅茲的地盤，果然。

要包圍一整座城，光皮克一人不足以成事，高梅茲集團自然參與其中，或許還包含其他隱形的第三方勢力。

這些人眞的非常想要他死！

克里斯和雷蒙轉身出去，過不了多久便匆匆回返。

「老大。」

「如何？」他大步迎上去。

「尤瓦爾迪也受到攻擊，是高梅茲那路人馬，列提和愛斯達拉把他們當南瓜宰。」克里斯語中露出驕傲。「卡斯丘目前還算平靜，不過大家已經提高警覺。洛和愛斯達拉會立刻派援兵過來，不過最快也要兩個小時。」

和他預估的時間差不多。他看一下時間，凌晨五點，天開始亮了。他要如何拖過這兩個小時？

「不只如此，在我們聯絡基地時有人切進來。」克里斯神情轉爲緊繃。「是皮克本人，他要你在半個小時內趕到重演劇現場，否則他每隔五分鐘就槍殺一個人質。」

什麼?滿廳的人炸鍋。

「尼克在那裡,還有孩子們。」拉斐爾眼中止不住的憤怒之色。他們已經失去一個同伴,絕對不會再失去其他人。

不只,還有莎洛美、傑登、布魯納……心中每默念過一個名字,秦甄的心頭就是一緊。

可是更牽掛她心的,是站在她面前的這個男人。

他一定會去。他當然要去。他不是會放任別人殘殺自己族人的男人。

奎恩站在原地,陷入深思,所有人的眼光緊緊鎖住他。

終於,他低沈開口,所有人精神一振。

「雷蒙,局長在哪裡?」

「一直躲在他的辦公室裡。」雷蒙沒有想到自己是第一個被叫到的。

「叫他來見我。」

17

黑衣人馬將所有人趕到草原上，命令他們雙手扣在腦後，席地而坐，由數十名持槍歹徒團團圍住。

清點結束，總共三百四十二名人質，演員就佔了五十七個，其他都是看劇的民眾和來不及逃走的攤販。

在黑衣人的團夥中，有十幾個人穿著臨演的戲服，顯然早已安排了伏兵。

電力中斷，本該明晃晃的表演場地幾乎伸手不見五指。這時，四輛卡車開進來，分停人質圈的左右兩側，突然打亮探照燈，又激起一陣驚慌的尖叫。

黑暗固然帶來強烈的不安，但自己被籠罩在強光之下，而敵人隱在暗黑之處，只是讓恐懼感更加濃烈。

低泣聲此起彼落，第一波攻擊後的屍體散落在觀眾區，活下來的人不曉得自己的屍體何時會加入他們。

尼克在那裡？

傑登努力在人群中搜尋相熟的面孔，莎洛美緊跟在他身後。

「把他們分成四團，不准他們交談。」

這把熟悉的嗓音讓傑登一震。

皮克！

竟然是皮克本人！

在尤瓦爾迪之戰裡，有一陣子他和萊斯利負責監控皮克和高梅茲集團的動靜，因此對這副嗓音並不陌生。

皮克應該不認識他，不過爲了以防萬一，他蹲下來綁鞋帶，順便抓一把土抹臉。莎洛美不曉得他在幹嘛，索性也跟著蹲下來綁鞋帶和抹臉。

這是傑登第一次近距離看到皮克。以皮克的鼎鼎名聲，他的外形著實和地位不成比例。皮克本人矮小圓胖，加上腳底的增高墊勉強才湊足五呎，圓滾如一顆肉球；他的相貌平凡到從身旁走過去都不會有太多人注意，然而，當那雙三角形的上吊眼對準一個人時，其中的陰戾之氣會讓人不寒而慄。

不出眾的相貌，某方面是皮克成功的關鍵。他這一生曾爲幾個老大效力，那些老大從不把他當一回事，太輕忽的結果就是一一死在他手中。每殺掉一個老大，皮克便接收一分勢力，如今終成地方一霸。

「嘿，你在這裡咕摸什麼？牛仔需要人手，還不過來幫忙！」一名黑衣人推了莎洛美一把。

莎洛美看了他一眼，無可奈何，只好低著頭跟那黑衣人走開。

傑登忍住每一絲將她抓回來的衝動。

莎洛美是個聰明的女孩，奎恩特地爲她設計了一套防身術，對付這些人綽綽有餘，她不會有事的。他只能不斷做心理建設。

「你們是誰？」

「爲什麼要這麼做？」

「放過我們，我們從來沒有傷害任何人！」草原各處哀鴻遍野。

皮克經過時，一名老人抱住他的腿。皮克從旁邊的手下接過一柄來福槍，以槍托將那老人痛毆至昏過去。

傑登忍住不動。

「爲什麼總是有人以爲自己沒有傷害別人，別人就不能傷害他們？我就最喜歡傷害這種天眞的蟲子。」皮克輕蔑地笑。

尼克在哪裡？

找到了，他精神一振。尼克和學生被分到他面前這一團，不過兩名組員和布魯納被推到另一團去，恰好在莎洛美前面。

傑登看不出他把武器藏在何處，五人小組出門之前身上都帶了槍，他只能祈禱他們把武器藏好，否則皮克會毫不猶豫地殺了他們。

公園被攻下來已過了好幾個小時，皮克人馬至今沒有進一步的行動，他們在等什麼？

皮克走到場邊，身邊幾個心腹圍攏過來，不知在討論什麼。那些核心人物不是他接近得了的，他只能遠遠觀望。

「發什麼愣？認眞一點！」一名黑衣人推他一下。

「沒事，我們在這兒要等多久？」傑登剛才聽見有人叫他「老虎」。

「他們已經在聯繫了，用不了多久。」老虎想想不對。「你是誰？爲什麼我沒有見過你？」

皮克的地盤不算小，不可能每個人都互相見過，他冒險賭一把。

「我也沒見過你啊！」

「這一塊是我負責的，爲什麼在這裡會出現你這張陌生面孔？你是跟著哪個人的？」老虎頓時疑心大起。

傑登的目光投向莎洛美，她也正好看過來，兩人總是能在人群間一眼望見彼此。

「我跟著牛仔的。他要我們四處走動，你要是有意見，自己去跟牛仔說。」他舉手對莎洛美揮一揮，莎洛美也抬手揮回來。

那邊確實是牛仔的手下，老虎悻悻然。「少廢話！去人質堆巡一巡，別讓這些豬玀交談。」

「巡就巡。」太好了，他正愁找不到理由進去找尼克。

可是老虎一直盯著他的背影，他不好直接往尼克走過去，刻意東踢一腳、西推一把，把身邊的人質全惹一遍。

「媽的，叫你們不准交談就不准交談，是不是肚子餓了、想吞子彈？」他踹翻一個年輕人。

老虎看了一會兒，失去興趣，轉頭跟其他人說話。

他相準尼克的位置，慢慢踅過去。

「幹什麼？蹲好！」一腳往尼克踹過去。

尼克驚訝地抬頭，眸中迅速掠過喜意。旁邊幾個學生臉色蒼白地窩成一團，一聽見他的聲音連忙抬起頭。其他較警覺的人立刻頂頂他們，所有人趕快低下頭。

「還好嗎？有沒有人受傷？」他低聲問，視線四處游移，假裝在持槍警戒。

「還好，你知不知是怎麼回事？」尼克也壓低嗓音回答。

「皮克。」簡單一個名字就解釋一切。

「該死！他們知不知道自己攻擊的是中立城。」嚴格說來這句不是問題，抱怨成分居多。

「老大和諾亞他們一定在外面想辦法了，靜觀其變。」他來回走動，以免好像一直停在同一個定點。

旁邊那團人，一個人質發了聲喊，突然衝向一名持槍巡邏的黑衣人。黑衣人被他攔腰撞倒在地，兩人滾成一團，開始搶武器。旁邊的人質驚呆了，一時竟然沒有人反應過來。

尼克直覺想跳起來，被傑登死命按回去。

砰！

這個小小的反叛結束得毫無懸念，另一名趕來的黑衣人一槍結束戰局。

尼克緊盯著地上冒血的男人，傑登明白這種無力感。剛才看皮克痛毆那老者，他心裡也盈滿相同的感受。

「讓我看看他！」另一堆人質突然有個人跳起來。「我是義診團的人，他還活著，讓我幫助他。」

「你是醫師？」一名操著濃重西語口音的黑衣斜睨那人。

「不，我替國際邦聯人道組織工作，也學了點基本的醫學知識，請讓我爲他檢查一下。」

該死，陳漢生！

他竟然也來了。

皮克突然走過來，抽過旁邊手下的槍。砰、砰，地上的人當場斃命。

「現在你還能救他嗎？」他冷笑。

陳漢生震驚地盯著地上的屍體。「你、你……」

「如何？你還能救嗎？你救得活他，我就放所有人走。」

「你……」陳漢生依然震驚得難以言語。「爲什麼？他已經倒地，根本沒有威脅性……爲什麼？」

這個白癡。

傑登把他轉過來，狠狠往他肚子就是一拳。

「啊……」陳漢生抱著小腹，緩緩跪倒在地。

「你這個笨蛋，皮克先生也是你能質問的？」他轉向皮克。「這傢伙確實是國際邦聯組織的人，我白天去義診區踩點時，看見他在那裡工作。」

如果現在有什麼能救得了陳漢生，也就只有「國際邦聯組織」這個招牌了。

皮克的上吊三角眼凝聚在他臉上。「你是誰的手下？」

「我叫傑克。」他被那雙眼注視得有點毛骨悚然。

「我不是問你的名字，我問你是誰的手下。」皮克冷冷道。

「他是牛仔的人。」旁邊的老虎搶著回話。

「不，他不是。」牛仔在旁邊冷冷地說。「我不認識他。」

慘了。

在未見到皮克之前，「牛仔」只是個普通的渾號，現在他知道，「牛仔」不是隨便一個牛仔，而是皮克的「牛仔」。

牛仔的母親是哥倫比亞人，父親是德州人，具有一半的本地血統，「牛仔」之名就是由此而來。他和另一個外號「辣手神父」的多西同爲皮克最倚重的大將，兩人心狠手辣的程度不相上下；倘若將來皮克不在，最有可能接手的，不是牛仔就是辣手神父。

「我認識他，他是我們這邊的沒錯。」莎洛美突然開口。

該死！他希望莎洛美乖乖保持沈默。

「我也不認識妳。」牛仔雙眼一瞇。

「拜託，我們是『攔路虎』，對不對啊，湯米？」莎洛美翻個誇張的白眼，頂了頂身旁一名黑衣人。

這個不知從哪裡認識的湯米一愣。「啊，對對，我們都是『攔路虎』。」

「湯米是我們僱用在西荒大道攔路的劫匪。」牛仔旁邊的手下提供。

「對啊，我和他是同一掛的。」莎洛美趁勢說。

這個說法很巧妙，在湯米聽來，以爲她指的是他們都是攔路盜，但其他人聽來，以爲他們是同一夥人。既然有人認證湯米的身分，表示她的身分也無虞。

「你們應該看看我最喜歡用的技倆。」莎洛美逼尖嗓音。「『哦，救命，救命，有人殺了我爸爸，還想奪取我的貞潔！我才十八歲，求求你們救救我』。告訴你們，十次有九次會中，不管是傻到眞心想幫忙的，或壞到眞心想奪取我貞潔的。」

她得意地笑，湯米不禁點頭。這方法好像眞的不錯。

「你們來這裡做什麼？」牛仔眉頭一皺。

「無聊啊！」湯米有點不好意思地說。「我們依約守到天黑，最後幾乎沒幾個過路人，聽說聖安吉洛今晚有精彩的，乾脆過來看看。」

「噢，湯米是講究生活情趣，不過我們來這裡的原因就比較實際了。」莎洛美搶著說。「是這樣的，剛才我和湯米攀談了一下，發現我們都面臨相同的問題，對吧？湯米。」

「呃，咳。」

「你們尾款還沒付啊！」莎洛美揚了揚手臂。「你也曉得，幹我們這行，走的是現金交易，家裡還有百來張嘴巴要餵，那可不容易啊！你們要求盡量把過路人嚇跑，可人嚇跑了就表示沒人付錢，我們今天就沒有收入了，只能仰仗你們給的這筆錢，對吧？湯米。」

「對、對。」錢的問題很實際，湯米拚命點頭，

「然後我們又聽說今晚城裡有事，那問題就來啦！事成了也就算了，事情如果不成，那我們的尾款……？」莎洛美眞正是演得天花亂墜。

「對對對。」湯米點頭如搗蒜。

「所以啦，我們就想進城來看看，免得領不到錢。正好你們看起來也很需要人手的樣子，我們乾脆留下來幫忙，這個叫做『共同投資』，是吧？湯米。」

「是是是。」留下來幫忙比「看熱鬧」好聽多了。

「對了，我們今晚『加班』有沒有加班費……好好好，不問不問，皮克的招牌當然是沒話說的，我們和湯米就當做是殺必死，免費奉送一晚。對吧？湯米。」她搭著湯米的肩，一副哥倆好的樣子。

「對對對。」話說，她到底是誰？湯米心裡直犯嘀咕。

「我們說話的期間，你的尾款匯進來了嗎？湯米。」

「還沒。」

「我們的也還沒。」傑登宣佈。

三個人一起看向大人物們。

牛仔從老闆的眼中看出他在想什麼。「這些路匪平時是情報來源，對我們有用處。」

意思就是，殺不得。

皮克的上吊眼終於轉開。

「過來！你們想去哪裡？」場邊突然又吵了起來，幾名黑衣人趕著一群七、八個不知道是從哪裡

搜出來的民眾。

「現在到底怎麼回事?任何人都能隨時進來逛大街嗎?」皮克低吼，牛仔頓時覺得臉上無光。

這批新來的人有男有女、個個臉色慘白，拚命尖叫求饒。

「拜託放過我們!」

「我們什麼都沒做，只是來看表演的，求求你們!」

一名黑衣人走過來。「皮克先生，牛仔，這些傢伙躲在冰淇淋車裡被我們找到。」

「求求你不要傷害我們。我們本來只是在排隊買冰淇淋，突然看到一群人衝進來，又是槍聲又是尖叫，我們嚇得躲進冰淇淋車裡，真的沒有其他意圖，求求你不要傷害我們。」一個中年人跪下來。

「藍尼?藍尼!」一個年輕女人突然看到場邊的屍體，尖叫著想衝過去。黑衣人把她拖回來，狠狠摜在地上。「藍尼……你們殺了藍尼……嗚!」

「閉嘴。」牛仔狠狠甩了那女人一耳光。「把他們搜完身、趕進左邊那群人裡。拜託誰行行好，給我全場好好巡一遍，可以嗎?」

旁邊的黑衣人大氣都不敢喘一聲，領命而去。

「你究竟有什麼目的?起碼給我們一個理由。」陳漢生終於緩過氣，重新站起來。

這傢伙真的很想死!傑登氣得直磨牙。

「我，只要奎恩;而你們，就是將奎恩送到我面前的牲口;不要太賭我的耐性，國際邦聯的招牌並不是到哪裡都管用。」皮克緩緩走到陳漢生面前。

陳漢生不由自主地倒退一步。「奎恩?我認識奎恩，如果你們只是想見奎恩，我可以幫忙，請放這些人離開。」

WTF？不只傑登，連蹲在地上的尼克都不可思議地瞄他一眼。

「你認識奎恩？你們是什麼關係？朋友嗎？」皮克的注意力瞬間集中在他身上。

「是！」陳漢生說。

「不是！」傑登說。

皮克先看向他，傑登立馬嗤之以鼻。「這傢伙整個白天都像管家婆，在義診中心忙來忙去的。我和護士攀談了一下，護士說他大部分時間都在歐洲從事人道救援，平時很少回美加，怎麼可能有機會認識奎恩總衛官？他就一個普通死老百姓，想充英雄罷了。」

「我和他的家人是好朋友，如果你們有什麼話要和他談，拿我當人質就好，放這些人走。」無論陳漢生是否記得他們白天打過照面，現在起碼聰明得沒表現出來。

「家人？」皮克微微一笑。「瑟琳娜．奎恩，或秦甄？」

Shit，他們知道甄的名字。

「如果你想知道更多，放這些人走，我保證絕不反抗。」陳漢生神色一變。

皮克繞著他慢慢晃了兩圈。

嗡嗡嗡……靜止。

皮克突兀地停下來。

什麼聲音？怎麼突然不見了？旁邊逸出幾聲細碎的低議。

電力中斷之後，整座城化爲死城，除了皮克集團四處發動的攻擊，城內沒有一絲屬於文明城市會有的聲響——起碼每個人都這麼以爲。直到這個電流音消失，人們才發現它的存在。

原來之前那個不叫寂靜，現在才是眞正的死寂。

每個人臉上開始出現詭異的神色。

在明尼蘇達州，某間聲學公司蓋了一間號稱「地表最安靜的房間」，在這個房間裡，百分之九十九點九九的環境音都被吸收，人們一走進去，連血液在血管裡流動、食物在腸胃道消化的聲音都聽得見。

這間房間，全球目前還沒有人能待超過一個小時。

許多人以為安靜代表安寧祥和，可以享受難得的寧靜是多麼可貴啊！他們卻不知道，其實過度的寂靜，會對人的心理帶來崩潰式的災難。

人腦需要環境音來提供方向感和安全感，一旦失去了所有聲音，大腦會自動切入失能模式，一團紙掉在地上的聲音都響得如子彈一般。

這片草原當然沒有這麼靜，他們還是聽得見蟲鳴聲、風吹過草地的窣窣聲，可是人為的環境音突然消失，唯剩自然的響音，帶來的心理恐慌不下於那間地表最安靜的房間。

「搞什麼鬼？」皮克霎時提高警覺。

「通電圍籬，電流中斷了！」牛仔倏忽醒悟。

黑衣人們轉身四處張望，曠野裡陰暗無人，可是在極度的安靜裡，那片黑幕彷彿藏了無數道張牙舞爪的暗影。

每個人等待著即將發生的事，因為心理上就是會感覺這種異樣的寧靜代表某種不祥之事。

「皮克。」乍然響起的聲音讓好多人彈跳起來。

傑登的心重重一震。

奎恩！

他終於出現了。

這把嗓音響徹整片草原……不，是響徹全城。它從城內的緊急播音系統播送出來，城內每個角落都聽得一清二楚。

「我要奎恩親自來，他竟然用這種方式搪塞我？」皮克勃然大怒。

嗡嗡、滴答的細音不知從何處響起，正常人耳根本不會聽不見這些微音，但現在一丁點的聲響都被放到最大。

接著，全息影像立體投射出奎恩的形影，在暗夜中熠熠發亮。

這套設備是劇場用來投射戰爭背景的，全息影像以一比一的比例呈現，奎恩雙手負在身後，氣定神閒地站在皮克面前。

「聖安吉洛的緊急傳送系統果然不差，我聽得見你的每句話。」他的嗓音進一步限縮到只在劇場的擴音器傳出來。

所有人四處觀望，彷彿暗夜裡藏了幾百隻耳朵在監聽他們。

「奎恩，你到底是有多怕我？竟然連本人來見我都不敢。」皮克怒極反笑。

「你想見我，現在你見到我了。」全息影像停在皮克面前五呎之處。

「距離時限還有十一分鐘，我建議你在十一分鐘後準時出現，否則，這個廣場上可能有一些你關心的人會有生命疑慮。」

「皮克，今晚你註定一敗塗地，想知道原因嗎？」奎恩不知從哪裡變出一杯咖啡，悠哉地喝了一口。「情報戰，你打得奇差無比。我早已不在聖安吉洛，下回你要見我，最好提前預約。」

「什麼？」牛仔低喊。

「你說謊。」皮克死死盯著他的死對頭。「我派去抓你老婆和小孩的十七個傭兵全滅，全城只有一個人擁有這等身手。城裡的兩個出入口被我包圍，城周有通電圍籬；墨族老鼠最喜歡走的下水道我也已安裝詭雷，沒有任何一條路你能出得去——你還在城裡！」

「講到那十七個人，謝謝你，這道開胃菜我充份享用了。」奎恩偏頭看了看他身後的男人。「對了，牛仔，胡立歐兄弟向你打招呼，他們臨死前想對你說的一些話，恐怕不適合在女士面前覆述。我相信他們是在表達自己接下你這單生意的懊悔，不過我答應他們，若有機會遇見你，一定會代爲轉答。

「倘若你不曉得胡立歐是誰，他們是負責在城南入口作怪的路匪。我殺光你們準備好的十七道開胃菜時，正好在街上遇到他們。誰曉得，胡立歐兄弟竟然找到一段壞掉的圍籬，潛回城內。」

他看回皮克。「我在第一時間已經帶著我的家人離開聖安吉洛，那是五個小時以前的事。對了，有個人想跟你說兩句話。」

他身旁突然探出一顆腦袋，接著全息影像將田中洛的全身投影而出。

「嗨，皮克，好久不見。我還記得四年前你想綁架我勒索贖金的事，沒想到我們還有機會見面——噢，是隔空見面。」

田中洛一手搭在奎恩肩上，奎恩雙臂一盤，兩個男人一起盯著他。

奎恩已經離開了？傑登體內既鬆了口氣，又有些失落。不過起碼甄和孩子們是安全的。

皮克的牙齒磨得嘎吱作響。

「讓我們談談正事吧！」奎恩的全息影像一閃，移動到他對面。「事情不必非走到絕望的那一步。你們傾巢而出攻擊中立城，以爲殺了我之後能順勢接管整個南美區，到時候即使政府軍打算對你們動手，你們也強得足以讓他們有所顧忌，這是你和高梅茲打定的主意，對吧？不過我有個更好的提議給你，事情不必非得走到最後一步不可。局長？」

觀眾區的廣播系統突然響起，警察局長約克的聲音清清楚楚地傳出：

「皮克，只要你釋放所有人質，我答應這件事僅只於此，今天晚上就算平手，我不會向境內通報，你依然可以回去當你的老大。至於你們和奎恩的恩怨要如何解決，聖安吉洛完全不插手。我只給你這一次機會，不會再有第二次。」

「把握這個機會吧，皮克。」田中洛涼涼地建議。「攻擊中立城還能安然退出，這種事絕不可能再發生第二次，這是你最好的選擇。你只是要奎恩而已，他已經不在那裡，殺再多平民都無濟於事，何苦讓自己陷入泥淖？」

求求你，放我們走。

我們不會跟任何人說……人質堆裡開始響起懇求。

「放大家走，事情不是別無轉圜。」陳漢生努力勸誡。

皮克的視線巡了一圈，繞回奎恩的身上，一抹微笑宛如抽搐般躍上他的唇角。

「我認爲你在說謊。」皮克繞著他的影像慢慢轉圈子。「第一，死掉的那十七個人身上找不到環刃；第二，多西奉命到警局找你，遲遲沒有回音，我剛剛得到的線報，他們一百零七人全部死光，現場只有你加上環刃才有這等身手。恭喜你，又在人民面前扮演了一次英雄，奎恩總衛官。」

奎恩凝視他半晌。

「危機是諾亞解除的，他才是今晚的英雄。」

「噢，我聽說了，你有一個手下被打成蜂窩，就是那個諾亞吧？你殺了我起碼一百二十個手下，我只殺了你一個，算起來還是你佔便宜了。」

什麼？

諾亞死了？

莎洛美的身體忍不住向他一靠。傑登腦中一片昏暈。坐在地上的尼克呆呆盯著草皮，每個人都努力消化這項消息。

他們殺了諾亞！

諾亞是他最好的朋友。

好脾氣的諾亞，隨和的諾亞，他敬如兄長的諾亞……

萊斯利、尼克、克里斯這些大哥平時總愛開他玩笑，傑登並不介意，但諾亞是真正會坐下來和他好好討論的人，從不批評嘲弄。

莎洛美將他的手握得更緊。

他們不久前才一起喝啤酒聊天，諾亞竟然已不在人間？尼克無法相信，一切真的只是幾個小時前的事？

「皮克，你是贏不了的。趁現在還有機會，轉頭離開，你還可以捲土重來。」田中洛語氣轉硬。

「你們的時間到了。」皮克抽出手槍。

接下來發生的事或許只有幾秒鐘，最多幾分鐘，在傑登眼中卻是以放慢幾十倍的速度一格一格演進。

這就是諾亞臨死前看見的嗎？他知道敵人要發動攻擊了，於是他不顧一切地保護身後的人？

這也是他，傑登．霍斯林，必須做的事。

陳漢生露出震驚的表情，手臂直覺抬高想遮擋槍口。

砰。槍口的火光亮如白晝。

不！在火光發生前不到一秒，傑登撲過去撞倒陳漢生。

皮克吃驚地睜圓上吊眼，傑登的眼角餘光瞄到尼克撞倒莎洛美。

莎洛美會沒有事的，尼克會保護她。

他們的身分在這一刻都露了餡，他和尼克的組員會冒死抵抗，能殺多少人就殺多少人，但最多就是如此。

皮克必然會下令殺戮，這片草原必然會被無辜平民的血濺濕。他們沒有援軍，這是他最靠近皮克的時候，再也不會有更好的機會了。

如果他們都將死去，起碼他能爲諾亞報仇。

皮克必須死。

傑登舉起槍瞄準皮克。

相同的命運，火光乍響的那一刻，皮克被牛仔撞倒。他連開七槍，幾乎被火光刺傷眼睛。

整座地獄突然在所有人眼前迸裂。

草原各個角落都亮起同樣的微亮火光，槍火四射，但——不是對著平民，而是對著皮克帶來的黑衣人。

黑衣人反應迅速，立時反攻。

啊——

啊——

救救我——

啊——

各種尖叫響成一片，平民四散奔逃。前一秒肅殺安靜的草原，下一秒變成槍林彈雨的戰場。

傑登站在原地，大腦花了極端寶貴的三十秒試圖搞清楚是怎麼回事。

對黑衣人開槍的人，是穿著臨演戲服的同夥。

爲什麼他們對自己人開槍？

不，不只臥底的臨演。

草地逐漸被黎明的天空染出一抹寶藍，數十條暗影悄無聲息地掩過來。整片草地上的人都專注於皮克和奎恩對話，竟無人注意到背後的動靜。

最後一批被押進來的人質一改倉皇的表情，忽地跳起來，接過臨演抛過來的槍械，開始掃射。

什麼？

還有湯米，他的路匪同夥，尼克和小組成員，警察，本地民兵……

這些人是何時出現的？躲多久了？

整片草原籠罩在天方夜譚的幻境裡。原來他們不是只能靠自己，原來一直有這麼多人在暗處等待時機。

「你射德州人十槍，他們倒地之前會先還你五槍」，不要惹一個曾經自己建國的州；他們不需要軍人、不需要特種部隊，驃悍的人民自會打得你落花流水。

奎恩和田中洛的全息影像已然消失，取而代之的是——奎恩本人？

「奎恩！」傑登失聲喊道。

他來了！

他在這裡，在聖安吉洛。

他從未離開！

重重黑影、陣陣交鋒之中，一道圓弧形的光影優雅地跳著一支死亡之舞。

幾分鐘前還在全息投影的男人，是從哪裡冒出來的？

傑登站在場中央，極度震撼之後的欣喜，又極度欣喜後的震撼。

場上不全然都是奎恩帶來的人

傑登就清清楚楚看到，兩個僞黑衣人同時對其他黑衣人開槍，然後火速轉身面對彼此，互相看看躺在彼此腳邊的屍體，再互相看一眼，然後槍口還是互相對著，但是很理性地退開，繼續對其他黑衣人開槍。

另一組人馬又是誰？

下方一陣低低的呻吟拉回他的視線。

皮克和牛仔！

他立刻舉槍瞄準。

牛仔將皮克撲倒在地上，原來不是爲了保護老闆，而是用老闆的身體作爲自己的盾牌。傑登開的七槍有五槍全中在皮克身上，皮克早已氣絕身亡。

牛仔右胸和大腿各中一槍，他咳了幾聲，一口帶血的痰噴出來。

「別殺我！」牛仔舉高雙手。「聽著，皮克和多西都死了，我是最適合接手的人；倘若你殺了我，下一個接手的人就是艾爾瓦多，你一定聽過他的名字，他是『蒙特雷屠夫』，讓他接管只會換來一片腥風血雨。你們需要我，我答應永久對墨族人和奎恩效忠，我們可以合作。」

「不。」開槍。

他轉身加入其他人的戰鬥，地上的兩塊垃圾對他再沒有任何意義。

撲地，閃躲，開槍；撲地，閃躲，開槍。他不斷重複相同的動作，皮克人馬的車輛及重演劇的道具成了最佳掩體。他的目光對準場中央的圓弧虹芒，一步一步往那裡靠近。

有幾次他也遇到幾個向黑衣人開槍的人，大家互望兩眼，再互相點頭一下，轉身繼續衝殺。戰場的禮節。一個遙遠的思緒讓他漾起一絲笑意。

莎洛美！她在那裡，和尼克一起。

他們躲在一副大皮鼓後方，正承受嚴重的攻擊。傑登已射光手中的子彈，從腳邊的屍體群撈起一把槍，繼續衝殺過去。

轟隆！

轟隆隆隆！

城北出口突然爆出劇烈的爆破聲，草原上的戰局滑稽地靜止了一秒。每個人都停下來，轉頭看向那個方位。

炮聲乍響的這一刻，天色正好全亮，彷彿黎明是被轟炸喚醒的，伸個懶腰踢走了黑夜。

原來城北出口離重演劇場這麼近，頂多只有一哩，中間無任何阻隔，他們能依稀看見巨響的來源——一輛坦克車。

傑登飛快從地上的屍體搶過一副頭盔，戴上，從夜晚模式轉換爲望遠鏡模式。

那輛坦克距離城北出口約五百碼，正高速朝路障衝過來。

轟隆！坦克又發了一彈。

這顆炮彈是朝空中打的，完全沒瞄準。傑登暗罵一聲，這傢伙是瞎子嗎？

那炮彈圓圓一顆，怎麼看都像重演劇裡的「歷史坦克車炮彈」，他只在講述文明大戰的老電影裡看過。

那顆不起眼的炮彈飛到路障的半空中，突然裂開，五顆略小的炮彈從不同方向散開，猶如天女散花，竟然有一種異樣的美感。

轟隆隆隆！

那五顆小炮彈直接射進路障的人馬之中，每一顆爆炸的威力都遠勝尋常炮彈。

坦克的車蓋翻開，一張圓潤的巧克力臉龐配上黑色爆炸大鬈髮探了出來。

「蒂莎！」他振奮拉弓，呼應著遠方相同的動作。

援兵到了！

即使相隔這麼遠，彷彿都能聽見蒂莎宏亮爽朗的笑聲。

「老大，援兵到了！老大……」咦？奎恩在哪裡？

剛才圓弧的中心點，只剩下一片黑色的屍首之海。

「趴下！」一陣雄渾低吼從他的右邊震出。

他連想都不必想，直接撲倒，一陣銀白弧芒瞬間從他頭皮削過去，削掉一小段髮尾。倘若他再遲疑一下，或先轉頭看向右邊，這道白光削掉的就是他的腦袋。

這是兩人長期互相配合培養出來的默契和信任。

「咯……」

一名黑衣人的腦袋落地，他的槍從手中滑落，槍口剛剛對準傑登的後腦，食指只差一點點便扣下扳機。

臥倒在地的傑登緩緩偏頭，他家老大很不客氣地直接從他身上跨過去，繼續往下走。

轟轟轟——

這次爆破聲更遠，是城南出口的方向。

援兵全面抵達！

圍人的集團，如今成爲被圍的困獸。

「你是誰？」奎恩揪住一個臨演的脖子拖過來。

「你又是誰？」那臨演看他一眼。

「里昂・奎恩。」

「廢話，我當然知道你是誰。」那臨演翻個白眼。

「那你爲什麼問？你是誰？」

「我不需要告訴你我是誰。」那臨演不馴地瞄他。

環刃的白光閃現。

「嘿、嘿、嘿！自己人自己人。」那臨演連忙舉手。

「我不認識你。」

「你確定要在這種時候討論這個問題？」臨演荒謬地看周遭一眼。

他們在戰場中央耶！

揪住他衣領的大掌並未放開。

「聽著，你有老大，我有老大，他有老大，大家都有老大，我們先解決掉眼前的事，要談再去談好嗎？」

「……我沒有老大。」

「是，你是老大！」臨演掙開他的鉗制，重新加入戰局。

待傑登終於趕到尼克和莎洛美身旁，奎恩已削開最後一名黑衣人的胸膛，局勢立時解危。

莎洛美飛過來，撲進他的懷裡──呃，這個「他」指的是奎恩。

奎恩輕拍她的腦袋，帶著父性的溫柔。

「以為人家要抱你？」自己人從他後面晃過去。

「瞧你那傻樣。」自己人二號從他後面晃過去。

「成熟男人還是比較有魅力。」連湯米都從他後面晃過去。

……

傑登忍了一忍，轉頭對他們頭頂上方開了一槍，所有人分頭四散。

嚴格說來，戰情已經算明朗。皮克集團或許還能掙扎上一段時間，但他們的人只會越來越少，而墨族援軍會越來越多。

城裡四處響起槍聲和轟炸聲，彷如昨夜重演，不過這一次他們知道，是自己人。

拉斐爾突然衝過來，「老大，有一群餘黨趁隙逃出去，克里斯聽見他們的對話，他們要去洛克里大道七號！」

奎恩如雕像般的臉孔瞬間凝結。

「洛克里大道七號是哪裡？」傑登連忙問。

「克里斯、傑登！」飛揚的身影大步轉身，風馳電掣而去。

「是，老大！」克里斯火速召集小組跟上去。

傑登和莎洛美緊跟在後。

「洛克里大道七號有什麼？」傑登再問一次。

「甄、凱倫和孩子們躲藏的地方。」克里斯的臉色很難看。

「什麼？」這聲驚問是從旁邊發出來的。湯米回頭吹了聲口哨：「鴿子有危險，快跟上來！」

鴿子？

附近十來條人影，連同三個穿臨演戲服的，迅速追上去。

墨族一方沒工夫理他們，緊追在那高大的身影之後而去。

18

聖安吉洛之戰結束得毫無懸念。

不得不說，皮克和高梅茲這次著實佈署縝密。這兩大集團以前爲了爭地盤，不是沒打到你死我活過，高梅茲的前妻和長子甚至死於一場皮克想暗殺他的汽車炸彈爆炸中。

然而，共通利益當前，兩方人馬可以暫時放下舊怨，攜手對付他們的共同敵人。

他們的目標是奎恩，因此尤瓦爾迪的攻擊重點在於干擾，拖延當地兵力前往救援，主力放在皮克負責的聖安吉洛之役。

雞鳴狗盜之輩本無信義可言，高梅茲一開始就沒放全力，頂多打帶跑做做樣子，一旦發現聖安吉洛情況不對，馬上撤手。這是愛斯達拉可以放心前往救援的原因。

列提依然留在尤瓦爾迪對付零星的攻擊，田中洛和一半的希塞部隊留守在卡斯丘，其他能來的人都來了。

蒂莎來了，荷黑來了，瑪卡來了，孟羅來了，愛斯達拉來了，竟然連羅瑞．艾森都來了！這是墨族和南美幫之戰，他來做什麼？

突襲洛克里大道七號的餘黨以一個極爲反高潮的方式結束——他們在門口就被攔截，全軍覆沒。

屋子裡的大人、小孩和被抱在大人懷裡的小孩全衝了出來。

秦甄抱著道格衝進丈夫的懷裡，奎恩的臉埋進她髮中，吸嗅她清新的體香。

無論走過多少趟煉獄，只要鼻端猶能嗅聞這熟悉的香氣，懷中猶能擁抱這軟柔的軀體，一切都是值得的。

他鬆開她，接過熟睡的兒子。

「呵……」道格打個呵欠，霧霧的黑眸眨一眨。

這個世界之於他只是一場模糊的電影，根本不曉得剛波動過多少驚濤駭浪。

「他從頭到尾睡掉了，眞正是與世無爭啊！」她輕笑。

堅硬的唇輕印在小傢伙的額上，道格眨眨眼，竟然笑了一下。

「莎米、莎米！」紫菀邁著小胖腿，蹬蹬蹬衝向她最喜歡、最喜歡的姊姊。

「菀菀！」莎洛美和她緊緊抱成一團。

「不走了，莎米，不走了！」紫菀給她一個通常保留給趴趴的待遇：小胖手捧著她臉頰，額頭貼額頭，深情滿滿地凝望。

「莎米永遠都不走，永遠都不離開妳，我發誓！」哎呀這小寶貝，眞是讓人疼進心坎裡。

「嘿，你還好嗎？」傑登正好停在華仔旁邊。

華仔看看每個人都抱成一團，遲疑了一下，慢慢向他伸出手。

「不。」傑登擋掉。

「OK。」他也覺得很奇怪。

「孟羅叔叔！」莎洛美抱起紫菀飛撲進他的懷裡。

性感邪惡、瀟灑英俊、風流倜儻的黃金海盜惡魔王，張開雙臂劇力萬均地入場。

「噢！」孟羅故意被撞退好幾步，揉了揉胸口。

大小兩個美女一起抱著他，他向來喜歡被美女環繞。

「喂！」傑登忽然轉頭大喝一聲。

見鬼了！

「幹嘛？」後面三個臨演被他嚇了一跳。

「……沒事。」因為以前每次遇到這種場面，都會有人從他後面走過去。

「毛病很多喔！」有人從他後面走過去。

「人家第一個想抱的永遠不是他。」第二個人從他後面走過去。

「好可憐，心靈受創過深，難免失常。」第三個人從他後面走過去。

「……」

莎洛美不理這些很吵的傢伙。

「孟羅叔叔，你怎麼會在這裡？」

「當然是替某個姓里昂名奎恩的擦屁股，還會有什麼？」孟羅英雄式地拉口長氣。

「不是，你就算要這樣叫他，他也是姓奎恩名里昂……」多嘴的臨演被同伴狠狠頂了一下。

傳說中姓奎恩名里昂的男人給蛇王冷冷一瞥。

遇到孟羅既可說是意外，也可說是意料中的事。

警局遇襲的事剛結束不久，他正和局長研議下一步行動，孟羅就這樣大剌剌從門口走進來。

他早就知道莎洛美會來聖安吉洛，有一次她打電話報平安時順口提了一下。孟羅承諾，倘若到時候他人在德州，就會過來看看她。

結果，他人正好在德州，也正好來看她，這群紐約來的海盜就成了奎恩預期之外的增補兵力。

「喂，奎恩，這是第二次了。你得停止讓我拋下一切來救你，我可不希罕你以身相許。」海盜王懶懶地給他一個媚眼。

奎恩回敬他一隻中指。

嘖嘖嘖，以前的總衛官可不會做這種沒知識沒水準沒教養又不優雅的動作，水果然往低處流啊。

然而最讓眾人震撼的，是接下來的這一幕——

凱倫剛走出屋外，加爾多跟在母親身後，人群最後方一道健壯的身影大步往他們而來。

羅瑞・艾森。

「爸爸！」加爾多歡叫一聲衝上去。

爸爸？

旁邊一堆人下巴掉下來。

羅瑞強壯的手臂勾住了兒子，很男人地繼續往前走，彷如身形一直在抽高的加爾多只是一尊布娃娃。

凱倫呆在原地，下一秒鐘被他勾進堅硬的胸膛裡。

熟悉的體溫熨貼著她，終於，她容許自己在這副胸膛暫時棲歇。

她伸手輕撫他的下顎，羅瑞的神情柔化，薄唇立刻攫住她。

等一下，凱倫是羅瑞・艾森的妻子？

加爾多是歐洲區一霸的兒子？

萊斯利這下子完全無望了——最後這個思緒是秦甄的。

希望羅瑞不會發現有人在覬覦他老婆，不然她有種預感，讓這男人惱火的人下場都不太好，除了她老公以外。

「夠了就是夠了，我絕不允許妳帶著兒子住在這麼遠的地方，你們立刻搬回拉巴克！」羅瑞一鬆開她的唇，眼神立刻轉硬。

「允許？」凱倫示範如何一秒鐘被惹毛。「羅瑞．艾森，我才見到你兩分鐘，你就已經想開始指揮我？」

唉。

湯米、臨演和其他同伴嘆氣的嘆氣，搖頭的搖頭，捂眼的捂眼，每個人對這幕都十分習慣了。

「……我只是建議。」羅瑞的音量明顯變小。

「我管你建一還是建二。羅瑞．艾森，你最好給我搞清楚，我不是你的手下，你少對我指東指西的！」凱倫雙手一盤，腳底板開始打拍子。

奎恩覺得這一幕異樣地熟悉。

「加爾多，難道你不希望我們全家住在一起？」推兒子上場救援。

「別扯我，我不要介入你們吵架。」加爾多立刻棄戰場而去。

羅瑞只能眼巴巴看著這咬布袋的兒子和其他人相擁歡慶。

秦甄和其他人一起驚異地觀望。

「如果凱倫搬去拉巴克，你想萊斯利會不會也跟過去？」她小聲對丈夫咬耳朵。

「跟萊斯利有什麼關係？」奎恩皺眉。

「咳，沒事。」眞是找錯人聊八卦了。

羅瑞陡然注意到他們的存在。

「奎恩！」

這聲大喝沖散了歡慶的氣息。

所有人下意識進入警戒狀態。

羅瑞噴發著一身怒氣，大步朝他走來，奎恩的全身細胞啓動備戰模式。

相隔兩步遠，羅瑞的一記重拳已經揮出。奎恩左手推開妻子，輕飄飄往右避開。第一招只是虛招，羅瑞就是看準了他會往右退，一隻長腿已掃了過來。

奎恩再後退一步，這次避得有點驚險，羅瑞的鞋尖只離他的鼻子不到一吋。

「艾森，我給你面子，不要不識相。」奎恩低吼。

「他媽的，我需要你給面子？」羅瑞的拳招繼續進逼。

兩條矯健的鐵軀瞬間纏在一起。

現在又是怎麼回事？說打就打？

拉斐爾瞄瞄身旁的湯米，兩派人馬既是排排站，也算各據一邊，彼此眼中有著一模一樣的思緒：那，要打嗎？

羅瑞招招皆帶出一陣拳風，奎恩採守勢居多，不過偶爾覷見空子也會回個一招，旁邊的人全看得目瞪口呆。

「羅瑞，住手！」

「里昂，不要再打了！」兩位嬌妻只能在旁邊焦急。

打成一團的男人完全沒聽進去，羅瑞蹲下來一招地堂腿，奎恩躍起避開，落地時一記迴旋踢。

這場架打得虎虎生風，招招帶狠，好幾次旁人必須跳開才不會被拳風掃到。各自出拳都不留顧忌，不過也都小心迴避對方的攻擊，因此目前爲止，眞正中在身上的拳腳倒是不多。

「混蛋！」羅瑞一記右直拳。「你他媽的該汗顏自己曾是一名總衛官，以前的手下跟著你到底是怎麼活下來的？你既然殺了馬洛斯，就應該直搗黃龍，把所有戰局結束掉，偏偏你打下三分之一就滿足於現況。兩年，兩年過去了！你以爲你打一打停下來，他們也會跟著作罷嗎？」

「我不必對你解釋。」奎恩的語氣相對冷靜。

「你沒有遠見、缺乏戰略技巧、懦弱無能，我眞慶幸還沒有正式和你結盟，否則今天就不是皮克和高梅茲來殺你，而是我受不了你的膽小和愚蠢，先把你……」羅瑞陡然收住一連串咒罵，雙眼一瞇。「慢著，這才是你的目的，對吧？」

「如果你說的是聖安吉洛受襲之事，這絕對不是我的目的。」奎恩神色一正。

羅瑞收住拳腳，慢慢站直身體。「我說的是不再繼續向皮克和高梅茲進兵，你在等他們打你。」

所有人俱是一愣，神色古怪地望向奎恩。

「你爲何出現在此處，艾森？」奎恩平靜地問。

「不，你先回答我的問題，你欠我們一個答案。」羅瑞的手往四周一揮，所有人的眼光都聚在奎恩臉上。

「我不欠你什麼，但你若回答我的問題，我或許會考慮回答你的。」

羅瑞雙眼一瞇。

「我老婆兒子就住在敵人的土地上，難道你以爲我會放任他們自生自滅？」

什麼？

「你派人監視我們？」凱倫的下巴掉下來。

「『保護』！」羅瑞更正。「我知道你們會來聖安吉洛，本來就打算來看你們。爲了以防萬一，我事前在城裡做好了防護措施；若一切正常，昨晚看完你們，我現在應該已經在回程的路上。」

羅瑞知道想殺他的人太多了，即使來到中立城也不會不做準備。奎恩想，或許他該慶幸羅瑞・艾森是個天性多疑的男人。

「結果，你的暗樁發現情況不對？」秦甄舉手發問。

羅瑞點點頭。「我的手下看見一些行揥鬼祟的人，好幾天前就在義診中心和警局附近探點，然後是湯瑪斯——」

他一指，湯米揮揮手。「抱歉，眞名叫湯瑪斯・羅德瑞克。」

「他收到線報，有人買通一堆路匪，於義診期間出來作怪。我們當時不曉得會是規模這麼大的攻擊，只覺得不對勁，所以開始調動一些人馬，指示我們藏在南美集團裡的暗樁加入。」

那幾個臨演揮揮手。

「得保護老大的老婆和兒子囉！」其中一個臨演吐了口菸草汁。

眾人一聽他濃濃的德州腔就笑出來，這根本是老布的翻版。

「換你了，你在搞什麼？」羅瑞雙眼一瞇。「身爲一個久經征戰的將領，不會連斬草除根的道理都不知道。你在等什麼？」

奎恩轉身面對自己的族人，神色平靜。

是的，他們都是他的族人，如同他也屬於他們。無論血源來自何處，他們通通是墨族人。

他的這番話不是在回答羅瑞——他們算什麼東西？——而是在向自己族人解釋。

「我會挑德克薩斯這塊土地不是沒原因的。這裡是美加與南美諸國的中立地帶，政府不會在此地大舉動干戈。

「紀律公署將我叛逃的消息壓了下來，對外界而言，我依然是奎恩總衛官。我在德克薩斯的消息或許已經傳出去，然而外界的人只會假定我在執行某種祕密任務。

「我殺馬洛斯是天經地義，因為他先攻擊我們。一旦我主動對外興兵，那代表政府和紀律公署想收回德克薩斯。每個在文明大戰時期與我們敵對的南美國家都會被驚動，墨西哥不會坐視不理，整個邦聯的平衡會為之動搖。」

這方面就完全屬於政治面的事了，不再只是犯罪這麼單純，岡納必然也想通了這點。

然而，當初讓他選擇來德克薩斯的原因，同時也綁縛著他。只要紀律公署一直隱瞞他叛逃的消息，他就受制於「總衛官」這個身分。

多諷刺啊！他這一生盡忠職守創下的功績，有一天竟然成為他的絆腳石。

「一旦南美諸國起了疑心，我們要應付的就不只是犯罪集團，還包括他們派來的間諜和正規軍。」拉斐爾細細咀嚼他的話。

「是的。我們剛來到德州之時，羽翼未成，還不是能對抗這麼多問題的狀態。」

所以他必須站在被動的立場，等待其他人給他一個出手的理由。

他只是沒想到，這個理由必須牽連一整座中立城，以及許多條無辜的人命，對於這點，他感到遺憾，卻無能為力。

「不是你的錯。」尼克忽然說。「是皮克和高梅茲，他們才是發動攻擊的人。」

「是的。」傑登靜靜地說。「他們還殺了諾亞。」

墨族人全沈默下來。

「現在呢？」羅瑞雙臂一盤。「你還要繼續當挨打的沙包？」

「不。」挨打的時間已經過去。「找一天，我們好好談一談。」

羅瑞沒意見。

最後他們回到重演劇的現場，大部分的人都已聚集在那裡。

屍體已經大致收拾完畢，起碼現場不再像屠宰場。倖存下來的黨羽都被押回警局，愛斯達拉依然在城裡和最後幾批歹徒作戰，不過竟功也只在彈指之間。

「安娜！」蒂莎一看見外甥女，熱力四射地張開雙臂。

「蒂莎阿姨！」安娜激動地跑過去。

「我好抱歉讓妳一個人經歷這些，我答應以後永遠不讓妳一個人出遠門了。」

「我不是一個人，還有甄、凱倫、尼克和每個人，他們把我保護得很好。對了，奎恩超級酷的。」最後一句話是壓低嗓音說的。

「妳阿姨今天也超級酷的，妳應該看看我開著那輛改造過的坦克，一傢伙就轟翻那幫混蛋設的路障。」蒂莎描述得天花亂墜。

「威力跟我們預期中的一樣嗎？是嗎、是嗎？」

「當然，妳的建議是對的，用A47型號的炮管果然比A67更好。」

「看吧，我就說吧！」安娜雀躍道。

「妳很有天分，妳阿姨後繼有人了。」

荷黑從頭到尾站在她們身後，臉上還是那副尷尬的不自在，不過一直沒走遠。

「那個立體投影是怎麼回事？」克里斯研究了一番。

「你是說我嗎？」

「奎恩」的形影突然出現，只是在大白天，全息影像看起來非常淡，如一層隱約的光影。那影像又閃了一下，「奎恩」的臉變成萊斯利的臉。

「你？」眾人指著他大叫。

「當然是我，我是唯一有能力變出這種戲法的科技宅。」萊斯利臭屁道。

說話內容是依照奎恩和田中洛的指示，他只要調整聲紋，即能完美呈現「奎恩聲音和影像」說出的話。不過要把那座冰山的死樣子學足，也是需要一點演技的，可見他將來如果失業了，還可以去演藝圈發展。

「你們知道在停電又沒通信訊號的條件下，變出這套把戲多難嗎？首先，我要他們把一個中繼訊號台架在——」

沒有人想聽他這些鬼話——眞的只有科技鬼才懂的話。

奎恩皺了皺眉。「你穿的是我的衣服嗎？」

「當然，要裝就要裝得像啊！你不覺得這件黑襯衫，我穿起來比你好看？」

「完全不覺得。」回話的是黑襯衫的主人的老婆，而且她自認十分中肯。

「妳不算，妳有偏見。」萊斯利撇撇嘴消失。

幸好他沒注意到凱倫現在是一家三口。不曉得城內最有名的那家甜點店願不願意破例爲他們開張一天？秦甄提醒自己要買幾款杯子蛋糕回去，萊斯利這蛀牙蟲無甜食不歡，或許杯子蛋糕能把他碎裂的心重新黏合。

「來了。」拉斐爾指著一輛開進停車場的吉普車。

輕快的氛圍瞬間轉爲凝重。

諾亞的組員繞到警局，將他的屍體載了過來。眾人決議把他帶回卡斯丘，葬在校練場附近。如此一來，他每天依然可以跟他們一起操練。

以白布包裹的屍身被放在廂型車的後方，墨族陣營圍成一圈，手按住胸口，低頭默哀。

孟羅和羅瑞的人也圍在外圍，摘下帽子，同為殉難者哀悼。他們都失去過同伴，明白這種感受。

今天他們失去了一個弟兄，未來或許會失去更多，甚至包括自己的生命；不過他們不會忘記，這一生為保護同袍族人而死，並不白費。

＊

秦甄整理辦公桌上的文件。

一切恍如隔世，上次坐在這張椅子真的只是兩天以前？感覺好像幾十年前的事。

拉德依然是辦公室裡唯一的同伴，他聽說了聖安吉洛的亂事，這兩天很難得地不對她惡聲惡氣。

「嘿！這裡是教師辦公室，你不能進來！」拉德突然跳起來。

秦甄抬頭，看見一個意外的訪客——蛇王孟羅。

他和羅瑞這趟都一起回來了，過去幾天，他們一夥人連同愛斯達拉和列提等將領都在開會。

「秦小姐，我可不可以私下和妳談談？」孟羅直接忽視拉德的存在。

「奎恩夫人，或甄老師。」拉德尖銳地糾正。孟羅依然對他置之不理。

「當然可以。」她站了起來。「我正想去教室巡一巡，想跟我一起來嗎？」

說真的，她很少跟蛇王打交道，他的人大都只和部隊的人混在一起，鮮少與平民來往。

「甄，妳不必跟他去。」拉德很難得保護慾這麼強。

「沒關係的，我和孟羅先生只是說幾句話，馬上回來。」她走向門口，回頭對拉德做個鬼臉。「小心一點，拉德，你再這樣下去就要變成老母雞了。」

「呿！」拉德坐回去，一雙眼依然緊盯著門口的英俊海盜。

秦甄領著孟羅來到後面的花園。

他們的校舍位於社區鐵門附近，方便鎮上的父母上下課接送孩子。校舍前方有小操場、球場等，平時孩子們都在前面玩，後院就成了現成的雜物堆放處。一些壞掉的溜滑梯、盪秋千，破掉的足球、籃球、教具，全堆在這裡，等著有人有空收拾或修理。

後院通常不太有人來，他們比較不會被打擾。

他們前腳剛踩上後花園，二樓的拉德立刻把窗戶打開。那傢伙「老母雞」的名號眞的坐定了！

「你要跟我談什麼？」她實在非常好奇。

「莎洛美。」。

「哦？莎洛美怎麼了？」她吃了一驚。

「這就是我的問題：莎洛美發生了什麼事？」

秦甄一頓。

他深呼吸一下，走到花圃邊緣坐了下來。平時見他總是風流倜儻，很少有如此嚴肅的時候。

「這事我可以去問田中洛，但他應該不會回答。我也可以去問莎洛美，只要我夠堅持，她會告訴我，不過我有種感覺這不是她會想談的事，因此我的選擇只剩下妳和奎恩。」孟羅的眸子直直望進她眼裡。「請不要讓我不得不去問莎洛美。」

她遲疑一下。「你爲什麼會認爲她出過事？」

「因為我不是白癡！」他略微現出一點火氣，隨即強迫自己壓抑下去。「她回到洛的身邊之後，和以前不太一樣，不熟悉她的人或許不會察覺，但我感覺得出來。還有，我無意間聽見妳們兩個在交談。」

「我們談了什麼？」她謹慎地問。

「妳們在談那個叫海娜的女孩，她還住在醫院裡，莎洛美告訴妳：『讓我去照顧她。我明白她受過的苦，雖然我們兩人的情況不一樣，不過我們都被信任的人傷害過。』」孟羅深邃的雙眸一瞇。「是誰傷害莎洛美？」

她想了想，走過去坐在他身旁。

「孟羅，傷害她的人已經被捕入獄，這輩子都沒有機會再出來害人。」她輕柔地說。

孟羅好一會兒沒出聲。

「媽的！」他把眼光移開，再說一聲：「真是他媽的！」

她不必說那人為了什麼原因坐牢。

「我們都不在那裡。」他平直地說。「洛和我，在她最需要我們的時候都不在她身邊，只有妳和奎恩。」

「還有古騰夫婦。」她輕聲說。「他和喬瑟芬也一直善待莎洛美。」

古騰最後甚至為了保護她而死。

諾亞和古騰，截然相異的兩個人，生命中的最末卻都做出同樣的選擇。無論立場如何對立，這條線的兩邊，就是彼此的倒影。

「蕾妮為她做了什麼？」孟羅突然問。

秦甄愣了一下，蕾妮是莎洛美的媽媽。

她的神情已說明一切。

「她什麼都沒做。」孟羅依然是那平板的語氣。

他用這種語氣說話，遠比暴怒大吼的時候更嚇人，秦甄不曉得自己還能說什麼。

蕾妮確實什麼都沒做，她並不想加深孟羅心中的芥蒂，但也不想粉飾太平。

「她沒有保護莎洛美。」他重複。「除了我和洛，她是全世界最應該保護莎洛美的人，但她沒有做到。」

「……她盡力了，他們夫妻想幫莎洛美轉學。」這是很典型的思維，他們以爲讓女兒脫離那個環境，問題就會遠離。

「蕾妮是我同父異母的妹妹。」孟羅轉頭看著她。

「什麼？」蕾妮不是他父親好友的遺孤嗎？

「蕾妮和我同一年出生，顯然我父親有個非常活躍的愛情生活。」他諷刺地笑笑。「莎洛美是我的姪女，爲了保護她們，我對外從不提自己還有血親存在。」

原來如此。

難怪他和莎洛美如此親密。莎洛美口中的「uncle」，其實應該是舅舅而不是叔叔。

不過這是屬於孟羅家族的祕密，她予以尊重，會幫忙遵守。

「幾年前我差點被一個信任的人下毒暗殺，就是在那段期間傳出莎洛美失蹤的消息。等我終於康復到足以爬下床，我告訴自己，無論能活多久，我都要確保蕾妮和莎洛美平安無事，因爲她們是我唯一的親人，所以第一件事就是設法尋找莎洛美。」他平平注視前方。「從這一刻起，蕾妮在我心中死了。」

他孟羅沒有一個連自己女兒都不願保護的妹妹。

秦甄依然不知道該說什麼。

「史蒂夫．金凱已經被判終生監禁，不得假釋，這輩子只能在牢裡度過餘生。」最後她只好說。

「那是你們的法律，不是我的。」孟羅的黑眸透出焚燒的怒焰。「奎恩現在是叛逃之身，他經手的案子隨時可能被重新檢驗，如果有一天金凱的律師以此翻案呢？」

「案子是由古騰衛官偵辦的，不是奎恩，莎洛美十分在乎他。一年前古騰爲了救莎洛美而犧牲生命，我勸你千萬不要在她面前說出任何對古騰不敬的話。」她嚴肅地看著他。

無所謂，他已經知道那變態的名字。

要查出那傢伙在哪裡坐牢並不難，孟羅會讓他後半生在牢裡，天天都親身體會，敢動他孟羅的姪女，下場會有多慘。

「謝謝妳告訴我。」他吐了口氣，眼中是罕見的摯誠。

「那，能不能請你也幫我一個忙？」她輕問。「有個問題一直擱在我心裡，我有點害怕找出答案，卻又非知道不可。」

「請說。」

通常他只給別人對他有利的答案，不過今天，他願意回答這眞誠的女人任何問題。

「莎洛美失蹤之後，你找上奎恩幫忙，條件是以一個和田中洛過從甚密的女人作爲交換。」她凝視他。「那個女人叫若絲琳，對我的意義等同於蕾妮和莎洛美之於你的，她也是田中洛同母異父的妹妹。」

孟羅眼中掠過一絲訝異，隨即瞭然。

「妳想知道，以若絲琳作爲籌碼，田中洛是否知情？」

「是的。」

卡斯丘已經成爲她的家，田中洛也變成她的朋友，倘若他眞的同意以若絲琳交換，她不曉得自己會怎麼做。

孟羅深深注視她。「甄，田中洛並不知道我以若絲琳作爲籌碼，即使到現在都是如此。我很遺感妳的好朋友被捕，不過我不打算騙妳，倘若重來一次，我依然會這麼做。在我心裡，莎洛美放在第一位，只要能將她找回來，我不在乎是誰被抓走。」

秦甄鬆了口氣，揪在心裡的那個疑問終於解開。

倘若讓她發現田中洛出賣自己的妹妹，她不曉得以後該如何面對他。

幸好，幸好不是這樣。

「謝謝你。」她眞心誠意地說。

「如果田中洛眞的是主謀，妳會離開卡斯丘嗎？」孟羅偏了偏頭。

「我不曉得。」她誠實以對。「現在的我也是一個母親，如果紫菀和道格失蹤了，我願意付出一切找回他們，不過會盡力避免犧牲另一個深愛的人。」

若眞避不開，她寧可犧牲自己。

孟羅點點頭，海盜王那流氣性感的笑容回來了。

「妳是個很棒的女人，甄，妳應該離開奎恩跟著我。」

「不，」她拍拍他的俊臉站起來。「尺寸很重要。」

孟羅大笑，她讓海盜王的笑聲伴隨她走回辦公室。

孟羅在後花園又坐了一會兒，才起身走向門口。

剛踏上走廊，奎恩背倚著牆壁，正在等他。

這傢伙聽見剛才他和他老婆的對話嗎？孟羅聳聳肩，決定他不在乎。

「你們討論完了？」

「差不多。」奎恩神情淡淡。

「結論呢？」

「羅瑞・艾森和我們正式結盟。」

「嗯。」和他預期的差不多。

奎恩若是放過羅瑞這個合作對象，那他就是個超級笨蛋，孟羅從來不投資笨蛋。

現在整個德州亂紛紛，南美幫的三個老大去掉了兩個，高梅茲的動態值得觀望，皮克集團之後由誰接手也是未定之數；歐洲區這裡，羅瑞已經打下半片江山，剩下來的澳洲仔那些人要怎麼搞定也是問題。

對了，聽說廢境有某種古怪的實驗在進行，這方面也得花時間查明，不然如芒刺在背。

最重要的，當然是那個龐大又詭譎的政府。

哇，要做的事一籮筐！

「我們下一步要做什麼？」孟羅最喜歡把問題丟給喜歡動腦的人。

接下來？

奎恩沈靜地望向遠方。

接下來只有一件事能做——
「我們拿下德州。」

（廢境之戰　完）

國家圖書館出版品預行編目資料

烽火再起. 輯二，廢境之戰 / 凌淑芬作.
-- 初版. --臺北市：春光，城邦文化出版：家庭傳媒城邦分公司發行, 民108.07
面； 公分. --（奇幻愛情；55）
ISBN 978-957-9439-65-7（平裝）

863.57 108008652

烽火再起〔輯二〕：廢境之戰

作　　者／凌淑芬
企劃選書人／李曉芳
責 任 編 輯／王雪莉、劉瑄

版權行政暨數位業務專員／陳玉鈴
資深版權專員／許儀盈
行 銷 企 劃／陳姿億
行銷業務經理／李振東
副 總 編 輯／王雪莉
發 行 人／何飛鵬
法 律 顧 問／元禾法律事務所　王子文律師
出　　版／春光出版
台北市104中山區民生東路二段 141 號 8 樓
電話：(02) 2500-7008　傳真：(02) 2502-7676
部落格：http://stareast.pixnet.net/blog　E-mail：stareast_service@cite.com.tw
發　　行／英屬蓋曼群島商家庭傳媒股份有限公司城邦分公司
台北市中山區民生東路二段 141 號11 樓
書虫客服服務專線：(02) 2500-7718 / (02) 2500-7719
24小時傳眞服務：(02) 2500-1990 / (02) 2500-1991
服務時間：週一至週五上午9:30～12:00，下午13:30～17:00
郵撥帳號：19863813　戶名：書虫股份有限公司
讀者服務信箱E-mail: service@readingclub.com.tw
歡迎光臨城邦讀書花園　網址：www.cite.com.tw
香港發行所／城邦（香港）出版集團有限公司
香港灣仔駱克道 193 號東超商業中心 1 樓
電話：(852) 2508-6231　　傳眞：(852) 2578-9337
E-mail : hkcite@biznetvigator.com
馬新發行所／城邦（馬新）出版集團　Cite(M)Sdn. Bhd
41, Jalan Radin Anum, Bandar Baru Sri Petaling,
57000 Kuala Lumpur, Malaysia.
Tel: (603) 90578822　Fax:(603) 90576622　E-mail:cite@cite.com.my

封 面 設 計／朱陳毅
內 頁 排 版／極翔企業有限公司
印　　刷／高典印刷有限公司

■ 2019 年（民 108）7 月 2 日初版
■ 2024 年（民 113）3 月 13 日初版2.3刷
Printed in Taiwan

售價／399元

城邦讀書花園
www.cite.com.tw

ISBN　978-957-9439-65-7

請於此處用膠水黏貼

讀者回函卡

謝謝您購買我們出版的書籍！請費心填寫此回函卡，我們將不定期寄上城邦集團最新的出版訊息。

姓名：＿＿＿＿＿＿＿＿＿＿

性別：☐男 ☐女

生日：西元＿＿＿＿年＿＿＿＿月＿＿＿＿日

地址：＿＿＿＿＿＿＿＿＿＿

聯絡電話：＿＿＿＿＿＿＿＿ 傳真：＿＿＿＿＿＿＿＿

E-mail：＿＿＿＿＿＿＿＿＿＿

職業：☐ 1. 學生 ☐ 2. 軍公教 ☐ 3. 服務 ☐ 4. 金融 ☐ 5. 製造 ☐ 6. 資訊
☐ 7. 傳播 ☐ 8. 自由業 ☐ 9. 農漁牧 ☐ 10. 家管 ☐ 11. 退休
☐ 12. 其他＿＿＿＿＿＿＿＿

您從何種方式得知本書消息？

☐ 1. 書店 ☐ 2. 網路 ☐ 3. 報紙 ☐ 4. 雜誌 ☐ 5. 廣播 ☐ 6. 電視
☐ 7. 親友推薦 ☐ 8. 其他＿＿＿＿＿＿＿＿

您通常以何種方式購書？

☐ 1. 書店 ☐ 2. 網路 ☐ 3. 傳真訂購 ☐ 4. 郵局劃撥 ☐ 5. 其他＿＿＿＿

您喜歡閱讀哪些類別的書籍？

☐ 1. 財經商業 ☐ 2. 自然科學 ☐ 3. 歷史 ☐ 4. 法律 ☐ 5. 文學
☐ 6. 休閒旅遊 ☐ 7. 小說 ☐ 8. 人物傳記 ☐ 9. 生活、勵志
☐ 10. 其他＿＿＿＿＿＿＿＿

為提供訂購、行銷、客戶管理或其他合於營業登記項目或章程所定業務之目的，英屬蓋曼群島商家庭傳媒（股）公司城邦分公司，於本集團之營運期間及地區內，將以電郵、傳真、電話、簡訊、郵寄或其他公告方式利用您提供之資料（資料類別：C001、C002、C003、C011等）。利用對象除本集團外，亦可能包括相關服務的協力機構。如您有依個資法第三條或其他需服務之處，得致電本公司客服中心電話 (02)25007718請求協助。相關資料如為非必要項目，不提供亦不影響您的權益。

1. C001辨識個人者：如消費者之姓名、地址、電話、電子郵件等資訊。
2. C002辨識財務者：如信用卡或轉帳帳戶資訊。
3. C003政府資料中之辨識者：如身分證字號或護照號碼（外國人）。
4. C011個人描述：如性別、國籍、出生年月日。

請於此處用膠水黏貼